Les Petites Confidences du Tea-Club

VANESSA GREENE

Traduit de l'anglais par
Jocelyne Barsse

City

Pour ma mère et ma sœur.

Publié en Grande-Bretagne par Sphere, une division de Little, Brown Book Group sous le titre *The vintage teacup Club*
Couverture : Studio City
Photo de couverture : © Susan Fox/Arcangel Images

ISBN : 978-2-8246-0269-1
Code Hachette : 51 0942 6

Rayon : Roman
Collection dirigée par Christian English & Frédéric Thibaud.

Catalogue et manuscrits : www.city-editions.com

Dépôt légal : premier trimestre 2013
Imprimé en France par France Quercy, 46090 Mercuès - n° 30396/

Voilà comment l'histoire a commencé (mai-juin)...

Prologue

Jenny

Bordées d'un liseré doré, délicates, presque translucides, quatre tasses à thé parfaites reposent sur quatre soucoupes tout aussi parfaites, et une théière magnifiquement proportionnée trône au milieu.

Le service à thé illumine littéralement le coffre ouvert de la Morris Minor vert bouteille, et, alors que je tends une main, un peu hésitante, pour toucher la porcelaine, je suis pratiquement certaine d'entendre un chœur gospel chanter à tue-tête. *Oui.* C'est ici, au milieu de l'agitation qui règne à la brocante de Charlesworth, qui tous les samedis attire les habitants de notre vieux bourg, que nous nous sommes enfin trouvés.

— Vous cherchez quelque chose en particulier, ma chère ? demande une voix chaleureuse par-dessus mon épaule.

Mon Dieu, ne serait-ce pas un petit pot à lait et un sucrier assortis que je vois là, enveloppés dans du papier journal jauni ? Je rabats un coin pour vérifier. Je suis subjuguée. À contrecœur, je détourne le regard, abandonne provisoirement mes tasses à thé pour me tourner, un sourire chaleureux déjà sur les lèvres, vers la voix, non pas parce que je veux tenter une offensive de charme pour lancer les négociations, mais parce que je ne peux tout simplement pas m'empêcher de sourire niaisement. Je fixe les yeux las de l'exposant, des yeux gris-bleu surmontés de sourcils broussailleux. Je suppose qu'une lueur un peu folle brille au fond des miens, couleur noisette.

En effet, tout en regardant mon interlocuteur, j'essaie désespérément de décider d'un prix à ne pas dépasser pour ces magnifiques objets dont je suis tombée amoureuse… en dépit de toutes considérations budgétaires. Puis, avant même que nous ayons échangé quelques mots, je vois les yeux du vieil homme fixer quelque chose par-dessus mon épaule. Attendez une seconde…

— Eh bien, je n'ai pas eu un client de la matinée, et voilà que trois jolies dames arrivent en même temps.

Je me retourne brusquement et constate avec horreur que deux paires de mains élégantes se sont glissées jusqu'à mon service à thé. Elles touchent les précieuses tasses qui devraient m'appartenir ! Surprises, les deux femmes lèvent la tête et s'éloignent du coffre dans un même mouvement de recul sans lâcher pour autant les tasses dont elles se sont emparées.

L'une des tasses est bien au chaud dans la main d'une rouquine élancée, vêtue d'une veste en soie crème et d'un pantalon kaki, l'autre est dans la paume d'une brunette bien roulée, vêtue d'une robe vichy. Elle a les lèvres maquillées de rouge et les cheveux coiffés en arrière avec des anglaises très années 1940.

— Mais…, dis-je.

J'étais là la première, ai-je envie de protester. C'est alors que je remarque l'expression de leur visage, et je ne peux me résoudre à prononcer ces paroles. Elles semblent tout aussi contrariées que moi de constater qu'elles ne sont pas les seules sur le coup.

— Écoutez, dit la rousse en se ressaisissant et en fixant le marchand d'un regard assuré.

À l'évidence, il a au moins quatre-vingts ans, et j'ai peur qu'il ne fasse un malaise si une dispute vient à éclater.

— On dirait que vous allez rentrer chez vous le coffre moins plein et les poches plus remplies aujourd'hui.

Ses yeux verts pétillent, et je me sens défaillir. Comment pourrais-je me mesurer à cette professionnelle toute de soie beige vêtue ? C'est une tigresse, une croqueuse de porcelaine. La brune rétro semble se dégonfler. Elle tripote son gros collier rouge et jette des regards éperdus autour d'elle, même si quelque chose me dit qu'elle a suffisamment de liquide sur elle pour se payer le service. Et moi dans tout ça ? Je regarde mon jean et mes Converse usées, et prends soudain conscience de mon allure de petite fille avec ma queue de cheval blonde et ma silhouette menue, sans parler de mon décolleté qui s'ouvre presque sur le néant. Je me sens dans la peau d'une fille de vingt-six ans qui va sur ses... seize ans. Jenny Davis, la dilettante ; ma bague de fiançailles Art déco est la seule preuve tangible de mon intérêt pour les brocantes...

Elle permet au moins de montrer que ce n'est pas la première fois que je mets les pieds ici. Et ma passion alors ? Elle ne peut pas compter pour du beurre, quand même ! Pourtant, je ne peux m'empêcher de redouter que ni mon pouvoir de persuasion ni le contenu de mon portefeuille ne soient de taille à me faire décrocher ce service à thé dont je rêve. J'espère au moins que les autres ne voient pas que j'ai le cœur un peu brisé.

— Mais, mesdames, dit la rousse, dont les mèches auburn scintillent au soleil quand elle se tourne vers nous, quelque chose me dit que chacune de nous a très envie d'emporter ce service à la maison. N'ai-je pas raison ?

La réplique de la tigresse me prend tellement de court que je me contente d'opiner, l'air complètement hébété. Et voilà, pour combler le tout, que les larmes me montent aux yeux ! Instinctivement, je regarde de nouveau le service. Oui, les anses du sucrier ont besoin d'un bon polissage, mais c'est justement ce détail qui rend le service encore plus parfait à mes yeux.

— En effet, on dirait que nous en sommes toutes tombées amoureuses, finis-je par dire en me tournant vers le retraité quelque peu perplexe. Pourriez-vous le mettre de côté pendant une heure ?

Et c'est ainsi que notre été a commencé.

1

Maggie

— Deux cents bouquets de bleuets – oui, deux cents, dix fleurs par bouquet.

Maggie Hawthorne posa le combiné sur son épaule tout en inclinant légèrement la tête et en attachant ses cheveux roux avec un élastique.

— Et il me faut aussi de l'osier, en très grande quantité… Oh ! vous connaissez un bon fournisseur ? Super ! En fait, c'est pour des arceaux de croquet géants dans lesquels on va entrelacer des marguerites, et il y aura bien sûr les maillets géants assortis. Oui, je sais, ce n'est pas un mariage ordinaire… D'accord, je suis parfaitement consciente que c'est dimanche…

Elle expira doucement, tentant de garder son calme.

— Je pourrais vous envoyer un e-mail pour que vous le regardiez demain ? Très bien, non, non, je comprends. Réglons tout ça par téléphone alors.

Maggie se cala contre sa balancelle de jardin, posa son gin-tonic sur la table basse et mit son ordinateur portable sur ses genoux. Elle tapa un message destiné au fournisseur hollandais dans lequel elle reprit les points principaux évoqués lors de son entrevue avec ses nouveaux clients, Lucy et Jack. Le service à thé qu'elle avait déniché la veille à la brocante l'avait vraiment inspirée. Elle avait désormais une vision très précise de la décoration pour le mariage. Et elle était impatiente de se mettre au travail. Pourtant, même si elle avait toute la journée devant elle, sans rien à faire, elle était contrainte d'attendre le début de la semaine pour obtenir les détails dont elle avait besoin.

Elle savait – et d'ailleurs, ses amis et sa famille le lui disaient sans cesse – qu'elle devait se réserver les week-ends pour se détendre, mais elle ne pouvait s'empêcher d'utiliser le temps dont elle disposait ces jours-là pour avancer dans son travail.

Il y avait toujours des imprévus de dernière minute avec les mariages. Même après quinze ans d'expérience dans le commerce des fleurs, elle ne parvenait pas à éviter les instants de panique qui précédaient la cérémonie. Pourtant, comme la préparation était méticuleuse, les clients ne s'apercevaient de rien, et tout semblait se dérouler à merveille…, à leurs yeux, du moins.

Elle posa son ordinateur sur la table basse, but une gorgée de son gin-tonic et savoura la chaleur du soleil sur son visage. Tout en s'appuyant sur le sol avec le bout de ses escarpins en daim noir, elle mit la balancelle en mouvement, puis se cala contre le dossier. Par une journée de printemps comme celle-ci, on ne pouvait guère rêver mieux que d'être assis au soleil dans le jardin. Ses amis étaient toujours surpris quand ils voyaient son jardin, dont l'aménagement était plutôt simple.

Elle avait mis l'accent sur la couleur plutôt que sur les motifs compliqués. La pelouse était bien entretenue, et des azalées fleurissaient dans les coins. Rien à voir avec les fleurs qu'elle affectionnait pour les mariages ni avec la façon dont elle avait meublé son intérieur. Pourtant, les fleurs simples et classiques, et la symétrie dépouillée de son carré de verdure l'apaisaient. Ici, à vingt minutes en voiture de la rue principale, on n'entendait que le chant des oiseaux.

Elle tripota le gros bracelet en or qu'elle avait mis pour l'assortir avec sa robe fuchsia. Aujourd'hui, même ici, alors que la nature déployait tous ses charmes, Maggie ne parvenait pas à trouver le repos et la tranquillité. Qu'avaient-ils de si extraordinaires, ces week-ends ? Parfois, elle ressentait un besoin urgent de se détendre, d'être vraiment elle-même. Mais pourquoi était-il si important de se détendre ?

Son rendez-vous de vendredi l'avait un peu déstabilisée, et, même deux jours plus tard, son jardin ne parvenait pas à la calmer comme à l'accoutumée. Elle était habituée à travailler sur de grands événements – elle s'occupait des fleurs dans les mariages depuis des années –, pourtant, même pour elle, le mariage de Darlington Hall était vraiment exceptionnel.

Lorsqu'elle avait franchi pour la première fois le portail de la propriété dans sa Coccinelle décapotable, la vue du manoir lui avait coupé le souffle. Il était encore plus impressionnant que sur les photos. La demeure en elle-même était de style géorgien, avec des colonnes qui encadraient la porte et des écuries aménagées dans un bâtiment sur le côté. Le domaine semblait s'étendre sur des kilomètres et des kilomètres.

Or, c'était la future mariée et non l'endroit qui l'avait désarçonnée. Lucy Mackintosh avait choisi pour thème *Alice au pays des merveilles*. Oui, c'est ainsi qu'elle se représentait son mariage avec une partie de croquet sur la pelouse, la reconstitution de la scène du thé dans laquelle apparaît le chapelier avec des champignons vénéneux en toile de fond. Apparemment, l'argent était un détail purement secondaire : Lucy était la fille unique d'un millionnaire autodidacte, et Maggie savait que le père de Lucy était tout autant désireux d'impressionner ses amis, que la future mariée l'était de vendre très cher les droits de publication des photos d'un tel événement.

Pendant que Lucy faisait visiter la propriété de son père à Maggie, le futur marié, Jack, les avait suivies, marchant dans l'ombre de sa promise. Vêtu d'un jean trop ample et chaussé de baskets éraflées, il ne semblait vraiment pas dans son élément. Mais, en regardant ses traits finement ciselés, en sentant la chaleur qui se dégageait de sa personne, Maggie n'avait eu aucun mal à comprendre pourquoi Lucy s'était entichée de lui. Maggie avait certes dix ans de plus que lui, mais le charme indéniable du jeune homme ne lui avait pas échappé.

— Où commandez-vous les fleurs pour de telles occasions ? avait demandé Jack en regardant Maggie avant de recommencer à fixer ses chaussures.

Il semblait sincèrement curieux.

— D'un peu partout à vrai dire, Jack, avait répondu Maggie. La Hollande est un fournisseur important, et nous commandons nos roses en Amérique du Sud… Mais je m'adapte aux besoins et aux désirs de chaque couple. Comme la réception qui aura lieu pour votre mariage est la plus importante dont j'ai eu à m'occuper jusqu'à présent, il est probable que je commande des fleurs dans le monde entier. Vous aviez une idée en particulier ?

— Euh non, non, avait-il marmonné. Je laisse Luce s'en occuper. Elle est très douée pour ce genre de choses…, contrairement à moi… Je me demandais juste comment vous vous organisiez.

Maggie s'était demandé si derrière ce jeune homme timide et sous son immense frange brune qui touchait presque ses cils se cachait un entrepreneur en herbe. Elle s'apprêtait à répondre, mais Lucy l'avait interrompue.

— Je pensais que nous pourrions organiser le thé ici. Ainsi, quand les invités arriveront, ils seront accueillis avec une tasse, issue d'un superbe service vintage. Vous me suivez, Maggie ?

Lorsque Lucy s'était retournée pour la regarder, l'émeraude de son collier avait scintillé au soleil.

— En fait, j'aimerais que les tasses remplies de fleurs rappellent ce magnifique environnement. Et c'est là que j'attends beaucoup de vous. Je ne veux pas de vulgaires tasses achetées dans un magasin, mais d'authentiques tasses anciennes. L'organisatrice de mariage avec qui j'avais commencé ne saisissait pas du tout ma vision des choses.

Lucy leva les yeux au ciel et se tourna vers Maggie, la fixant avec un regard pénétrant, histoire de s'assurer qu'elle s'était bien fait comprendre.

— Je l'ai laissée tomber comme une mauvaise habitude. Mais vous voyez les choses comme moi, n'est-ce pas, Maggie ?

Maggie avait hoché la tête, puis écouté sa cliente.

— Vous vous occuperez de la vaisselle, de l'osier. Disons simplement que je veux ce qu'il y a de mieux. Si Bluebelle du Jour ne parvient pas à me séduire, alors, mes convives ne seront certainement pas impressionnés non plus.

Lucy ne s'arrêtait plus de parler. Elle détaillait sa vision de l'événement tout en enroulant ses cheveux parfaitement méchés.

Elle avait traversé rapidement le jardin tout en pointant du doigt et en faisant de grands gestes. Lorsqu'ils étaient enfin arrivés devant la maison, Maggie était un peu hors d'haleine à force de courir derrière elle pour suivre.

— Vous avez des idées très originales, Lucy, avait-elle fait remarquer avec tact, mais elle avait préféré ne pas en dire davantage, car ses années d'expérience lui avaient appris à se taire quand il le fallait. Elle ne pouvait s'empêcher de regarder avec compassion le jeune homme qui était sur le point de signer pour une vie entière à ne pas pouvoir en placer une.

— Je vais me mettre immédiatement au travail. Les défis comme celui-ci sont ma spécialité. Mais il y a un point que j'aimerais préciser…

Elle avait hésité. Mon Dieu ! Ce n'était vraiment pas opportun d'admettre une faiblesse, en particulier face à quelqu'un qui avait à l'évidence l'habitude d'imposer ses vues à son entourage.

— Votre projet est fantastique, comme je vous l'ai dit, mais vous avez vu les choses en grand, n'est-ce pas ? Vous savez que chez Bluebelle nous livrons toujours…, mais les gros champignons vénéneux, ce n'est pas vraiment ma spécialité : je m'occupe avant tout des fleurs.

Lucy avait laissé échapper un rire aigu et rejeté la tête en arrière en secouant sa chevelure parfaite qui aurait fait pâlir d'envie n'importe quelle fille. Maggie avait attendu que sa cliente se calme – son rire ne semblait pas très gentil – et, lorsqu'elle était redevenue sérieuse, Lucy avait posé sa main sur le bras de Maggie.

— Oh non ! Rassurez-vous, ma chère !

Gênée par ce contact physique qu'elle n'avait pas sollicité, Maggie avait regardé le poignet bronzé de Lucy et son bracelet de perles sur sa peau pâle irlandaise.

— C'est Owen, un ami de Jack, qui s'en occupe. Il est jardinier paysagiste, c'est bien ça, Jack ?

Jack avait opiné et souri tout en dansant d'un pied sur l'autre.

— Oui, c'est ça. Owen vient lui aussi de monter sa société, vous voyez ? C'est pour ça que je vous ai demandée… Mais oui, Owen est un super…

Sa fiancée l'avait coupé et avait murmuré à Maggie en aparté :

— Il a obtenu son diplôme il y a un an. Alors, il n'est vraiment pas cher.

— Ahh ! avait dit Maggie.

Elle n'aimait pas du tout ce qu'insinuait Lucy, mais son soulagement était sincère. Elle s'était justement demandé comment elle allait faire pour tout gérer toute seule.

— Parfait. Bon, il faut que je file, mais j'ai été ravie de discuter avec vous aujourd'hui. Une fois que j'aurai un peu avancé, nous pourrons peut-être organiser un rendez-vous avec Owen ? De sorte que nous puissions nous mettre d'accord, avec vous naturellement, sur notre vision de l'ensemble. Lucy, grâce à Bluebelle du Jour, votre journée sera parfaite. Faites-moi confiance. Nous sommes spécialisés dans les mariages sur mesure.

Devant la voiture de Maggie, ils avaient échangé des poignées de main et s'étaient envoyé des baisers. Lorsque les lèvres de Jack avaient brièvement touché la joue de Maggie, ce contact léger contre sa peau lui avait donné envie de sourire. C'était un type tellement sincère, tellement authentique. Lucy avait du pain sur la planche si elle voulait le faire changer.

Dans son jardin, Maggie frissonna. Un nuage venait de cacher le soleil, et, comme elle n'avait pas d'étole sur sa robe rose, elle sentit le froid soudain.

Elle prit son téléphone, son ordinateur portable et son verre vide, puis retourna à l'intérieur par la porte-fenêtre de sa maison à deux étages datant des années 1920. Mork, son chat birman, se faufila entre ses pieds et la précéda à l'intérieur.

Il y avait aussi Mindy, la chatte de sa sœur Carrie, de la même portée. Des deux, c'était Mork qui avait la vie la plus pépère, car Mindy se faisait tirer la queue plutôt souvent par les bambins de sa sœur.

Maggie ferma la porte-fenêtre derrière elle et mit la musique. La voix apaisante de Billie Holiday emplit la pièce. La mélodie, douce d'abord, montait progressivement en puissance. Les notes semblaient vouloir atteindre les magnifiques orchidées qui décoraient le salon et la cuisine adjacente. Maggie prit le spray et se lança dans sa routine quotidienne, vaporisant chaque orchidée et chantant au son de la mélodie. Des pétales blancs fragiles, aux violets vifs en passant par les roses délicats, chaque plante profitait de toute son attention. Elle vérifiait sa position, son développement, les couleurs des pétales, recherchait la moindre imperfection ou le moindre dommage.

Maggie se demanda ce qui se passerait si elle prenait un jour le temps d'inspecter son corps avec le même soin. À trente-six ans, elle avait encore fière allure… Pourtant, quand elle sortait de la douche le soir, les étapes qui suivaient étaient vite expédiées. Elle appliquait un lait hydratant pour le corps en faisant de grands gestes et évitait soigneusement de se regarder dans le grand miroir. Elle ne trouvait plus du tout que l'installation d'un grand miroir dans la salle de bains était une bonne idée.

Elle savait très bien ce qu'elle verrait si elle s'attardait trop longtemps : une peau ridée, quelques veines variqueuses, des vergetures… Les aventures de sa vie étaient inscrites sur la peau de ses cuisses, de son ventre et de ses fesses. Elle savait comment s'habiller pour mettre sa silhouette en valeur : elle mettait des jeans ajustés mais indulgents, privilégiait le lin, le coton dans des teintes fraîches. Mais la vérité nue, c'était une autre histoire. N'en était-il pas ainsi pour toutes les femmes ?

Les orchidées, en revanche, jeunes ou vieilles, parfaites ou imparfaites, étaient toutes magnifiques à ses yeux. Elle monta sur une petite chaise en bois et vaporisa sa préférée : une plante aux fleurs rose vif qu'elle avait placée dans une cage d'oiseaux dorée, achetée il y a des années à Islington. Maggie était autrefois une vraie Londonienne. Elle vivait tout près de Camden Passage, la rue pavée, qui se transformait tous les week-ends en paradis pour les chineurs.

À cette époque, elle avait appris les ficelles du métier de fleuriste dans la boutique d'une amie et chantait pratiquement tous les soirs avec son groupe dans les bars et les boîtes de nuit. Avec le temps, les choses avaient changé, et, à part la cage d'oiseaux, il ne restait plus beaucoup de témoins de sa vie d'avant dans sa maison de Charlesworth.

Maggie prêta de nouveau attention à la musique. Son iPod raccordé à sa chaîne stéréo passait les B, de Billie Holiday à Blondie, et quelque chose lui dit que ses orchidées allaient beaucoup moins apprécier *Atomic* que *Summertime*. Elle choisit une de ses chansons préférées d'Aretha. Lorsqu'elle reposa son iPod, un souvenir la titilla. Il y eut un temps où la moitié de sa collection de disques était assez différente : ses plantes écoutaient alors les Strokes, de vieux morceaux de Led Zeppelin, qu'elles aient apprécié ou non.

Elle chassa cette pensée de son esprit. C'était une autre vie, et, plus le temps passait, plus elle se sentait loin de la femme qu'elle était autrefois. Elle avait jeté les photos. Elle n'avait pas besoin de ressasser les souvenirs de l'époque où elle avait tout juste trente ans. Bluebelle du Jour accaparait certes tout son temps, mais, grâce à cette activité, elle avait toujours l'esprit occupé et restait dynamique. De plus, elle commençait vraiment à se sentir chez elle à Charlesworth. Le mieux dans l'histoire, c'est qu'elle contrôlait à présent chaque aspect de sa vie, de l'heure à laquelle elle prenait son café le matin, à la façon dont les fleurs bordaient la pelouse dans son jardin. Lorsqu'elle tapotait ses coussins, ils restaient exactement dans la position où elle les laissait. Maggie s'était donné beaucoup de mal pour trouver cet équilibre. Si Lucy Mackintosh avait tout l'air d'être une cliente particulièrement difficile, il faudrait bien plus que ses exigences démesurées pour venir la perturber.

Elle se pencha sur son ordinateur une dernière fois, incapable de résister à l'envie de vérifier si le fournisseur avait finalement répondu à son message.

Il y avait certes un nouvel e-mail, mais pas vraiment celui qu'elle attendait. De *Dylan Leonard.* Maggie se laissa tomber dans son fauteuil en osier. Sa peau fut parcourue d'un frisson. *Bon Dieu !* pensa-t-elle. *Il y a des choses qui finissent toujours par remonter à la surface.*

2

Jenny

— *L'Esprit Vintage... Accessoires rétro, tenues pour la « mère de la mariée »* ? Eh bien, qu'est-ce que c'est, Jenny ?

Zut ! Je lève les yeux de mon écran et vois ma chef, Zoé, penchée sur mon épaule. Nos visages se touchent presque. Elle hausse tellement les sourcils qu'ils ont disparu sous sa frange noire, coupée bien droit. Il me semble pourtant l'avoir vue sortir pour fumer sa cigarette, il y a de cela cinq minutes.

J'ai dû louper son retour. Je clique sur l'écran pour réduire la page du site du salon du mariage et je maudis en silence ces foutus bureaux paysagers. Je hume l'odeur familière de Zoé, un mélange subtil de tabac et de parfum Chanel.

— Désolée, Zoé, dis-je en me tournant pour la regarder.

Pourquoi arrive-t-elle toujours à me piéger comme ça ?

— J'ai fini de passer ma commande pour les articles de bureau, alors je…

Je ne prends pas la peine de finir ma phrase quand j'aperçois le sourire ironique sur son visage.

— Oh ! détends-toi, Jenny, fait-elle d'un ton dédaigneux tout en se redressant. Je te taquinais, c'est tout.

Elle remet une mèche de sa chevelure brillante en place.

— Tu consacres suffisamment de ton temps à cette boîte. Alors, concentre-toi sur ton mariage avec l'homme qui te permet de garder un esprit sain.

Ouf ! Soupir de soulagement. Elle est dans un bon jour !

Zoé est directrice de la publicité et elle a un look plutôt strict : coupe à la *Pulp Fiction* et pantalons sur mesure qui lui font une silhouette incroyablement élancée.

Elle est célèbre pour son côté inflexible et mène les types de la vente d'espace publicitaire à la baguette. Ses crises de colère sont particulièrement redoutables et font même trembler le PDG. Mais il arrive, comme aujourd'hui, qu'elle laisse entrevoir quelque chose de plus humain chez elle.

Il faut dire que notre magazine, *Sussex Living*, est sous pression en ce moment. Il faut faire entrer plus d'argent en augmentant la vente d'espace publicitaire, le moteur de tout magazine régional qui se respecte, et, à l'approche de l'échéance fixée pour atteindre l'objectif des ventes, la plupart d'entre nous marchent sur la pointe des pieds quand il s'agit de passer devant le département publicité, en particulier devant le poste de travail de Zoé. Je ne sais pas comment ça se fait, mais, jusqu'à présent, j'ai réussi à éviter les balles. En tant que responsable administrative, je n'ai pas grand-chose à voir avec ce domaine et je ne suis certainement pas une menace. J'ai aussi quelques armes à dégainer en cas de besoin : un jour, Zoé m'a confié d'une voix avinée qu'elle avait couché avec Ryan, le postier de dix-neuf ans, après être sortie un soir avec lui. Je n'ai jamais songé à utiliser cette confidence contre elle, mais elle ne le sait pas. J'ai remarqué qu'il lui faisait encore des clins d'œil quand il lui apporte des lettres le matin, et plus d'une fois je l'ai vue se ratatiner derrière son écran d'ordinateur. Même si Ryan a prouvé qu'il avait l'esprit d'initiative en traversant le bureau à toute vitesse sur une chaise à roulettes, diminuant ainsi de moitié le temps qu'il met à distribuer le courrier, ce n'est encore qu'un adolescent, à un poste subalterne de surcroît. Personne ne songerait à se vanter d'avoir couché avec lui.

— Bonbons ?

Je prends le sachet sur mon bureau et le tends à Zoé. Elle regarde à l'intérieur et prend un anneau saupoudré de sucre et des fraises Tagada.

— Mmm, dit-elle en mâchant.

Ses yeux très maquillés se plissent un peu sous l'effet de l'acidité.

— J'avais oublié à quel point ils étaient bons.

Je recule ma chaise et j'arrange ma jupe rouge.

— Je crois que c'est l'heure du thé. Tu en veux un ?

— Pourquoi pas ? répond Zoé qui tend le bras pour prendre deux bouteilles de coca sucrées dans le sachet avant de s'asseoir à son bureau et de tourner le dos.

Pendant que l'eau chauffe, je déplie la petite liste que j'ai dressée ce matin au petit-déjeuner alors que Dan était sous la douche.

Dan et Jenny se marient – plus que onze semaines !

- *Idées pour les invitations, les montrer à Chris.*
- *Mamie Jilly – aucune envie de revivre ce qui s'est passé au mariage de la cousine Rosie. Charger quelqu'un (papa ?) de couper son vin avec de l'eau.*
- *Guêpière en dentelle blanche pour la nuit de noces.*

Trop play-boy ? Je vais épouser Dan, pas Hugh Hefner après tout. Demander à Chloé.

- *Corbeille de la mariée ?*

L'eau a atteint son point d'ébullition, et la bouilloire s'arrête. Je remplis deux grandes tasses. Ce qui me fait penser que j'ai au moins avancé sur un point très important : les tasses à thé.

Malgré un début incertain, mon week-end à la brocante s'est plutôt bien passé. Après avoir demandé au vendeur de mettre de côté le service à thé, Maggie, la rousse élancée, Alison, la brunette rétro, et bibi ont entamé des pourparlers sous le chapiteau de la buvette.

Un Cornetto à la main, nous avons évoqué nos projets autour de ce fameux service. Je leur ai parlé de mon mariage en août, sur le thème « goûter vintage », et de mon intention de trouver suffisamment de tasses à thé pour tous mes invités.

Alison a été emballée par mon idée ; Maggie a hoché la tête en signe d'approbation également, mais une réception dans le bâtiment de l'ancienne école ne pouvait pas vraiment rivaliser avec un mariage en grand tralala à Darlington Hall pour lequel elle est chargée des fleurs.

Alison veut le service à thé pour une raison différente : elle veut confectionner ces magnifiques bougies dans des tasses à thé que j'ai vues en vente dans les boutiques de la ville. C'est Maggie qui a fini par trouver une solution à notre situation apparemment inextricable. Un compromis très anglais : acheter le service à thé orné de myosotis ensemble et l'utiliser chacune à notre tour.

C'est moi qui aurai le service en premier pour mon mariage, puis Maggie utilisera les tasses pour son jardin d'*Alice au pays des merveilles.* Elle les passera ensuite à Alison, qui les gardera pour les transformer en bougies.

L'un dans l'autre, ce n'est pas un mauvais compromis. Et c'est même bien plus que ça : nous avons décidé de joindre nos forces pour arpenter les boutiques solidaires et les ventes aux enchères afin de trouver d'autres tasses qui pourraient nous convenir.

Une heure plus tard, l'allure un peu moins soignée à cause des gouttes de glace fondue qui avaient taché nos vêtements, nous avons tendu chacune un billet de dix livres à l'exposant en affichant un grand sourire. Chacune avait dans sa poche le numéro de téléphone des deux autres. Alison a proposé d'entreposer nos trouvailles dans son atelier, et nous avons prévu de nous retrouver samedi prochain chez elle pour déjeuner ensemble et nous tenir au courant de l'évolution de nos projets.

Dan a rigolé quand j'ai évoqué pour la première fois le thème que j'avais choisi pour notre mariage. L'idée du thé lui a semblé quelque peu incongrue.

— J'ai toujours pensé que les mariages étaient faits pour se bourrer la gueule, a-t-il dit, à moitié sérieux tout en plissant ses yeux marron si adorables.

Pourtant, quand je lui ai montré le *scrapbook* que j'avais réalisé pour illustrer mon projet, il a fini par s'enthousiasmer pour mon idée. Bon, d'accord, il était en pleine partie de *Grand Theft Auto*, et je me suis mise devant l'écran pour bien lui bloquer la vue. Il a fini par poser sa manette de jeu, puis m'a attirée sur le canapé pour me serrer dans ses bras.

— Jen, a-t-il dit en me tenant tout contre lui. (Il portait ce vieux t-shirt des Rolling Stones, celui que j'aurais pourtant juré avoir balancé.) Je me fiche complètement de ce que les gens boivent, mangent ou portent. Je sais juste que ça va être le jour le plus important de ma vie parce que je vais *t*'épouser. C'est tout ce qui compte à mes yeux.

Il m'a ensuite immobilisée et couverte de baisers taquins, d'une façon brusque et tendre à la fois, sa barbe de plusieurs jours grattant par endroits ma peau.

C'était un peu comme si j'étais en train de me faire chatouiller par un koala ! Lorsque je me suis arrêtée de rire, je l'ai serré contre moi pour le calmer, mais aussi parce que j'aime humer son odeur – même dans ce vieux t-shirt –, qui m'est beaucoup plus familière que n'importe quel autre parfum. Il est certes un peu plus gros que lorsque nous nous sommes rencontrés, mais ça lui va bien. Je l'embrasse sur la bouche et l'attire contre moi.

Dan me fait sourire depuis le jour où nous sommes sortis pour la première fois ensemble à l'université. Nous vivions tous les deux sur le campus à l'époque, et ses amis jouaient au foot sur l'herbe devant ma chambre dans la résidence universitaire pendant que je rédigeais mes dissertations. Un jour de juillet, alors que le ballon avait heurté la vitre au-dessus de mon bureau, il s'est approché de la fenêtre, a articulé en silence « Désolé » et a souri.

Lorsque nos regards se sont croisés, mon cœur s'est mis à battre la chamade dans ma poitrine. Je n'ai pas pu me concentrer sur ce que j'écrivais de tout l'après-midi. Quand ses amis ont commencé à rassembler leurs affaires, il est revenu vers ma fenêtre, m'a fait un clin d'œil et a collé un bout de papier sur le carreau. *« Dan »*, pouvait-on lire, puis il avait inscrit son numéro de téléphone. Le lendemain soir, après avoir éclusé quelques cidres au bar avec ma colocataire, j'ai trouvé le courage de l'appeler. Et ensuite ? Eh bien, nous avons le plus grand mal à nous séparer depuis.

Ce soir-là, tandis que je me couche à côté de lui et que je pose sur la table de nuit ma bague de fiançailles, que nous avons trouvée à Brighton après avoir sillonné pendant des heures les ruelles de la ville, je me dis que les hommes ne comprennent pas vraiment, au fond. Oui, bien sûr, Dan veut que je devienne sa femme, mais saisit-il vraiment l'importance d'une belle cérémonie, des souvenirs à chérir pendant quarante ans ? Je veux avoir une photo parfaite sur mon étagère pour me souvenir de ce jour parfait. Et les détails font partie de cette démarche.

J'ai pensé au manteau de cheminée vide chez papa. Quand j'étais petite, je cueillais des fleurs dans le jardin, je les mettais dans un petit vase pour remplir l'espace où se trouvait autrefois la photo de mariage de papa et maman. Papa disait qu'il n'en voulait pas à maman de nous avoir quittés, et mon frère Chris avait trouvé sa propre méthode pour digérer son départ. De mon côté, j'ai mis des fleurs sur la cheminée. J'avais six ans quand elle est partie.

Pourtant, avec le temps, mon cœur, qui aimait les fleurs, s'est endurci. Il s'est aguerri un peu plus chaque fois que je croisais des mères attendant devant le portail de l'école ; ou quand j'ai dû rassembler tout mon courage pour acheter des tampons toute seule pour la première fois, les joues rouges de honte. J'ai essayé de comprendre les raisons de maman, mais je n'y suis jamais vraiment parvenue : les mères ne sont pas censées partir.

En tout cas, j'ai ma vie à présent, et le jour de mon mariage avec Dan sera tout simplement parfait. Je me fabriquerai ces souvenirs merveilleux immortalisés sur des photos encadrées, même si je dois m'occuper toute seule de certains détails importants à mes yeux.

— À quoi tu penses ? demande Chloé en m'arrachant à mes rêves et en me ramenant à la réalité du bureau. Il reste assez d'eau dans la bouilloire pour une tasse de plus ?

— Salut, dis-je en lui serrant le bras. Tout ce que tu voudras, ma demoiselle d'honneur en chef.

Tout en riant, je sors une autre tasse du placard.

L'apparition même furtive de Chloé suffit à illuminer le bureau. Quand elle est arrivée, il y a deux ans, pour faire un stage dans l'entreprise, ses yeux pétillants et ses frisettes brunes qui partaient dans tous les sens m'ont tout de suite été très sympathiques. Nous nous sommes liées d'amitié très rapidement.

Elle était tellement heureuse d'avoir trouvé ce poste, tellement enthousiaste, qu'elle acceptait même les tâches les plus terre à terre avec plaisir. Les longs trajets de son village à Charlesworth ne semblaient pas l'ennuyer, bien qu'elle ne fût pas payée un centime pour avoir le privilège de travailler ici et que ça lui coûtât même de l'argent. Lorsque le PDG lui a offert un poste rémunéré, son regard vif exprimait un tel bonheur qu'on aurait pu croire qu'elle venait de décrocher un job à *Vogue*. Les écailles lui sont inévitablement tombées des yeux depuis.

— Comment se passe ta journée, Chloé ? dis-je tout en remplissant sa tasse.

Ses grands yeux maquillés de noir rencontrent les miens ; j'y perçois une lueur d'irritation à peine dissimulée.

— Départ un peu morose aujourd'hui… Gary m'a demandé de réaliser une feuille de calcul de ses dépenses, et ça prend une éternité. Il dit qu'il en a besoin, mais j'ai l'impression qu'il cherche juste à monopoliser mon temps. Il sait à quel point j'ai envie d'écrire des articles. Tu vois ce que je veux dire ?

— Oui, je pense.

Pourtant, je ne comprends pas vraiment sa frustration. En vérité, j'adore les feuilles de calcul. Il n'y a rien de mieux, à mon avis, que de créer l'ordre à partir du chaos. Le seul grand projet de ma vie, c'est mon mariage. Il me suffit de savoir que le personnel a tout le matériel de bureau dont il a besoin et des systèmes de gestion fiables et efficaces. Bien sûr, je sais que la plupart des jeunes recrues sont impatientes d'écrire des articles ou d'élargir leurs compétences à la mise en page et au graphisme. Quant à moi, je suis tout simplement heureuse d'annoncer à un de mes collègues que son lot de post-it fluo est arrivé.

Je fais de mon mieux pour me mettre à la place de Chloé : elle est intelligente, dévouée, et tout le monde est conscient qu'elle pourrait faire beaucoup mieux que Gary, si on lui laissait au moins une petite chance.

— Chloé, tu vas finir par y arriver. Je pense qu'il essaie de te tester, tu ne crois pas ?

— Tu as sans doute raison, répond-elle. Mais assez parlé de moi, Jen, dit-elle en levant la main. Ça va comme un lundi, c'est tout. Tu sais ce que c'est : on passe un super week-end, et le retour à la réalité est parfois douloureux. Comment va Dan ? Comment avancent les préparatifs du mariage ?

C'est vraiment pathétique, mais il suffit que quelqu'un mentionne Dan pour que je me mette à sourire. Chloé a toujours été très tolérante avec mon côté fleur bleue.

— Dan va bien. Nous avons passé une bonne partie du week-end à la maison à discuter de la façon que nous allons placer les invités.

Pour être tout à fait honnête, Dan est resté la plupart du temps allongé sur le canapé, les yeux fermés, mais sa compagnie, ce n'était déjà pas rien, et j'étais de toute façon suffisamment motivée pour deux. Il fait tellement d'heures à l'agence de voyages en ce moment, et puis il y a tous ces trajets… Alors, quand le week-end arrive, il a tout simplement besoin de roupiller un peu. Dimanche, j'ai collé avec enthousiasme des post-it avec le nom des invités sur des assiettes en carton que j'ai disposées, puis réorganisées jusqu'à ce que les ex soient séparés et que les membres de la famille un peu gênants soient à l'écart. Les invitations n'ont pas encore été envoyées, mais, avec les familles dont nous avons hérité tous les deux, il vaut mieux s'y prendre à l'avance. Je ne veux rien laisser au hasard. Dan a ouvert un œil tout endormi, a hoché la tête et a souri pour montrer qu'il approuvait le résultat final.

Si Dan travaille si dur en ce moment, c'est que nous avons très vite compris que les dragées coûtaient bonbon. Même avec nos deux salaires, le mariage dont nous rêvons va demander un gros effort financier.

Mais il sait à quel point c'est important à mes yeux et il met tout son cœur à faire des heures supplémentaires pour booster nos finances.

Je mets une cuillère à café de sucre dans le thé de Chloé et, quand je lui tends la tasse, je constate qu'elle sourit.

— C'est super de te voir si heureuse, Jen, dit-elle en prenant la tasse. Tu le mérites, tu sais. Et je sais que ton mariage va être spectaculaire.

Elle m'attire contre elle pour me serrer dans ses bras.

Quand nous nous séparons, elle voit ma liste sur la table.

— Une guêpière en dentelle blanche ? s'exclame-t-elle.

Puis elle voit son nom et lève les yeux, les sourcils froncés.

— Attends un peu ? Je suis ta conseillère officielle pour la lingerie de ta nuit de noces ?

Je vois son visage s'illuminer d'un sourire.

— Génial ! Pourtant, il faut que je te dise un truc : je déteste la dentelle blanche, Jen, ça fait trop « Bunny girl ». Mais toi, future madame Yates, tu vas être superbe dans ce corset rétro que j'ai vu sur Internet…

3

Alison

Alison Lowell, les sourcils froncés par la concentration, était en train de mélanger la cire pour les bougies tout en essayant d'ignorer le museau gris et doux qui poussait son bras et qui laissait échapper de petits gémissements pour la distraire.

George, le chien-loup de la famille, coinça sa tête hirsute sous son bras, et elle dut finir par le chasser avant de réajuster le crayon avec lequel elle avait remonté ses cheveux noirs ondulés. Toutes les surfaces de l'atelier étaient recouvertes de papier journal, et la voix de Joni Mitchell s'élevait de la chaîne stéréo couverte d'éclaboussures de cire.

Alison venait de mélanger une cire jaune doré lorsque des bras à la peau douce s'enroulèrent autour de sa taille, la faisant sursauter. C'était sa fille Holly qui venait lui faire un câlin avant de partir. Alison se retourna et vit un sourire sur le visage couvert de taches de rousseur de sa cadette, dont les boucles brunes rebelles étaient tirées en arrière par des barrettes brillantes.

— Tu m'as fait peur, ma chérie, dit Alison en souriant. Je ne t'ai pas entendue entrer.

— Désolée, fit Holly en haussant les épaules. Au revoir, maman.

— Au revoir, ma chérie, passe une bonne journée.

Alison déposa un baiser sur sa tête. Elle entendit sa fille aînée, Sophie, crier dans le couloir.

— Allez, papa, tu en mets du temps !

— Au revoir, Sophie ! cria Alison.

La porte d'entrée claqua, et son salut resta sans réponse. Elle ne manquait jamais leur départ à l'école. C'était en général la dernière distraction avant que la journée ne lui appartienne vraiment : un mardi calme, productif, paisible. Elle adorait ses deux filles, mais elle ne pouvait pas se mettre au travail avant qu'elles n'aient quitté la maison.

Alison avait mis un tablier en lin pour protéger la robe à fleurs des années 1950 qu'elle avait passée ce matin. Pas très pratique, certes, mais elle lui allait bien, mettait en valeur ses courbes, et Alison ne pouvait résister à l'envie de la porter maintenant que le printemps était enfin apparu au terme d'un hiver interminable. Dix tasses à thé bleues identiques étaient posées près du coin de sa table, prêtes à être remplies de cire. La semaine prochaine, elles seraient vendues comme bougies dans les boutiques chics de la rue principale de Charlesworth. Elle remplit avec précaution la première tasse à l'aide d'une louche, puis passa à la deuxième. La cire jaune doré ressortait bien sur le bleu des tasses ; cependant, quelque chose clochait. Elle leva la tête vers son panneau d'humeur à côté de la fenêtre de son atelier – des échantillons de couleur avec des lilas délicats, des bronzes, de la dentelle brodée en motifs compliqués, des photos de mariage datant des années 1940 et des coupures de presse rappelaient la marque qu'elle voulait imprimer à ses créations. Chaque fois qu'elle trouvait un échantillon intéressant, elle l'ajoutait à son tableau, et le simple fait de le regarder illuminait ses matinées. Ce n'était pas une manie d'adolescente. Elle avait juste réuni dans ce tableau toutes les belles choses qui l'avaient toujours inspirée. Pourtant, le problème restait entier : il y avait quelque chose qui clochait avec ces nouvelles tasses.

George, apercevant une mésange noire sur le rebord de la fenêtre, bondit de la couverture où il était en train de s'apitoyer sur son sort et se jeta vers la fenêtre ouverte à côté de la table de travail d'Alison. L'oiseau parvint à s'enfuir sans dommages, mais la table, une simple planche de bois en équilibre sur des livres et des pots de peinture, vacilla et se mit à pencher dangereusement.

Alison tendit le bras dans un effort désespéré pour empêcher les objets qui l'encombraient de tomber, son cœur battant la chamade à l'idée que les tasses à thé puissent dégringoler et se casser. Mais elles étaient résistantes et larges, et n'avaient même pas cillé. Dans le jardin, les fleurs du cerisier frémirent à cause de la fuite précipitée de la mésange noire. Alison avait trouvé les tasses sur le site Internet d'une boutique spécialisée dans les articles de maison. En additionnant les prix et en calculant sa marge bénéficiaire, elle avait ressenti un certain malaise : les chiffres lui faisaient tourner la tête.

Toutefois, elle savait que les tasses n'étaient pas chères, et elle avait cliqué sur ACHETER et en avait commandé vingt avant que sa raison ne prenne le dessus. Depuis Noël dernier, depuis que Pete avait perdu son poste de chargé de communication à la Sécurité sociale, les choses avaient changé. Puisqu'elle était désormais la seule à travailler, il fallait qu'elle se montre pragmatique en affaires.

Ce matin-là, elle ne pouvait cependant s'empêcher de penser que ces tasses toutes simples n'étaient pas assez délicates ni assez jolies. Elles venaient de survivre à un tremblement de terre. Ses yeux s'attardèrent un instant sur leur bleu mat et vif, puis se posèrent sur son tableau d'humeur. Elle avait besoin de teintes douces et fragiles qui rappelaient une époque différente, où les gens se débrouillaient avec les moyens du bord et où ils prenaient le plus grand soin d'un précieux service en porcelaine. Que pouvait-il y avoir de plus jouissif que de prendre un bain entourée de ces tasses recyclées et détournées de leur utilisation initiale – des bougies avec une histoire ?

Le service à thé de la brocante, pour lequel elle avait littéralement craqué, était incontestablement le plus beau qu'elle ait trouvé jusqu'à présent. Le fait que Jenny et Maggie aient ressenti la même chose ne faisait que le confirmer. Le visage rayonnant de Jenny, l'expression de son visage quand elle avait touché les tasses – on aurait dit qu'elle venait d'avoir un coup de foudre – l'avaient fait sourire, car elle connaissait cette sensation.

Aucun autre service ne pourrait rivaliser avec celui-ci, mais ce n'était pas encore à son tour de l'utiliser. Elles s'étaient mises d'accord pour qu'Alison continue à chercher des tasses similaires, et, si elle voulait honorer la commande qu'elle avait reçue le matin même, il valait mieux qu'elle trouve quelque chose rapidement.

Alison savait qu'il devait y avoir d'autres tasses vintage qui raviraient ses clientes sans être pour autant ruineuses, et les boutiques solidaires de Charlesworth étaient sans doute le meilleur endroit où commencer sa quête. Sophie et Holly étaient à l'école toute la journée, si Sophie n'était pas renvoyée à la maison après avoir fait craquer ses professeurs ; quant à Pete, eh bien…

Pete, c'était un bûcheur. Il allait déposer les filles à l'école et ne serait pas de retour avant au moins midi, les bras chargés de sacs de Sainsbury, un sourire à peine esquissé sur son visage, tentant d'esquiver une baguette menaçant de lui entrer dans l'œil. Avec ses sourcils sombres, ses cheveux bruns indomptables et ses membres dégingandés, Pete faisait partie de ces adultes qui n'ont jamais vraiment cessé de ressembler à un adolescent en train de gratter une guitare. Il jouait encore avec son groupe quand ils faisaient un concert dans le coin. Lorsqu'il se produisait ainsi sur scène, Alison revoyait le garçon de dix-huit ans dont elle était tombée amoureuse. Le jour de leur rencontre, Pete avait la peau bronzée, et les poils de sa barbe de plusieurs jours étaient décolorés par le soleil. Il revenait tout juste d'un voyage en train à travers l'Europe grâce à un Pass InterRail. Alison, quant à elle, était vêtue d'un t-shirt et d'un short qu'elle s'était confectionné en coupant un vieux jean. Elle était assise dehors avec ses amies et profitait de son premier été après le brevet. Il s'était approché d'elles avec sa guitare lorsque la nuit avait commencé à tomber et avait joué *With or Without You* de U2 en souriant et à moitié ivre.

C'était il y a environ six mois, au bout de vingt-cinq ans de mariage, que son esprit avait commencé à vagabonder pendant qu'ils faisaient l'amour. La nuit précédente, alors qu'il était allongé à côté d'elle tout en la tenant dans ses bras relâchés et qu'il avait commencé à ronfler doucement, elle s'était demandé si cela se produisait dans tous les couples mariés depuis plusieurs décennies, ou si elle devait entreprendre quelque chose. Peut-être n'était-ce déjà pas si mal qu'ils continuent à faire l'amour ?

Elle ne pensait jamais à d'autres hommes. Pendant leurs ébats, elle pensait à sa liste de courses, à des rendez-vous chez le dentiste, aux soirées parents-profs et aux factures. Cela signifiait-il qu'elle n'avait pas à se sentir coupable ou, et c'est ce qui la titillait vraiment, que c'était pire au contraire ?

En tout cas, pensa-t-elle en revenant à l'instant présent, Pete s'occupait des courses ; personne n'avait besoin d'elle pour le moment. Elle pouvait donc se permettre de quitter l'atelier et de faire un tour dans la rue principale. Son ami Jamie, qui travaillait à la boutique solidaire de l'hôpital, pourrait certainement l'aider dans sa recherche, et Alison pourrait en profiter pour faire quelques courses en même temps. Elle défit son tablier et le posa sur le fauteuil.

Devant le miroir de l'entrée, elle attacha ses cheveux et appliqua un peu de rouge à lèvres, puis regarda son reflet quelques secondes. Pas si mal pour une femme de quarante-deux ans, pensa-t-elle. Elle n'allait pas beaucoup au soleil ces jours-ci, et la pratique du Pilates lui permettait de rester tonique. Elle entendit George galoper dans le couloir jusqu'à elle. Elle caressa sa tête et passa une laisse dans son gros collier en cuir, lui pardonnant en un instant son impulsivité fâcheuse. Elle regarda d'abord ses escarpins rouges à petits talons qu'elle adorait – ils allaient si bien avec sa robe à fleurs –, puis son chien. Elle opta finalement pour ses Dr. Martens vertes usées ; c'était un look comme un autre après tout.

— Viens à la chasse avec moi, George.

Elle déverrouilla la porte, puis, alors qu'elle jetait un dernier regard dans l'entrée, elle vit la place vide où Pete posait autrefois son attaché-case. Lorsqu'il l'avait rangé dans le placard de l'entrée au début de l'année, après la confirmation de son licenciement, quelque chose en lui, et peut-être aussi entre eux, avait changé.

Elle monta dans sa Clio cabossée et mit le moteur en marche. C'était un luxe exagéré d'avoir deux voitures maintenant que Pete n'utilisait plus la Volvo pour aller travailler. Elle devrait calculer à combien leur revenait l'entretien de la voiture et demander à Pete s'ils avaient vraiment besoin de la garder.

Le trajet jusqu'à la jolie rue principale, bordée de boutiques, dura moins d'un quart d'heure. C'était à peu près le temps que George tenait sur la banquette arrière. Au-delà, il essayait de venir la rejoindre à l'avant et de s'installer sur le siège passager. Tout en conduisant, elle écouta les informations à la radio et, lorsqu'elle arriva, elle ouvrit la portière arrière pour faire sortir George et attacha sa laisse aux grilles de la boutique solidaire de l'hôpital avant d'entrer.

Un carillon retentit lorsqu'elle ouvrit la porte.

— Salut, ma chère Ali ! dit l'homme derrière le comptoir.

Jamie avait une voix bourrue, mais était doux comme un agneau. Rien à voir avec les dames silencieuses aux cheveux gris bleuté qui travaillaient bénévolement à la boutique les autres jours.

Quand il était là, la chaîne stéréo passait toujours des morceaux de jazz des années 1940 et 50 et du swing. Jamie vivait sa vie comme si chaque jour était vraiment spécial. Il ne se rendait même pas compte que c'était lui, la véritable star, lui qui occupait le devant de la scène.

Alison et lui se connaissaient depuis longtemps. Ils avaient été partenaires de danse swing pendant quelque temps et, le jour où on avait diagnostiqué un cancer chez Seb, le compagnon de Jamie, c'est vers Alison qu'il s'était tourné quand il avait besoin de se confier. Deux ans après la mort de Seb, Jamie mettait encore toute son énergie à rassembler des fonds pour l'hôpital qui avait pris en charge son ami pendant les derniers jours de sa vie.

Jamie avait transformé la boutique en pays des merveilles vintage. Il n'y avait pas une seule chemise de la marque Next avec des auréoles jaunies sous les bras, ni un porte-toasts douteux en vue.

Il inspectait les sacs laissés par les donateurs et ne prenait que le meilleur. Parfois, il se procurait même des vêtements et du bric-à-brac ailleurs pour que la boutique soit toujours glamour et offre un grand choix de bonnes affaires.

— Salut, Jamie, dit Alison en s'approchant de lui.

Il l'accueillit en la serrant chaleureusement dans ses bras.

— Comment ça va ? demanda-t-il en reculant pour la regarder dans les yeux.

— Ça va bien, commença-t-elle, hésitant avant de poursuivre. Tu sais ce que c'est : Sophie est un peu difficile en ce moment…, mais sinon les affaires vont bien, vraiment bien. Il faudrait que je te raconte tout ça. Mais aujourd'hui, je suis venue dans un but bien particulier. J'ai reçu une nouvelle commande pour mes bougies, et il faut que ce lot soit tout simplement *éblouissant…*

Tout en parlant, elle promena son regard sur les étagères. Des trente-trois tours de musique de film, un tablier de jeu Monopoly datant des années 1960, des chapeaux de mariée avec voiles, d'immenses cendriers en chrome sur pied en métal, des robes avec jupons et des boléros. Où dénichait-il tout ça ? Mais pas un service à thé en vue. Alison se sentit un peu découragée.

— Tu n'as pas de tasses à thé ? demanda-t-elle.

— Oh ! désolé, Ali. Tu sais que ces articles se vendent comme des petits pains en ce moment. On a vendu un petit service adorable la semaine dernière, mais c'est tout ce qu'on avait.

— Mince ! s'exclama Alison en faisant claquer ses doigts. Eh bien, il faudra que je réagisse plus vite la prochaine fois.

Elle joua avec les grosses perles rouges à son cou tout en réfléchissant à ce qu'elle allait faire.

— Je pourrais toujours regarder sur eBay. Ça vaut toujours le coup d'essayer, non ?

— Bien sûr, ma chérie.

Ses yeux se plissèrent quand il sourit. Sa barbe de plusieurs jours était grise, et ses cheveux, de plus en plus clairsemés, mais c'était toujours l'un des plus beaux hommes de Charlesworth et, dans son jean parfaitement coupé, sa chemise impeccable, son gilet et ses chaussures marron, il était incontestablement le mieux habillé.

Ali se tenait à côté de lui dans sa robe à fleurs des années 1950 et ses DM. Elle imagina à quoi ils ressemblaient tous les deux. Aussi improbable que leur couple puisse paraître, leur « association » fonctionnait. Elle savoura silencieusement l'instant.

— Mais où sont mes manières, Jamie ?... Comment ça va pour toi ?

Il rit et ébouriffa les cheveux d'Alison.

— Je vais bien, ma chère. Ça tourne au ralenti, plus que ça, même. En fait, il y a quelque chose dont j'aimerais te parler. On pourrait boire un café ensemble la semaine prochaine ? Comme ça, je pourrais tout t'expliquer...

Alison entendit George aboyer dehors. Quand elle se retourna, elle le vit sauter sur une vieille femme qui avançait péniblement avec un déambulateur.

— Oh! mon Dieu, George – GEORGE !

Elle sortit précipitamment du magasin en faisant tourbillonner sa jupe, puis se retourna pour regarder Jamie qui s'était mis à rire.

— Oh oui, Jamie ! Super. On va faire ça. Je t'appelle !

Alison se confondit en excuses devant une dame quelque peu hébétée, presque tétanisée.

— Oh ! ne vous inquiétez pas, ma chère, dit-elle encore sous le choc. C'est juste qu'il est tellement gros ! Je suis sûre qu'ils sont plus gros maintenant qu'à mon époque.

Elle recoiffa ses cheveux gris, puis reposa ses deux mains sur son déambulateur.

— Je suis vraiment désolée, s'excusa Alison en regardant rapidement la vieille dame des pieds à la tête pour voir si le chien n'avait pas fait de dégâts. Vous êtes sûre que ça va ? Il est toujours tellement excité quand il sort !

Alison tira le chien vers elle et raccourcit sa laisse. Il protesta en laissant échapper un jappement. *C'est ce qui s'appelle une promenade tranquille*, pensa-t-elle. Elle regarda la vieille dame avancer d'un pas hésitant dans la rue et ramena George à la voiture. Elle le laissa sur la banquette arrière pour aller faire quelques courses.

Elle décida de s'occuper des autres boutiques solidaires une prochaine fois et s'occupa d'acheter le shampoing et les autres articles de toilette qu'à sa grande honte, elle ne jugeait pas Pete capable de choisir comme il faut. Elle reprit ensuite la route pour rentrer chez elle.

Elle était déterminée à ne pas gâcher le reste de sa matinée et à travailler efficacement en dessinant des modèles pour de nouvelles housses de coussin brodées à la main.

Lorsqu'elle s'arrêta dans la grande allée en gravier devant leur cottage un peu délabré, mais plein de charme, avec sa porte d'entrée branlante et sa peinture qui s'écaillait, son portable sonna. Elle serra le frein à main et récupéra son téléphone dans son sac.

— Allo ? dit-elle en coupant le moteur avec sa main libre.

— Madame Lowell ? demanda une voix stridente.

— Oui, c'est moi, confirma-t-elle en se calant dans son fauteuil.

Mon Dieu, elle aurait pu reconnaître la voix de la principale entre mille.

— C'est…

Alison termina mentalement la phrase : *Sophie.* Elle avait mis le feu à la blouse d'un de ses camarades en cours de chimie… Elle participait à un sit-in pour protester contre le règlement sur la longueur des jupes… Elle avait été surprise en train de bécoter son petit ami en classe… Alison imagina sa fille aînée : ses cheveux teints en noir, ses innombrables bracelets, cette nouvelle expression provocante sur son visage. Tous les scénarios étaient possibles.

La principale poursuivit :

— Madame Lowell… Il s'agit de Holly.

Alison décolla le téléphone de son oreille pendant quelques instants. *Holly ?*

— Désolée, oui, madame Brannigan. Que se passe-t-il ?

Il y eut un silence à l'autre bout du fil.

— Je pense qu'il est préférable que vous veniez à l'école pour que nous puissions en parler.

4

Jenny

— Et si on allait dans le Devon ? dis-je à Dan en étalant les brochures touristiques entre nous sur notre canapé bleu et blanc à carreaux. Il en a rapporté une pile de l'agence de voyages où il travaille, et nous avons décidé de consacrer notre matinée de samedi à les feuilleter pour décider où nous allons partir en voyage de noces.

— Humm… Le Devon, fait Dan en essayant de déterminer si cette idée l'enthousiasme.

Tout en réfléchissant, il pousse le piston de la cafetière.

— On pourrait faire du surf, là-bas ? Ça serait sûrement marrant.

Ses yeux s'illuminent soudain.

— Oui, ou on pourrait opter pour des thés gourmands et de longues promenades sur la plage ? dis-je pendant qu'il me tend une tasse de café chaud. Je ne suis pas certaine que c'est un bon départ dans la vie maritale de passer une semaine dans des combinaisons de plongée qui puent la pisse. Pas très sexy, tu ne trouves pas ?

Dan rit.

— Tu seras toujours sexy au milieu des vagues, même si tu as une drôle d'odeur.

Après nos études à l'université, nous avons passé quelques mois à voyager en Amérique centrale et nous avons consacré une partie de notre séjour à l'apprentissage du surf. L'eau était si chaude là-bas que j'étais en maillot de bain sur ma planche. J'ai adoré chaque instant, mais deux mois m'ont suffi ; après quoi, j'ai souhaité rentrer à la maison auprès de papa et Chris. Je ne voulais pas attendre trop longtemps avant de chercher un travail, mais Dan est resté et s'est découvert une véritable passion pour les voyages qui ne l'a pas quitté depuis : randonnées sur les volcans, balades équestres dans les Andes, visites de temples… et bien d'autres choses encore.

Il m'a rapporté des souvenirs, a pris des photos de chacun de ses périples. J'aime voir toutes nos photos encadrées dans notre salle de séjour confortable : des plages mexicaines, des paysages urbains, des couchers de soleil, un voyage autour du monde. Il m'a envoyé des mails presque chaque jour. Je les lisais dans une petite colocation que j'avais trouvée au-dessus d'une boutique dans la rue principale de Charlesworth et j'avais l'impression d'être là-bas, auprès de lui.

Au bout de huit mois, Dan n'avait plus un centime en poche et il est revenu. Pendant quelque temps, il s'est trouvé un peu désœuvré, ne sachant quelle direction donner à sa vie professionnelle, puis nous avons vu une offre de travail pour un poste à l'agence de voyages des étudiants à Brighton. C'était parfait pour lui. Il adore conseiller les gens sur leur destination et sur ce qu'ils peuvent faire une fois sur place.

Les vols à bas prix qu'il peut obtenir grâce à son travail sont un avantage certain. Nous avons fait un magnifique voyage en Australie pour rendre visite à Emma, la sœur de Dan, quand elle habitait à Melbourne. Au cours des dernières années, Dan a organisé quelques voyages avec ses copains, des aventures salissantes, comme des randonnées de plusieurs jours, des tours en VTT à la montagne, et j'étais bien contente de ne pas être de la partie. En revanche, j'adore qu'il me raconte ses périples quand il revient. Il y a un an, après avoir terminé de rembourser ses dettes, nous avons loué un petit deux-pièces parfaitement agencé au deuxième étage d'une maison mitoyenne. Et c'est là que nous sommes depuis.

Je détourne les yeux d'une photo panoramique de Rio que nous avons accrochée au-dessus du manteau de la cheminée et je reviens à des considérations plus pratiques.

— Dan, tu es sûr que ça ne te fait rien ? dis-je en me tournant vers lui.

— Quoi ? De te voir habillée comme un phoque dans ta combinaison de plongée ?

— Non, arrête de faire l'idiot. Je veux parler du budget de notre mariage. Je sais que c'est notre voyage de noces, mais tu le sais aussi bien que moi : même si tu parviens à nous avoir des vols à un prix intéressant, nos finances ne sont pas extensibles à l'infini.

Dan pose les brochures sur la table basse et pousse un exemplaire de *Mariée Magazine* sur le côté. J'ai commencé à le lire un peu plus tôt dans la matinée, mais je l'ai posé dès que je suis tombée sur un énième article consacré aux tenues de la mère de la mariée. Pourquoi tous ces magazines sur le mariage sont-ils obsédés par son rôle dans l'événement ? Dan m'attire contre lui et passe un bras autour de mon cou.

— Jen, je croyais qu'on en avait déjà parlé ? L'argent qu'on a, on va l'investir dans notre mariage pour que ce jour soit tel que tu l'as toujours souhaité. On ne se marie qu'une fois, tu sais ? On aura le temps plus tard d'économiser pour un grand voyage.

Ces mots suffisent à me faire retrouver le sourire.

— Et tu sais quoi, dit-il en prenant une brochure sur les Highlands, ça me botte bien, ces coins-là. Il y a tellement de régions tout près de la maison qu'on n'a pas encore visitées. On va faire un super voyage, crois-moi.

Il ouvre la brochure et me montre une petite chambre d'hôtel avec un balcon qui donne sur un grand lac. Le paysage autour est vert, et la végétation, luxuriante.

— Ça a l'air plutôt joli, là-bas, tu ne trouves pas ?

Je hoche la tête : en effet.

— Tu vois, fait-il en me serrant un peu plus contre lui et en embrassant le sommet de ma tête.

Je lève les yeux. Ses yeux marron chaleureux ont le don de faire disparaître mes soucis.

— C'est déjà une sacrée aventure de vivre avec toi, Jenny. Honnêtement, c'est vraiment épuisant parfois…

Je prends un coussin et me mets à lui taper sur la tête avec. Il rit.

— Dan Yates, il est encore temps pour moi d'annuler ce mariage, tu sais ?

Je laisse Dan s'occuper du linge et j'arrive chez Alison tout juste avant treize heures. Je pose mon vélo contre le mur. La maison est construite en vieilles pierres grises, et le jardin devant est plutôt sauvage. Des plantes grimpantes ont envahi la façade, et il y a des fleurs des champs bleues et violettes partout où mon regard se pose. Les herbes ont débordé sur l'allée en gravier, si bien que ses contours ne sont plus vraiment distincts.

On est loin des jardinières impeccables du centre-ville. Une pluie fine s'est mise à tomber, et, si elle m'a franchement gênée pendant mon trajet jusqu'ici, j'apprécie le parfum des fleurs qu'elle fait ressortir et cette impression de fraîcheur dans le jardin. La peinture s'écaille sur les châssis des fenêtres d'Alison, et le chambranle de sa porte d'entrée est un peu de travers, mais cela ne fait qu'ajouter au charme de la maison.

J'ai mis une boîte de biscuits dans le panier en osier de mon vélo avant de partir, et voilà que, pendant le trajet, elle a trouvé le moyen de se coincer. Tandis que j'essaie de la dégager, j'entends des talons sur l'allée et une voix de femme appeler.

— Tout va bien ?

Je me retourne et vois Maggie, parfaitement sereine dans son jean indigo et sa veste en lin qu'elle a assortie avec un collier en ambre. Elle a remonté ses cheveux auburn en chignon banane, qui met en valeur ses pommettes hautes et la ligne délicate de sa mâchoire.

D'une main, elle tient une ombrelle japonaise turquoise, fragile, mais parfaite pour se protéger de la pluie fine. De quoi j'ai l'air à côté d'elle, franchement ! Des mèches de cheveux humides collent sur mon front, je porte mes vieilles Reebok que je mets toujours pour faire du vélo, et mon legging sous ma robe t-shirt à carreaux est plein d'éclaboussures de boue.

— Salut, Maggie, dis-je juste au moment où la boîte finit par se dégager du panier et me fait pratiquement perdre l'équilibre.

Le contraste entre nous deux est encore plus saisissant à présent. Elle sourit gentiment en me voyant chanceler, puis regarde la boîte que je serre contre ma poitrine.

— Qu'est-ce que tu as là ? demande-t-elle.

Tout en baissant son ombrelle, elle prend le heurtoir de la porte qu'elle frappe contre le bois dans un bruit sourd.

— De quoi nous donner un peu de forces pendant que nous réfléchissons, dis-je.

— Aha ! répond Maggie en faisant un clin d'œil. J'aime bien ton style.

— Bienvenue, mesdames, fait Alison en ouvrant la

porte et en essayant de retenir un grand chien-loup gris avec un bras. Entrez, entrez.

Je pose une main protectrice sur ma boîte. L'expérience m'a appris à ne pas faire confiance aux chiens quand ils sentent la présence de gâteaux. Alison nous conduit le long d'un couloir qui sent bon les odeurs de cuisine et nous fait entrer dans un salon lumineux. Il y a une horloge de parquet dans un coin et de grands canapés jonchés de coussins en patchwork. Une adolescente est couchée de tout son long sur l'un des canapés et est plongée dans la lecture de *Twilight*. Ses cheveux noirs sont remontés en chignon. Une fille plus jeune, au visage couvert de taches de rousseur, est assise à l'autre bout du canapé, blottie contre les pieds de sa sœur. Elle joue sur une petite console rose. C'est la première à lever les yeux quand sa mère entre pour nous présenter.

— Coucou, les filles, je vous présente mes nouvelles amies. Jenny, Maggie, dit Alison en nous désignant, voici Sophie et Holly.

Sophie, la plus âgée, se contente de faire un signe de tête avant de retourner à son livre.

— Salut, dit Holly en souriant et en posant sa console sur l'accoudoir du canapé. Vous allez manger ensemble ?

— Oui, répond Alison, mais ça ne veut pas dire que tu vas pouvoir aller sur Internet dès que j'aurai quitté la pièce, Hol. Tu connais les règles.

Sophie donne un petit coup de pied à sa sœur qui lui pince la jambe en retour.

— Bon, et maintenant, c'est l'heure du déjeuner entre adultes, annonce Alison en se tournant vers nous avec un sourire las. Et ce n'est pas trop tôt.

Elle nous conduit, Maggie et moi, dans une salle à manger avec cuisine américaine. Une fois à l'intérieur, Alison se dirige vers le four et en sort un plat de lasagnes.

Immédiatement, l'odeur alléchante se répand dans la pièce, et les fenêtres se couvrent de buée sous l'effet de la chaleur du four. Il y a de la couleur partout : des coussins vifs, un grand tableau accroché au mur, une peinture abstraite dans les tons d'orange et de rouge. Un vase rempli de fleurs des champs, celles que j'ai vues dans le jardin, trône au milieu d'une grosse table en bois.

— C'est magnifique ici, dis-je en regardant autour de moi.

— Oh ! merci, répond Alison tout en nous servant.

Partout où mes yeux se posent, je remarque des petites touches personnelles. Il y a même des tournesols brodés sur ses gants de cuisine.

— J'aime bien confectionner des objets ou les personnaliser.

Maggie hausse les sourcils en entendant un tel euphémisme et continue à s'imprégner de l'ambiance de la pièce pendant qu'Alison poursuit :

— Je faisais beaucoup de vêtements pour les filles : des tabliers, des jupes, des chemisiers.

Alison tend à chacune une assiette de lasagnes aux légumes, puis pose un grand saladier sur la table et une carafe de sirop.

— Allez-y, dit-elle en s'asseyant. Aujourd'hui, ça paraît vraiment difficile à croire, ajoute-t-elle en montrant de la tête le salon, mais elles adoraient porter les vêtements que je leur confectionnais.

Je prends un peu de salade, agrémentée d'avocat et de poivron rouge, bien meilleure pour ma ration quotidienne de cinq fruits et légumes que les sandwichs au bacon que Dan et moi nous sommes enfilés au petit-déjeuner.

— Je parie qu'elles étaient adorables dedans, dit Maggie en plantant sa fourchette dans une lamelle de poivron.

— Oui, répond Alison au milieu d'une bouchée. Puis, elles sont entrées au collège, et ce n'était soudain plus cool du tout de porter des vêtements cousus par sa mère. Alors, on s'en est débarrassés, et j'ai commencé à faire des choses pour la maison et des amis à la place. Et c'est de là que m'est venue l'idée de me mettre à mon compte. Un jour, je confectionne des banderoles et des fanions pour le quarantième anniversaire de ma belle-sœur ; le lendemain, je vends des bougies, des housses de coussin, des gants de cuisine et d'autres objets en ligne et dans les boutiques locales. La peinture, c'est juste pour m'amuser, dit-elle en montrant vaguement la toile aux couleurs vives accrochée au-dessus de nous. Je n'ai pas vraiment de temps pour ça, aujourd'hui.

Si Alison rayonne en nous parlant de son activité, Maggie, qui garde un œil sur la grande pendule de la cuisine tout en mangeant, révèle en silence les inconvénients qu'il peut y avoir à travailler à son compte. Elle semble avoir un peu de mal à se détendre.

— Quel âge ont les filles maintenant ?

Je pose la question à Alison pour changer de sujet.

— Sophie a quinze ans, et Holly, douze, répond-elle en servant une autre portion de salade à Maggie. J'ai du mal à intégrer que Holly est presque une adolescente, maintenant, et qu'elle n'est plus mon bébé, ajoute-t-elle en secouant légèrement la tête.

— Et comment considère-t-elle son père et sa mère, à présent, demande Maggie, intriguée. Comme des amis ou des ennemis ?

— Bonne question, répond Alison. Je ne saurais dire.

Elle prend une profonde inspiration, puis ajoute :

— Holly a peut-être un air de ne pas y toucher, mais elle a été surprise en train de voler la semaine dernière.

Alison se couvre le visage avec ses mains et nous regarde entre ses doigts pour nous montrer qu'elle a honte.

— Le concierge de l'école a trouvé des sacs entiers remplis de vêtements flambant neufs dans son casier à l'école. Son amie Chrissy et elle avaient séché les cours et étaient allées faire du shopping avec la nouvelle carte de crédit de la mère de Chrissy. Il se trouve que Chrissy l'avait interceptée lorsqu'elle avait récupéré le courrier et qu'elle savait que le code était la date de son anniversaire. En tout cas, j'ai dû affronter la principale hier – Pete et moi avons déjà eu quelques prises de bec avec elle à propos du comportement de Sophie et des notes qu'elle a obtenues à ses examens blancs. C'était pas franchement génial.

Une ombre passe furtivement dans les yeux d'Alison et, pour la première fois, je remarque les petites rides qui les entourent.

— Mais c'est surtout le fait qu'elle ne nous ait rien dit qui a été le plus difficile à digérer. Les filles se sentaient trop coupables pour oser porter les vêtements. Quand nous avons demandé à Holly de s'expliquer, elle nous a immédiatement raconté toute l'histoire. Elle ne s'arrêtait plus de pleurer.

Le visage d'Alison s'adoucit à cette pensée.

— C'est déjà quelque chose si elle réalise qu'elle a mal agi, dit Maggie avec compassion.

— Oh oui ! poursuit Alison. Pour être honnête, même si on était tous les deux furieux, on a vraiment compati avec elle. Elle voulait réparer le mal qu'elle avait fait, mais ne savait pas comment s'y prendre. En tout cas, rien ne pourra changer le fait que plus d'un mois s'est écoulé et qu'on a désormais des vêtements sur les bras, qui valent des centaines de livres, et qu'il est trop tard pour les rapporter ou les échanger.

C'était le genre de choses qui arrivaient aussi à l'école que je fréquentais. Mais Chris et moi n'avons pas fait de véritable crise d'adolescence. Même à cette époque, nous étions conscients que papa avait suffisamment de problèmes sur les bras.

— Ça veut dire que c'est à vous de rembourser la mère de la copine ?

Alison hoche la tête.

— Oui, on dirait. Mais assez parlé de ça. Vous n'êtes pas venues ici pour m'entendre me lamenter sur ma difficile condition de mère.

Alison se met à débarrasser nos assiettes vides.

— Heureusement, j'ai apporté quelque chose qui pourrait te remonter le moral, dis-je en posant la boîte de biscuits sur la table et en soulevant le couvercle.

Après avoir rangé les restes de nourriture, Alison pose mes galettes à l'avoine sur une assiette bordée d'or, et il ne faut pas longtemps pour que la table soit saupoudrée de flocons d'avoine.

Maggie sort un petit bloc-notes Smithson de son sac et l'ouvre.

— J'ai parlé à un fournisseur de Londres, commence-t-elle, et j'ai rendez-vous avec lui dans environ une semaine. J'ai pensé que ce serait l'occasion idéale pour moi de me rendre dans quelques boutiques vintage, de faire un tour à Brick Lane pour voir s'il y a des affaires.

— Super, dis-je avant de mordre dans ma galette.

— Alison, tu es toujours d'accord pour regarder dans les boutiques de charité du coin et pour aller dans une ou deux brocantes ?

— Bien sûr, répond Alison. Je vais demander à mon ami Jamie de guetter les bonnes affaires aussi.

Maggie prend consciencieusement des notes, et je réalise que c'est à mon tour de dire quelque chose.

— J'ai regardé sur Internet, d'abord chez les fournisseurs spécialisés, puis sur les sites de vente aux enchères, comme eBay. Il y a certes quelques beaux services, mais les prix sont très élevés. Les vendeurs expérimentés semblent avoir flairé le filon et ont monté les prix. Je pense que, si on veut faire de bonnes affaires, on ferait mieux de s'en tenir aux boutiques solidaires et aux brocantes comme samedi. On avancera certes plus doucement, mais on pourra s'acheter de belles tasses, et il reste encore plein de temps.

— D'accord, c'est sans doute plus raisonnable, concède Maggie. Et si on se revoyait dans une ou deux semaines pour faire le point ?

Quelqu'un frappe doucement à la porte derrière moi.

— Maman.

La porte s'entrouvre, et le visage taché de son de Holly apparaît dans l'embrasure. Le chien en profite pour passer sous le bras de la cadette d'Alison, se précipite dans la cuisine et aspire les miettes de galettes sur le sol.

— Entre, Hol, dit Alison tandis que sa fille avance en traînant les pieds.

Je remarque qu'elle a griffonné quelque chose sur le dos de sa main exactement comme je le faisais à son âge.

— Je m'ennuie un peu, annonce Holly. Sophie accapare le téléphone et il n'y a rien à la télé. Je sais que je suis privée de sortie et je comprends pour Internet, mais…

Elle croise mon regard et m'adresse un sourire timide.

— C'est bon, dit Alison. Assieds-toi. On vient de finir. Tu veux goûter une galette que Jenny a apportée ?

Holly s'assoit sur le banc à côté de moi et gigote un peu avant de trouver une position confortable, puis elle tend la main vers l'assiette.

— Vous recherchez des tasses à thé, n'est-ce pas ? Parce que vous allez vous marier ? C'est maman qui me l'a dit, fait-elle en me regardant avec ses grands yeux pétillants.

Je hoche la tête et souris.

Alison serre gentiment le bras de sa fille et dit :

— Peut-être que, quand on les aura trouvées, on les gardera pour le jour où Sophie et toi trouverez votre prince charmant.

— Quelle horreur ! s'exclame Holly en laissant échapper un petit rire.

Alison lève les yeux au ciel, puis elle ajoute en se tournant vers Maggie et moi.

— Ou du moins quelqu'un qui pourra retransformer ces deux grenouilles en mes deux adorables filles…

— Garde les tasses à thé pour notre mariage ! s'écrie Holly tout en gloussant, toute trace de timidité disparue.

Tandis qu'Alison plaisante, je réalise qu'un jour, ses filles auront certainement cette conversation pour de bon quand elles s'apprêteront à se marier. Lorsque Holly et Sophie prépareront leur mariage, leur maman sera là pour choisir la robe de mariée avec elles, visiter les salles, les aider à établir le plan de table.

Alison sera présente le jour J, certainement très fière et un peu larmoyante quand elle verra ses filles passer la bague au doigt.

— Vous cherchez d'autres services à thé, comme celui de samedi, d'autres vieux trucs ? me demande Holly.

Je hoche la tête, mais j'ai l'esprit ailleurs. Le fait de penser à Alison, présente pour le mariage de ses filles, me fait prendre conscience que j'aurai beau faire tout mon possible, il y aura un vide pour le mien.

— Oui, c'est ça, confirme Alison, mais ce n'est pas juste des vieux trucs, Hol, nous cherchons quelque chose de vraiment beau, comme le service que mamie a chez elle.

— J'aurais bien passé toute la journée ici, dit Maggie en regardant de nouveau la pendule, mais le devoir m'appelle. Il faut vraiment que je retourne à la boutique.

Elle prend sa veste en lin et se lève en souriant.

— J'ai passé un bon moment, Alison. Merci beaucoup pour le repas et désolée de partir si vite.

En voyant ma boîte en fer vide sur le bar, elle la ramasse et me la tend.

— Oui, merci, Alison, dis-je en prenant la boîte.

J'envisage l'espace d'un instant de rester un peu plus longtemps, mais je réalise que ma bonne humeur a disparu. Je me lève pour partir.

— Il faut que je file, moi aussi.

Alison est en train de caresser distraitement les cheveux de sa fille qui mange sa galette.

— Bien sûr, répond-elle en levant les yeux. Ça m'a fait plaisir de vous recevoir chez moi. Je vous raccompagne.

Je retourne chez moi en pédalant à toute vitesse sur la petite route de campagne, tandis que le vent souffle dans mes cheveux. Si le déjeuner a été très agréable, j'ai été contente de pouvoir partir en même temps que Maggie. En voyant Alison avec ses filles, j'ai pris conscience une fois encore de ce que je n'aurai jamais et ne pourrai jamais avoir. Il y aura toujours une chaise vide à mon mariage.

Les pensées se bousculent dans ma tête, cependant que le paysage défile à toute vitesse dans un dégradé de verts. Je sais que j'ai de la chance, beaucoup de chance. Je vais épouser Dan que j'aime plus que tout et qui me rend heureuse. J'ai aussi mon père et Chris qui sont tous les deux extraordinaires.

Alors, pourquoi est-ce que je me sens si vide ?

5

Maggie

— Maggie, ah ! salut. Tu es de retour ! lance Anna.

Maggie venait de franchir les portes de la boutique Bluebelle du Jour et elle ne put s'empêcher de remarquer le chaos qui régnait dans le magasin. La boutique était d'ordinaire immaculée, des surfaces claires attirant le regard des clients vers des fleurs arrangées avec soin. En arrière-plan, il y avait des plaques de rue parisiennes, des affiches Art nouveau encadrées et des posters de films français. Aujourd'hui pourtant, le comptoir était jonché de papiers pour les commandes, et le sol de la boutique avait grand besoin d'un coup de balai, car il y avait des pétales partout. Maggie se maudit d'avoir pris le temps de déjeuner chez Alison. L'état du magasin ne faisait que confirmer ses doutes : elle ne pouvait pas laisser la boutique le samedi. Elle ne pouvait pas s'attendre à ce que les choses se passent bien sans elle.

Anna était vive et intelligente, mais elle n'avait que dix-neuf ans. Maggie lança un regard à son assistante. Avec son tablier de la boutique à fanfreluches, ses baskets Nike Air, ses joues rouges, ses boucles blondes décolorées qui s'échappaient de son chignon mal fait, elle semblait encore plus jeune. Certes, les clients l'adoraient, mais elle n'était ni soignée ni professionnelle.

— Salut, Anna. Oui, me voilà, dit Maggie en ramassant quelques factures sur le comptoir et en les empilant. Eh bien ! poursuivit-elle. C'était si calme en début de matinée.

Anna hocha la tête.

— Je sais. Mais le soleil a fini par percer et zoum ! On a dû vendre vingt bouquets de tulipes, puis trois de ces orchidées qu'on avait mises en vitrine passé un temps. Beaucoup de freesias et de lys aussi. C'est super, non ?

— Oui, répondit distraitement Maggie en poursuivant son travail et en s'assurant que les commandes avaient été traitées correctement avant de les archiver, puis en saluant les clients qui venaient d'entrer dans le magasin. Elle était tellement absorbée par ce qu'elle faisait qu'elle ne remarqua pas immédiatement Anna qui attendait à côté d'elle.

— Oh ! Anna… Tu es encore là ? Désolée. Va vite prendre ta pause.

Elle avait besoin d'aide, oui, mais elle ne voulait pas qu'Anna s'épuise en cette période toujours chargée au magasin avec l'arrivée du printemps. Tandis qu'Anna sortait dans la rue animée, Maggie aperçut deux jeunes femmes qui regardaient des compositions dans la vitrine. Elle prit une profonde inspiration et marcha jusqu'à l'entrée de la boutique pour les aborder. — Bonjour, mesdames, bienvenue à Bluebelle. Que puis-je faire pour vous aujourd'hui ?

Maggie rentra chez elle à dix-neuf heures après avoir réglé quelques tâches administratives et fermé la boutique. Il y avait une carte postale sur son paillasson, une plage de St Ives avec un dessin dans le coin représentant une femme en train de manger une pâtisserie des Cornouailles.

Elle retourna la carte postale et sourit quand elle reconnut les signatures familières en bas : Kesha, Dave, et un gros gribouillis de leur fille Evie, qui avait aussi écrit le nom de son petit frère, Oscar.

Chère Maggie, désolés que nous n'ayons pas pu venir pour ton anniversaire. Nous profitons du soleil dans les Cornouailles et nous espérons te voir bientôt.

Maggie et Kesha étaient amies depuis qu'elles s'étaient rencontrées sur les bancs de l'école dans le nord de Londres. Elles formaient un trio avec leur amie Sarah et étaient très proches. Il y eut une époque où elles savaient toutes ce que les deux autres avaient mangé à midi, et qui était amoureuse de qui. Aujourd'hui, elles se contentaient de s'annoncer des naissances et des changements de cap professionnels. Maggie coinça la carte sous le coin du miroir de l'entrée et ressentit une petite pointe de nostalgie. Puis elle alla dans la cuisine.

Elle se versa un Pimm's, auquel elle ajouta quelques tranches d'orange, de la menthe et du citron vert, puis elle ouvrit la fenêtre de la cuisine. Elle prit un tabouret et s'installa au bar, où elle commença à dessiner quelques idées pour le mariage de Darlington Hall dans un carnet à croquis dont la couverture était en lin. La mariée accepterait-elle un simple bouquet de bleuets ? Même si elle ne le reconnaissait qu'à contrecœur, les yeux de Lucy étaient d'un bleu spectaculaire, et les bleuets les mettraient parfaitement en valeur. Maggie réalisa une esquisse représentant une vue d'ensemble de la propriété, montrant l'emplacement de chaque composition florale et l'endroit par lequel les convives arriveraient dans le jardin pour qu'ils profitent au mieux de la vue. Ses idées commençaient à prendre forme. Elle ajouta quelques détails, des commentaires et des couleurs, et bientôt les pages furent remplies de plans très évocateurs. Le lieu grandiose et le budget généreux lui permettaient de laisser libre cours à son imagination comme jamais auparavant.

Si elle avait été un peu déconcertée au départ quand Lucy lui avait parlé des détails non floraux dont elle devrait s'occuper, elle se rendit compte qu'elle avait aussi beaucoup d'idées pour eux aussi. Elle allait faciliter le travail du jardinier paysagiste.

Certes, il n'était pas simple de travailler avec Lucy, mais il fallait bien reconnaître qu'elle avait un véritable don pour organiser de grandes réceptions et qu'elle avait aussi le sens des affaires.

Elle ne s'était pas caché qu'elle voulait se servir de son mariage pour améliorer son image et pour s'ouvrir de nouvelles portes dans le mannequinat, et elle avait insinué que, si la décoration florale était suffisamment audacieuse, Maggie pourrait profiter de la même publicité.

Cette allusion lui avait véritablement remonté le moral, car, si elle était en général très réaliste quant à ses aspirations, elle savait que, si quelques magazines de choix mentionnaient son travail, les conséquences ne pourraient être que positives pour Bluebelle du Jour. Si elle parvenait à attirer quelques clients de la haute société ou, mieux encore, un autre investisseur, elle s'approcherait un peu plus de son rêve d'ouvrir une filiale à Londres. Le cœur de Maggie était peut-être à Charlesworth dorénavant, mais elle était de plus en plus consciente que ses amis et sa famille ne l'étaient pas, eux. En ouvrant un magasin dans la capitale, elle ne développerait pas uniquement son activité ; elle pourrait aussi passer plus de temps avec sa mère et sa sœur Carrie, sa nièce Maisy, et voir aussi Kesha et Sarah. Et, si elle était tout à fait honnête, un tel succès prouverait également que son père avait eu tort, quand il avait déclaré, avant de mourir, qu'elle gaspillait son temps, et son diplôme en langues, en se mettant à son compte. Elle tenait à son père comme à la prunelle de ses yeux et, depuis ce jour, elle était déterminée à montrer qu'elle avait pris la bonne décision en créant sa petite entreprise.

Maggie finit son dernier dessin et sortit des spaghettis, du pesto et des pignons de pin pour préparer son dîner. En attendant que l'eau des pâtes bouille, elle alla dans le salon, son verre de Pimm's à la main.

Elle regarda les DVD sur son étagère : *Autant en emporte le vent, Casablanca, La vie est belle*, mais elle n'avait envie de regarder aucun d'eux. À part peut-être… Tout en bas, il y avait quelques classiques des années 1980 qu'elle avait cachés la dernière fois qu'elle avait invité du monde à dîner… *Rose Bonbon, The Breakfast Club, St Elmo's Fire.* Elle sortit le dernier. Rob Lowe parviendrait peut-être à l'égayer un peu. Elle posa le DVD sur sa télé et décida de le regarder tout en mangeant.

Quelque chose lui tenaillait l'esprit, et elle ne pouvait pas l'ignorer plus longtemps. Comme l'eau était encore loin de bouillir, elle prit son ordinateur portable, s'assit sur le canapé et fit défiler les mails des derniers jours, presque tous relatifs à son travail. Parmi eux, il y avait aussi le message de Dylan. Elle prit une profonde inspiration et le relut tout en réfléchissant cette fois à sa réponse.

À : Maggie Hawthorne
De : Dylan Leonard
Objet : Ça fait un bail

Chère M,
Je sais que ça fait vraiment un bail, mais j'ai beaucoup pensé à toi ces derniers temps.

J'ai appris par Andy que tu avais quitté Londres, il y a un ou deux ans, mais il ne savait pas où tu étais partie.
Comment vas-tu ?
On peut parler ?
Dylan

Maggie sentit son estomac se nouer en lisant les mots de Dylan. Au diable le Pimm's ! Ce qu'il lui fallait, c'était un gin-tonic !

— Je t'appelle au moment du bain ? demanda Maggie.

— Non…, non… Enfin, si, en quelque sorte.

C'était vraiment réconfortant d'entendre la voix chaleureuse de Kesha, même si elle était tout juste audible, pratiquement couverte par des bruits d'éclaboussures.

— Mais je suis contente que tu appelles. Comment vas-tu ? Tu as reçu notre carte ? demanda-t-elle.

— Oui, et c'était vraiment une bonne surprise, répondit Maggie. Et l'écriture d'Evie, je suis vraiment impressionnée. Elle écrit encore mieux que moi, maintenant, Kesh.

— T'as vu ça ? C'est vraiment une grande fille, Maggie. Ça fait peur. Mais, dis-moi, tu as passé une bonne journée d'anniversaire ?

— Oui, super, merci, la rassura Maggie

Et c'était vrai, quelque part. Elle s'était fait faire un bon massage, puis avait été contente de passer le reste de la journée seule.

— Mais écoute, Kesh, ce n'est pas pour ça que j'appelle. C'est à propos de Dylan.

Maggie fit tourner un spaghetti autour de sa fourchette et le mit dans sa bouche tout en gardant le combiné contre son oreille. Une goutte de pesto tomba sur la jambe de son pyjama en satin crème.

— Merde, marmonna-t-elle. Je ne parlais pas de Dylan, enfin peut-être que si après tout.

— Bon sang, Maggie ! s'exclama Kesha. C'est complètement inattendu. Qu'est-ce qu'il a dit ?

— Je ne sais pas, Kesh… Qu'il pensait à moi. Il veut parler.

— Trop tard, répliqua Kesha avec fermeté. Beaucoup trop tard. Mais on dirait qu'il a fini par réaliser ce qu'il avait perdu. C'est toujours ça.

Maggie réfléchit quelques secondes. Oui, son ego meurtri s'était réjoui que Dylan ait repris contact avec elle, mais elle aurait préféré d'un autre côté qu'il disparaisse de nouveau, qu'il retourne se cacher sous la pierre sous laquelle il était depuis quatre ans.

— Si tu le dis. Heureusement qu'il s'est manifesté maintenant en tout cas, car je sais que je suis complètement remise. En fait, je me demandais juste si je… Tu crois que je devrais… ?

— Oscar, arrête immédiatement ! cria Kesha. Arrête d'éclabousscr Evic ct dc lui cnvoycr dc l'cau dans l'œil ! Très bien, je vais confisquer le pistolet à eau ! Désolée, Maggie. Je suis vraiment désolée, mais je vais être obligée de te rappeler un peu plus tard.

— Oui, bien sûr, dit Maggie en éloignant le combiné de son oreille une fois que Kesha eut raccroché.

Elle savait d'expérience que Kesha ne rappellerait pas ce soir et que, malgré sa bonne volonté, elle ne rappellerait certainement pas du tout. Elle posa le combiné et monta à l'étage pour se faire couler un bain.

Maggie venait de se mettre devant *St Elmo's Fire* et de se servir un deuxième gin-tonic quand elle se souvint qu'elle avait laissé l'eau du bain couler.

Demi Moore et ses cheveux crêpés se figèrent. Maggie sortit du salon et se précipita à l'étage pour fermer les robinets et enlever la bonde. Elle était arrivée juste avant que l'eau ne commence à déborder. Heureusement qu'elle n'avait pas allumé de bougies. Ce n'était peut-être pas la soirée pour prendre un bain moussant.

Elle s'assit au bord de la baignoire en attendant que l'eau se vide complètement, puis aperçut son BlackBerry sur l'étagère de la salle de bains. Après s'être séché les mains, elle le prit, fit défiler ses mails jusqu'au message de Dylan, appuya sur RÉPONDRE et commença à écrire.

Dylan
Je ne sais pas pourquoi tu m'écris maintenant après de si longues années. Mais si tu veux vraiment me parler, tu peux m'appeler un soir de la semaine prochaine. Tu trouveras mon numéro en bas de ce message.
Maggie

Pas de bises.
Avant de se raviser, elle appuya sur ENVOYER.

6

Alison

Alison fut réveillée par un coup frappé à la porte de sa chambre et la voix de sa fille Holly.

— Maman, la voisine d'à côté est en bas. Elle veut vous parler, à toi ou à papa.

Quelle heure était-il ? Alison jeta un coup d'œil à son radio-réveil. Il était huit heures et demie passées. C'était quand même un peu tôt pour rendre visite à ses voisins le week-end !

— Tu peux lui dire que je passerai chez elle dans une demi-heure, Hol ? dit Alison depuis son lit.

— Pas vraiment ! cria sa fille derrière la porte. Elle a l'air furax, maman. Je crois vraiment que tu devrais descendre.

Pete dormait encore à poings fermés. Il venait de tourner le dos à Alison et poursuivait tranquillement sa nuit.

— Bon, attends une seconde.

Alison se dirigea vers la salle de bains attenante à sa chambre et passa un peu d'eau sur son visage. Elle entendit la porte de la chambre s'ouvrir, et Holly apparut devant l'entrée de la salle de bains.

— Holly, je t'ai déjà dit, il me semble, de ne pas faire

irruption comme ça dans notre chambre, la réprimanda Alison sans perdre son calme. Papa dort encore, tu sais.

Pour une préadolescente, Holly était vraiment guillerette à une heure si indécente un samedi matin. Elle s'était déjà habillée et portait un jean coupé sur un legging avec un t-shirt noir et ample des Beatles. Elle répondit dans un murmure :

— Maman, elle attend en bas. Elle a vraiment crié, tu sais.

Alison revint dans la chambre et dit :

— Je suis sûre que, quel que soit le problème, elle peut au moins attendre que je sois habillée.

Holly balaya la chambre du regard pendant qu'Alison enfilait ses sous-vêtements, un jean et un haut à manches longues.

— Maman…

Holly fixait la coiffeuse de sa mère tout en tirant distraitement sur sa queue de cheval en bataille et en faisant cliqueter doucement ses bracelets.

— Pourquoi as-tu toutes ces vieilles photos de gens morts qui se marient ?

Alison posa son regard sur les photos auxquelles Holly faisait allusion. Elle ne les avait jamais considérées de cette façon. Elle les collectionnait depuis des années : des photos en noir et blanc de couples le jour de leur mariage, et, plus ils avaient l'air empruntés, plus elle les aimait. Son amie Carla lui en avait envoyé une qu'elle avait trouvée au marché de Portobello. On pouvait y voir une très jeune mariée chaussée d'escarpins trop grands, et qui ressemblait vraiment à l'Olive de Popeye, avec son mari plus âgé et trapu qui la regardait avec adoration.

Alison avait inséré les photos dans des cadres qu'elle avait achetés dans une boutique d'antiquités, puis les avait disposées autour de son miroir. Il était impossible de savoir si l'un des couples était encore en vie, mais, si c'était le cas, ils étaient certainement très âgés.

— Elles me plaisent, c'est tout, dit Alison. Tu ne trouves pas qu'elles sont intéressantes ?

Holly n'hésita pas une seconde.

— Non, maman, elles me donnent plutôt la chair de poule. Tu es prête, maintenant ?

Alison et Holly descendirent au rez-de-chaussée et trouvèrent Janet, la voisine d'à côté, sur le perron, devant la porte d'entrée ouverte. Janet était une femme corpulente, d'une cinquantaine d'années, avec des joues rouges et des cheveux blond cendré bouclés avec soin. Du point de vue d'Alison, elle ne soutenait pas la comparaison avec sa vieille amie et ancienne voisine, Sally, qui avait déménagé l'été précédent.

— Bonjour, Janet, dit Alison en attachant une partie de ses cheveux avec une pince. Qu'est-ce que je peux faire pour vous ?

— Votre chien, fulmina Janet, tandis que ses joues viraient au cramoisi alors qu'elle tentait d'expliquer la situation. Venez voir et regardez ce qu'il a fait.

Alison et Holly suivirent Janet qui reprit la direction de sa maison, perchée sur ses hauts talons envoyant de temps en temps des morceaux de gravier en l'air. Elle les conduisit dans le passage qui longeait les deux maisons.

Elles passèrent devant la fenêtre de son salon, avec ses rideaux corail ruchés, et débouchèrent dans son jardin. Alison n'avait pas vu le jardin depuis que Sally avait déménagé, mais Janet et son mari avaient soigné la pelouse jusqu'à atteindre la perfection. Elle était bordée de rangées de pensées assorties dans chaque plate-bande jusqu'au fond, sauf que…

Janet tendit brusquement le bras pour montrer les dégâts à l'endroit où la clôture avait été arrachée. Ses ongles vernis rose fuchsia étincelèrent au soleil. Son geste était bien inutile d'ailleurs, car on ne pouvait pas passer à côté d'un pareil désastre.

George avait dû défoncer la clôture et était en train de s'amuser follement en creusant un immense trou dans la pelouse autrefois si parfaite.

Des vêtements maculés de boue, arrachés à la corde à linge, étaient éparpillés sur le sol. Tapie sous le banc du jardin, Cassie, le cocker de Janet, n'était plus qu'un pauvre tas tremblant.

George aboyait après Cassie à travers la clôture depuis le jour où elle s'était aventurée pour la première fois dans le jardin. Il avait à l'évidence décidé d'aller un peu plus loin aujourd'hui.

— Ah ! fit Alison, sentant Holly à ses côtés qui tremblait de tout son corps pour réprimer son envie de rire.

Elle dut elle-même faire de gros efforts pour ne pas partir dans un grand éclat de rire.

— Je vois. Ouille ! ajouta-t-elle en se mordant les lèvres.

Puis elle mit deux doigts dans sa bouche et siffla avec force. La tête du chien-loup sortit du trou boueux.

— La fête est fini, George ! cria-t-elle.

Janet avait les lèvres tellement pincées qu'on aurait dit qu'elle était sur le point d'exploser.

— Oh ! mon Dieu, elle est affreuse, Jamie, fit Alison, la tête entre les mains, riant aux larmes. Elle est tellement guindée. Et alors qu'elle avait eu le toupet de nous réveiller à huit heures et demie, un week-end, j'aurais vraiment donné n'importe quoi pour qu'elle soit en tort…

Jamie préparait des crêpes dans la cuisine de sa petite chaumière.

— Tu ne m'avais pas dit que ta voisine s'appelait

Hyacinth Bucket ? dit-il en riant et en faisant sauter la première crêpe.

— Tu as entièrement raison. C'est tout à fait elle, Jamie. Et le plus drôle dans l'histoire, c'est que George a choisi sa chemise de nuit la plus sexy, tout en dentelles et fanfreluches, et l'a mise en lambeaux. C'était sans doute sa plus jolie…

— Tiens, goûte-moi ça et dis-moi si ça ne te fait pas oublier toute cette histoire, proposa Jamie en tendant une crêpe à Alison avec un flacon de sirop d'érable.

Il versa un peu de pâte dans la poêle pour en préparer une deuxième.

— Hmm, dit Ali, la bouche pleine. C'est délicieux...

Jamie s'assit en face de son amie et disposa des tranches de banane sur sa crêpe avant de les recouvrir de sauce au chocolat.

— Ali, tu te souviens, la dernière fois qu'on s'est vus, je t'ai dit que je voulais te parler de quelque chose, commença-t-il en pliant sa crêpe.

Alison hocha la tête tout en avalant une bouchée.

— Oui, et c'est pour cette raison que je suis là. Alors, c'est quoi ce grand mystère ? demanda-t-elle.

— C'est une bonne nouvelle, je pense, dit Jamie dans un sourire hésitant. Un pas important. Ça sera un nouveau départ pour moi et une opportunité potentiellement intéressante pour toi.

Alison lui accorda toute son attention. Il était capable de cancaner comme pas un, mais, quand il s'agissait de sa propre vie, il était toujours très discret. C'est pourquoi elle savait que c'était quelque chose de très sérieux.

— Ali, j'ai décidé de monter ma petite affaire. C'est un projet auquel je réfléchis depuis des années, mais, d'une chose à l'autre…

Jamie resta quelques secondes perdu dans ses pensées. L'espace d'un instant, Alison revit Seb avec eux dans la cuisine près du plan de travail. Il aurait certainement préparé le thé pendant que Jamie faisait sauter les crêpes. C'était l'un des couples les plus forts qu'elle ait jamais rencontrés.

— Tu connais cette agence immobilière dans la grande rue dont l'activité était de plus en plus faible et qui a fini par fermer ?

Jamie la regarda droit dans les yeux pendant qu'elle essayait de se souvenir. Les boutiques de la rue principale changeaient sans cesse d'enseigne, lui semblait-il.

— Celle qui était en face de chez la fleuriste, ton amie Maggie ?

— Oh oui ! J'ai vu que le local était vide. Il y a beaucoup d'espace à l'intérieur. C'est vrai que c'était un peu dommage qu'il abrite une agence immobilière.

Jamie hocha la tête.

— En effet. Eh bien, le local est justement à louer.

— Et pourquoi cela nous intéresse-t-il ? demanda-t-elle en essayant de deviner ce que Jamie avait en tête.

— Parce que je vois bien un café à l'intérieur, Ali, expliqua Jamie. Mais je ne parle pas d'un simple café. Certes, il y aura de bons gâteaux, du café frais, un grand choix de thés, tout ça. Mais pas que ça ! Ça sera aussi un endroit inspirant, avec de magnifiques meubles vintage, un décor rétro et un coin galerie. BLITZ SPIRIT[1], dit-il en levant la main pour indiquer une enseigne au-dessus du local.

Alison inclina la tête comme si elle voyait l'écriteau imaginaire, s'imprégnant doucement de l'idée.

— Je pense qu'on mérite tous quelque chose d'un peu

1. Stoïcisme et détermination typiquement britanniques dans une situation difficile ou dangereuse. (NDT)

plus branché que notre Joey du coin. Tu n'es pas de mon avis ?

Alison rit. Le café Chez Joey dans la rue principale existait déjà quand elle était petite, mais longévité ne rime pas toujours avec charme. Le service était déplorable, et la nourriture ne valait guère mieux.

Tout le monde à Charlesworth y allait de temps à autre pour la simple raison que c'était le seul endroit où on servait à manger. Le concept de Jamie était complètement différent. Il voulait un café qui serait le centre de la vie sociale et dont leur vieux bourg avait grand besoin.

— Ça sera à la fois un endroit chic, où il fait bon se retrouver, mais aussi un lieu où pourront s'exprimer les talents créatifs de la ville, avec des objets artisanaux de grande qualité en vente à l'intérieur.

— C'est génial, fit Alison. Je te vois tout à fait en gérant d'un tel café.

— Merci, ma chérie, dit Jamie en souriant.

Les rides autour de ses yeux apparurent plus nettement.

— Mais écoute, je ne serai pas forcément tout seul. Si mon idée te plaît, tu pourras faire partie du projet, toi aussi, poursuivit-il. C'est juste une idée que j'avance, je ne veux surtout pas te mettre la pression. Mais je me demandais si tu voulais être mon associée, Ali.

Alison se cala dans son fauteuil et écouta Jamie détailler son plan.

— En fait, j'ai pensé que tu pourrais contribuer au loyer et que tu engrangerais une partie des bénéfices. En plus, tu bénéficierais d'un espace où tu pourrais vendre tes bougies, tes housses de coussin brodées et autres objets pour la maison, plus toutes les nouvelles collections que tu voudras créer. Les clients du café, qui s'attarderont suffisamment longtemps autour de leur tasse d'earl grey, auront largement le temps de tomber amoureux des objets exposés autour d'eux, ce qui sera tout bénef pour toi.

Alison sourit tout en méditant ce qu'il venait de dire.

— Je tiendrai le café et je m'occuperai de la cuisine, pâtisseries comprises. Tu pourras donc consacrer tout ton temps à l'aspect artisanal du projet. Mais, en fin de compte, nous nous partagerons l'espace, et j'aimerais que nous décidions ensemble des œuvres à exposer et des événements à accueillir. Tu m'as dit qu'il te restait encore une bonne partie de l'indemnité de licenciement de Pete. Alors, ça pourrait être un bon investissement ?

— Bon, dit Alison. Tout ça me paraît..., poursuivit-elle en souriant, se sentant progressivement gagnée par l'enthousiasme. Tu sais mieux que quiconque, Jamie, que c'est ce que j'ai toujours rêvé de faire.

Jamie tendit la main et ébouriffa les cheveux de son amie.

— Bon, tant mieux parce que tu es la seule personne avec qui je me vois dans un tel projet.

— À combien cela me reviendrait-il ? demanda Alison en se redressant sur son fauteuil et en joignant ses mains aux ongles vernis de rouge.

Jamie s'approcha du bar et lui apporta une feuille de papier sur laquelle il avait fait ses calculs. Il fit descendre son doigt le long de la colonne de droite.

— Que dirais-tu si tu payais 300 livres par mois au départ pour le loyer, suggéra Jamie. Et ensuite, nous pourrions ajuster la somme plus tard, si tu veux. Tu as dit qu'il te restait environ la moitié de l'indemnité de licenciement de Pete, n'est-ce pas ?

Alison hocha la tête et regarda les chiffres sur la feuille.

— En tout cas, c'est une décision importante, je sais, admit Jamie. Et tu vas avoir besoin de temps pour y réfléchir et pour en parler avec Pete. Alors, une fois que tu seras prête, tu pourras revenir me voir.

Alison hocha la tête, mais elle savait très bien que, malgré toute sa bonne volonté, Jamie devrait bientôt verser un acompte pour éviter que quelqu'un d'autre ne loue le local.

— Tu vas vraiment te lancer, n'est-ce pas ? demanda Alison en serrant Jamie dans ses bras. Ton propre café. Bien sûr que je veux participer à ce projet.

7

Jenny

— Chloé, s'il te plaît. Ne serre pas autant, dis-je en criant et en attrapant la main de Chloé derrière moi pour l'arrêter.

Chloé et moi sommes tassées dans les toilettes du travail, et elle est en train de me faire essayer mon corset pour ma nuit de noces.

Dès que le paquet est arrivé sur mon bureau à l'heure du déjeuner, Chloé l'a aperçu depuis l'autre bout du bureau. Elle a bondi de sa chaise, a traversé la salle, tandis que ses bouclettes volaient dans tous les sens, puis elle m'a arrachée à mon ordinateur et m'a entraînée dans les toilettes des dames.

Quand je l'ai vu sur le site de Blackout Nights, le corset m'a vraiment plu. Il était vintage à souhait, très années 1940, et promettait une taille de guêpe et une poitrine généreuse.

Ma taille est certes minuscule à présent, mais j'arrive à peine à respirer et, à bien y regarder, je ne suis pas certaine que mon décolleté soit plus plongeant.

— D'accorrrd.

Chloé finit par se laisser fléchir.

— Je vais le serrer un peu moins. Tourne-toi pour me montrer.

— Me tourner ? Tu plaisantes ? dis-je en riant. On peut pas bouger là-dedans sans risquer de se peloter au passage.

— Bon, laisse-moi passer alors. Tu pourras me montrer près du lavabo.

Quelques instants plus tard, elle crie :

— Sors de là ! Ne t'inquiète, pas la porte est bien fermée.

Je jette un œil à l'extérieur et constate qu'elle a plaqué son dos contre la porte. Je m'aventure jusqu'au lavabo et me regarde dans le miroir en pied. Même si j'ai gardé mon pantalon, j'ai l'air complètement différente.

— Waouh, quel canon ! s'exclame Chloé en souriant.

Il est vrai que je suis rudement jolie. Certes, mes courbes ne sont pas super sexy, mais elles ont le mérite d'être là, plaquées sur ma silhouette un peu androgyne grâce au corset. Je suis allée chez le coiffeur il y a quelques jours pour me faire des mèches blond clair. J'ai aussi une frange légère qui met en valeur mes yeux noisette écartés. L'effet général est impressionnant : c'est toujours *moi*, mais en version beaucoup plus glamour. Quelqu'un pousse contre la porte, et je sursaute.

— Occupé ! crie Chloé en s'appuyant de toutes ses forces.

— C'est pas mal, Chlo, qu'est-ce que tu en penses ? dis-je en tripotant une des baleines. Mais je ne vois pas comment je vais pouvoir avaler une bouchée de pièce montée avec ça.

De retour à mon bureau, je ne lève plus la tête de mon travail pour les quelques heures qui restent. Pendant que le directeur artistique, assis à côté, discute avec son équipe des images dont il aura besoin pour le prochain numéro, je classe des papiers, réponds à mes mails, aide Zoé à classer une pile gigantesque de documents avant l'inspection du bureau qui doit avoir lieu demain. Un message de Maggie vient égayer mon après-midi. Elle m'a envoyé en pièces jointes des photos de décorations faites à la main pour mon mariage. Des cartes vintage découpées en bandelettes, puis arrangées en forme de cœur qu'on peut enfiler sur un fil. Lorsque l'horloge de mon ordinateur indique cinq heures et demie, j'ai fini tout ce que j'avais à faire et j'ai vidé ma boîte mail.

Zoé me regarde depuis son bureau, et je remarque qu'elle a des cernes sous ses yeux sombres.

— Bon, vas-y, dit-elle d'un ton impassible en inclinant la tête pour me montrer les autres bureaux vides.

Seul Gary, le chef de Chloé, est encore là. Il pianote énergiquement sur le clavier de son ordinateur.

— Ce n'est pas parce qu'on reste tard qu'on nous fera des cadeaux, tu sais, Jenny. Si on est encore là, c'est qu'on est obligés.

Elle se concentre de nouveau sur le document qu'elle était en train de vérifier sans attendre ma réponse. C'est la façon qu'a Zoé d'être gentille. Je prends mon sac de gym, salue Zoé et sors du bureau par les grandes portes vitrées.

Je rejoins Chloé à la réception. Elle est appuyée sur le comptoir et échange ses talons hauts contre des ballerines. Lorsque j'arrive, elle est en train de fourrer ses chaussures de travail dans son sac à main.

— Jen, dit-elle en bougeant les orteils dans ses ballerines comme pour se réhabituer à des chaussures plus confortables. Je sais que nous avions prévu d'aller au cours de zumba ce soir.

En voyant mon regard suspicieux, elle me donne immédiatement son excuse.

— J'ai dû porter ces stupides talons aujourd'hui pour une réunion, et mes pieds me font affreusement mal. En plus, il fait si doux dehors, une vraie soirée estivale. Et si on allait boire un coup plutôt ?

Je me réjouissais tellement d'aller à notre cours de zumba. Rien de tel que de bouger les fesses sur des rythmes latinos pour chasser le blues du lundi. Pourtant, les grands yeux de Chloé m'implorent de lui faire cette faveur pour une fois.

— Je te promets qu'on ira la prochaine fois.

Je finis par céder.

— Bon, d'accord, mais je te prends au mot : on ira jeudi et pas de discussion ! dis-je en souriant. Je veux être un peu plus musclée que ça pour le mariage, même si j'ai désormais le corset pour tout maintenir bien en place.

— On va dans notre pub préféré ? propose Chloé.

Ensemble nous quittons les bureaux climatisés de Sussex Living et sortons dans l'air chaud du soir. Pour un lundi, le trottoir devant le pub d'en face, notre repaire, est vraiment bondé. Les employés de bureau et les commerçants de Charlesworth profitent de cette douceur inattendue, un verre de vin blanc ou une bouteille de Magners à la main. Chloé et moi traversons la rue.

J'entre dans le pub pour aller nous chercher un verre de vin blanc chacune pendant que Chloé essaie de dénicher une place sur un banc dehors.

— Bon, dis-je, une fois de retour du bar tout en m'asseyant et en poussant mon sac de gym inutilisé sous la table. Comment s'est passé l'anniversaire auquel tu étais invitée samedi soir ?

— Euh…, oui, commence Chloé en plissant un peu le nez.

Je connais cette expression sur son visage.

— Chloé…, dis-je en prenant ma voix de maîtresse

d'école comme chaque fois que nous avons ce genre de conversation.

— Je sais, je sais…

Elle lève la main pour m'arrêter.

— Mais les types à la soirée étaient vraiment nuls, Jen. C'étaient surtout des amis banquiers de Nikki, venus de Londres. Ils nous ont pris pour des filles de la campagne et s'attendaient à ce que nous allions nous rouler dans les meules de foin avec eux rien qu'en entendant le mot champagne, raconte Chloé en détachant ses cheveux et en passant la main dans ses boucles brunes. Alors, quand à minuit j'ai reçu un message de Jon qui me disait de passer, eh bien, je suis partie.

Je hausse les sourcils.

— Il a été si adorable quand je suis arrivée.

— Bien sûr, pas étonnant, dis-je, incapable de cacher ce que je pense.

— Je sais, Jen, tu n'as pas besoin de me le rappeler.

Chloé semble un peu désespérée. Depuis que je la connais, Jon et elle n'ont cessé de rompre et de se remettre ensemble. Elle est tombée folle amoureuse de Jon lorsqu'elle a fait sa connaissance par l'intermédiaire d'un site de rencontres sur Internet, et, d'après elle, leur première année ensemble a été un véritable rêve. D'après ce que j'ai vu, il a passé les deux années suivantes à trahir ses promesses et à la laisser tomber. Puis, juste au moment où elle commençait à se remettre, il décidait immanquablement qu'il ne pouvait pas se passer d'elle.

— Il était vraiment désolé de ne pas être venu au mariage de Jo, dit Chloé. Et en fait, il n'est pas très mariage, alors, c'était peut-être préférable qu'il ne soit pas là, après tout.

Chloé sirote son vin d'un air pensif, puis arrange sa jupe plissée couleur pêche.

— Jen, dit-elle après une pause. Comment vous faites, Dan et toi ? Tout a l'air si facile pour vous !

— Vraiment ? fais-je, sincèrement surprise. J'en sais rien, Chlo, parce que c'est pas toujours le cas. Et demande-lui si c'est facile de vivre avec quelqu'un qui classe les DVD de son homme par ordre alphabétique et qui « fait disparaître » certains de ses vêtements qu'elle n'aime pas. Nous avons nos problèmes, crois-moi.

— D'accord, mais tu n'as pas de doutes, n'est-ce pas ? demande Chloé. Je veux parler de gros doutes…

— Non, dis-je en réfléchissant. Je n'ai pas de gros doutes, je suis plutôt sûre de mon coup cette fois.

Je repense à quel point c'était différent avec mon ex : j'avais tout un catalogue de doutes à l'époque. Pourtant, quand j'ai rencontré Dan, tout a semblé se mettre en place dans ma vie. Si notre entente n'est pas toujours parfaite, notre amour me fait plus penser à un dimanche paisible qu'à une bataille continuelle.

— Parfait ! s'exclame Chloé en retrouvant sa bonne humeur. Parce qu'il se trouve que j'ai vraiment de bonnes idées pour ta soirée d'enterrement de vie de jeune fille. Alors, nous ne pouvons pas nous permettre de te voir quitter le navire maintenant.

— Ça ne risque pas, dis-je en souriant.

8

Maggie

Le plus difficile fut d'entendre sa voix, mais ce qui l'aida beaucoup finalement, c'est que Dylan avait pris un stupide accent nasillard, typiquement américain.

— Salut, Maggie, dit-il dès qu'elle décrocha. Alors, où est-ce que tu habites maintenant ? lui demanda-t-il une fois qu'ils eurent échangé quelques plaisanteries. Et ton travail ? Tu as fini par créer ta société comme tu l'avais toujours souhaité ?

Maggie était assise au bout du canapé, ses pieds nus enfoncés dans le tapis bien doux, un verre de vin sur la table basse à côté d'elle. Il était onze heures du soir, et la pluie tambourinait contre les portes-fenêtres. Le beau temps avait cédé sa place à un violent orage. Les branches du pommier cognaient contre les vitres.

Maggie avait essayé de ne pas regarder le téléphone depuis qu'elle avait répondu à Dylan ce week-end, mais de temps en temps elle ne pouvait s'empêcher de jeter un œil, se demandant si et quand il allait appeler.

— Oui, répondit Maggie en essayant de parler d'une voix neutre et posée. J'ai déménagé en effet. J'habite dans le Sussex maintenant, dans un vieux bourg.

Elle fut soulagée de constater que sa voix semblait calme, beaucoup plus qu'elle ne l'était en réalité.

— Ah ! le Sussex, dit-il. Très bien. Mais je parie que la vie à la campagne n'a pas fait disparaître complètement la fille de la ville.

— Écoute, l'interrompit Maggie en s'armant de courage. Ce n'est pas la peine de tourner autour du pot, Dylan. Pourquoi souhaitais-tu me parler ?

Ils restèrent silencieux quelques secondes.

— D'accord, Maggie, tu as raison, finit par dire Dylan. Venons-en aux faits.

Elle l'entendit prendre une profonde inspiration.

— Je ne pensais pas laisser passer autant de temps avant de te recontacter, mais, comme je te l'ai dit, j'avais vraiment besoin de m'éloigner un peu, de m'isoler.

Maggie but une gorgée de vin et écouta.

— Je vis à New York depuis trois ans. Grâce à ma liste de clients internationaux, je n'ai pas eu trop de difficultés à ouvrir un studio ici. J'ai tout photographié : des couvertures de livres aux pubs de voitures. Je sais que tu as toujours pensé que j'accordais trop d'importance à mon travail, mais je crois que j'avais besoin de vivre certaines expériences.

Chaque mot prononcé par Dylan lui faisait l'effet d'un coup de poignard dans la poitrine. Pourquoi étalait-il ainsi sa réussite professionnelle ?

— J'ai un appartement à Brooklyn, poursuivit Dylan. Et la ville est surprenante. Il y a vraiment une ambiance incroyable ! Tous les matins quand je me réveille, je suis impatient de me lever et de commencer ma journée.

Génial pour toi, pensa Maggie. Elle revit son alliance adorée qu'elle avait rangée dans une boîte quelques étés auparavant. Dylan mettait tellement d'énergie dans son travail à l'époque que Maggie avait le sentiment qu'il n'en avait plus pour leur couple. Et voilà qu'il lui fallait à présent l'écouter se vanter de tout ce qu'il avait accompli sans elle ? Vraiment ?

— Mais en réalité, ça ne me convient plus, Maggie, reprit Dylan d'une voix plus douce. Plus rien de tout ça ne me fait envie. Je ne veux pas vivre comme un célibataire. Je veux retrouver ce que nous avions tous les deux. Chaque femme que je rencontre, chaque composition florale, chaque chevelure rousse que j'aperçois dans la rue me ramènent à toi.

Oh ! Maggie vida son verre cette fois.

— Je suis prêt pour aller plus loin, poursuivit Dylan. Quand nous nous sommes séparés, ce n'était pas le cas. Je sais que tu ne voulais pas que nous divorcions. C'est moi qui l'ai souhaité. Je suis vraiment désolé.

Maggie parvint à marmonner un « cool » hésitant, même si elle ne trouvait pas ça cool du tout.

— Maggie, écoute. Je viens à Londres à la fin de la semaine prochaine. Je veux que nous parlions en tête-à-tête. S'il te plaît, écoute ce que j'ai à dire. Tu veux bien ? J'espère que ce que nous avons vécu vaut bien ces quelques instants d'attention ?

Les mots de Dylan restèrent suspendus.

— Je vais y réfléchir, répondit Maggie.

Le soleil entrait à flots par la fenêtre protégée par des rideaux en mousseline blanche quand Maggie se réveilla au son des miaulements de Mork qui réclamait à manger. Elle avait l'impression de ne pas avoir fermé l'œil de la nuit : la pluie avait tambouriné jusqu'au petit matin contre les vitres, et les mots de Dylan avaient sans cesse résonné dans sa tête. Sans changer de position, elle tendit nonchalamment la main pour caresser le chat, et c'est à cet instant qu'elle vit l'heure sur son radio-réveil. Les chiffres semblaient la réprimander avec leur éclat aveuglant : dix heures cinq. Merde. Elle était attendue dans vingt-cinq minutes à Darlington Hall, et c'était déjà le temps qu'il lui fallait pour s'y rendre en voiture.

Elle était un peu vaseuse quand elle était enfin allée se coucher et elle réalisa qu'elle avait dû oublier de mettre son réveil. Elle s'empressa de se lever et décrocha sa robe de chambre en satin qu'elle enfila. Elle prit Mork dans ses bras, descendit au rez-de-chaussée, lui donna quelques biscuits pour chat et se servit un verre d'eau. Où avait-elle donc mis ses dessins ? Elle trouva son carnet à croquis sur le comptoir du petit-déjeuner, rassembla quelques feuilles volantes sur lesquelles elle avait tracé des esquisses, puis rangea le tout dans son cartable en cuir, avec son ordinateur portable, son BlackBerry et son agenda.

Elle n'avait vraiment pas le temps de prendre une douche. C'était hors de question ! Mais pouvait-elle réellement se pointer à Darlington Hall dans cet état ? Elle se précipita à l'étage, fit couler l'eau chaude et attacha ses cheveux à l'aide d'un chouchou rose à paillettes que sa nièce Maisy avait laissé sur le rebord de la baignoire la dernière fois qu'elle était venue. Elle se lava avec un gel douche au pamplemousse, très revigorant, et se sentit beaucoup mieux armée pour affronter le monde.

De retour dans sa chambre, elle jeta un coup d'œil par la fenêtre. Oublié l'orage ; le ciel bleu et le soleil étaient de retour. Elle choisit une robe en soie vert pâle avec des boutons chinois qu'elle assortit avec des spartiates en cuir marron. Elle mit son gros bracelet en or et sortit de la maison, le cartable à la main. Elle monta dans sa Coccinelle et regarda l'heure. Dix heures vingt-cinq. Aïe !

Elle s'engagea dans l'allée qui menait au manoir en faisant crisser les graviers sous ses pneus et vit qu'un autre véhicule était déjà garé devant l'entrée : un pick-up cabossé avec des outils de jardin à l'arrière. Elle se rangea à côté, bondit de la voiture et marcha jusqu'à la porte d'entrée aussi vite que sa dignité le lui permettait. La sonnette retentit majestueusement, et Lucy vint ouvrir.

— Je suis vraiment désolée, Lucy, commença Maggie.

Lucy la regarda de la tête aux pieds, pas vraiment convaincue.

— Eh bien, il ne reste plus de pâtisseries, et nous avons déjà commencé, mais venez. Nous nous sommes installés au salon.

Maggie la suivit dans une pièce ensoleillée où trônaient une méridienne et un cheval à bascule. Deux canapés en velours rouge sombre étaient disposés à l'extrémité du salon près des portes-fenêtres et se faisaient face. Maggie vit Jack et un autre type aux cheveux sombres, sans doute son ami, le jardinier paysagiste, assis côte à côte sur l'un des canapés. Maggie s'assit à côté de Lucy sur l'autre.

— Maggie, je vous présente Owen ; Owen, voici Maggie.

Owen devait avoir une trentaine d'années. Il était affalé sur le fauteuil dans une chemise à carreaux dépenaillée et un pantalon de treillis kaki comme s'il n'avait pas besoin de faire un effort de toilette même pour venir dans un manoir. Quand Maggie lui tendit la main, ses yeux noirs croisèrent les siens, mais il ne sourit pas.

Son regard était si pénétrant qu'elle se sentit mal à l'aise. Détournant les yeux, elle remarqua que le père de Lucy, Jeremy Mackintosh, était sur la terrasse et faisait les cent pas tout en parlant au téléphone.

— Owen a réalisé des plans très intéressants, commença Lucy en montrant des feuilles sur la table basse. Il a déterminé l'emplacement des champignons géants et trouvé le chemin que les convives devront emprunter.

Maggie ouvrit son cartable et sortit son carnet et ses croquis.

— C'est intéressant, dit-elle sans prendre la peine de regarder. Lucy, il y a quelque chose que je voudrais vous montrer à tous les deux.

Maggie posa ses dessins sur l'autre moitié de la table et ouvrit son carnet à croquis. Elle s'assura que Lucy et Jack étaient prêts à l'écouter avant de prendre la parole. Elle regarda Owen aussi, mais eut le sentiment qu'il se fichait royalement de ce qu'elle avait à dire. Ses doutes se confirmèrent quand il détourna le regard de ses dessins et fixa le jardin où se tenait le père de Lucy. Maggie montra son premier croquis.

— Je pensais que nous pourrions faire sortir les invités par cette porte.

Elle montra la porte du salon.

— Puis les faire descendre ces marches pour qu'ils aient une vue…

— Oh non, non, non ! objecta Lucy. Je préfère largement ce qu'Owen a fait, avec les roses au bord du lac et le coin éclairé par des bougies près du jardin d'herbes aromatiques. Pas toi, Jack ?

Jack hocha la tête, puis croisa le regard de Maggie et s'arrêta tout net.

— J'aime les deux, pour être honnête, Luce. Ils sont juste différents.

Maggie poursuivit son exposé sans se démonter.

— Mais vous voyez ce que j'ai fait ici avec les hula-hoops en osier ? Le décor sera vraiment interactif.

— Des hula-hoops en osier ? dit Owen en riant.

Il se tourna de nouveau vers la table et regarda Maggie droit dans les yeux.

— Vraiment ?

Bon, d'accord, c'est peut-être un peu exagéré, pensa

Maggie. *Mais a-t-il vraiment besoin de se montrer si impoli ?*

— Je croyais que c'était moi qui me chargeais du jardin, et elle, des fleurs ? Ce n'est pas ce que nous avions décidé, Jack ? poursuivit Owen.

Maggie bouillait de colère et sentit le sang lui monter au visage tant elle était furieuse et frustrée. Elle lui lança un regard noir.

— Oui, c'est bien ce que nous avons dit, n'est-ce pas, Maggie ? lança Lucy.

D'accord, c'est ce qu'ils avaient dit, mais, après leur première rencontre, elle s'était rendu compte qu'elle était tout à fait capable de prendre en charge une partie de l'aménagement paysager. Elle n'aurait pas dû se laisser intimider ainsi. À présent, Owen faisait comme si elle marchait sur ses plates-bandes alors qu'elle avait tout autant que lui son mot à dire dans l'organisation de cet événement. Elle voulait que le mariage corresponde à l'esprit de Bluebelle du Jour et, si Owen commençait à trop s'imposer, elle savait qu'elle risquait de compromettre ses chances.

— Oui, en effet, mais je pensais que vous aimeriez quand même voir…, commença Maggie.

Elle détacha les yeux de ses dessins pour regarder les plans d'Owen et fut chagrinée de constater qu'ils avaient l'air très bien pensés. Mais il était à l'évidence beaucoup plus jeune qu'elle et n'avait certainement pas l'habitude d'organiser des événements de cette envergure. Il conduisait un pick-up, bon sang ! Maggie était incontestablement beaucoup plus qualifiée pour travailler sur un mariage de cette classe avec des invités de haut rang.

— Écoutez, ne le prenez pas mal, mais les mariages, ce n'est vraiment pas mon truc, comme vous le savez, dit Owen en regardant Jack et Lucy. Ces gros gueuletons ne s'inscrivent pas vraiment dans ma démarche. Ils ne me paraissent pas justifiés même au nom de l'amour et sont loin de mes préoccupations pour le développement durable. Mais, comme je l'ai dit, je suis prêt à le faire pour vous.

Jack semblait un peu mal à l'aise et commençait à se trémousser sur le canapé.

— Mais si je le fais, poursuivit Owen, ça sera à ma façon. Laissez-moi l'aménagement du jardin, dit-il à Jack. C'est ce que nous avions décidé et c'est ce que je sais faire. Et elle pourra s'occuper des fleurs, ajouta-t-il en montrant Maggie d'une main dédaigneuse.

— D'accord, s'empressa de répondre Jack en essayant de faire amende honorable et de calmer son ami. Maggie, nous avons vraiment besoin de vous pour les fleurs, cependant.

Quand Maggie leva les yeux pour défendre sa cause, Owen fixait le haut de sa tête. Ses yeux noirs pétillaient.

— Joli chouchou, fit-il remarquer.

— Minibouchées au porc ? demanda Maggie en faisant passer l'assiette.

— Ça irait parfaitement avec mon bol de Quavers, fit Jenny en gloussant.

Elle rangea une boîte de glace dans le congélateur de Maggie et se servit.

Alison prit les trois verres de limonade pleins, et les femmes emportèrent leurs assiettes et une grande boîte de pizza dans le salon immaculé de Maggie.

— Merci d'être venues, dit Maggie en s'installant sur le fauteuil et en repliant les jambes sous elle. Et merci aussi d'avoir apporté toutes ces cochonneries.

Un assortiment de snacks réconfortants était étalé devant elles, de part et d'autre d'une énorme pizza. Maggie ne s'attendait pas vraiment à ce qu'Alison et Jenny soient libres un vendredi soir, mais, après la journée qu'elle venait de passer à Darlington Hall, elle avait besoin d'une compagnie plus amicale et les avait invitées à tout hasard. Quand elle leur avait ouvert la porte et qu'elle les avait vues, les bras chargés d'amuse-gueule et affichant un sourire d'adolescentes se rendant à une soirée pyjama, Maggie avait pratiquement oublié son coup de blues.

— Ah ! ne t'inquiète pas, Maggie, nous avons toutes nos mauvais jours.

Jenny hocha la tête et prit un minifriand à la saucisse dans son assiette, sa queue de cheval blonde bondissant dans son dos.

— En plus, ça faisait longtemps que je n'avais pas fait un bon festin de cochonneries, ajouta-t-elle en faisant un clin d'œil. Mieux vaut ça que de prendre une cuite et avoir la gueule de bois le lendemain, vous ne trouvez pas ?

— Tout à fait, approuva Maggie. Et c'est un moindre mal. C'est gentil à vous d'être venues, vraiment, sinon je crois que j'aurais déjà descendu une bouteille de vin, justement. Honnêtement, le mariage de Lucy Mackintosh va me donner du fil à retordre.

— Elle est donc si terrible ? demanda Alison en enlevant une miette sur sa chemise à carreaux.

— Oui, répondit Maggie sans hésiter. Mais, le pire, c'est qu'il n'y a pas qu'elle maintenant.

Elle marqua une pause et repensa à son entrevue désastreuse du matin.

— Elle a engagé ce petit merdeux arrogant et arriviste pour s'occuper de la mise en valeur du jardin et... Non.

Maggie secoua la tête, l'air déterminé.

— Je ne vais pas gâcher mon festin de cochonneries en pensant à eux.

Sa mine renfrognée fit place à un grand sourire quand elle prit une part de pizza dans la boîte.

— Au fait, Alison, dit Maggie au milieu d'une bouchée de mozzarella, ton ami Jamie de la boutique solidaire est passé au magasin l'autre jour. Il a acheté quelques freesias. Il m'a dit qu'il allait peut-être ouvrir un café en face. Tu étais au courant ?

Alison lui adressa un sourire rayonnant.

— Oui et, pour être honnête, je mourais d'envie de vous en parler. J'envisage de m'associer avec lui.

Elle remarqua l'expression intriguée de ses amies.

— Mais je dois vraiment réfléchir avant de me lancer et surtout en parler avec Pete en premier lieu. Je vous tiendrai au courant, dit-elle en caressant le dos rond de Mork qui reniflait les bouchées au porc.

Tout en balayant du regard la pièce où elles se trouvaient, Alison changea de sujet.

— En tout cas, cette maison est superbe, Maggie, fit-elle remarquer. Une moquette blanche, ça relève du domaine du rêve quand on a des enfants.

Maggie sourit chaleureusement.

— Eh bien, il doit y avoir quelques avantages à vivre seule.

— En effet, reprit Alison en riant. Je crois que pratiquement tous nos meubles sont super résistants et faciles à nettoyer.

Elle se leva pour examiner les photos qui ornaient le manteau de cheminée de Maggie.

— Alors, tu es sûre qu'il n'y a aucun homme dans ta vie ?

— Oui, j'en suis absolument certaine, répondit Maggie en mordant dans sa pizza et en veillant à ce que le fromage fondu ne dégouline pas sur son menton.

— Curieuse ! lança Jenny à Alison.

— Écoute, répondit Alison en prenant une photo de Maggie, Kesha et Sarah pour la regarder de plus près. Il faut bien que je vive un peu par procuration. Avec deux enfants et une mère vieillissante, j'ai bien besoin de quelques distractions.

— Ça ne me fait rien, fit remarquer Maggie en souriant. J'ai bien peur qu'avec moi, tu n'aies pas grand-chose à te mettre sous la dent. C'est un désert sentimental, ici.

Alison plissa les yeux comme si elle ne croyait pas vraiment ce qu'elle entendait.

— Je suis sérieuse ! confirma Maggie. Tu n'as donc pas vu toutes les bougies parfumées et les coussins que j'ai ici ? C'est l'apanage des femmes célibataires !

— D'accord, d'accord, nous te croyons. C'est vrai qu'il y a beaucoup de bougies. Mais je ne peux pas m'empêcher d'être surprise. En tout cas, profites-en pendant que tu le peux encore. La vie de famille peut être vraiment épuisante.

— Ta mère habite dans le coin ? demanda Jenny en portant son verre à sa bouche.

— Pas très loin d'ici, répondit Alison. Je vais la voir demain avec mon frère, en fait. Elle ne va pas trop mal, mais elle est têtue comme une mule et ne veut pas admettre qu'elle n'est plus aussi forte qu'avant.

Alison détourna les yeux, puis regarda ses amies en souriant.

— C'est pour ça qu'il faut profiter de sa jeunesse et de sa santé pendant qu'il est encore temps, vous ne trouvez pas ?

Jenny leva son verre de limonade dans une main, la boîte de pizza dans l'autre.

— Hum, dit-elle en regardant alternativement ses deux amies. On ferait mieux de s'y mettre alors. Je ne sais pas combien de temps il nous reste.

9

Alison

Quand Alison rentra chez elle, le samedi soir, après avoir passé la journée chez sa mère, Pete et Holly étaient blottis l'un contre l'autre sur le canapé Chesterfield et regardaient *Doctor Who*. Cette scène réchauffa le cœur d'Alison : Pete avait passé un bras autour du cou de sa fille cadette tandis que l'autre reposait négligemment sur le dos du chien. Pete portait une vieille chemise à carreaux qu'Alison aimait vraiment parce qu'elle était très douce. Ses yeux noisette s'illuminèrent quand il vit Alison passer la porte, et Holly l'accueillit avec un sourire avant de fixer de nouveau l'écran.

— Salut, la compagnie, dit Alison sur le seuil. J'arrive dans une seconde. Je vais juste me chercher quelque chose à boire.

Alison se servit un verre de vin rouge et s'appuya quelques secondes contre le comptoir de la cuisine. Elle avait une longue journée derrière elle. Depuis sa conversation avec Jamie l'autre jour, elle avait le moral au beau fixe, et Pete avait accueilli l'idée avec beaucoup d'enthousiasme. Pourtant, elle était vite retombée sur terre quand elle avait vu sa mère.

Sa maman avait gardé son caractère enjoué et fougueux, mais elle était devenue extrêmement faible physiquement, et Alison voyait bien qu'elle ne pourrait plus vivre seule encore très longtemps. Une aide à domicile venait plusieurs matins par semaine, Alison et son frère Clive passaient la voir quand ils le pouvaient, mais ils savaient tous les deux qu'elle avait besoin de plus d'aide.

Les yeux d'Alison se posèrent sur la table de la cuisine, et elle remarqua que le service à thé orné de myosotis était sorti de sa boîte. Elle posa son verre de vin et enveloppa les tasses et les soucoupes dans leur papier journal. Le texte en haut d'une des feuilles jaunies attira son regard : *The Charlesworth Chronicle*, 14 juin 1964.

Elle se souvint que son père avait l'habitude de lire ce journal. Il avait cessé de paraître quelques années auparavant et avait été remplacé par des magazines sur papier glacé tels que celui pour lequel Jenny travaillait et où on pouvait lire des articles d'ordre général plutôt que les nouvelles locales. Quand Alison remit les tasses dans la boîte et ferma le couvercle, elle vit une inscription au stylo dessus. *« Madame Derek Spencer. »*

Elle pensa non sans une pointe de tristesse que ces tasses provenaient sans doute d'une maison qu'on avait dû vider.

Alison retourna dans la salle de séjour et s'approcha du canapé, où elle s'installa à côté de Pete et Holly après avoir enlevé ses bottes.

— Alors, dit-elle en embrassant Pete et en serrant légèrement le bras de sa fille. Comment s'est passée votre journée ?

— On s'est bien amusés, n'est-ce pas, Holly ? répondit Pete en regardant sa fille dans l'espoir d'une réponse, mais elle était toujours absorbée par son émission. Alison remarqua que la barbe de Pete était encore plus longue que d'habitude et se dit que ça lui allait bien. Pourtant, elle ne put s'empêcher de penser qu'il n'était pas rasé parce qu'il n'avait nulle part où aller, ni le lendemain ni le surlendemain. Ni les jours d'après.

— On a fait une longue promenade avec George et on a croisé Sally, tu sais, notre ancienne voisine Sally ? Elle est de retour en ville et cherche une nouvelle maison. Il se trouve qu'elle ne s'est pas du tout plu à Londres.

— Oh ! c'est super, dit Alison. Je me demandais justement ce qu'elle devenait. C'était bien plus marrant quand elle habitait près de chez nous, tu trouves pas ?

Pete hocha la tête, puis changea de sujet.

— Comment va ta mère ?

— Pas très bien, à vrai dire. Elle a vraiment du mal à se déplacer toute seule. Clive et moi en avons parlé aujourd'hui…

Alison secoua la tête comme si elle espérait se débarrasser ainsi du problème.

— Clive ne peut pas en faire plus qu'il n'en fait déjà, entre les enfants et Susan qui est enceinte. Nous envisageons de mettre maman dans une maison de retraite.

— Mamie ? fit Holly en détournant les yeux de l'écran.

— Oui, répondit Alison en s'adressant aux deux. Ni Clive ni moi ne pouvons lui apporter toute l'aide dont elle a besoin. Et si sa santé se détériore encore un peu plus, je ne vois vraiment pas d'autres solutions. Il y a un bon établissement à Easton. Elle ne serait pas très loin. C'est plutôt cher, mais nous trouverons l'argent. Je sais que Clive pourrait assumer seul le coût, mais je ne veux pas… En tout cas, nous n'avons encore rien décidé.

Pete regarda sa femme avec tendresse.

— C'est sans doute la solution la plus sage. Il faut au moins l'envisager, dit-il.

— Oui, répondit Alison, qui ne voulait pas s'attarder davantage sur la question. Où est Sophie au fait ? En haut ?

— Non, commença Pete tout en enlevant une mèche qui tombait devant ses yeux. Elle est allée à une soirée pyjama chez Janie. Je l'ai déposée tout à l'heure.

Holly se trémoussa sur le canapé.

— Ce n'est pas ce que j'ai entendu ! lança-t-elle en regardant sa mère avec un sourire impertinent avant de fixer de nouveau l'écran.

— Qu'est-ce que tu veux dire par là, Hol ? demanda Alison, les sourcils froncés.

— Rien, dit Holly, plus sérieuse à présent, comme si elle avait changé d'avis.

— Holly !

Alison sentit l'impatience la gagner.

— Ce n'est pas « rien », sinon tu n'aurais même pas parlé. Qu'est-ce que tu as entendu ?

— Matt, finit par lâcher Holly. Je l'ai entendue parler au téléphone avec lui. C'est un nouveau à l'école. Il joue de la guitare dans un groupe.

— C'est cool, fit Pete en souriant et en inclinant la tête.

Alison le foudroya du regard.

— Il est mieux que son dernier petit ami, poursuivit Holly.

— Matt, murmura Alison, s'imprégnant du son, fouillant sa mémoire à la recherche d'un lien, d'une allusion que Sophie aurait pu faire. Et qu'est-ce qu'elle lui disait ? Je suppose qu'il n'est pas à la soirée pyjama de Janie, lui ?

Elle laissa échapper un grognement incrédule.

— La soirée pyjama, c'est pas vrai, expliqua calmement Holly en changeant de position sur le canapé pour se mettre à l'aise, car George prenait de plus en plus de place. C'était un mensonge pour que papa la laisse partir.

Alison prit une profonde inspiration et regarda Pete qui semblait complètement abasourdi.

— Holly, fit Alison en posant la main sur le bras de sa fille cadette. C'est vraiment important que tu nous dises ce que tu as entendu.

Holly blêmit et fixa la fourrure de George pendant quelques secondes, qui parurent une éternité à Alison.

— Bon, dit Alison en rompant le silence, je vais l'appeler, et…

— Non, s'insurgea Holly soudain paniquée. Tu ne peux pas faire ça.

Elle marqua une pause et inspira.

— Je n'aurais pas dû écouter. Elle était dans sa chambre, mais la porte était entrouverte. Elle a dit à Matt que Janie et elle le retrouveraient, pour la soirée, devant la vieille maison près de la voie ferrée. Quand elle est partie, elle avait d'autres vêtements pour se changer. Je les ai vus dans son sac.

L'espace d'un instant, Alison fut soulagée de connaître la vérité. Elle se sentait juste un peu contrariée par la négligence de Pete qui n'avait rien vu, alors que même Holly avait flairé le mensonge de sa sœur.

Puis, elle finit par intégrer les informations qu'elle venait d'obtenir.

— Elle ne veut quand même pas parler de la vieille maison abandonnée en périphérie de la ville ? dit Alison en regardant alternativement Pete et sa fille. Près de la voie ferrée ? Là où vont les drogués ?

Holly avait le regard vide. Il était évident qu'elle leur avait dit tout ce qu'elle savait.

— Pete, pourquoi ne m'as-tu pas appelée avant de lui donner l'autorisation de sortir ? demanda Alison, qui tentait de comprendre la situation tout en cherchant son téléphone dans son sac.

Elle composa le numéro de Sophie. Le message sur sa boîte vocale était suffisamment fort pour qu'ils l'entendent tous les trois. Alison coupa la communication.

Pete haussa les épaules, mais ses yeux trahissaient son inquiétude.

— Je ne voulais pas t'embêter, Ali. Je sais à quel point c'est éprouvant pour toi d'aller voir ta mère parfois. Et puis Sophie a déjà dormi plusieurs fois chez Janie. Je n'avais pas de raisons de croire qu'elle irait ailleurs.

— Oh ! mon Dieu, dit Alison en cachant son visage dans ses mains. Pete, tu as déjà vu cette maison ? Est-ce que tu es déjà allé dans le coin ? C'est vraiment sinistre.

Alison remit ses chaussures tout en essayant de garder son calme malgré la panique qui s'emparait d'elle peu à peu. Elle se leva et se retourna pour regarder Pete.

— Tu restes là avec Holly. Je vais aller chercher Sophie et je vais la ramener à la maison.

Alison ralentit et mit les pleins phares quand elle s'approcha de la voie ferrée. Un renard surgit devant elle et détala à toute vitesse, mais, à part cette apparition soudaine, la rue sombre était vide. Elle entendit les échos de la fête avant de la voir : une ligne de basse assourdissante, les cris et les rires des adolescents.

Alison se gara devant la maison et la regarda : la porte d'entrée était grande ouverte, et quelques adolescents plus âgés étaient attroupés à côté. Les fenêtres étaient condamnées avec du carton, et des morceaux d'ardoise manquaient sur le toit. Alison coupa le moteur de sa voiture. Elle repéra tout de suite Janie, la meilleure amie de Sophie. Vêtue d'une robe à pois noire et blanche, les cheveux remontés avec un gros élastique noir, elle fumait une cigarette dehors avec deux autres filles qui semblaient âgées d'une vingtaine d'années.

— Janie ! cria Alison en s'approchant.

Des canettes vides et des mégots de cigarettes jonchaient le sol de la cour. Alison vit même une seringue hypodermique près du mur. La jeune fille semblait paniquée.

— Janie, dit Alison en baissant la voix et en entraînant la fille à l'écart du groupe. Écoute, je vais partir du principe que tu as eu l'autorisation de tes parents pour venir ici, mais pas Sophie. Où est-elle ?

Janie se mordit les lèvres, puis parla à voix basse en pointant le doigt.

— Elle est là-bas derrière. S'il vous plaît, ne lui dites pas que je vous l'ai dit.

Alison s'éloigna de Janie et se fraya un chemin dans le couloir bondé d'adolescents. Ça sentait l'urine, l'herbe et la transpiration. Il manquait des carreaux au sol, d'autres étaient cassés. Des yeux curieux la dévisageaient, suivaient chacun de ses mouvements.

Plus elle avançait dans la maison, plus la musique et les cris étaient forts. Son cœur battait la chamade dans sa poitrine tandis qu'elle essayait de chasser les images horribles qui assaillaient son esprit. *Tu peux raccourcir ta jupe d'école, mettre autant de maquillage que tu veux, Sophie*, pensa-t-elle, les larmes aux yeux, mais pourvu qu'il ne te soit rien arrivé !

Dans la pièce du fond, elle vit deux vieux canapés et quelques poufs éparpillés sur lesquels gisaient des formes sombres. Alison distingua une douzaine de silhouettes. Elle vit une queue de cheval noire se balancer, entendit un rire et respira pour la première fois depuis qu'elle était entrée dans la maison. Sophie. Elle s'avança jusqu'au bout de la pièce, et la fille se retourna : elle avait environ le même âge, mais elle avait une expression très dure et les yeux enfoncés. Ce n'était pas sa fille.

— Vous avez vu Sophie ? demanda Alison, mais la fille se contenta de secouer la tête en silence.

— Maman ? demanda une voix hésitante.

Alison se tourna dans la direction d'où elle venait. Il y avait une fille là-bas, une forme sombre, allongée sur un sacco avec un garçon coiffé d'un chapeau mou.

— Sophie ? C'est toi ?

Sophie ajusta ses vêtements à la hâte et se redressa.

— Maman, qu'est-ce que tu *fais* là ?

Le garçon au chapeau se leva d'un bond, fit un signe de tête à Alison et s'empressa de quitter la pièce.

Alison s'accroupit pour être au même niveau que sa fille.

— Tu sais quoi, Sophie, murmura-t-elle un peu trop brusquement, rattrapée par la colère et la frustration que son soulagement avait provisoirement masquées. J'allais justement te poser la même question.

Un petit groupe d'adolescents s'était formé sur le seuil.

— Oh ! mon Dieu, dit Sophie presque imperceptiblement en baissant la tête. J'ai envie de mourir. C'est vraiment la honte de ma vie !

— Tu sais que tu ne devrais pas être là, fit Alison en se redressant complètement et en invitant Sophie à se lever. Je n'arrive pas à croire que tu nous aies menti, siffla-t-elle. Allez, viens, on rentre à la maison.

— Je ne viens pas, maman, répliqua Sophie tout en remontant ses bracelets le long de son bras. Et tu ne peux pas…

Alison ne lui laissa pas le temps de terminer sa phrase.

— On y va, un point, c'est tout. Maintenant, lève-toi.

Sophie se mit doucement debout et, quand Alison se dirigea vers la sortie, sa fille la suivait de près, la tête baissée.

Alors qu'elles s'apprêtaient à quitter la pièce, un garçon avec une queue de cheval noire et une dent de requin suspendue à une lanière en cuir à son cou leur bloqua le passage.

— Maman est venue te chercher, c'est ça, Sophie ? railla-t-il, campé sur ses jambes écartées.

Alison remarqua que le type au chapeau mou de tout à l'heure fit un pas en avant, mais une fois que le garçon de la porte lui eut décoché un regard noir, il recula.

Alison sentait vraiment la moutarde lui monter au nez, mais, alors qu'elle mobilisait toute son énergie pour garder son calme, elle aperçut une cicatrice sur le sourcil du garçon, et un souvenir lui revint immédiatement en mémoire.

— Maman est venue la chercher, c'est tout à fait ça, Gavin, dit-elle en le foudroyant du regard. Tout comme *ta* maman était venue te chercher à la fête du sixième anniversaire de Sophie. Je m'en souviens parfaitement.

Il remua un peu et but une gorgée de sa bière.

— Tu ne t'en souviens peut-être pas, mais c'était un jour de juillet, il faisait particulièrement chaud, et quand ta maman est arrivée, tu étais nu comme un ver et tu sautais partout, tu agitais ton zizi sous le jet du tuyau d'arrosage et tu disais que tu ne voulais pas partir.

Gavin blêmit, et une petite foule de curieux se forma autour d'eux.

— Mais Sophie et moi avons beaucoup moins envie de nous attarder à cette fête, dit Alison. Alors, si tu pouvais dégager le passage, nous t'en serions très reconnaissantes.

Tandis que Gavin se mettait à contrecœur sur le côté, un drôle de rictus sur les lèvres, Sophie passa devant lui à toute vitesse et se précipita vers la porte d'entrée. Alison la suivit à grandes enjambées, et elles sortirent toutes deux de la maison pour rejoindre la Clio.

— Ouvre, maman, s'il te plaît. Je veux monter et rentrer à la maison tout de suite. C'est la pire soirée de ma vie.

Alison appuya sur sa clé pour ouvrir, et elles s'installèrent toutes deux à l'intérieur. La musique qui venait de la maison était toujours aussi assourdissante. Mère et fille restèrent quelques instants silencieuses dans la voiture, Alison regardant Sophie de profil, tandis que la fête battait son plein derrière elles.

Alison vit que Janie et le garçon au chapeau mou les regardaient depuis la porte d'entrée. Sophie, quant à elle, fixait ses pieds.

— Sophie, dit Alison en regardant une dernière fois la maison avant de poser les yeux sur sa fille. Est-ce que tu te rends compte que tu t'es mise dans une situation particulièrement dangereuse ? Hormis le fait que tout le monde buvait, qu'il y avait sans doute de la drogue aussi, la maison en elle-même…, elle est complètement bancale, la structure est défectueuse. Si une des bougies s'était renversée, cette bicoque aurait pris feu et aurait été réduite en cendres en quelques minutes.

Sophie ne dit rien. Le garçon au chapeau mou avança d'un pas en direction de la voiture. Il fit un petit signe, et Sophie leva la main pour lui faire signe à son tour. Alison mit le moteur en route, et elles roulèrent en silence jusqu'à la maison.

— Je vais nous faire un chocolat chaud, dit Alison en prenant la bouilloire. Ensuite, on ira s'asseoir dans la Tanière.

Elle avait appelé Pete pour lui dire que tout allait bien et avait insisté pour qu'il aille se coucher. Elle lui avait dit que c'était inutile qu'il perde des heures de sommeil, mais en réalité elle ne pouvait s'empêcher de le rendre responsable de ce qui était arrivé. Que ce soit juste ou non, elle voulait régler cette histoire toute seule à présent.

La « Tanière » était une petite cachette à côté de l'atelier d'Alison qu'ils avaient transformée en bureau de fortune pour Pete. Il y avait des cartes postales accrochées au mur et des piles de livres appuyées les unes contre les autres.

C'était un peu miteux, mais douillet en même temps grâce au vieux canapé rouge dans le coin. Alison arriva dans la pièce avec deux tasses fumantes et trouva Sophie perchée sur l'accoudoir du canapé, affichant une expression sans équivoque : elle aurait donné n'importe quoi pour être ailleurs qu'ici.

Elle s'assit à côté de sa fille, celle qui, il n'y a pas si longtemps encore, faisait du trampoline dans le jardin ou aidait sa sœur à faire un presse-fleurs. Ses yeux n'étaient plus que deux flaques sombres dans lesquelles Alison ne voyait plus rien de familier.

— Tu sais ce qui fait le plus mal, n'est-ce pas ? commença Alison.

Sophie était en train d'agrandir un trou dans son jean.

— C'est que tu nous as menti.

Alison perçut le ton accusateur de sa voix. Pourtant, à l'intérieur d'elle-même, elle sentait quelque chose de différent, une tristesse qui la laissait amère, le sentiment qu'elle avait perdu le contrôle.

Sophie hocha la tête, et ses yeux se remplirent de larmes.

— Mais il y avait tout le monde là-bas, maman. Ils avaient tous la permission de venir. Je savais que papa et toi ne me laisseriez jamais y aller.

Tout en essuyant ses larmes, elle poursuivit d'une voix plus dure :

— En tout cas, maintenant qu'ils m'ont tous vue partir

avec ma mère, ils ne m'inviteront plus jamais à des soirées. Ça va être horrible à l'école, lundi.

— Ce n'est sûrement pas en nous mentant que tu obtiendras ce que tu voudras, Sophie, dit Alison. Il faut que nous puissions te faire confiance pour te donner un peu de liberté.

Alison prit la main de sa fille. Pendant quelques secondes, elle sentit sa peau toute douce comme quand elle était petite. Puis Sophie enleva sa main et tourna le visage vers le mur. Alison eut un pincement au cœur. La fille qu'elle connaissait avait disparu.

10

Jenny

En sortant du travail, je marche dans la rue qui baigne dans une lueur bronze de fin d'après-midi. Je vais chez papa. Les filles qui jouent devant la rangée de cottages font remonter de vieux souvenirs à la surface. Je me revois à la même place qu'elles avec ma copine Annie.

Elle avec son vélo rose Raleigh aux rayons de roue décorés, moi avec mes rollers arc-en-ciel. Nous nous levions tôt pour jouer avant d'aller à l'école et nous faisions tourner le laitier en bourrique en traversant et retraversant la rue devant son camion.

Chris ne pouvait pas se joindre à nous, mais il attendait sur le seuil de la porte, bavardant avec les petits voisins d'à côté ou criant pour nous encourager. Nous essayions toujours de lui rapporter quelques trésors que nous trouvions dans la rue ou dans les bennes : une cassette jetée à la poubelle, une boîte de Tic Tac, une bande dessinée abandonnée.

C'est incroyable ce qu'on pouvait trouver dans cette rue, et, comme Chris était encore petit, tous ces objets de rien du tout étaient très précieux à ses yeux.

J'arrive devant la porte d'entrée verte de papa que j'ouvre avec ma clé en criant « Salut ! » J'entends Chris avant de le voir.

— Salut, frangine ! dit-il en traversant le salon dans son fauteuil roulant. Il a l'air d'être allé au soleil : ses cheveux châtains sont parcourus de mèches blondes, et sa peau est légèrement bronzée. Je me baisse pour l'embrasser.

— Salut, dis-je. Quelle bonne surprise ! Comment vas-tu ?

— Bien, merci, Jen. Je reviens tout juste de Brighton et je me suis dit que j'allais passer dire bonjour.

— C'est pour ça que tu as pris des couleurs ? dis-je en montrant ses avant-bras bronzés. Je pensais que tu étais censé passer ta journée devant ton écran d'ordinateur ?

Chris rit. Il travaille en free-lance comme concepteur de sites web. Il a installé un petit bureau dans son appartement au coin de la rue. En général, il est tellement occupé, qu'il dit pour plaisanter, qu'il ne voit pratiquement jamais la lumière du jour. Il est atteint depuis la naissance de spina-bifida et doit utiliser des orthèses pour marcher ou parfois un fauteuil roulant. Quand l'endroit où il se trouve est facilement accessible, il n'y a pas grand-chose qu'il ne peut pas faire, et son succès professionnel montre bien tout ce qu'il est capable d'accomplir.

— Oui, j'ai eu quelques rendez-vous avec une marque de vêtements cette semaine, et nous avons décidé de nous retrouver au bar de la plage plutôt que dans une salle de réunion.

Je le regarde avec envie.

— Je sais, dit-il. Joli cadre, hein ? En tout cas, poursuit-il, je me suis dit que j'allais passer voir comment vous alliez, papa et toi.

À cet instant, papa apparaît sur le seuil de la cuisine

avec son tablier poussiéreux. Il devait être dans son atelier de menuisier quand je suis arrivée.

— Salut, ma chérie, dit-il en plissant les yeux et en enlevant un peu de sciure de son front. Viens embrasser ton vieux père.

Je m'approche de lui et le serre dans mes bras, héritant au passage de quelques copeaux de bois. Papa sent le savon, les tables et les chaises, comme toujours. Il n'est guère plus grand que moi, mais il est trapu et fort, et, je crois, secrètement fier d'avoir sur la tête encore quelques cheveux, quoique grisonnants.

— Ça me fait plaisir de te voir, ma chérie, dit-il en reculant d'un pas pour me regarder.

Ça doit faire une bonne semaine que je ne suis pas passée.

— Tu as le temps de prendre un thé avec nous ?

— Bien sûr, dis-je en posant mon sac à main.

Je suis papa dans la cuisine, où Chris met la bouilloire en route pendant que je sors trois tasses du placard et dispose quelques biscuits Jammie Dodgers sur une assiette.

— Sur quoi tu travailles dans ton atelier, papa ? Des comptoirs de magasin ?

— Non, non, pas cette fois, Jen. C'est un lit pour la mansarde de ta cousine Angie. Elle n'a pas beaucoup de place ; elle a donc besoin d'un lit sur mesure.

Il tire une chaise et s'assoit, puis répond à mon regard interrogateur en me fixant droit dans les yeux.

— Oui, elle me paie, Jen.

Mon père trouve que je pense trop à l'argent, je sais, mais il travaillerait gratuitement s'il n'en tenait qu'à lui.

— Papa a passé tout le week-end dans l'ancienne école, tu sais, dit Chris. Il a pris des mesures pour sa mystérieuse création pour ton mariage. Le gardien lui a tout simplement donné les clés. Ce sont tous de grands fans, pas vrai, papa ? Ils se souviennent de lui quand il venait faire du bricolage, là-bas.

L'endroit où Dan et moi allons nous marier n'est autre que notre ancienne école primaire, et Chris et moi y avons tous les deux de bons souvenirs.

— Oh ! papa, j'espère que tu ne vas pas te donner trop de mal…

Chris m'interrompt.

— Jen, tu sais bien qu'il aime utiliser ses talents de menuisier quand il en a l'occasion.

Papa hoche la tête.

— Ça me plaît, ma chérie, sinon je ne le ferais pas.

— Et si je n'ai pas hérité du talent de papa avec le bois, poursuit Chris, je viens de terminer les dernières modifications sur tes invitations. Je vais te les envoyer demain. Si elles te conviennent, nous pourrons les déposer chez l'imprimeur.

— Merci à tous les deux. Je vous suis vraiment reconnaissante, dis-je en mordant dans un biscuit. Tout s'annonce bien, je pense. Même si, au train où vont les choses, je pense que Dan et moi allons retourner à Bognor Regis pour notre voyage de noces, dis-je en plissant le nez.

Chris rit.

— Je suis sûr que c'est magnifique à cette époque de l'année.

Quand papa, Chris et moi pouvions partir en famille, nous allions toujours à Bognor avec des amis de Chris, de son Club du samedi, qui avaient des réductions pour des cottages spécialement aménagés là-bas. Nous passions de très bons moments. Je pense que papa aimait secrètement montrer ses qualités d'organisateur de barbecue aux mamans célibataires. Mais je n'ai aucune envie d'y retourner, et Chris le sait.

Je pousse l'assiette de biscuits vers papa, au cas où il en voudrait un.

— Réflexion faite, notre budget est tellement serré que nous aurons peut-être même besoin d'une tente.

Papa regarde par la fenêtre. Sur le mur, à côté, il y a encore des dessins que j'ai réalisés quand j'étais adolescente : des portraits de lui, de Chris et de mamie Jilly.

— Qu'est-ce que tu as dit, Jen ? demande-t-il en essayant de suivre à nouveau notre conversation. Ah ! tu parlais d'une tente, c'est bien ça ?

Papa regarde en direction de l'atelier.

— Je suis sûr que nous aurons quelque chose, là-bas.

Chris me regarde et hausse les sourcils. C'est donc officiel : papa a un comportement vraiment étrange.

— Papa, ça va ?

Je suis un peu perplexe.

— Oui, ma chérie, je vais bien, dit-il.

Il pose sa tasse comme s'il était sur le point de dire quelque chose, mais il se tait.

La nuit tombe, et je m'apprête à rentrer chez moi quand je repense au texto que Maggie m'a envoyé ce matin, dans lequel elle m'a demandé si j'avais *Les Aventures d'Alice au pays des merveilles* et *De l'autre côté du miroir*. Je laisse papa et Chris au salon, où ils regardent une rediffusion de *Only Fools and Horses*, et je monte à l'étage dans mon ancienne chambre. Cette maison est tellement minuscule, que je me sens presque dans la peau d'Alice et que je dois baisser la tête quand j'arrive en haut de l'escalier. Mon ancienne chambre est exactement telle que je l'ai laissée. Des autocollants du groupe S Club 7 collés sur la porte, des guides de révision Letts empilés sur le bureau, des rideaux à rayures multicolores que maman avait cousus pour moi quand j'avais décidé que ma couleur préférée était le rose. Tout est encore à la même place. Je suppose que papa n'a pas besoin de la pièce.

Je m'approche des étagères en bois et touche mes vieux livres d'images. Il y en a des rayons et des rayons : *Max et les Minimonstres, Quelle porcherie !, Le Vent dans les saules.* Tous mes livres, que ce soit dans mon ancienne chambre ou dans mon appartement actuel, sont classés par ordre alphabétique, et Dan ne manque jamais de me taquiner à ce propos. Je regarde sur les autres étagères : *La Chenille qui fait des trous, James et la Pêche géante...* J'ai toujours aimé les dessins aux couleurs vives, mais aussi ceux au trait. Ils me plaisaient autant que les textes, et c'est pourquoi j'ai gardé ces livres pendant toute mon adolescence. Je me souviens encore des drôles de voix que papa prenait quand il nous lisait des histoires le soir au coucher. Quand j'étais plus jeune, papa et maman se partageaient même les rôles, et c'est à qui parlait de la voix la plus tonitruante, la plus dramatique... En général, leur compétition se terminait par un grand éclat de rire. Mais c'était avant que Chris ne vienne au monde, un de ces souvenirs fugaces qui s'échappe dès qu'on essaie de s'en saisir.

En me concentrant très fort, je parviens à revoir maman sortir de la salle de bains à côté de ma chambre, enroulée dans une serviette jaune, ses cheveux se dressant sur sa tête après avoir été séchés à la va-vite.

— Tu ne dors toujours pas, poussin ? disait-elle dans un sourire quand elle me surprenait sur le palier en train de l'attendre alors que j'aurais dû être couchée dans mon lit.

Je me souviens qu'elle me faisait un gros câlin, puis qu'elle me ramenait dans ma chambre.

— Non, c'est toi le poussin, rétorquais-je tous les soirs en riant de notre plaisanterie. Tes cheveux ressemblent à du duvet, et tu es jaune.

Je trouve les livres de Lewis Carroll, de vieilles éditions cartonnées en bon état, et je les range dans le sac en toile que j'ai apporté pour les transporter jusque chez Maggie.

— Tout va bien pour toi là-haut, ma chérie ? crie papa dans l'escalier.

— Oui, papa, je vais bientôt redescendre.

Je sors un exemplaire de *L'Énorme Crocodile* et je le feuillette jusqu'à la page où le crocodile fait semblant d'être un palmier. Il se dresse à la verticale en équilibre sur sa queue et tient entre ses pattes avant trois ou quatre noix de coco. J'ai toujours aimé cette illustration. Je ferme le livre et le repose sur l'étagère, et c'est alors que j'aperçois le côté d'une boîte en carton très fine rangée verticalement sur le rayon.

Ça fait des années que je n'ai pas regardé à l'intérieur.

Je sors la boîte et m'assois en tailleur par terre. Je soulève le couvercle et ne peux m'empêcher de sourire en sortant le contenu : des pages en carton épais avec des dessins au crayon et des bandes de texte dactylographié collées dessous. Plutôt grossier comme procédé, mais je me souviens que je n'avais pas voulu utiliser l'ordinateur. Sur la page de garde, le titre : *Charlie, Carlitos et moi.*

Voici l'histoire : Charlie est un chinchilla, mais pas n'importe quel chinchilla. Charlie appartient à un petit garçon appelé Jake – le moi du titre –, qui adore son nouvel animal domestique parce qu'il est incroyablement doux et parce qu'il bondit du canapé au tapis comme un pompon. Une nuit, Jake se glisse au rez-de-chaussée et va dans le garage où se trouve la cage de Charlie. C'est là qu'il rencontre pour la première fois Carlitos – ou *Carleeeeetos*, l'alter ego latino de Charlie. Il salue Jake, debout sur ses pattes arrière. Il est coiffé d'un chapeau péruvien et joue de la flûte de pan.

Carlitos explique qu'il vient d'une région montagneuse très lointaine, qu'on appelle les Andes, et qu'il se sent tout chose dans un cul-de-sac à Blackpool. Il adore Jake et sa sœur, mais, en réalité, les montagnes et ses amis alpagas lui manquent tout comme sa famille, les Peludos… Jake lui promet de l'aider à rentrer chez lui.

Je regarde les pages et je me souviens de toutes ces heures passées le soir à écrire. Les illustrations sont de simples dessins au trait représentant Jake et Carlitos : une boule duveteuse coiffée d'un chapeau péruvien à motifs. Je n'ai pas réussi à organiser le retour de Carlitos à la maison (c'était une entreprise difficile), mais, à la réflexion, l'histoire était plutôt marante, et les dessins, pas si mal. Je reviens à la première page et j'entrevois un potentiel qui reflète le sentiment que j'ai eu le jour où l'idée de ces personnages m'était venue. J'avais commencé cette histoire pour m'amuser parce que j'ai toujours aimé écrire et dessiner et que je voulais travailler sur un projet.

Puis je m'étais prise au jeu, j'avais espéré finir l'histoire et colorer les dessins, et je m'étais même demandé si je pourrais trouver un éditeur. Mais, quelque part en cours de route, j'ai mis mes rêves en suspens.

Peut-être était-ce à cause de cette petite voix insistante dans ma tête qui insinue toujours le doute et que je commence tout juste à reconnaître : la voix qui m'a longtemps fait croire que si j'étais vraiment bonne à quelque chose, maman ne serait jamais partie.

Mais, depuis quelque temps, j'arrive mieux à la faire taire. Je range les pages du livre dans la boîte que je referme avec la ficelle marron. Cette fois cependant, elle ne retournera pas sur l'étagère.

11

Jenny

C'est le premier week-end de juin. Nous sommes toutes les trois sur la jetée du front de mer, appuyées contre la barrière bleue et blanche. Alison et Maggie rient à cause de leurs cheveux qui volent dans tous les sens et de la jupe de Maggie qui se soulève à cause du vent. Je prends le petit biscuit planté dans ma glace et le lèche.

Notre dimanche se passe à merveille dans unc atmosphère grisante et rieuse. C'est le premier week-end vraiment chaud de la saison, et tout le monde est de bonne humeur. J'ai appelé Maggie et Alison ce matin pour leur proposer de passer la journée à arpenter les boutiques d'antiquités à Brighton, rien que toutes les trois. Elles ont toutes les deux été enthousiasmées par mon idée, et, moins d'une heure plus tard, nous fouinions dans les étals et les boutiques vintage du North Laine. La chance était de notre côté : nous avons trouvé quatre tasses des années 1950 avec des anémones très colorées sur le côté, un autre service complet avec de minuscules primevères dessus et un trio de petits pots à lait identiques qui seront parfaits sur les tables le jour de mon mariage.

Nous avons sillonné les rues pavées, regardé les magasins, et Maggie a marchandé ferme, comme à son habitude.

À chaque coin de rue, des jongleurs et des musiciens rivalisaient d'inventivité pour attirer l'attention des passants et distraire les familles avec de jeunes enfants.

Quand nous avons terminé nos achats, Alison, Maggie et moi nous sommes promenées sur la jetée.

— Regardez ça, a dit Maggie, en soulevant une sucette géante. Je vais en prendre une pour ma nièce Maisy.

Nous avons continué à marcher sur les planches en bois en regardant l'immense étendue bleue autour de nous qui scintillait au soleil. Alison a décidé de se faire dire la bonne aventure. Cinq minutes plus tard, elle est ressortie de la cabine pas plus avancée qu'en y entrant.

— Je croyais qu'elles étaient censées nous prédire d'abondantes richesses et une rencontre avec un bel étranger aux cheveux noirs et à la peau sombre. Au lieu de cela, elle m'a dit d'avancer avec précaution et qu'un grand changement allait survenir. Vous croyez qu'elle parlait de la ménopause ?

Elle s'est mordu les lèvres, puis a souri.

— Je n'ai pas payé pour entendre ça...

Après un tour en autos tamponneuses, où Maggie m'a accusée de lui avoir donné le coup du lapin, nous sommes retournées ici sur le front de mer.

Je prends une autre bouchée de glace et ris en voyant Maggie essayer d'empêcher sa jupe de se soulever. Sur la plage de galets devant nous, un vieil homme lance une balle de tennis à son golden retriever, et deux cerfs-volants colorés s'entrecroisent dans les airs.

— Et si nous nous achetions une bouteille de vin et allions pique-niquer sur la plage ? dis-je en montrant les galets.

— Bonne idée, approuve Maggie. Arrêtons-nous à la voiture en chemin, je vais récupérer une couverture.

Nous nous sommes installées tout au bout de la plage. Le calme serait total s'il n'y avait les bruits lointains du parc d'attractions sur la jetée et le braillement des mouettes.

J'ouvre une bouteille de vin blanc et sers deux grands verres pour Alison et moi, et un plus petit pour Maggie qui doit nous ramener à la maison…

— Maggie ? dit Alison.

— Oui ? répond-elle en buvant une gorgée de vin.

— Je me demandais si tu aimais danser ? demande Alison, pleine d'espoir. C'est juste que… ça fait longtemps que je ne suis pas allée aux cours de danse swing, mais on pourrait y retourner ensemble. Il y a vraiment des types sympas là-bas, et je me suis dit que tu aimerais peut-être les rencontrer.

— Ah ! dit Maggie. Je vois où tu veux en venir. Merci beaucoup pour ta proposition, Ali. J'apprécie. Mais je suis très occupée par mon travail.

Alison hausse les sourcils.

— Et d'ailleurs…

La voix de Maggie devient soudain plus sérieuse.

— Puisque je vous ai toutes les deux ici, j'ai besoin de vos lumières.

Elle change de position sur la couverture et ramène ses genoux contre elle.

— Je suis face à un dilemme.

— Bien sûr, dit Alison avec un sourire chaleureux, et je hoche la tête.

— Vas-y, crache ta Valda. Qu'est-ce qui se passe ?

— Il s'agit bien évidemment d'un homme, commence Maggie, un peu hésitante, ses joues rosissant un peu.

Je n'ai pas toujours été la folle aux chats et aux bougies parfumées, vous savez, ajoute-t-elle en souriant.

— Une femme comme toi a forcément un passé amoureux particulièrement glamour, l'encourage Alison.

— Pour sûr, dis-je, et à part un ou deux enfants, je n'ai entendu personne te traiter de folle aux chats.

Maggie me donne une petite tape.

— Eh bien, j'ai été mariée autrefois, dit-elle d'une voix plus forte maintenant. Quand Dylan et moi avons passé la bague au doigt, j'ai cru que nous allions vivre heureux et avoir beaucoup d'enfants.

Maggie boit un peu de vin, et son front se plisse pendant qu'elle cherche ses mots.

— En tout cas, au bout de trois ans, il a changé d'avis.

Elle hausse les épaules et poursuit.

— Il a dit que ça faisait un bon moment qu'il était malheureux. Je n'avais pas du tout réalisé. J'ai peut-être fait l'autruche, mais j'ai eu l'impression qu'un jour, sans prévenir, il a fait ses valises et qu'il a quitté notre appartement de Londres. Je ne pouvais me payer le loyer toute seule, j'avais besoin de changer de vie, et c'est pour ça que je suis venue m'installer ici.

— C'était quand ?

Je suis surprise par ce que je viens d'entendre. Comment un homme peut-il quitter une femme comme elle ?

— Il y a quatre ans, répond Maggie. Quatre années, dont certaines ont été difficiles, d'autres, gratifiantes. J'ai ouvert Bluebelle et j'ai acheté ma maison.

— Et qu'en est-il de Dylan ? demande Alison.

— On n'a pas parlé. On ne pouvait pas. C'est sans doute ce qui a été le plus difficile, mais en même temps, c'est le seul moyen qu'on a trouvé pour tourner la page. On n'avait pas beaucoup d'amis en commun, seulement un ou deux, et j'ai perdu contact avec eux quand j'ai quitté Londres. J'ai tout simplement tiré un trait sur mon mariage et je me suis construit une nouvelle vie ici.

— Et maintenant ? demande Alison. Quelque chose a changé ?

Un frisbee atterrit au milieu de notre couverture à quelques centimètres seulement de la bouteille de vin. Un adolescent blond en short de surf se précipite pour le récupérer.

— Désolé, mesdames, dit-il en nous adressant un sourire insolent. Je lui rends le frisbee, puis je continue à écouter l'histoire de Maggie.

— Cette semaine, Dylan m'a contactée et m'a fait comprendre qu'il voulait qu'on se voie. Il dit qu'il est désolé, et voilà mon dilemme : je ne sais pas si je dois écouter ce qu'il a à me dire.

— Je vois, répond Alison. Comme ça, il a eu tout le temps d'en profiter, de faire les quatre cents coups, puis de se rendre compte que c'était pas si marrant d'être tout seul, et maintenant il veut que tu lui pardonnes, c'est ça ?

Aïe. C'est un peu brutal, me dis-je.

— Oui, peut-être, dit Maggie en inclinant la tête.

— Tu crois qu'il mérite une seconde chance ? demande Alison, et les joues de Maggie rosissent un peu plus.

On dirait qu'elle regrette d'avoir abordé le sujet.

— Et si on considérait le problème autrement, dis-je dans un élan de compassion. Tu as dit que tu n'as jamais vraiment compris ce qui s'était passé et que c'était une véritable surprise quand il t'a quittée. Est-ce que ça t'aiderait de connaître les raisons qui l'ont poussé à partir ?

— D'un côté, oui, je pense que ça m'aiderait, admet Maggie en haussant les épaules. Cela me permettrait peut-être de tourner la page une fois pour toutes et d'avancer. Sentimentalement parlant, je veux dire.

— Dans ce cas, je pense que tu devrais tenter le coup. Pourquoi pas ?

Alison me regarde en haussant les sourcils.

— Donne-lui une chance de crever l'abcès, au moins.

— D'accord, je crois que c'est ce que je vais faire, dit Maggie en hochant la tête. Les doutes qui le taraudent concernant sa décision, sa volonté de me revoir, j'ai connu ça il y a des années. Quelque part, je suis même désolée pour lui qu'il ne soit qu'au début du processus.

— Je parie qu'il se maudit de t'avoir laissée partir, fait remarquer Alison.

— Pour être tout à fait honnête, ça me fait plaisir, répond Maggie en souriant. Mais comment se fait-il que, quand tout va bien, quand on mène enfin une vie bien tranquille, les ex ressurgissent et remettent tout en question ?

— Pour ma part, ce ne sont pas mes ex qui me tourmentent, dit Alison après quelques secondes de silence. C'est plutôt mon adolescente de fille qui me pousse à bout. Il va peut-être falloir que je commence à mettre de côté pour l'envoyer au « Camp des fortes têtes ».

— Sophie est donc si terrible que ça ?

— Oui, mais c'est une ado, c'est donc normal entre guillemets. Je suis allée la chercher à cette horrible fête, l'autre soir.

Elle lève les mains comme pour feindre son désespoir.

— Ah ! si seulement je pouvais tenir le papa et la maman pour responsables de son comportement !

— Vous êtes tous les deux de bons parents, Ali, dis-je. Vous aimez Sophie et Holly, et elles le savent.

— Oh ! j'en sais rien. On essaie en tout cas.

Alison hausse les épaules, l'air un peu abattu.

— Jenny a raison, intervient Maggie. Et tous les parents font des erreurs.

— Ça, c'est sûr, dis-je en remplissant le verre d'Alison et en ajoutant un peu d'eau gazeuse dans celui de Maggie.

Maggie s'apprête à en boire une gorgée, mais pousse un cri quand le frisbee, de retour, vient heurter sa jambe. Elle le ramasse calmement, se redresse, puis le lance à la perfection : le disque suit une trajectoire bien nette dans le ciel bleu et atterrit à l'endroit même où se trouvent les garçons qui crient de loin des excuses.

— Pas mal, hein ? dit-elle.

Elle s'assoit en souriant et étend les jambes devant elle.

— Qu'est-ce que tu voulais dire, Jen ? demande-t-elle quelques secondes plus tard.

— Oh ! rien, vraiment.

Je secoue la tête comme pour montrer que c'était sans importance.

— Mais j'aimerais porter un toast aux nouvelles amies, toujours prêtes à tendre une main secourable…

Alison et Maggie lèvent leur tasse en plastique en souriant.

— Aux nouvelles amies, disent-elles en chœur.

Histoires secrètes (juin-juillet)

12

Maggie

Dylan était différent. Ses cheveux étaient plus courts à présent, châtain foncé, et son front était couvert par une mèche qui tombait sur le côté. Ses bouclettes décolorées de surfeur avaient disparu. Maggie remarqua que cette coupe courte mettait en valeur la ligne parfaite de sa mâchoire. Il haussa les sourcils en regardant le porridge aux myrtilles de Maggie.

— On dirait que tu n'es plus tout à fait la même, dit-il en souriant.

Il planta sa fourchette dans ses pommes de terre sautées croustillantes.

— Il me semble qu'avant tu appréciais la bonne bouffe, Maggie.

Maggie porta sa tasse à ses lèvres, mais le café était si brûlant qu'elle faillit s'ébouillanter. Elle la reposa et croisa le regard de Dylan. Ses yeux bleus pétillaient, et il souriait. Pas elle.

— J'aime toujours les bonnes choses, Dylan, même si ce ne sont plus tout à fait les mêmes. En tout cas, tu as raison, je ne suis plus tout à fait la même. L'eau a coulé sous les ponts depuis quatre ans.

Elle vit que son visage s'était un peu assombri. Il avait vieilli, mais elle fut bien obligée de reconnaître que ces quelques années supplémentaires lui allaient bien. De nouvelles rides étaient apparues autour de ses yeux et sur son front, mais son sourire était plus ou moins le même. Ses dents étaient plus blanches peut-être, et celle qu'il avait cassée quelques années auparavant en jouant au rugby avait été réparée. Pourtant, l'ancien Dylan était toujours là. Était-il en train de l'observer, de juger son apparence comme elle le faisait ? Elle se sentit soudain un peu mal à l'aise. Elle était assise en face de lui, à côté de la fenêtre, au Bondi, un café de Londres, douillet et réputé pour ses brunchs. Il était tenu par des Australiens. Autrefois, Maggie et Dylan y allaient souvent le dimanche. Ce matin, il n'y avait pas grand monde, et pour cause : c'était un lundi. Pas de longue queue qui s'étendait jusqu'à Islington Street, la rue pavée voisine, comme c'était souvent le cas le week-end.

— Je sais bien que certaines choses ont changé, Maggie, dit Dylan de sa douce voix traînante.

Les traces de son accent américain atténuaient son accent londonien.

— Et à mon humble avis, tu es superbe !

Maggie haussa les épaules comme pour refuser le compliment, mais elle était secrètement ravie. Elle avait passé des heures à choisir une tenue qui montrerait qu'elle avait suffisamment d'assurance – *qu'elle s'était suffisamment remise de leur divorce* – pour ne pas avoir à porter une tenue de jeune cadre dynamique. Elle avait opté pour une tunique blanche qu'elle portait sur un legging noir avec des sandales dorées. Elle avait mis son collier d'ambre préféré, celui que sa grand-mère lui avait donné. Elle avait les cheveux détachés et avait choisi un gloss à lèvres discret et un fard à paupières gris. Quand elle était avec Dylan, à l'époque, le rouge, aussi bien pour les lèvres que pour les ongles, était de rigueur. Il avait marqué un temps d'arrêt quand ils s'étaient fait la bise pour se saluer.

— Je n'aurais jamais cru que tu viendrais, avoua Dylan. Quand, au bout d'une semaine, tu n'avais toujours pas répondu, je me suis dit que c'était foutu.

— En fait, je ne voulais pas te voir au début, répondit Maggie. Alors, ton instinct ne t'a pas trompé.

— Je sais que je t'ai fait du mal, Maggie, reconnut-il en la regardant droit dans les yeux.

Maggie détourna le regard et fixa les myrtilles qu'elle ramassait avec sa cuillère.

— Oui, dit-elle en levant de nouveau les yeux. Tu m'as fait du mal, Dylan.

Une rage silencieuse s'emparait d'elle, mais elle était déterminée à ne rien laisser voir.

— Maggie…

Elle secoua la tête.

— Non. Tu sais quoi ? Je ne veux pas y penser maintenant. Parlons d'autre chose. Parle-moi de New York et de ton studio.

Dylan se trémoussa sur son siège.

— D'accord, oui. C'est un ancien entrepôt que j'ai réaménagé avec Luca, un autre photographe. La façade en briques apparentes est extraordinaire, et il y a une belle vue sur Prospect Park. Mon appartement est juste en bas de la rue. Tu es déjà allée à New York, Maggie ?

— Non. J'ai toujours voulu y aller, mais ça ne s'est pas fait.

Maggie s'était en effet souvent imaginée en train de se promener à Central Park et de faire du shopping à Manhattan.

Il tendit la main pour toucher la sienne.

— Je suis sûr que ça te plairait. Et j'aimerais t'avoir avec moi, là-bas.

En entendant ces mots, Maggie sentit son estomac se nouer.

— Tu me manques, dit-il en secouant légèrement la tête. J'ai fait une terrible erreur. J'ai été stupide et égoïste.

Maggie le regarda.

— Vraiment, Dylan ? demanda-t-elle doucement au bout de quelques secondes. Tu sembles heureux. Tu crois vraiment que c'était une erreur de me quitter ?

Elle était déterminée à garder son calme.

— Dis-moi sincèrement : tu renoncerais aux quatre dernières années si tu pouvais ?

— C'est impossible de répondre à cette question, Maggie, répondit doucement Dylan sans détourner le regard.

Puis, il mangea le dernier bout de lard dans son assiette et perça le jaune de son œuf au plat avec une mouillette.

Une heure plus tard, ils sortirent du café dans l'air frais de ce lundi de juin. Maggie vit immédiatement « Violet », son bazar préféré, de l'autre côté de la rue pavée, et aperçut une tasse à thé parfaite dans la vitrine.

— Regarde-moi cette petite beauté ! s'exclama-t-elle. On entre.

Dylan sembla quelque peu perplexe, mais elle tira sur la manche de sa veste et l'entraîna jusqu'à la boutique. Elle se pencha au-dessus de la vitrine, souleva la tasse au liséré argenté et inclina la tête pour lire le prix : sept livres. Humm, elle ne ferait certainement pas une affaire comme lors de leur virée à Brighton, mais c'était le prix de la qualité. Un jeune homme, habillé et coiffé comme un blouson noir, s'avança pour proposer son aide.

— Vous en avez d'autres comme ça ? demanda-t-elle.

Elle s'aperçut en voyant son expression étonnée qu'elle avait parlé un peu plus fort qu'elle n'en avait eu l'intention.

Il hésita quelques secondes, puis dit :

— Bien sûr, je pense que oui, je vais vérifier derrière.

— Qu'est-ce que tu manigances ? demanda Dylan en détournant les yeux de la tasse qu'elle soulevait.

— J'ai une mission secrète, dit-elle en faisant un clin d'œil. Ne t'inquiète pas, beau gosse !

Le blouson noir revint de l'arrière-boutique et posa quatre tasses sur le comptoir : deux d'entre elles faisaient partie du même service, jaunes et dorées avec un joli motif de bouton d'or, et les deux autres paraissaient plus vieilles. Elles dataient peut-être des années 1930. L'une était turquoise et blanche (Ali allait adorer), et l'autre était bleu cobalt et blanche. Miraculeusement, aucune d'elles n'était ébréchée, et les soucoupes assorties étaient en bon état.

— Je vous donne dix-huit livres pour le lot, proposa Maggie. Marché conclu ?

Le blouson noir secoua la tête.

— Le propriétaire va me tuer. Ces produits se vendent très bien en ce moment. Je peux vous les laisser à vingt-cinq, qu'en dites-vous ?

— Vingt-deux et c'est mon dernier mot. Allez, dit Maggie en levant les mains. Ce n'est même pas un service.

Le blouson noir finit par céder.

— D'accord, d'accord. Marché conclu. Je vais vous les emballer.

Maggie se retourna et vit que Dylan avait coiffé un chapeau de cow-boy en cuir, qu'il avait enroulé un boa de plumes blanches autour de son cou, et qu'un porte-cigarette pendait de ses lèvres. Elle ne put s'empêcher de rire. Il posa le porte-cigarette, enleva le boa et le passa sur les épaules de Maggie, puis il ôta le chapeau et le planta sur sa tête.

— Parfait, dit Dylan avec une lueur malicieuse familière dans ses yeux.

Dylan et Maggie quittèrent la boutique et jetèrent un œil dans les autres magasins. Quand ils sortirent du dernier (Maggie avait désormais une théière en porcelaine tendre à ajouter à leur collection), il avait commencé à pleuvoir. Dylan sortit un parapluie de son sac, l'ouvrit et le souleva pour que Maggie puisse venir dessous.

Un peu hésitante d'abord, elle se rapprocha de lui. La pluie était si dense, que sa tunique blanche et fine risquait d'être complètement trempée.

Quelques minutes plus tard, ils se réchauffaient au Queen of the Hearts, le pub où ils s'étaient rencontrés et dans lequel ils étaient retournés si souvent ensuite. L'intérieur était chaleureux avec ses grandes affiches de cinéma encadrées et le juke-box dans le coin.

— Je sais que c'est encore un peu tôt, mais Dieu sait que ce pub m'a manqué, dit Dylan en choisissant un box au fond de la salle.

Il invita Maggie à s'asseoir sur la banquette et posa sa veste sur une chaise. Dylan choisissait toujours des morceaux rock des années 1970 sur le juke-box.

Maggie préférait le soul, le jazz et le blues, les morceaux qu'elle aimait interpréter aussi. C'était après l'un de ses concerts ici, elle avait alors vingt-six ans (l'âge de Jenny, pensa-t-elle distraitement), que Dylan et elle s'étaient parlé pour la première fois.

Il l'avait regardée intensément pendant tout le concert, puis il était venu à la fin et lui avait donné son numéro. Il avait dit que ce n'était pas vraiment son genre de musique, mais qu'il avait tout de même aimé la regarder. Quand elle s'était retrouvée chez elle, plus tard dans la soirée, elle avait sorti la carte de son sac et l'avait retournée. Au verso, Dylan avait dessiné un rossignol au stylo.

— Qu'est-ce que tu prends ? Je ne vais même pas essayer de deviner…, dit Dylan.

Son accent londonien était de retour.

— Je vais prendre un jus d'airelle, répondit Maggie. Il n'est qu'une heure de l'après-midi.

— Allez, fit-il avec un clin d'œil qui la fit frissonner et lui redonna le sourire.

— D'accord, puisque c'est toi et que tu insistes… Un Campari soda, s'il te plaît. Mais j'ai un rendez-vous avec un fournisseur hollandais à trois heures ; alors, je ne vais pas tarder à partir.

Dylan la regarda droit dans les yeux et sourit tout en continuant à la fixer.

— Ah ! c'est comme ça ! Tu m'as casé entre deux rendez-vous ? lança-t-il en faisant mine d'être vexé.

Elle le regarda s'éloigner et se diriger vers le bar et maudit les vieux sentiments qui ressurgissaient. Le charme de Dylan opérait, et elle sentait ses défenses tomber les unes après les autres. Elle mourait d'envie de sentir sa peau et de retrouver, ne serait-ce qu'un instant, leur intimité d'autrefois.

Il prit son temps, bavarda avec le barman en attendant que les boissons soient prêtes. Maggie trouva son sac à main au milieu de sa pile d'achats vintage et consulta son téléphone pour s'assurer qu'il n'y avait pas eu d'urgence à Bluebelle. C'était la première fois qu'elle laissait Anna toute la journée toute seule, et elle ne pouvait s'empêcher de s'inquiéter, de se demander si sa jeune employée n'avait pas eu de problèmes. Elle résista à l'envie d'appeler pour vérifier, mais elle vit qu'elle avait deux nouveaux messages.

Salut, Maggie. Tout va bien. VRAIMENT. Tout est calme à la boutique, juste quelques commandes en ligne que j'ai traitées. J'espère que tout se passe bien à Londres. Bises. Anna

Puis elle en vit un d'Alison.

Alooors ? Comment ça se passe avec D ? On veut savoir. Bisous. A et J

Dylan était de retour à leur table avant qu'elle n'ait eu le temps de répondre à l'un comme à l'autre message. Elle rangea son portable dans son sac à main et leva les yeux en souriant pour le remercier.

— Un petit ami ? demanda-t-il.

— Non, répondit-elle.

Elle voulait parler des messages, mais elle réalisa que le ton de sa voix en avait dit beaucoup plus.

Dans le train qui la ramenait à Charlesworth ce soir-là, Maggie regarda les champs détrempés défiler sous ses yeux et fut heureuse d'être bien au chaud à l'intérieur de la voiture.

Son rendez-vous avec le fournisseur s'était bien passé, elle avait réussi à négocier un très bon prix de gros, mais elle pensait sans cesse à Dylan.

Quand ils avaient quitté le pub, il l'avait accompagnée jusqu'à la station de métro, et son cœur battait de plus en plus fort à chaque pas qu'elle faisait. Lorsqu'il s'était penché pour l'embrasser, elle avait senti une montée d'adrénaline et s'était préparée à reculer.

Puis était venu le baiser formel sur la joue, donné avec une décontraction insolente, qui l'avait laissée… un peu sur sa faim. Il était reparti en direction de son hôtel, et elle l'avait regardé s'éloigner. Elle ne savait pas vraiment à quoi elle s'était attendue, mais certainement pas à ça.

Elle se leva pour aller dans les minuscules toilettes du train, et c'est une fois à l'intérieur qu'elle entendit son téléphone vibrer. Elle venait de recevoir un nouveau message.

M, tu n'imagines pas comme je suis heureux de te voir après toutes ces années. D

Tandis que son cœur s'emplissait de joie, les cinq dernières années de sa vie semblèrent se dissoudre. Elle lut le message de Dylan et sentit une ardeur qu'elle n'avait plus connue depuis longtemps.

L'art que Dylan avait de la faire rire, de l'inspirer ; elle avait beau chercher, elle n'avait rien trouvé de comparable à cela depuis qu'ils avaient rompu. Elle regarda son reflet dans le miroir des toilettes, un reflet qui tressautait légèrement à cause du balancement du train.

Dylan avait toujours aimé les contours saillants de sa clavicule, et il lui était arrivé de ne photographier que cette partie de son corps avec un bout d'épaule pâle et une boucle de cheveux roux. Elle se tourna doucement et soutint son propre regard dans le miroir, laissant la bretelle de sa tunique blanche glisser le long de son bras et découvrir un peu son dos. Il était là : voilà une éternité qu'elle ne l'avait pas vu, qu'elle n'avait pas regardé.

Sur son omoplate droite, la silhouette d'un rossignol, le dessin que Dylan avait fait pour elle, après l'avoir entendue chanter pour la première fois, avant même qu'ils ne sortent ensemble. Elle passa ses doigts dessus ; cette part de lui à laquelle elle n'avait jamais pu renoncer.

13

Alison

Le parapluie d'Alison se retourna à l'instant même où elle sortit de la voiture sur le parking. La pluie dégoulina sur ses joues, et elle sut que son mascara noir allait couler. Il fallait pourtant que tout se passe bien aujourd'hui si elle voulait obtenir son prêt afin de se lancer avec Jamie dans l'ouverture d'un café.

Elle avait travaillé à l'atelier jusqu'à midi ce matin-là. Elle avait d'abord réalisé trente bougies dans des tasses à thé qu'on lui avait commandées, puis elle avait enchaîné avec des housses de coussin à décorer sur lesquelles elle avait cousu des silhouettes de renards.

Elle avait écouté de la musique et fredonné tout en cousant. Elle avait oublié à quel point cette activité lui plaisait ; elle perdait la notion du temps quand elle enfonçait son aiguille dans le tissu.

Elle sourit en pensant à tous les objets qu'elle allait créer une fois que Jamie et elle auraient ouvert le café et que les affaires commenceraient à marcher. Elle était vraiment impatiente. Quand la pluie avait commencé à tomber, elle avait pris son gros gilet en laine et l'avait serré autour de sa taille pour continuer à travailler. Ah !

l'été anglais ! Juste au moment où on croit qu'il est enfin là, il s'échappe de nouveau.

Il n'y avait que cinq minutes de marche entre le parking et la banque, mais le temps d'arriver à la porte de l'établissement, elle était trempée jusqu'aux os. Son parapluie était tellement cassé qu'elle avait fini par le jeter, et son cartable en cuir était tout mouillé. Monsieur Cavendish, le directeur de la banque, était là pour l'accueillir.

— Bonjour, madame Lowell, dit-il d'une voix qu'aucun directeur de banque ne devrait avoir.

Elle était aussi réconfortante qu'une bonne tartine de beurre chaude. En bon gentleman qu'il était, il se contenta de sourire gentiment en voyant l'état d'Alison.

— Venez vous réchauffer dans mon bureau.

Il prit son manteau.

— Et pendons votre pardessus près du radiateur.

Monsieur Cavendish savait des choses sur elle que même ses meilleures amies ignoraient. Quand son magasin de vêtements avait fait faillite quelque dix ans auparavant, il l'avait aidée à trouver des solutions pour que sa dette soit gérable, et elle avait remonté la pente tout doucement. Elle aurait dû être plus honnête avec son entourage à l'époque : son commerce n'était pas le premier bon magasin à toucher le fond après tout. Mais elle n'avait pas voulu que sa famille et ses amis la considèrent comme une ratée. Il était plus facile de dire qu'elle voulait passer plus de temps avec ses filles pendant qu'elles étaient encore petites, et qu'elle n'avait plus envie de faire tous ces trajets. Bien sûr, ces deux arguments avaient aussi pesé dans la balance…, sauf que ce n'était pas là l'entière vérité.

— Madame Lowell. J'ai été ravi de vous entendre l'autre jour. Ça faisait longtemps.

Les avant-bras posés sur la table, il se pencha vers elle et la regarda dans les yeux. Ses cheveux poivre et sel lui allaient à merveille, et ses costumes étaient toujours bien coupés. *Toujours pas de photos d'enfants sur son bureau*, pensa-t-elle vaguement.

— Oui, merci d'avoir trouvé un peu de temps pour moi aujourd'hui, répondit-elle.

— D'après ce que vous m'avez dit, vos affaires marchent plutôt bien. Envisagez-vous d'étendre vos activités ou vouliez-vous me parler d'autre chose aujourd'hui ?

— Un peu des deux, répondit Alison. Ce que j'aimerais vraiment faire en réalité, c'est vendre mes créations dans ma propre boutique. Et une opportunité vient de se présenter.

Elle se trémoussa un peu sur son siège.

— Continuez, fit monsieur Cavendish.

— Je sais que je suis dans une situation confortable, expliqua-t-elle, avec un flux régulier de clients et pas de frais généraux, mais je ne vois pas comment mon activité pourrait se développer davantage dans l'état actuel des choses. Je voudrais vendre mes créations directement aux clients, sans intermédiaires.

Alison regarda monsieur Cavendish, qui hochait la tête, visiblement très intéressé par ce qu'elle avait à dire.

— Je sais que mon passé commercial n'est pas parfait, avança-t-elle. Mais j'ai mis tout mon cœur dans la société que j'ai créée et, l'année dernière, j'ai eu de très bons résultats. De nouvelles commandes arrivent grâce au site web également.

Alison ouvrit son cartable trempé et sortit le classeur à anneaux qu'elle avait préparé avant de venir. Heureusement, les feuilles à l'intérieur n'étaient pas mouillées.

— Tenez, j'ai apporté les documents que vous m'avez demandés.

Elle lui tendit le classeur par-dessus le bureau. Il sourit, ouvrit le classeur et se mit à lire. Alison dut faire un gros effort pour ne pas scruter son visage dans l'espoir d'y déceler une expression qui pourrait lui donner quelques indices. Elle préféra regarder par la fenêtre pour se distraire un peu. Le bureau du directeur se trouvait au premier étage, et on pouvait observer les allées et venues dans la rue principale.

Il pleuvait toujours. Certains passants s'étaient réfugiés dans les cafés ou les magasins pour éviter de se faire mouiller. De vieilles femmes et de jeunes mamans étaient blotties sous l'abribus. Un autobus sans impériale passa à toute vitesse et éclaboussa une femme élégante qui tenait un parapluie de golf.

Elle laissa échapper une exclamation de surprise. Alison plissa les yeux. N'était-ce pas Sally ? Pete avait dit qu'elle était de retour à Charlesworth. Elle était beaucoup plus séduisante. Ses cheveux teints en roux sombre étaient bien coiffés et, même si sa jupe était éclaboussée de boue, ses vêtements étaient à la mode. Elle portait des bottes en cuir à talons hauts et une ceinture large qui mettait en valeur sa taille encore fine. Cette transformation était sans doute due à son passage à Londres.

— On dirait en effet que les affaires vont bien pour vous, madame Lowell.

La voix de monsieur Cavendish fit irruption dans ses pensées.

— Je comprends pourquoi vous vous sentez prête à étendre vos activités.

Alison laissa échapper un soupir de soulagement. Elle savait que ce n'était pas encore gagné, mais la réaction du banquier était encourageante.

— Cependant, vos revenus ont fluctué au cours des années, et je dois prendre en considération ce qui s'est passé avec votre premier magasin. Mais, si je me souviens bien, les revenus de votre mari sont plutôt élevés et réguliers, n'est-ce pas ? Si c'est le cas, pourrait-il se porter garant pour vous ?

— La situation a un peu changé pour être honnête, dit Alison, un peu découragée soudain. Pete a perdu son emploi, l'année dernière. Je suis sûre qu'il va bientôt retrouver un travail. Et nous avons son indemnité de licenciement sur notre compte commun. C'était une coquette somme !

— Bon, fit monsieur Cavendish en prenant des notes. Je vais être franc avec vous, madame Lowell. Même si la somme que vous me demandez n'est pas très importante, nous devons être particulièrement vigilants en ce moment. J'ai besoin de plus d'informations.

— Je comprends, bien sûr. Mais pourquoi ne consultez-vous pas notre compte joint, vous verrez ?…

— D'accord, c'est ce que nous allons faire.

Il se tourna vers son ordinateur et entra le numéro de compte.

Alison se tortilla un peu sur son siège, et son regard glissa de nouveau vers la fenêtre. Sally avait disparu, et un facteur dodu avait pris sa place. Il était en train d'ouvrir la boîte aux lettres et d'en vider le contenu dans son sac. Le vent éparpilla quelques lettres dans la rue.

— Madame Lowell.

Le directeur de la banque fronçait les sourcils en regardant l'écran.

— J'ai peur que l'état de votre compte ne colle pas avec ce que vous venez de me dire. Je ne comprends pas.

Alison lui sourit, toute disposée à lui venir en aide.

— Quel est le problème ? demanda-t-elle.

— Êtes-vous sûre que l'indemnité de licenciement de votre mari a été versée sur votre compte joint, celui dont vous m'avez donné le numéro, plutôt que sur son compte personnel ?

— J'en suis certaine, répondit Alison. Nous avons décidé que nous nous en servirions pour payer les factures et les dépenses quotidiennes.

— Mais, madame Lowell, ce compte est à découvert. En fait, vous êtes même tout près de votre limite de découvert.

Alison dévisagea le banquier, ébahie.

— Il doit y avoir une erreur quelque part, dit-elle.

— Votre mari en a peut-être transféré une partie sur son compte personnel ? suggéra le directeur. Pensez-vous que c'est possible ?

— Non, répondit Alison. Pete ne ferait pas ça.

Vraiment ?

— Je suis désolé, madame Lowell. Vous savez que j'aimerais vous aider. Mais je ferais justement tout le contraire en vous prêtant de l'argent dans l'état actuel des choses.

Quand Alison sortit de la banque et retourna au parking, elle était un peu groggy. Pour quelles raisons Pete aurait-il transféré de l'argent de leur compte joint à son compte personnel ? Elle se creusa la tête, en vain.

Il ne dépensait pas d'argent pour s'acheter des vêtements, il n'avait pas de loisirs particulièrement onéreux. Elle ne comprenait vraiment pas. La pluie s'était calmée, mais le vent la freinait, et le trajet à pied lui parut plus long que d'habitude.

Elle ferma la portière de la voiture, mit le chauffage en route et attendit que la buée du pare-brise s'en aille. Les affaires avaient plutôt bien marché ce printemps. Le beau temps avait encouragé les gens à sortir et à faire des achats dans les boutiques de la grande rue. Ses clients habituels lui passaient de nouvelles commandes tous les deux ou trois jours.

En même temps que la buée disparaissait progressivement des vitres, les choses devinrent plus claires dans son esprit. Elle repensa aux enveloppes qui s'entassaient, sans que quelqu'un ait pris la peine de les ouvrir, sur le buffet de l'entrée : la facture de gaz, Virgin Media, l'eau. Son mari s'était toujours occupé des factures : il se chargeait des finances, et elle, de la cuisine ; c'est ainsi qu'ils fonctionnaient depuis des années.

Mais, depuis le licenciement de Pete, leurs rôles mutuels avaient changé. Les soucis qu'elle avait eus avec ses filles, la situation de sa mère l'avaient tellement préoccupée à vrai dire qu'elle n'avait pas eu la tête à contrôler leurs dépenses, et, si le directeur de l'agence disait vrai, Pete ne l'avait pas fait non plus.

Il n'y avait peut-être même pas eu de transfert. Elle réalisa soudain l'ampleur du problème. Leur argent s'était peut-être tout simplement volatilisé.

Elle mit la radio et entendit la chanson des Commodores, *Easy*. Elle l'éteignit aussitôt. Elle posa sa tête contre la vitre et resta ainsi quelques instants. Son projet avec Jamie semblait très loin à présent.

14

Jenny

— Que dis-tu de ça ? demande Chloé en coiffant un voile cage à oiseaux orné de perles.

— Il est magnifique, dis-je en admirant les boucles brunes de mon amie qui le mettent parfaitement en valeur.

Je touche le maillage délicat. La femme qui tient le stand, dont la poitrine particulièrement généreuse attire le regard, sourit en signe d'approbation. Chloé me passe le voile, et je le coiffe, vérifiant dans le petit miroir accroché devant nous si mes cheveux ressortent bien avec.

— Mignon, dis-je.

Je ressemble vraiment à une mariée avec le voile qui retombe sur mon visage. Et il est évident qu'il s'agit de l'article original et non d'une copie.

— Celui-là date des années trente, confirme la femme avant de s'occuper d'une cliente qui essaie d'entrer de force un de ses gros pieds dans une ballerine à lanière en T.

— Je ne suis pas certaine de vouloir un voile…

Je le repose un peu à contrecœur sur le crochet.

— Je ne suis pas sûre que ça corresponde à mon type…

Chloé incline la tête et me regarde en plissant les yeux.

— Quoi ? C'est le premier stand où nous nous arrêtons ! Donne-moi une chance… Tu crois qu'un verre de champagne t'aiderait ? demande-t-elle.

— Oui. Rien de tel qu'un verre de champagne pour surmonter ses hésitations. Acheter sa robe de mariée en étant ivre…, dis-je en riant. Une méthode infaillible pour éviter de se tromper !

Un verre de champagne à la main, nous regardons les stands du marché de la mode vintage sous les arches de l'ancienne gare de Charlesworth. C'est exactement comme Chloé l'a décrit : des stands remplis de robes de mariée d'époque, de bibis, de sacs à main et de bijoux.

Quand Dan et moi nous sommes fiancés, j'ai traîné Chloé jusqu'à Londres, et ensemble nous avons fait les magasins spécialisés où des vendeuses condescendantes nous ont montré des tas de robes de mariée beaucoup trop froufroutantes pour moi. Vraiment pas mon style, quoi !

À la fin de la journée, j'étais transpirante, grognon, débraillée et j'avais perdu mon temps aussi bien que mon argent. Je suis donc vraiment contente que Chloé ait eu l'idée de m'emmener ici. Je vois déjà que les vêtements correspondent beaucoup plus à mon style et surtout je ne ressens aucune pression : pas de vendeuses au bronzage artificiel me disant que ce corset diamanté ou cette traîne sont absolument superbes sur moi.

— Vous avez déjà pensé à votre première danse, Dan et toi ? demande Chloé après avoir bu une gorgée de champagne. Parce que, sinon, j'ai quelques idées, s'empresse-t-elle d'ajouter. Je pense que…

— Non, dis-je en riant et en levant la main pour l'arrêter.

Je sais déjà ce qu'elle va me dire.

— Arrête-toi tout de suite, Chloé.

Je secoue la tête.

— Pas la fameuse danse de *Dirty Dancing* que ce couple a interprétée et qui passe sur YouTube. N'y pense même pas.

— Mais…

Elle me regarde avec des yeux implorants et n'arrive pas à croire qu'elle est déjà vaincue sur ce point-là.

— Pas de danse de salon, dis-je d'un ton catégorique, même si je suis désolée de briser ses rêves. Mais nous avons pratiquement fini notre playlist, et elle est parfaite.

Ces derniers jours, Dan et moi avons passé nos soirées à danser dans notre salle de séjour sur nos morceaux préférés. Nous choisissions un morceau chacun à notre tour et argumentions ensuite pour le faire figurer sur notre playlist. Nous avions la possibilité de mettre notre veto à deux chansons. J'ai dit non à Slipknot, et Dan a refusé Lady Gaga malgré mes supplications désespérées.

— Tout est prêt sauf les morceaux que Chris doit choisir pour sa série.

— Mais il n'est jamais trop tard pour changer d'avis, insiste Chloé.

Je hausse les sourcils et la regarde d'un air interrogateur.

— Pour votre première danse, je veux dire.

Chloé s'éloigne du bar et passe un bras autour de ma taille tout en murmurant dans mon oreille.

— *I've had…*

Elle pose sa flûte de champagne et passe son autre bras autour de ma taille.

— … *the time of my liiiife*, chante-t-elle dans mon oreille.

Je sens ses bras se serrer autour de mon corps.

— Pas le porté, NON, pas le porté !

J'ai beau crier, tout en m'étranglant de rire, je sens mes

pieds se soulever du sol, mais je parviens à me dégager de son étreinte au bout de quelques secondes.

À deux heures de l'après-midi, fortifiée par le champagne et l'enthousiasme contagieux de Chloé, j'ai trouvé la robe parfaite. Quand je me suis retournée pour me regarder dans la cabine d'essayage de fortune, j'ai tout de suite su que cette robe était LA ROBE.

C'est un modèle des années 1950 avec une jupe volumineuse, une taille marquée et une encolure délicate découpée dans le haut en dentelle, ainsi que de petites manches qui effleurent mes épaules et les couvrent tout juste. Tandis que je tourne dans un sens et dans l'autre en faisant bruisser le tissu, le jupon épais suit mes mouvements avec un petit temps de retard. J'entrouvre le rideau et passe la tête dehors. Je vois Chloé en train de mordre dans un brownie.

— Tu es prête ? Je pense que ça pourrait bien être la bonne…

— Vraiment ? demande-t-elle, et son visage s'illumine.

Comme elle est mignonne avec les miettes de brownie sur son menton !

— Alors, sors tes fesses de future mariée de là et fais-moi voir.

Elle mord une nouvelle fois dans son gâteau pour limiter les dégâts avant qu'il ne s'émiette complètement.

Je sors de la cabine et fais un pas, pieds nus, vers elle tout en veillant à ne rien renverser sur la table à côté avec ma jupe.

Dès que je vois les yeux de Chloé larmoyer et le rouge lui monter aux joues, je sais que je ne me suis pas trompée.

— C'est elle, n'est-ce pas ? dis-je en attendant une confirmation de sa part et en plissant un peu le nez.

— Mmmm, hmmm, acquiesce-t-elle, la bouche pleine de brownie.

Pourtant, une fois qu'elle a avalé le reste de son gâteau, elle ne dit toujours rien. Cette robe rend Chloé muette. Nous restons toutes deux immobiles et silencieuses pendant quelques secondes.

— Tu sais que tu dois l'acheter ? finit-elle par dire.

— Je sais.

Elle tend la main et sort l'étiquette de mon cou. Elle laisse échapper un sifflement et secoue la tête.

— On va trouver une solution, dis-je en haussant les épaules. Ce n'est même plus une question de choix, maintenant. Je suis tombée raide dingue de cette robe !

15

Alison

Alison et Pete étaient assis à la table de leur cuisine, avec les factures et les relevés de compte des derniers mois étalés entre eux. Le tout dernier relevé de compte en ligne apparaissait sur l'écran de l'ordinateur portable de Pete.

— On est dans le pétrin, n'est-ce pas ? dit Alison en regardant les preuves du marasme éparpillées sur la table.

Ils avaient passé la matinée à éplucher leurs relevés de compte, doucement, méthodiquement, jusqu'à ce qu'ils aient retrouvé la totalité de l'indemnité de licenciement manquante.

Les soupçons d'Alison s'étaient confirmés : l'argent leur avait tout simplement filé entre les doigts sans qu'ils s'en aperçoivent. Pete reconnut que, quand il avait touché son indemnité de licenciement, il avait décidé de rembourser les crédits à la consommation qu'ils avaient encore sans en parler à Alison. Aucun des deux n'avait songé à contrôler régulièrement leurs dépenses.

— On va trouver une solution, fit Pete calmement.

— Mais regarde ça, dit Alison en montrant une vieille facture de gaz. On a pratiqué la politique de l'autruche pendant trop longtemps : le remplacement de la chaudière, l'entretien des deux voitures, les frais de véto pour George, le remboursement des vêtements achetés en douce par Holly… L'argent disparaissait et on ne s'en est même pas rendu compte. Et ça ?

Elle fouilla dans les papiers et sortit deux lettres de rappel.

— C'est vraiment sérieux, Pete. On dirait bien qu'on va avoir un retard de paiement sur le remboursement du prêt ce mois-ci. Et on n'a même pas suffisamment d'argent pour payer toutes les factures.

— C'est vraiment pas folichon, reconnut Pete à contrecœur.

— Je ne comprends pas, Pete, dit Alison, une pointe de frustration dans la voix. Tu as bien dû voir que quelque chose ne tournait pas rond. Je sais que c'est une responsabilité commune, mais tu t'es toujours occupé des finances. J'aurais aimé que tu dises quelque chose au lieu de te voiler la face.

— Je me suis voilé la face, moi ? répliqua Pete, dont le regard s'assombrit. J'ai eu beaucoup de soucis, Ali. Et d'ailleurs, puisque je me charge dorénavant d'une grande partie de la cuisine et du ménage, j'ai pensé que tu garderais un œil sur les factures. Ou suis-je censé tout faire et chercher un travail en plus ?

Pete se tut et prit une profonde inspiration.

— Écoute, on va trouver un moyen de s'en sortir… On pourra peut-être faire un petit emprunt ou…

— Comme celui que j'ai obtenu pour le café ? Oh oui, aucun problème ! siffla Alison, réalisant trop tard qu'elle avait été un peu trop virulente.

Les larmes lui montèrent aux yeux, mais elle les ravala.

— Est-ce que tu réalises ce qui risque de nous arriver, Pete ?

Pete porta la main à son front.

— Oui, dit-il, mais c'était comme s'il essayait de repousser les paroles d'Alison.

— Si on ne fait pas bientôt quelque chose, on pourrait perdre la maison, dit Alison en se calant dans son fauteuil.

Pete resta silencieux tout en secouant la tête avec lassitude.

— Ça n'arrivera pas, dit-il enfin.

— Vraiment ? Pete, ça arrive tous les jours à des tas de gens. La situation était critique quand ma boutique a fait faillite, mais là, c'est encore plus grave. On pourrait perdre la maison qu'on a achetée au prix de gros efforts, la seule maison que les filles aient connue.

Alison regarda leur cuisine, le centre de leur foyer, puis elle fixa de nouveau son mari qui avait les yeux vitreux.

— Est-ce que tu m'écoutes au moins, Pete ? J'ai comme une impression de déjà-vu !

Alison se revit très distinctement à une époque où elle n'avait pas encore vingt ans.

— Tu m'as dit autrefois que je n'avais pas besoin de passer mon bac, que ton groupe allait devenir célèbre. Et qu'est-ce qui s'est passé ? Rien, Pete. On a atterri dans cette caravane cradingue, avec tout juste assez d'argent pour s'acheter à manger. Pendant que mes amies allaient à l'université, étudiaient et passaient du bon temps, je travaillais comme serveuse pour gagner un peu d'argent afin que tu puisses réaliser tes rêves de rock star. Tu te souviens de ce temps-là ?

Pete garda les yeux baissés.

— On n'avait rien. Tu répétais pendant que je travaillais comme une dingue pour qu'on ne soit pas obligés de retourner chez nos parents la queue entre les jambes.

Alison se souvenait de ces jours-là aussi clairement que si elle venait de les vivre.

— Tu m'as promis il y a très longtemps que tout irait bien… Et tu sais quoi ? Tu n'as pas tenu ta promesse.

16

Maggie

Maggie était sortie pour acheter des muffins, un pour elle, un pour Anna. Elle faisait la queue à la boulangerie tout en regardant sur son portable la photo de la robe de mariée que Jenny venait de lui envoyer. C'est à cet instant qu'elle reçut un autre message.

M. Je n'arrête pas de penser à toi. Je sais que nous devons encore parler ; alors, viens dîner avec moi, et nous pourrons commencer. Qu'en penses-tu ? D

Un frisson de joie et d'excitation la parcourut quand elle le lut. Elle ne put s'empêcher de se réjouir. Elle attendrait pour répondre, cependant. Elle n'avait pas les idées claires. Elle se laisserait quelques heures, au moins. Dylan n'était pas pardonné, se rappela-t-elle. Loin de là.

— Un muffin aux myrtilles et un au chocolat, s'il vous plaît, dit Maggie à la fille derrière le comptoir, réalisant soudain que c'était à son tour. Elle voulait faire un petit plaisir à Anna pour la remercier. Quand elle était arrivée à la boutique, mardi, après sa journée à Londres, elle avait tout trouvé en ordre : Anna s'était occupée des livraisons avec beaucoup d'efficacité, et le sol ainsi que toutes les surfaces étaient impeccables. Pas le moindre pétale, pas la moindre feuille par terre.

— Vous voulez un café avec ? demanda la fille.

— Non, juste les muffins, merci.

Maggie prit le sac en papier et retourna à la boutique, où Anna était en train d'aider un homme d'un certain âge à choisir des fleurs. Aujourd'hui, les clients avaient été plutôt rares, sans doute à cause du mauvais temps. L'homme portait un imperméable vert. Ses longs cheveux gris étaient coiffés en queue de cheval, mais étaient plutôt clairsemés sur le sommet de sa tête.

— Je n'avais aucune idée que c'était notre anniversaire de mariage jusqu'à ce que je reçoive cet appel, il y a quelques minutes, dit-il l'air un peu troublé. Comment faites-vous, mesdames, pour vous souvenir de toutes ces dates ?

Anna lui sourit d'un air rassurant.

— Christine m'a toujours dit que ça n'avait pas d'importance. C'est un deuxième mariage pour tous les deux. Elle prétendait même qu'elle préférait que je lui fasse une surprise un autre jour. Et voilà que son amie Eve vient de m'appeler pour me dire que Christine était vexée. Qu'est-ce que je peux faire pour me rattraper ?

Il se tapa la tête avec la paume dans un geste de frustration.

— Eve a dit que je ferais mieux de réparer mon oubli, et vite. S'il vous plaît, dites-moi que vous pouvez m'aider.

Il semblait complètement désespéré.

— Bien sûr que nous pouvons, dit Anna en lui faisant signe de s'approcher et de regarder les différentes fleurs qu'elles avaient en stock. Je pense qu'il faut mettre le paquet tout en restant classique. Quelques roses rouge sombre comme celles-ci, un gros bouquet. Si ça entre dans votre budget, naturellement…

Il hocha la tête. À ce stade, il semblait prêt à tout pour se racheter.

— Vous pourriez ajouter un peu de gypsophile.

Elle prit quelques brins pour lui montrer.

— Nous pourrions vous faire un très joli bouquet avec ça, bien présenté. Qu'en pensez-vous, monsieur… ?

— Edmonds, dit-il.

— Monsieur Edmonds. Et si au lieu de les lui offrir à son retour à la maison, vous les lui faisiez livrer à son travail ? Ainsi, elle n'aura pas à attendre de longues heures avant d'être rassurée…

Les joues du vieil homme reprenaient petit à petit des couleurs. Maggie se rapprocha un peu d'Anna, et le client parut très surpris.

Il était tellement perdu dans ses pensées qu'il ne l'avait pas vue entrer dans la boutique.

— Bonne idée, Anna, intervint Maggie. Je pourrais appeler votre épouse, monsieur, et lui dire que nous sommes désolées pour cette livraison tardive.

Elle pencha légèrement la tête.

— Et si notre réserve avait été inondée ce matin et que nos livraisons avaient toutes été retardées de quelques heures ? C'est tout à fait plausible vu le temps.

L'homme était à l'évidence soulagé.

— Oh oui ! dit-il. Si vous êtes certaine que ça ne vous dérange pas… Quelle proposition adorable !

— Pas de problème, répondit Maggie. Je vous laisse entre les mains d'Anna. Donnez-lui les coordonnées de votre femme au travail. Nous allons nous en occuper immédiatement.

Maggie sentit les yeux d'Anna posés sur elle quand elle partit se réfugier dans l'arrière-boutique. Anna lui avait lancé un regard interrogateur. Dès que la porte fut fermée, cependant, Maggie ressortit son BlackBerry. Elle avait attendu suffisamment longtemps, n'est-ce pas ? Elle envoya un message à Dylan.

D'accord. Où ? Je finis à 18 heures.

Elle appuya sur ENVOYER, puis se maudit de ne pas avoir attendu plus longtemps. Elle avait encore quinze ans ou quoi ? Pourtant, la réponse de Dylan arriva immédiatement, ce qui l'aida à déculpabiliser.

Je suis à Brighton pour une séance photo. Viens me rejoindre. Fruits de mer et champagne dans le petit restau des Lanes à 20 heures ?

Maggie prit une profonde inspiration.

D'accord. On se retrouve là-bas. M

Elle retourna dans la boutique. Anna était toute seule à la caisse. Elle tourna la tête et demanda.

— Maggie, tu es sûre que je dois appeler la femme de ce client ? Tu as toujours dit que nos délais de livraison étaient ce qui nous distinguait des autres, que c'était mauvais pour la maison si…

Maggie marqua une pause. Voilà un discours qui lui était familier.

— Tu sais quoi ? Ce n'est pas un client qui va faire la différence, répondit-elle en arrangeant les plantes sur une étagère.

— Attends, Maggie. Tu as été gentille avec lui parce qu'il essayait d'être romantique, c'est ça ? dit Anna en souriant comme si elle venait de résoudre une énigme.

— Peut-être, admit Maggie sans rien laisser paraître. Je ne peux pas supporter l'idée qu'elle soit en colère contre ce pauvre homme ! Tu peux, toi ?

Lorsque le carillon de la porte retentit, une heure après le rush de midi, Maggie leva instinctivement la tête. Elle sourit quand elle vit Jenny entrer, élégante dans son tailleur-pantalon gris anthracite et son chemisier blanc impeccable.

— Salut, dit Jenny en souriant.

Elle montra la pendule.

— Ma chef est absente, ajouta-t-elle pour expliquer sa pause déjeuner tardive.

— Tu aurais une minute pour discuter des fleurs de mon mariage ?

— Bien sûr, répondit Maggie en approchant deux chaises du comptoir. Avec plaisir.

Elle se tourna vers son assistante.

— Anna, ça ne te dérange pas de faire chauffer de l'eau pour le thé ?

Anna hocha la tête et se dirigea vers l'arrière-boutique. Maggie poursuivit.

— Et tu veux te joindre à nous après ? J'aimerais que tu participes à notre petite réunion. Anna se retourna, et son visage s'illumina.

— Elle apprend vite, fit remarquer Maggie à voix basse lorsqu'elles entendirent la bouilloire se mettre en route. Et elle adore les mariages.

Jenny sourit et sortit son carnet de son sac.

— Bien sûr, je serais ravie de connaître son avis, dit-elle. Mais, pendant que je t'ai pour moi toute seule, ajouta-t-elle en fixant Maggie de ses grands yeux noisette et en baissant la voix, je veux tout savoir : comment ça s'est passé avec Dylan ?

Maggie aimait le goût d'embrun des huîtres, et celles-ci étaient les meilleures. Elle en dégagea une avec sa fourchette et l'avala avant de boire une gorgée du champagne que Dylan avait commandé. Lorsqu'elle était arrivée au restaurant juste avant huit heures, il l'attendait déjà à une petite table dans un coin.

— Maggie, je suis content de te voir. Tu es superbe, avait-il dit en reculant pour l'admirer.

Elle portait une robe en soie gris ardoise et avait remonté ses cheveux en laissant quelques mèches retomber sur ses épaules. Son maquillage mettait ses yeux verts en valeur, et des boucles d'oreilles en argent pendaient presque jusqu'à ses épaules.

— Ah ! quel charmeur tu fais, monsieur Dylan Leonard ! avait rétorqué Maggie en souriant. Je parie que les femmes que tu as photographiées aujourd'hui ont entendu la même chose.

Elle s'était assise en face de lui.

— Tu te trompes, avait-il répondu en riant. En fait, c'était une séance de photos de mode pour le magazine *Attitude*, et les mannequins hommes avaient suffisamment confiance en eux. Je n'ai eu aucun commentaire à faire.

Après avoir regardé le menu, ils avaient commandé des huîtres, du crabe et du homard avec quelques légumes en accompagnement, puis ils avaient parlé de la journée de Maggie en attendant l'arrivée des plats.

— On avait prévu de faire des photos près de la vieille jetée, expliqua Dylan pendant que la serveuse posait les plats sur la table. Tu sais, celle qui a brûlé ?

— Tu veux dire la jetée ouest, dit-elle. Celle avec les étourneaux ?

— Oui, c'est ça. Mais, avec le temps qu'il a fait aujourd'hui, on a dû changer nos plans. On est restés dehors, pas le choix. Puisque c'est pour le numéro d'automne, il n'est question que d'écharpes et de manteaux, mais on est allés sous les arcades au bord de la mer à la place.

— Tu as dû t'éclater, fit Maggie avant d'avaler une autre huître délicieuse.

— Tu sais quoi ? Une fois que la pluie s'est calmée, c'était effectivement génial. Il y avait quelques personnes vraiment sympas. Je me souviens tout à coup de tout ce qui m'a toujours plu en Angleterre.

Il resta quelques secondes silencieux, l'air un peu emprunté, puis il se lança et prit la main de Maggie. Elle se demanda si elle devait la retirer ou non, mais, à vrai dire, son contact était agréable. Elle avait envie de rester ainsi.

— Je ne sais toujours pas ouvrir ces bestioles, tu sais, reprit Dylan en enlevant sa main et en montrant le homard sur le plat de fruits de mer.

— Laisse-moi faire, proposa Maggie.

Elle fit craquer la carapace du homard, creusa dans la chair et en déposa quelques morceaux dans l'assiette de Dylan.

— Tu as toujours été nul pour ça.

Il haussa les épaules en souriant.

— Tu chantes toujours, Maggie ? demanda-t-il en piquant dans la chair avec sa fourchette.

— Oui, en quelque sorte, répondit-elle.

Ce n'était pas un mensonge à strictement parler.

— De temps à autre.

Comme sous la douche. Pour les orchidées. Ou pour Maisy. Mais elle ne s'était pas produite devant un public, autre que sa nièce, depuis qu'elle avait signé les papiers du divorce. À l'instant où elle avait inscrit son nom sur cette ligne, la réalité l'avait rattrapée sur tous les fronts. À partir de là, elle avait décidé que chanter, c'était puéril et complaisant, et que son activité de chanteuse appartenait à un passé qu'elle souhaitait oublier.

Maintenant que Dylan était parti, il fallait qu'elle gagne suffisamment pour subvenir à ses besoins, et vite. Elle avait renoncé à la musique et avait mis toute son énergie dans son activité de fleuriste.

— Je suis content que tu n'aies pas arrêté, dit-il. Tu as toujours eu une voix surprenante, Maggie. Je l'entends encore, parfois, dans ma tête.

Elle resta silencieuse, gênée par le compliment, d'autant plus qu'elle avait menti pour l'obtenir. Les yeux bleu foncé de Dylan la fixaient. Il tendit la main et toucha son visage, sa main s'attardant sur sa joue. Sa paume était chaude, et elle eut soudain envie de s'approcher encore un peu plus de lui. L'émotion qui la submergea la prit complètement par surprise.

— Maggie, j'aimerais pouvoir effacer tout le mal que je t'ai fait.

Ses yeux scrutaient son visage, comme pour le graver dans sa mémoire.

— Mais je sais que je ne peux pas. J'ai fait de graves erreurs et j'en ai tiré les leçons. J'espère que nous trouverons un moyen pour recommencer à zéro.

Maggie le regarda droit dans les yeux. Il paraissait sincère, et les choses étaient bel et bien différentes. Dylan était plus calme, elle était plus forte. La colère qu'elle avait ressentie durant leur première rencontre se dissipait un peu plus à chaque mot qu'il prononçait. Elle n'avait pas besoin de Dylan, elle n'avait besoin de personne. Mais, tandis que ses yeux se posaient sur sa bouche et qu'une vague de chaleur envahissait son corps, elle sut qu'elle le voulait.

— Repartir de zéro, répéta-t-elle, le désir l'emportant sur tout le reste. Je pense qu'on pourrait essayer.

Le visage de Dylan s'illumina.

— À notre nouveau départ, dit-il en levant son verre.

Elle sentit une montée d'adrénaline lorsqu'elle fit tinter son verre contre le sien.

Le lendemain matin, Maggie se réveilla dans les draps blancs du lit de la chambre d'hôtel de Dylan. Elle était blottie contre son corps et, l'espace d'un instant, elle eut le sentiment qu'il n'était jamais parti. Il était déjà réveillé et ébouriffa doucement ses cheveux.

— Bonjour, ma chérie, dit-il.

Maggie regarda autour d'elle, cherchant ses repères dans un environnement qui ne lui était pas familier. Le soleil entrait à flots par les fenêtres, et elle entendait les vagues s'écraser sur la plage dehors.

— Salut, répondit-elle en se détendant et en se serrant encore un peu plus contre lui.

Dylan souleva son menton et l'embrassa doucement sur la bouche. Elle repensa immédiatement au plaisir de la nuit passée : la douche, le tapis, le canapé… L'alchimie était toujours là, et les dernières heures avaient prouvé qu'elle était plus forte que jamais.

L'alarme de son téléphone retentit soudain.

— Il faut que je…, dit-elle sans terminer sa phrase alors que la réalité la rattrapait peu à peu.

Que faisait-elle là ? Il avait suffi que Dylan prononce quelques mots pour qu'elle revienne sur toutes ces années durant lesquelles elle avait tenté de l'effacer de sa vie.

— Moi aussi, dit-il.

Il l'embrassa de nouveau, s'attardant davantage cette fois.

C'était bon et ça lui semblait si naturel.

— Bon, je file sous la douche, annonça Maggie. Et après, on se tire d'ici tous les deux.

Maggie ouvrit la boutique et alluma les lumières pour mettre en valeur les vitrines et la décoration du magasin. Dans l'arrière-boutique, elle trouva le sac de vêtements qu'elle avait apporté il y a des semaines pour le donner à une boutique solidaire. Elle fouilla dedans. Un pantalon noir et un pull en V couleur pistache. Le pantalon large n'allait pas vraiment avec les chaussures à talons hauts qu'elle avait encore aux pieds, mais il devrait faire l'affaire pour la journée. Elle mit la bouilloire en route, se changea et se servit une tasse d'earl grey. La circulation était fluide sur l'autoroute, et, même en faisant une halte à la pâtisserie pour s'acheter un gâteau, elle était arrivée plus tôt que d'habitude à la boutique.

Tout en buvant sa première gorgée de thé et en mordant dans son pain aux raisins, elle se revit avec Dylan, le matin même, quand était venu le moment de se séparer. La voiture de Maggie était garée en bord de mer, et il l'avait embrassée pour lui dire au revoir.

— Maggie, je ne veux pas brûler les étapes, mais je dirais que ce nouveau départ est prometteur, tu ne trouves pas ?

Toutes les émotions qu'elle avait connues avec lui quand ils étaient ensemble avaient refait surface dès qu'ils s'étaient embrassés : l'alchimie, l'excitation, l'impression que son âme sœur, l'homme qui la connaissait par cœur, était de retour. Peut-être ne vivrait-elle pas sa vie en solo finalement ? Au bout de quelques instants, elle avait hoché la tête, et le visage de Dylan s'était illuminé.

C'était difficile. Elle avait du mal à lâcher prise, à s'abandonner et à se dire que ce qui lui arrivait depuis quelques jours avait un sens. Pourtant, si elle n'acceptait pas de se laisser porter par les événements, pourrait-elle donner un jour encore une chance à l'amour ?

Dylan était trop craquant avec ses cheveux encore ébouriffés. Il lui suffisait de penser à lui une seconde pour fondre complètement. Elle s'était finalement dégagée de son étreinte, était montée dans sa voiture, et il était resté là, à la regarder, pendant qu'elle s'éloignait le long de la Marine Parade. Elle l'avait vu ensuite, dans son rétroviseur, héler un taxi vert et blanc, et monter à l'intérieur.

Le carillon de la porte annonça l'arrivée d'Anna. Maggie leva les yeux et vit la jeune fille lui faire un signe enthousiaste.

— Bonjour, patronne, dit Anna.

Elle était élégante aujourd'hui avec ses bottes en cuir et sa robe en jersey qui descendait jusqu'aux genoux.

— Bonjour, Anna, répondit Maggie en enlevant des miettes de son pull. Tu es toute belle !

— On dirait que ça te surprend, dit Anna en riant, les yeux pétillants. Mais oui, je me suis dit que j'allais faire des efforts et arrêter d'être aussi débraillée.

— Ça me plaît. Et franchement, ça te va bien.

La matinée passa rapidement grâce à l'arrivée massive de clients, un car entier de touristes français du troisième âge, qui faisaient une halte à Charlesworth après avoir visité d'autres villes et villages du Sussex. Lorsqu'ils furent tous partis les uns après les autres, les bras chargés de plantes et de fleurs, Maggie vit un charmant visage familier devant la porte de la boutique. Elle alla ouvrir.

— Bonjour, Jack, dit-elle en souriant et en déposant un baiser sur sa joue. Il était rasé de près aujourd'hui, et elle ne put s'empêcher de remarquer son parfum agréable. Du coin de l'œil, elle vit le visage d'Anna s'illuminer. La jeune fille semblait très intéressée.

— Entrez, entrez, fit-elle en conduisant Jack dans la boutique.

Il serra la main d'Anna, se présenta, puis regarda autour de lui.

— Belle boutique, dit-il en admirant les plantes et les fleurs.

— Merci, nous faisons de notre mieux, répondit Maggie en faisant un clin d'œil à Anna. Qu'est-ce que je peux faire pour vous ? s'enquit-elle d'une voix gaie et enjouée.

Jack semblait quant à lui préoccupé. Les rides sur son front trahissaient son tourment.

— C'est Lucy, lâcha-t-il.

— Vous voulez que nous allions dans l'arrière-boutique pour discuter, proposa Maggie, et il hocha la tête en signe d'approbation.

— Maggie, elle est dans tous ses états à cause du mariage, expliqua Jack dès qu'ils furent seuls.

Maggie avait déjà vécu ce genre de situations avec d'autres couples. En fait, elle savait très bien gérer le syndrome de la « bridezilla ».

— Qu'est-ce qui l'inquiète ?

— En fait, dit Jack, elle se fait du souci pour vous et Owen.

Maggie se sentit beaucoup moins optimiste tout à coup. Le mariage de Lucy était de loin l'événement le plus important de l'automne. Elle ne voulait pas que des chamailleries viennent le compromettre.

— Quel est le problème avec Owen et moi ? demanda-t-elle, même si elle connaissait déjà la réponse. Elle revit soudain le visage moqueur du jardinier paysagiste.

— Elle pense que vous n'avez pas la même vision des choses, reprit Jack en haussant les épaules pour montrer qu'il ne prenait pas parti. Elle dit qu'il est évident que le courant n'est pas passé entre vous l'autre jour.

Maggie aurait pu se gifler. Elle savait qu'elle aurait dû agir en adulte et ignorer l'arrogance d'Owen, mais la façon dont il lui avait parlé l'avait tellement agacée qu'elle n'avait pas pu s'en cacher.

— Je sais qu'Owen n'est pas un garçon facile, poursuivit Jack, et les mariages, ce n'est vraiment pas sa tasse de thé. Il a des opinions très marquées sur le développement durable, la protection de l'environnement. Mais, au fond, c'est un bon gars.

Il va falloir vraiment creuser, pensa Maggie. Elle resta silencieuse et écouta ce que Jack avait à dire.

— En tout cas, poursuivit-il d'une voix hésitante, Lucy dit que, si vous ne pouvez pas vous entendre, elle devra se séparer de l'un de vous deux.

Maggie sentit soudain la panique l'envahir. Comme Jack et Owen étaient des amis de longue date, elle comprit immédiatement que Lucy devait songer à se débarrasser d'elle. Elle ne pouvait pas passer à côté de cette opportunité. Le mariage de Jack et Lucy était l'occasion rêvée pour elle de se faire connaître et d'attirer peut-être un investisseur sérieux.

— Je vois, dit Maggie en ravalant sa fierté. Merci de vous être déplacé jusqu'ici pour me tenir au courant. Bien sûr, je suis tout à fait prête à arranger les choses. Il se trouve que je n'ai aucun problème à travailler avec Owen. J'aime ses plans. Je pense que nous étions peut-être tous les deux un peu trop enthousiastes à propos du mariage, c'est tout.

Ça et son air bêcheur et supérieur, pensa Maggie.

— La solution serait peut-être que vous organisiez une rencontre entre Owen et moi, à laquelle vous participeriez également. Ainsi, nous pourrions chasser les malentendus ?

Jack hocha la tête et parut soulagé. Maggie était d'un naturel plutôt doux, mais elle ne faisait pas de sentiment dans les affaires. Elle essaierait de se montrer fair-play avec Owen, mais, si ça ne marchait pas, elle trouverait d'autres moyens de parvenir à ses fins.

17

Jenny

Après avoir trempé mon pinceau dans l'eau, je peins les oreilles de Charlie et les parties les plus sombres de sa tête. C'est le premier chinchilla que je peins, mais je dois dire qu'il est plutôt mignon.

Mon livre pour enfants commence à prendre forme. Je viens chez papa un ou deux soirs par semaine, après le travail, quand Dan fait des heures supplémentaires à l'agence, et je m'enferme dans ma chambre pour avancer. J'ai dit à papa et Chris que je travaillais sur un projet, mais ils ne savent pas de quoi il s'agit.

Quant à Dan, il ne se doute de rien. C'est mon petit secret. Pendant que je dessine, tout ce qui m'encombre l'esprit disparaît : les exigences de plus en plus démesurées de Zoé, le financement compliqué de notre mariage…

L'élaboration de ce livre me ramène aussi à l'époque où nous avons dû réorganiser notre vie après le départ de maman. J'avais six ans alors, et papa était parfois trop fatigué le soir pour me lire des histoires. Je m'installais confortablement dans mon lit et regardais mes livres d'images avant de m'endormir. Papa dormait dans la chambre à côté, et Chris, en bas. Ces images et ces histoires me donnaient l'impression que tout allait bien et m'aidaient à oublier à quel point maman me manquait. Aujourd'hui, j'aime l'idée que mon livre puisse aider un petit garçon ou une petite fille quelque part, les entraîner dans un monde différent, où ils se sentent heureux et en sécurité, quelle que soit leur situation dans la vraie vie.

Jusqu'à présent, j'ai surtout travaillé sur des images de Jake. J'imagine différentes poses pour le petit garçon avant de choisir la meilleure représentation, celle que je vais peindre. Il est potelé et tout mignon.

Il ne dit rien à table et attend que la nuit tombe pour aller vivre une nouvelle aventure avec son ami chinchilla. Je mets mon iPod pour travailler et j'écoute une playlist estivale mise au point par Chloé.

Il y a plein de morceaux entraînants et gais qui couvrent les coups de marteau de papa dans son atelier. Mais, soudain, j'entends quelqu'un m'appeler et j'enlève les écouteurs.

— Jennnnnny ! dit la voix de Chris. Tu es encore là-haut ?

— Désolée, Chris. Oui, je suis là !

Je pose mon pinceau et m'approche de la rampe pour lui parler.

— Ah ! tu es bien là, fait-il sans son sourire habituel.

— J'avais les écouteurs, dis-je en montrant mes oreilles. Je n'ai rien entendu, désolée.

— Ah ! c'est pas grave. Le dîner est prêt si tu as faim.

— Super, je meurs de faim, justement. Je descends tout de suite.

Quand j'arrive à la cuisine, papa est en train de servir dans trois assiettes du poulet sauté.

— Ça va, ma chérie ? Et ton projet, ça avance ?

— Oui, merci, dis-je en m'asseyant.

Comme s'il s'agissait de quelque chose de très important, des travaux de recherche, par exemple, plutôt que des dessins de rongeurs !

— J'ai bien travaillé aujourd'hui.

Papa s'assoit, et Chris avance avec son fauteuil jusqu'à l'extrémité de la table. Papa dépose les assiettes devant nous sans dire un mot. J'interroge Chris du regard dans l'espoir d'obtenir un indice sur ce comportement étrange.

— Vas-y, papa.

Chris a l'air très sérieux.

— Vas-tu finir par dire quelque chose ou faut-il que je parle à ta place ?

— Pouvez-vous m'expliquer ce qui se passe à la fin ? Qu'est-ce que c'est que ces cachotteries ?

— Il y a quelque chose dont je voulais te parler, ma chérie, dit papa.

— Ah ! vraiment ?

C'est donc pour ça qu'il était si bizarre ces derniers temps !

— Qu'est-ce qui se passe, papa ? C'est à propos du mariage ? Écoute, je te l'ai déjà dit, je ne m'attends pas à ce que tu finances quoi que ce soit. Dan et moi avons suffisamment d'argent de côté maintenant pour tout payer. Enfin, pas tout à fait, mais bientôt.

— Ce n'est pas ça, Jen, marmonne papa en baissant les yeux.

Il semble épuisé tout à coup et fait plus vieux que son âge.

— Papa essaie de te dire que maman l'a appelé l'autre jour, intervient Chris en se redressant.

— Maman ? dis-je d'une voix étranglée.

Je pose la fourchette que je m'apprêtais à enfourner. Maman n'est pas en contact avec nous. Elle n'appelle pas pour discuter avec nous, pour voir comment nous allons.

Voilà dix ans qu'elle ne prend même plus la peine d'envoyer des cartes d'anniversaire.

— Quand ? Qu'est-ce qu'elle voulait ?

J'ai le visage et le bas du cou couverts de plaques rouges.

— Il y a environ deux semaines, explique papa. Je ne m'y attendais pas vraiment.

Le roi de l'euphémisme, comme toujours.

— Vous savez que ça fait vingt ans que nous ne l'avons plus revue, et dix ans qu'elle n'envoie plus de cartes d'anniversaire.

Chris pose sa main sur la mienne et la serre. Il n'a pas besoin de me regarder pour savoir ce que je pense. Papa ressent à l'évidence le besoin de dire tout ça à haute voix. C'est peut-être sa façon à lui de le rendre plus réel.

En revanche, Chris et moi n'avons aucun besoin qu'il nous le rappelle. Les dates sont gravées dans notre mémoire, à tous les deux.

Quand nous étions enfants, nous avons essayé d'oublier maman. Papa était trop occupé la plupart du temps. Il gardait un œil sur moi et veillait à ce que Chris aille à sa garderie spécialisée et à ses rendez-vous chez le médecin. Il nous occupait avec des jeux et des activités afin que nous n'ayons pas trop le temps de penser à l'absence de maman ou d'en parler. Mais, avec le recul, je me rends compte que quelque chose nous manquait bel et bien. Papa avait changé. C'est comme s'il était coincé sur une voie de tramway, dont les arrêts correspondaient aux différents endroits où il devait nous emmener, et le terminus à la maison. Quand il avait un peu de temps pour lui, il se réfugiait dans son atelier, où il sciait et clouait des morceaux de bois pour en faire des meubles. La famille, les amis appelaient ou passaient, mais c'est tout juste s'il leur parlait. Il se contentait la plupart du temps de dire « Oui » ou « Non » ou encore « Bien, merci ». Je n'étais qu'une enfant alors, mais je me rendais bien compte qu'il voulait que ces gens le laissent tranquille. Nous formions un trio, un tout, et nous avancions tant bien que mal. Nous nous débrouillions plutôt bien. La plupart du temps, nous étions heureux en fait. Malgré les difficultés liées à sa maladie, Chris était toujours souriant, et nous jouions beaucoup ensemble. Nous étions comme les autres enfants.

Puis, un jour, j'avais sept ans à l'époque, Emma, la fille la plus populaire de ma classe – elle était belle et mince –, est venue me voir dans la cour de récréation. Je me suis réjouie. Elle allait enfin m'inviter à jouer avec elle à l'élastique.

— Laura m'a mise au défi de te demander quelque chose, a-t-elle dit d'une voix qui trahissait son envie de rire.

J'ai vu ses amies qui nous regardaient à l'autre bout de la cour.

— Pourquoi est-ce que ta mère ne vient jamais te chercher à la sortie de l'école ?

Elle a incliné la tête en attendant ma réponse.

Mon serre-tête s'enfonçait vraiment dans mon cuir chevelu, et les dents en plastique étaient pointues. J'ai essayé de réfléchir à une réponse.

Ce stupide serre-tête est trop petit, ai-je pensé en essayant de le remettre comme il faut. J'avais pourtant bien dit à papa que le rouge était mieux. Emma s'est approchée de moi. Je voyais toutes les taches de rousseur sur son nez. Elle sentait le Malabar à la fraise.

— C'est parce que tu n'as pas de maman ? a-t-elle demandé tout en jetant un regard à Laura et aux autres filles qui riaient déjà.

Quand je suis rentrée à la maison, ce soir-là, j'étais en larmes. Je me souviens encore que j'avais la gorge irritée à force de sangloter et que mon jus de fruits avait du mal à passer. Papa a essayé de me calmer. C'est là qu'il m'a raconté ce qui s'était passé : maman nous aimait tous, mais ne pouvait plus vivre avec nous.

Un jour, papa était rentré à la maison, et elle n'était plus là. Quand nous étions adolescents, Chris et moi avons appris par oncle Dave, le frère de maman, que, peu après nous avoir quittés, elle s'était installée avec un ancien petit ami à Eastbourne. Je suppose que c'était plutôt immédiatement après son départ, mais oncle Dave ne nous l'a pas dit. Il voulait certainement adoucir le choc.

— Je suis désolé que votre mère ne soit pas restée avec votre père, parce que c'est un type bien, a-t-il dit. Mais chacun fait ses choix.

Dave était un Hell's Angel. Il avait choisi de passer sa vie sur les routes avec d'autres motards et de n'avoir aucune attache. Nous le voyions rarement, mais Chris et moi étions toujours heureux quand il passait.

— Je n'en ai pas cru mes oreilles quand j'ai entendu sa voix.

Papa secoue la tête et détourne les yeux.

— Mais c'était bien elle.

Il pose de nouveau les yeux sur moi.

— Notre numéro de téléphone n'a jamais changé, pas vrai ? Je suppose qu'elle le connaissait par cœur.

— Tu es en train de me dire qu'elle a appelé il y a deux semaines ? dis-je, finissant par absorber l'information. Et tu n'as pas songé à m'en parler plus tôt ?

— Je sais, reconnaît papa. Je suis désolé. Mais tu as tellement à faire en ce moment. J'aurais dû t'en parler tout de suite, tu as raison.

J'en ai presque la nausée. Je me tourne vers Chris.

— Écoute, Jen, je ne l'ai appris qu'hier. Et c'est bizarre pour moi aussi, crois-moi.

— En fait, c'est à toi qu'elle voulait parler, ma chérie, dit papa en me regardant d'un air triste et las. C'est pour toi qu'elle a appelé.

— Moi ? dis-je dans un murmure. Pourquoi ?

— Parce que… Elle a eu des nouvelles de ta cousine Angie. Elle a expliqué qu'elle l'avait retrouvée grâce à Facebook. Angie lui a dit de te laisser tranquille, que tu avais d'autres chats à fouetter avec le mariage et tout le reste.

Mon cœur bat à toute vitesse. J'attends qu'il finisse.

— Il se trouve que Sue – ta mère – n'a pas vraiment « entendu » ce qu'Angie lui a dit. Je pense qu'elle n'a retenu que l'information concernant ton mariage. Jen, poursuit papa avec précaution, elle pense qu'elle devrait être là.

— Être où ? dis-je d'un ton hargneux.

— À ton mariage, répond papa. Ta mère veut venir.

Chris et moi nous installons dans la salle de séjour pendant que papa range les assiettes et les couverts dans le lave-vaisselle. Je leur ai dit à tous les deux que je n'allais certainement pas rappeler maman. C'est aussi simple que ça.

— Tu peux prendre un peu de temps pour y réfléchir, dit Chris. Ton mariage n'a pas lieu demain.

— Prendre le temps de réfléchir à quoi ? Je ne sais pas comment tu fais pour être aussi compréhensif, Chris. Comment ose-t-elle faire ça ? Elle a deux enfants. Elle ne peut pas tout simplement appeler et dire qu'elle souhaite me parler.

— Je ne veux pas être au milieu de tout ça, annonce Chris. Je me suis déjà mis en travers de votre relation et je ne veux pas que ça se reproduise. Si tu veux qu'elle soit à tes côtés pour ton mariage, tu dois la laisser venir.

Je secoue la tête. Je me demande comment Chris fait pour ne pas nourrir de ressentiment envers elle. C'est un mystère pour moi.

— Je ne cherche pas à justifier ce qu'elle a fait, explique Chris. Bien sûr que non. Mais elle me fait pitié, c'est tout. À l'époque, quand elle a décidé, pour une raison ou une autre, qu'elle ne pouvait pas s'occuper de moi, elle a cessé d'être ta mère en même temps. Nous sommes adultes à présent, et les choses sont différentes, nous pouvons faire nos propres choix, et tu devrais peut-être lui donner une chance.

— Chris, je ne veux pas en discuter, dis-je. C'est toi ma famille, papa. Et maman ou Sue n'est qu'une femme qui nous a abandonnés.

— Très bien. Je pense quand même que tu devrais dormir dessus.

— Je n'ai pas besoin de dormir dessus.

Je sens la colère et la frustration m'envahir. Je ne sais pas pourquoi, mais personne dans ma famille ne semble voir qu'il n'y a pas de discussion possible. Et je sais que je risque de passer mes nerfs sur Chris.

— J'ai assez parlé ce soir. Je rentre à la maison.

Quand j'arrive à l'appartement tout juste avant neuf heures, j'ai le cœur lourd, et les pensées se bousculent dans ma tête. Un bain et une bonne nuit de sommeil, voilà ce qu'il me faut. Pourtant, quand je tourne la clé dans la serrure, j'entends des voix qui parlent fort. J'ai complètement oublié que le meilleur copain de Dan, Russ, devait venir ce soir.

— Salut, Jen ! crie Dan depuis la salle de séjour où ils sont en train de jouer à MarioKart, le volume à fond, naturellement. Des barquettes en aluminium à moitié vides jonchent la table basse, et de la sauce au curry est en train de dégouliner sur le dessus en verre. Russ boit sa Beck's au goulot.

— Waoouuh ! crie Dan en fixant l'écran et en bougeant sa manette pour que son kart aille sur la gauche. La lave a failli m'engloutir cette fois

— Salut, Jen ! crie Russ tout en m'adressant un sourire effronté.

Je vais dans la cuisine pour me préparer un chocolat chaud. C'est un véritable chaos, comme s'ils avaient pillé la pièce avant de s'installer dans le salon. Je mets la bouilloire en route et commence à ranger, doucement et méthodiquement. Je range les verres vides et les assiettes sales dans le lave-vaisselle tout en essayant de contenir la colère qui s'empare de moi quand je réalise que je passe presque inaperçue dans ce désordre. J'emporte mon cacao dans notre chambre, je me mets en pyjama et me couche. Je regarde l'heure. J'aimerais que le temps passe plus vite, mais il n'est que neuf heures et demie. Je prends le roman de Marian Keyes, dont j'ai déjà lu la moitié, et je cherche ma page. Malheureusement, les cris qui viennent du salon sont trop forts pour que je puisse me concentrer. Je reste donc allongée, immobile, pendant que mon esprit s'emballe. Je n'ai qu'une envie, dormir, mais les hommes sont de plus en plus bruyants. Chaque fois que je ferme les yeux et que je commence à m'endormir, je suis réveillée. Vers une heure et demie du matin, j'entends Dan raccompagner Russ. Il entrouvre la porte de la chambre, se glisse à l'intérieur, mais, bien malgré lui, il fait encore du bruit. Disons qu'il est discret comme un mec qui a trop bu.

— Dan, dis-je en levant la tête. Ce n'est pas la peine de marcher sur la pointe des pieds : je ne dors pas.

— Oh ! salut, chérie, je ne savais pas que tu étais encore réveillée. Il est tard, pas vrai ?

— Oui, plutôt.

Je lui tourne le dos et j'essaie de m'endormir. Dan ne semble pas se rendre compte que je suis particulièrement tendue. Incapable de contenir ma frustration plus longtemps, je me tourne de nouveau vers lui.

— Tu pensais vraiment que j'allais pouvoir dormir avec le boucan que vous faisiez, Russ et toi ?

Dan est en train d'enlever son t-shirt, qui reste quelques instants bloqué au niveau de sa tête. Ses mots sont assourdis par le coton.

— Désolé, dit-il en se débattant pour dégager sa tête et ses bras. Mais, tu sais, ça faisait une éternité que je n'avais pas vu Russ.

Il défait les boutons de son jean, l'enlève et se glisse dans le lit à côté de moi.

— Et tu as dit que tu allais passer la soirée chez ton père et certainement rentrer tard.

— Je n'ai pas eu envie de rester finalement.

Il se blottit contre moi. Pourquoi ne comprend-il pas que quelque chose ne tourne pas rond ?

Je le repousse et me redresse dans le lit.

— Dan, c'est mon appartement aussi et je veux pouvoir aller me coucher en toute tranquillité après une longue journée de travail !

Je ne reconnais pas ma voix stridente.

— D'accord, fait-il. Je ferai plus attention la prochaine fois.

— Mais, Dan, dis-je, incapable de me contenir plus longtemps, on n'est plus des étudiants, tu sais.

Il me regarde, perplexe.

— Je sais, Jen.

Il tend le bras pour me toucher, mais je m'écarte.

— Ne me touche pas ! Ne me touche surtout pas ! dis-je d'une voix de plus en plus forte. Je commence à en avoir assez d'être la seule adulte dans notre relation.

J'aimerais bien de temps à autre pouvoir m'appuyer moi aussi sur l'épaule d'un adulte. Je consacre tout mon temps à construire notre avenir, et toi…

— Attends un peu, Jen. Tu es injuste, proteste Dan avec véhémence, les sourcils froncés. J'ai fait des tas d'heures sup cette semaine pour pouvoir financer le mariage dont tu rêves et…

— Qu'est-ce que tu es en train d'insinuer ? dis-je en me redressant encore. Que tu ne rêves pas d'un tel mariage ? Que tu te fiches de ce qu'on fait ?

Je sens une boule se former dans ma gorge.

— Je ne veux surtout pas que tu fasses tout ça pour… me faire plaisir.

— Quoi ?

Dan scrute mon visage à la recherche d'une explication.

— Mais qu'est-ce qui t'arrive ? Bien sûr que je veux que notre mariage soit mémorable. Et il le sera.

— Non, dis-je d'un ton catégorique. Il ne le sera pas.

Je repense à ma robe vintage pour laquelle j'ai craqué et qui est désormais cachée au fin fond de mon armoire. Je n'ai même pas osé annoncer son prix à Dan. Je sais que, même avec toutes les heures sup qu'il fait, nous risquons fort de dépasser notre budget.

Pourtant, ce qui me mine le plus, c'est maman qui, après tout ce temps, cherche à gâcher notre grand jour. Qu'est-ce que je fais, moi, maintenant ? Comment pourrais-je expliquer à Dan et à quiconque ce que je ressens ? J'ai le tournis. Notre mariage de rêve va être anéanti par les dettes et les drames familiaux.

Dan me regarde, le front plissé, et, même dans le feu de la discussion, je sais que je n'ai plus les idées claires. Je ne comprends pas d'où vient toute cette colère. Le stress accumulé ces dernières semaines, le choc causé par l'aveu de papa ont eu raison de mon sang-froid, et j'ai l'impression de perdre pied.

— Jen, ne sois pas stupide ! Tout ce qui m'importe, c'est qu'on se marie, dit-il en me regardant droit dans les yeux. Je pensais qu'on en avait déjà parlé.

— Stupide ?

Je lui crie carrément après. Je prends une couverture et m'enveloppe dedans.

— Tu trouves que je suis stupide, maintenant ?

Je sens mes joues virer au rouge.

— Tu ne vois donc pas que tout est foutu ?

Je lui tourne le dos et quitte la pièce. Mais à peine ai-je fermé la porte que les larmes me montent aux yeux. Je prends la couverture et me traîne jusqu'au salon.

Ça sent encore le curry, mais Dan n'est pas là, et c'est déjà une bonne chose. Je me blottis sur le canapé, avec un coussin sous la tête, et je fixe le mur blanc. Un rayon de lune le traverse. J'entends le bourdonnement lointain des véhicules sur l'autoroute.

Notre dispute résonne dans ma tête. C'est donc à ça que va ressembler notre vie de jeunes mariés ? Des disputes et des compromis ? Quand je repense au mépris que Dan m'a témoigné, ma robe et la réapparition de ma mère deviennent le cadet de mes soucis. J'ai l'impression qu'il ne me comprend vraiment pas. Je remonte encore un peu la couverture et je ferme les yeux.

18

Jenny

— Une fois…

Alison se cramponne à la manche de mon gilet à motifs de roses, et je retiens mon souffle.

— Deux fois…

Maggie, sur ma gauche, tient mon bras d'une poigne d'acier.

— Et…

— Aïe ! dis-je lorsque Maggie pince ma peau en me serrant encore plus fort.

— Oh ! désolée, murmure-t-elle tandis qu'une vieille femme, dans la rangée devant nous, nous lance un regard désapprobateur par-dessus son épaule. C'est les nerfs !

— Vendu à la dame tout au fond…, dit le vieux commissaire-priseur en plissant les yeux pour mieux voir.

Alison lâche alors mon gilet et se lève pour lui faciliter la tâche.

— Dans la superbe robe rouge.

Nous applaudissons quand Alison se rassoit et se tourne vers nous.

— Bien joué, les filles, dit-elle en souriant. Quelle bonne affaire !

Quand nous sommes arrivées ce matin à la vente aux enchères locale, nous ne nous attendions pas franchement à trouver notre bonheur. Il est vrai qu'il y avait beaucoup de babioles sans grand intérêt : des statuettes de chats, un immense plat en forme de carpe.

Pourtant, au milieu de la camelote, nous avons déniché un service à thé datant des années 1930 que nous venons d'acquérir. Maggie a également acheté des vitrines en bois Art déco pour sa boutique.

Ce matin, au réveil, je n'avais pas franchement envie d'aller à cette vente aux enchères. J'étais toute raide après avoir passé la nuit sur le canapé, et c'était bizarre de se réveiller dans un appartement vide. Dan était déjà parti.

Il joue au foot tous les samedis matin, mais, en général, nous traînons un peu au lit et lisons les journaux avant qu'il s'en aille au parc. Ce matin, pourtant, je me suis réveillée tard, après onze heures. Et j'ai dû me laver et m'habiller en toute hâte pour ne pas faire attendre Maggie qui devait passer me prendre.

— On s'arrête là pour aujourd'hui en terminant sur cette belle victoire ?

Je ne veux pas faire la rabat-joie, mais j'ai un peu de mal à m'enthousiasmer aujourd'hui.

— Tu veux dire qu'il vaut mieux que nous partions avant de nous ruiner, résume Maggie. Oui, c'est sans doute plus raisonnable.

— On va prendre un thé ? propose Alison.

Nous opinons toutes les deux.

Il y a une buvette de fortune dans la salle adjacente, qui propose du thé et du café dans des tasses en polystyrène ainsi que des gâteaux et des scones aux raisins dans des assiettes en carton. Nous nous asseyons sur des chaises en plastique autour d'une table en bois, et Maggie sort son carnet à croquis. Comme tout le monde est encore à la vente aux enchères, nous avons la table pour nous toutes seules pratiquement. Nos voix résonnent.

— Le chapitre « Un thé extravagant » a toujours été mon préféré, dit Alison pendant que Maggie lui montre quelques-uns de ses croquis pour le mariage. J'adore quand le chapelier sort le mètre à ruban pour mesurer la tête des gens. En tout cas, j'aime bien ton idée de mettre des fleurs dans les tasses à thé. Ça va faire un super effet.

Maggie étale nos trésors sur la grande table en bois pour que nous puissions les admirer de nouveau. La femme qui tient la buvette hausse les sourcils en apportant les tasses de thé qu'elle ne sait plus où poser.

Maggie pousse la vaisselle que nous venons d'acquérir pour lui faire de la place. Elle a l'air parfaitement sereine aujourd'hui et elle est très élégante. Elle porte une robe t-shirt vert émeraude et des joncs en or tout simples à ses poignets qui tintent à chacun de ses mouvements.

Elle a tiré ses cheveux en arrière avec deux pinces vintage en bronze au-dessus de ses oreilles. Pourtant, ce ne sont pas ces quelques détails vestimentaires qui la rendent différente aujourd'hui, c'est plutôt l'éclat de ses yeux. Elle paraît plus douce, presque magnétique.

De mon côté, c'est tout le contraire : je suis fatiguée, crispée, blessée après cette dispute. Les cheveux noirs d'Alison sont lisses et brillants, attachés en queue de cheval avec une mèche qui retombe sur son front, mais j'ai l'impression que, malgré son maquillage éclatant et sa robe rouge vif, elle n'est pas au mieux de sa forme elle non plus.

— Merci de m'avoir prêté les livres, Jenny, dit Maggie d'un ton chaleureux en me les rendant. Je pense que, si je maîtrise tous les détails parfaitement, je pourrais l'emporter sur Owen.

— Je croyais que la future mariée voulait vous voir travailler mieux *ensemble* ? fait remarquer Alison.

— Oui, c'est vrai, répond Maggie en riant. L'important, c'est que je sois *meilleure* que lui pendant que nous travaillons ensemble.

Les cheveux de Maggie brillent sous la lumière des néons.

— Maggie.

Je plisse les yeux en la regardant.

— Tu es rayonnante aujourd'hui, dis-je en montrant ses joues. Tu as ce teint opalin et radieux dont tout le monde rêve.

Elle a aussi ce sourire irrépressible sur son visage.

— Tu n'aurais pas quelque chose à nous raconter par hasard ?

— Ah ! ah ! En quelque sorte, répond-elle évasivement.

Alison et moi échangeons un regard.

— Ouiiiii ? disons-nous en chœur.

Alison semble avoir autant besoin que moi de se changer les idées en s'occupant des histoires des autres.

— Je parie que c'est Dylan, dis-je.

Maggie a mentionné que leurs retrouvailles s'étaient bien passées, mais elle n'a pas donné beaucoup de détails.

— Oui, c'est Dylan, reconnaît Maggie qui semble soudain impatiente de tout nous raconter. C'est une longue histoire et c'est encore un peu tôt, mais je commence à croire qu'elle pourrait bien avoir une fin heureuse cette fois.

Lorsque Maggie arrive à la conclusion de son histoire, nos tasses sont vides, et nous avons ingurgité toute la nourriture que nous avions commandée : des galettes à l'avoine, une tranche de cake aux carottes et des sablés au caramel et au chocolat. Alison et moi, captivées, avons écouté le récit de Maggie.

— Comme je vous l'ai déjà dit, quand j'ai rencontré Dylan, j'ai cru que tout allait bien se passer entre nous, parce que c'était tout simplement l'homme de ma vie. Mais, bien sûr, ce n'est pas du tout ce qui est arrivé.

Alison hoche la tête d'un air entendu, comme à son habitude.

— Mais, aujourd'hui, j'ai le sentiment que nous sommes deux personnes différentes. Nous sommes tous les deux conscients qu'il faut faire des efforts pour préserver une relation.

— Quatre ans, c'est long, dis-je en repensant aux premiers jours de ma relation avec Dan.

— En effet, poursuit Maggie. Et je pense qu'on a mûri tous les deux, qu'on a réalisé ce qu'on voulait et ce dont on avait besoin. Je crois que j'ai toujours été une romantique. Je ne suis pas certaine que l'amour véritable puisse s'éteindre un jour.

— Mais tu n'as pas dit qu'il vivait à New York ? demande Alison. Je ne veux pas jouer les rabat-joie, mais qu'est-ce que ça signifie pour votre couple ?

— New York est certes son point de chute, mais il va peut-être obtenir quelques contrats en Angleterre pendant l'été. Il se trouve qu'il sera à Charlesworth demain. Il veut voir la boutique, ma maison, ma vie ici. Je lui ai dit qu'il pouvait laisser ses affaires chez moi pendant qu'il se déplace ici ou là, dit Maggie en souriant. Comme ça, il ne vivra pas comme un SDF.

— Eh bien, vous n'avez pas perdu de temps ! fait remarquer Alison.

Son regard interrogateur vient nuancer son sourire.

— La vie est courte, répond Maggie sans hésiter. Et on

se connaît déjà par cœur. Je ne vois pas l'intérêt d'attendre plus longtemps.

— En tout cas, il a vraiment l'air génial, dis-je.

New York, son métier de photographe, les retrouvailles passionnées que Maggie nous a décrites… Tout cela le rend très intéressant à mes yeux.

Comme j'ai pratiquement passé toute ma vie à Charlesworth, je n'ai jamais vraiment eu l'occasion de rencontrer des hommes comme lui.

— Désolée si je saute du coq à l'âne, mais j'ai une date à vous donner avant que j'oublie. Sortez vos agendas, mesdames, je vous invite à mon enterrement de vie de jeune fille le dix-huit juillet.

Tout en parlant, je regarde mon téléphone, et mon enthousiasme retombe aussitôt quand je vois l'heure qu'il est : quatorze heures. Dan ne m'a pas envoyé de texto après son match. D'habitude, il le fait.

— Ooh ! s'exclame Alison. Ton enterrement de vie de jeune fille ! Excellent. Ça fait vraiment longtemps que je ne suis pas allée dans ce genre de soirées !

Maggie sort son agenda et note la date.

— Hé ! mais ce n'est pas… ?

Maggie vient de reconnaître quelqu'un à travers la grande fenêtre du hall. Je me retourne juste à temps pour voir Pete passer. Alison se cache immédiatement le visage avec la main et tourne la tête pour éviter qu'il la reconnaisse.

— Alison ! dit Maggie d'un ton taquin. Tu te caches quand ton mari passe devant toi ? Qu'est-ce qui t'arrive ?

Alison ne rit pas. Elle a même blêmi.

— J'ai juste envie de m'échapper et de tout oublier aujourd'hui.

Alison semble soudain avoir perdu toute confiance en elle.

— Mais je croyais que tout allait bien, insiste Maggie. La proposition de Jamie, le nouveau café. Tu avais vraiment l'air enthousiaste.

Je hoche la tête.

— Ce projet est génial. Pete n'était pas d'accord ?

— J'ai jeté l'éponge, annonce Alison d'une voix neutre. J'ai dit à Jamie que je ne pouvais pas m'associer avec lui.

Je regarde par la fenêtre et je vois le dos de Pete s'éloigner. Je réalise soudain qu'il riait quand il est passé devant nous… et qu'il était accompagné d'une femme dont les cheveux roux sombre retombaient en mèches ondulées sur ses épaules.

19

Maggie

— Mais c'est impossible de faire tomber les gens dans un terrier de lapin ! s'exclame Maggie en secouant la tête. Ça n'a pas de sens.

Elle était Chez Joey en compagnie de Jack et d'Owen. Jack était allé commander des sandwichs pour leur déjeuner et les avait laissés tous les deux pour qu'ils discutent de leurs idées.

— Ils ne vont pas vraiment tomber, Maggie, dit Owen en parlant doucement comme s'il s'adressait à un enfant. Imaginez plutôt un tunnel qu'ils vont traverser. Nous allons construire des arcades sculptées sur lesquelles nous allons faire pousser des plantes.

Maggie écoutait, tentant de se représenter le décor. Elle avait plutôt du mal. Des mèches noires et bouclées tombèrent devant les yeux d'Owen pendant qu'il parlait. Il les repoussa.

— Un tunnel. Et les convives vont être comme des taupes dans une taupinière ? lui lança-t-elle d'un ton de défi.

Elle fut incapable de résister à l'envie, puérile certes, de critiquer ses idées.

Owen ferma brièvement les yeux et expira doucement par la bouche avant de fixer Maggie de nouveau.

— Vous pensez qu'ils préféreront faire du hula-hoop ?

Maggie ouvrit la bouche pour parler, prête à laisser échapper un chapelet d'injures. Le retour de Jack l'en empêcha. Il posa des assiettes de sandwichs entre eux.

— Vous vouliez un smoothie litchi passion, c'est bien ça, Maggie ?

Elle hocha la tête.

— Et un jus de pomme pour toi, Owen ?

Owen opina également, incapable de cacher son irritation à l'égard de Maggie. Jack, un peu perplexe, retourna vers le comptoir.

Owen reprit ses explications en se penchant vers elle, ses avant-bras bronzés posés sur la table. Maggie se hérissa. Elle détestait l'idée de devoir se taire, mais c'était la seule chose sensée à faire.

Ce garçon devait avoir au moins six ans de moins qu'elle ; il ne pouvait pas avoir travaillé sur autant de mariages que…

En fait, à bien y réfléchir, avait-il au moins participé une fois à l'organisation d'un mariage ? Et pourtant, il se permettait de lui parler avec condescendance ? Elle sentit la colère la gagner, mais elle parvint à tenir sa langue, car elle ne voulait pas que Jack les voie en train de se disputer. L'objectif même de cette réunion était de montrer qu'ils pouvaient s'entendre.

— L'intérêt du tunnel n'est visible que de l'intérieur, expliqua Owen. Pendant que les convives le traverseront, ils verront les parois couvertes de fleurs, mais aussi les livres et les pots de confiture, tout ce qu'Alice remarque au cours de sa chute. Il y aura de petites ouvertures dans la structure pour que le soleil s'infiltre à l'intérieur et l'éclaire.

Owen montra avec la main comment le tunnel allait fonctionner.

— Il y aura une légère pente pour suggérer la chute vers le bas, justement, et, quand ils arriveront au fond – sur l'échiquier –, ils seront dans le monde d'Alice, avec le croquet, les champignons et tout le reste.

Maggie fut bien forcée de reconnaître que l'idée commençait à lui plaire. Pourtant, elle n'était pas entièrement convaincue qu'elle fût réalisable.

— Et les invités les plus âgés ? Les grands-parents de Lucy ? Ils vont dévaler la pente du terrier ?

— C'est une pente, Maggie, pas les montagnes russes, dit Owen d'une voix un peu plus douce. Et si quelqu'un a vraiment des problèmes de mobilité, il pourra tout simplement rejoindre directement le jardin d'Alice.

— Hmm, fit Maggie qui ne trouva rien d'autre à objecter. C'est plutôt une bonne idée, je pense, concéda-t-elle.

Owen haussa les sourcils. Il se cala dans son fauteuil, mais il avait l'air fatigué. Il n'affichait pas cette expression suffisante que Maggie s'attendait à voir.

— J'espère qu'un jus d'orange fera l'affaire, dit Jack de retour à leur table en posant les boissons et en tirant une chaise pour s'asseoir avec eux. Je ne comprends pas pourquoi ils prennent la peine d'écrire une carte s'ils n'ont pas les produits qui figurent dessus.

Maggie entendit son téléphone sonner dans son sac et, lorsqu'elle le sortit, elle vit le nom de Dylan apparaître sur l'écran.

— Vous voulez bien m'excuser une minute ? C'est un appel professionnel : je suis obligée de répondre.

Tout en s'éloignant de la table, elle appuya sur le bouton vert.

— Allo ?

Dehors, quelques clients fumaient devant le café. Elle s'installa à côté d'eux, près de la paroi vitrée juste devant Owen et Jack.

— Salut, Maggie.

En entendant la voix de Dylan, elle fut parcourue d'un frisson.

— Comment se passe ta journée ?

— Bien, merci, je suis en pleine réunion à propos du mariage de Darlington Hall, dont je t'ai parlé. L'événement de l'année, avec ce type insupportable ! Mais, sinon, tout va bien.

Une petite fille fit tomber sa sucette sur le trottoir juste devant les pieds de Maggie pendant que sa mère avait le dos tourné. Quand elle la ramassa, elle était couverte de saletés ; une feuille s'était même collée dessus. Maggie se baissa pour empêcher la petite fille de la remettre à sa bouche.

La mère se retourna vivement, regarda Maggie de travers et entraîna la petite fille avec elle. La gamine continua à sucer sa sucette, l'air satisfait. Quand Maggie se redressa, elle surprit Owen en train de la regarder à travers la vitre et elle lui tourna immédiatement le dos.

— Ah ! les défis de la vie professionnelle, dit Dylan. Je te souhaite bonne chance, ma chérie.

— Et comment se passe ta journée ? s'enquit Maggie. Tu es toujours à Brick Lane ?

— Oui, répondit Dylan avec enthousiasme. C'est une bonne séance, vraiment. Ça fait du bien de revenir à East End. Il y a tellement de choses à photographier ici et il n'y a rien de vraiment comparable aux États-Unis. Mais écoute, Maggie, tu es toujours partante pour ce soir ? On pourrait se faire un petit dîner en amoureux chez toi ?

— Oui, bien sûr. Je prendrai quelque chose de bon pour nous sur le chemin du retour.

— Parfait. En fait, j'aimerais te parler de quelque chose.

— D'accord.

Maggie regarda sa montre et réalisa qu'elle devait mettre un terme à leur conversation, même si elle aurait pu parler pendant des heures.

— Tu n'as qu'à passer quand tu seras prêt. Je serai de retour vers dix-neuf heures environ.

— À tout à l'heure.

Quand elle retourna à l'intérieur, Owen et Jack avaient déjà commencé à manger, et Owen était en train de parler tout en agitant la main vers son ami pour bien insister sur ce qu'il disait.

— Sérieusement, la saison dernière, on n'a rapporté aucun trophée, et ça me rend dingue.

Maggie s'installa à table et prit un wrap au canard.

— Franchement, on mérite mieux que ça, et si on avait un meilleur directeur sportif…

— Mais, il n'y a pas que ça, dit Jack. Ça fait un moment que le moral n'est pas au beau fixe, et je pense que c'est à cause de…

Jack finit par remarquer la présence de Maggie et leva légèrement la main pour mettre un terme à la conversation sur le foot. Owen secoua la tête et baissa les yeux, regrettant à l'évidence de ne pas pouvoir terminer leur discussion. Mais il s'en remit à son ami qui était là en qualité d'employeur.

— Désolé, Maggie. Rien d'urgent, j'espère ? demanda Jack.

— Oh non, tout va bien, dit-elle en mordant avec précaution dans son wrap.

Un peu trop de sauce de soja, pensa-t-elle, *mais pas mauvais quand même*. Joey avait dû engager un nouveau chef cuisinier. Le problème, c'est qu'en général, ils ne restaient jamais bien longtemps.

— J'aimerais que tous mes clients me fassent sourire autant, marmonna Owen.

Maggie le dévisagea en plissant les yeux.

— Et combien de clients avez-vous donc, Owen ? Je meurs d'envie de l'apprendre. Vous avez beaucoup de mariages de cette ampleur à votre actif ?

— Maggie, j'ai trente et un ans, pas quinze, répliqua Owen sans mordre à l'hameçon. Alors, soyez gentille et ar…

Ce fut le regard paniqué de Jack qui poussa Maggie à intervenir.

— Désolée, Jack, dit-elle en posant la main sur son bras. Nous sommes amis, vraiment, n'est-ce pas, Owen ?

— Oh oui, fit-il d'un air las.

Maggie se demanda s'il avait vraiment la trentaine comme il le prétendait. Il faisait plus jeune.

— Bon, dit-elle en prenant son ordinateur portable et en essuyant une minuscule goutte de sauce de soja qui était tombée dessus. Nous nous sommes mis d'accord sur les idées suivantes et j'ai quelques estimations de prix. Regardez, voici la liste.

Elle tourna l'écran vers Jack et Owen pour qu'ils puissent voir, et ils lurent avec attention.

— Ça me paraît bien, dit Owen. Qu'est-ce que tu en penses, Jack ?

— Très bien, oui. Si vous pouviez me l'envoyer par mail, je le ferais voir à Luce ce soir, dit Jack en souriant et en se détendant enfin.

— Owen, une fois que nous aurons le feu vert de Lucy, nous pourrons décider des quantités et passer les commandes.

— Très bien. Le problème, c'est que je ne sais pas vraiment quelles fleurs choisir pour orner le tunnel. J'ai une maquette, dans mon atelier, une version miniature. Vous pourriez venir voir pour mieux vous rendre compte.

— Oh oui, Maggie ! s'enthousiasma Jack. Vous devriez vraiment aller voir, c'est super. L'atelier d'Owen n'est qu'à vingt minutes d'ici.

— Je vois, oui, répondit Maggie.

Elle avait espéré limiter les face-à-face avec Owen au strict minimum, mais elle dut bien reconnaître qu'il lui serait utile de voir sa maquette pour choisir les couleurs à associer.

— Mais, pour moi, c'est impossible aujourd'hui, dit-elle en faisant signe à la serveuse. Et, pour être honnête, j'ai une semaine très chargée. J'ai un mariage à Hove. Dans deux semaines peut-être ? Nous pourrions décider immédiatement d'une date, suggéra-t-elle en sortant son agenda.

— Vous êtes une femme très occupée, fit remarquer Owen. Mais, effectivement, ça ne presse pas. Que diriez-vous du vendredi dix juillet.

La serveuse apporta l'addition sur une soucoupe, et Maggie lui donna le compte en liquide et fit taire Jack qui s'apprêtait à protester.

— D'accord : le vendredi dix juillet.

Maggie rassembla ses affaires.

— Bon, il faut que je file. Je n'aime pas laisser Anna trop longtemps seule. En réalité, elle est tellement douée maintenant que je crains qu'elle ne finisse par m'éclipser complètement, dit-elle en souriant.

Elle serra la main de Jack, puis celle d'Owen, mais il ne la regarda pas dans les yeux cette fois.

— Transmettez mes amitiés à Lucy, Jack. Je suis impatiente d'entendre ce qu'elle pense de nos idées.

— Les Saint-Jacques ont l'air bonnes, dit Maggie.

Elle était passée chez le poissonnier après avoir fermé la boutique.

— Oui, fraîches de ce matin, comme toujours, répondit le marchand.

— J'aimerais en avoir une douzaine, s'il vous plaît, fit-elle en regardant l'étal pour voir si elle pouvait acheter autre chose.

Le poissonnier lui tendit les Saint-Jacques dans un sac. Elle irait acheter des asperges fraîches, du prosciutto et de la criste-marine au supermarché sur le chemin du retour. Pour le dessert, il y avait de la glace au caramel dans le congélateur ainsi que quelques framboises. Pour ce qui était de la boisson, le casier à bouteilles était rempli de vins blancs.

Elle sortit. La grande rue était très animée, les trottoirs, remplis de gens qui profitaient de cette chaude soirée d'été.

Elle posa ses sacs de provisions et son sac à main sur le siège passager de sa Coccinelle. Elle ne savait pas exactement où son histoire avec Dylan allait l'emmener, mais elle avait le trac et était impatiente de le voir comme aux premiers temps de leur relation.

Maggie était assise dans le salon avec un verre d'eau gazeuse quand elle vit Dylan s'arrêter dans l'allée au volant d'une MG verte décapotable. Elle se leva d'un bond et alla ouvrir la porte, où elle reçut un bouquet de lys orientaux et un baiser.

— Salut, ma belle, dit-il en lui tendant les fleurs.

— Salut, répondit-elle en prenant le bouquet avec un sourire. Et merci, elles sont magnifiques.

Les lys n'étaient pas franchement ses fleurs préférées. Ça lui rappelait trop les enterrements, mais ceux-ci étaient vraiment très beaux.

— Ouf, fit Dylan en faisant mine de s'essuyer le front. Ça n'a jamais été facile de t'acheter des fleurs, tu sais.

Maggie rit.

— Et la voiture ? demanda-t-elle en tendant le cou pour mieux voir.

— Je l'ai louée aujourd'hui. Je me suis dit que ça valait le coup, vu que je vais pas mal me déplacer en Angleterre. Qu'est-ce que tu en penses ?

— Très jolie.

— Ça te dit, une petite virée ?

— J'aimerais bien, un autre soir peut-être, dit Maggie en regardant vers la cuisine où elle était en train de préparer le dîner.

— Bien sûr.

Maggie conduisit Dylan jusqu'à la cuisine, et il glissa une main autour de sa taille tout en marchant.

— Tu veux un verre de Prosecco ? demanda-t-elle en prenant une bouteille sur le comptoir.

— Oui, s'il te plaît, répondit-il.

Elle fit sauter le bouchon et, lorsqu'elle se retourna pour remplir deux verres étroits, il déposa un baiser sur sa nuque.

Il avait toujours aimé quand elle remontait ses cheveux comme ce soir. Sa robe à fleurs était décolletée dans le dos, et sa fine bretelle glissa tandis qu'il continuait à l'embrasser. Il la tint contre elle, mais ses baisers cessèrent immédiatement. Il fit un pas en arrière.

— Ton tatouage, Maggie, dit-il en passant son doigt sur son omoplate. Sa caresse fut suivie d'un baiser. Ton rossignol, il m'a manqué.

Elle se retourna pour donner un verre à Dylan et elle vit qu'il y avait une certaine tristesse dans son regard.

— Je suis tellement heureux de t'avoir auprès de moi, Maggie. Je ne sais pas comment j'ai fait pour te quitter.

— J'avais oublié à quel point les couleurs sont spectaculaires à Brick Lane, raconta Dylan quelques instants plus tard tandis qu'ils dînaient au salon. Les confiseries bangladaises, tu sais, celles où il y a plein de bonbons roses et orange, toutes ces sucreries plus appétissantes les unes que les autres… et aussi les boutiques de saris. Incroyable. J'ai envoyé les premières photos au client américain, et ils ont été emballés par le concept.

— Oh ! vraiment ? Oui, je…, commença Maggie.

— Ils ont dit qu'ils voulaient que toutes les photos soient prises là-bas.

— C'est super, dit Maggie.

Pendant le reste du dîner, ils parlèrent du bon vieux temps, des premières années qu'ils avaient passées ensemble, des souvenirs qui ne risquaient pas de les fâcher, de l'époque avant leur mariage. Ils repensèrent à leur petit appartement deux pièces un peu étroit et encombré, mais douillet quand même, dans lequel ils vivaient autrefois. Maggie se formait alors au métier de fleuriste et chantait pour gagner un peu d'argent.

Dylan apprenait les ficelles du métier chez un photographe particulièrement exigeant. Doucement, pourtant, la conversation avait glissé vers le présent, et Dylan lui parla de ses projets professionnels pour l'été.

— J'ai un nouveau client qui veut quelque chose de complètement différent. C'est une marque de vêtements basée à Londres, classique, beaucoup moins avant-gardiste, ciblant un public plus âgé et plus conservateur. Ils sont en train de préparer leur catalogue pour l'automne.

— C'est un travail plus important ? demanda Maggie en lui donnant un bol après avoir ouvert la barquette de glace.

— D'une certaine façon, mais c'est très bien encadré. Ils paient toujours en temps et en heure, mais, pour être honnête, ce n'est pas mon domaine de prédilection ; c'est plutôt ennuyeux. Regarde.

Dylan sortit le catalogue de la collection printemps-été pour le lui montrer. Elle le feuilleta et vit défiler des femmes parfaites vêtues de chemisiers à fleurs et de chinos impeccables.

— Tu vois ce que je veux dire ?

— Plus ou moins, répondit Maggie.

— Pourtant, ce projet présente un avantage, ou plutôt le potentiel d'un avantage.

— Ah oui ? Et quel avantage ? demanda-t-elle en inclinant légèrement la tête.

— C'est justement ce dont je voulais te parler.

Le visage de Dylan s'illumina d'un sourire.

— Le look qu'ils ont choisi pour cet automne est typiquement anglais. Tu vois ? Un peu kitsch, dit-il en riant. Pas vraiment le style que je préfère, mais le côté positif, c'est que Charlesworth pourrait fournir le décor parfait.

Son commentaire fit tressaillir Maggie qui ne laissa pourtant rien paraître. Charlesworth était sa ville à présent, et elle aimait vraiment ses cottages pittoresques, son rythme de vie agréable et les paysages vallonnés autour.

— Je pense faire une séance photo dans les champs de blé, expliqua Dylan, et Maggie fut enthousiasmée par son idée. Les champs dorés qu'elle voyait depuis sa chambre contribuaient au charme de sa maison, et elle était heureuse qu'il apprécie la beauté du coin.

— Mais je pense que ce qui leur plaira le plus, poursuivit Dylan, ce sont les photos prises avec la rue principale en toile de fond. Tu vois ce que je veux dire ? Quelques vieilles dames devant la poste.

— Oui, dit Maggie, essayant d'imaginer le regard que pouvait porter un étranger sur l'endroit où elle vivait et travaillait.

— Ça signifie, reprit Dylan, que je pourrais rester dans le Sussex une grande partie de l'été. Luca m'a proposé de prendre en charge une partie de mes activités aux États-Unis.

Maggie écoutait, mais n'était pas certaine de comprendre où il voulait en venir.

— Qu'est-ce que tu en penses ? demanda-t-il, plein d'espoir.

— De quoi ? demanda Maggie qui essayait de reconstituer ce qu'il venait de dire.

Dylan avait parlé si vite qu'elle avait fini par décrocher.

— J'aime ta maison, elle est magnifique. Mais, plus important, et j'espère que tu le sais maintenant, je suis toujours amoureux de toi.

Il prit sa main dans la sienne. Le cœur de Maggie se mit à battre la chamade.

— Tu aurais une petite place pour moi, ici ?

Il écarquilla ses yeux bleus, dans l'attente de sa réponse.

— Recommençons à vivre ensemble, rien que nous deux.

20

Alison

— Bon, les filles, il est huit heures et demie. Vous devriez être sortie de la maison maintenant ! cria Alison en bas de l'escalier, une tasse de thé chaud à la main. Holly dévala les marches, son sac à dos et son sac de sport dans une main, ses chaussures dans l'autre. Elle s'assit en bas de l'escalier et fit ses lacets tout en esquivant les coups de langue enthousiastes de George et en riant à gorge déployée.

Sophie descendit quelques secondes plus tard, d'un pas beaucoup plus tranquille et en attachant ses cheveux noirs avec un bandeau.

— Je n'ai pas besoin de me dépêcher, dit-elle d'une voix nonchalante. Je ne pars pas avec papa. Matt passe me prendre en voiture aujourd'hui.

— Oh ! vraiment ? fit Alison, prise au dépourvu.

Elle changea de posture pour compenser, redressa les épaules et veilla à ce que son visage ne trahisse pas son inquiétude. Elle commençait vraiment à regretter la Sophie qui était son amie plutôt qu'une adversaire permanente.

— Eh bien, j'espère qu'il aura le temps d'entrer et de se présenter d'abord.

Holly redressa la tête, pleine d'espoir. Sophie leva les yeux au ciel.

— Bien sûr que non. Ne sois pas ridicule, maman. On va être en retard, sinon.

Le visage de Holly s'assombrit tout comme l'humeur d'Alison. Elle sentit le peu d'autorité qui lui restait filer entre ses doigts.

— Et vous n'avez pas intérêt à nous regarder par la fenêtre !

— J'espère pour lui qu'il sait bien conduire, dit Alison en tentant de reprendre le contrôle de la situation. Depuis quand a-t-il son permis ? Au fait, j'y pense, quel âge a-t-il exactement ?

— Il a dix-huit ans et ça fait longtemps qu'il a son permis, dit Sophie en haussant les épaules comme pour signifier à sa mère qu'elle se faisait du souci pour rien.

Dix-huit ans ? Alors, il venait tout juste d'avoir son permis. Et il avait trois ans de plus qu'elle. N'était-ce pas un écart d'âge trop important ? La patience d'Alison s'élimait.

Elle ne dormait pas bien depuis quelque temps : ses soucis et leurs problèmes d'argent la maintenaient éveillée. Elle n'avait pas la force de commencer la journée par une énième dispute avec Sophie. Elle regarda sa montre.

— Bon, très bien, Sophie. Fais comme tu voudras, pour cette fois. Holly, puisque tu es toute seule aujourd'hui, tu pourrais faire un saut chez Amy et voir si sa mère ne peut pas trouver une place pour toi dans sa voiture. Ça libérerait papa pour ce matin.

— Bien sûr, maman.

Holly se leva. Alison déposa un baiser sur sa tête pour lui dire au revoir.

— Et, Soph, ne t'inquiète pas, fit-elle en se tournant vers sa fille aînée pour détendre l'atmosphère. On ne regardera pas par la fenêtre. Crois-moi si tu veux, on a mieux à faire.

Le visage de Sophie resta impassible, et elle ne prit pas la peine de répondre.

— Veille juste à ce que Matt conduise doucement et fais-le entrer la prochaine fois.

Holly partie, Alison alla dans le salon, où Pete était en train de lire le journal.

— Tu n'es pas de corvée ramassage scolaire ce matin, chéri. Holly se fait déposer par les Bolton, et le nouveau petit ami de Sophie l'accompagne à l'école. Il a dix-huit ans, Pete. Qu'est-ce que tu en penses ?

Pete ne redressa pas la tête.

— Hmmm, répondit-il en tournant une page.

— Est-ce que tu as entendu ce que je viens de dire, Pete ?

— Oui, répondit-il en levant les yeux d'un article sur les prix de l'immobilier et en regardant sa femme d'un air innocent. Pas de ramassage scolaire ce matin. Super.

— Pete, commença Alison, mais il s'était déjà remis à lire, s'enfonçant un peu plus dans le canapé.

Je ne vais pas lui demander ce qu'il va faire à la place, pensa Alison. *Non, vraiment pas.*

Mais, mon Dieu, il ne va quand même pas rester assis toute la matinée ?

À midi, Pete avait interrompu Alison six fois dans son travail. Où était le produit assouplissant ? Le costume de Holly pour le spectacle de l'école était-il prêt ? Quand il vint lui demander où étaient les gants en caoutchouc, elle finit par craquer.

— Pete, écoute, dit-elle en se détournant de sa machine à coudre, où elle était en train de confectionner des housses de coussin en patchwork qu'elle pourrait vendre sur son site Internet. Je sais que je travaille à la maison, mais je ne peux pas être disponible tout le temps. Pete ouvrit de grands yeux, et elle vit à son expression qu'il était blessé. Elle poursuivit néanmoins.

— Imagine que je me pointe sur ton ancien lieu de travail et que je vienne te demander, alors que tu es devant ton ordinateur, où tu as rangé le liquide vaisselle ?

Les mots d'Alison restèrent suspendus. Puis, le visage de Pete changea, ses traits se durcirent.

— Je comprends.

Pete marqua une pause.

— Je ne suis pas stupide. J'essaie juste de maintenir la maison en ordre et de m'assurer que les filles ont tout ce dont elles ont besoin.

Le rouge commençait à lui monter aux joues.

— Et à l'époque où c'était toi qui effectuais ce genre de tâches, je suis sûr que tu considérais que c'était un travail à part entière.

Alison chercha les mots pour se défendre, mais Pete ne lui laissa pas le temps de répondre.

— J'en ai ras le bol que tu t'en prennes constamment à moi, Ali. Je sais que la situation n'est pas facile financièrement parlant, mais…

— Mais quoi, Pete ?

Alison se pencha en avant dans son fauteuil en osier. Sa frustration et sa colère venaient encore de monter d'un cran.

— Tu veux que je te dise ? « Pas facile » ne résume même plus notre situation. C'est encore pire que ça.

Pete opina.

— Je sais, dit-il en évitant de la regarder.

— Nous pourrions perdre notre maison, Pete.

Pete écoutait et levait les yeux à présent, mais son

expression ne laissait rien filtrer de ce qu'il ressentait. Alison se demanda même s'il avait intégré ce qu'elle venait de dire.

— Et maintenant, j'essaie de gagner un peu d'argent pour que nous puissions garder un toit au-dessus de nos têtes, pour que je puisse envisager sérieusement d'apporter à ma mère l'aide dont elle a besoin et toi, tu…, tu…

La colère d'Alison ne tenait plus que par un fil.

— Je fais quoi, Ali ? demanda Pete, dont la réaction s'était fait attendre.

Alison sentit le désespoir s'emparer d'elle.

— Pete, tu dis que tu t'occupes du ménage, mais la dernière fois que je suis entrée dans le salon, tu regardais *Un Trésor dans votre maison* tout en te gavant de biscuits. Est-ce que tu as au moins consulté les offres d'emploi sur Internet aujourd'hui ? Quand as-tu regardé pour la dernière fois les annonces dans le journal, plutôt que de passer directement à la rubrique des sports ?

Pete se balança d'un pied sur l'autre et baissa les yeux.

Le cœur d'Alison se serra. Pourquoi faisait-elle autant de mal à son mari ? Et le ton acariâtre de sa voix ? Était-elle en train de se transformer en véritable harpie ?

— Je ne sais pas comment nous en sommes arrivés là, mais ça ne peut plus durer.

Alison enfila son gilet en laine rouge et le boutonna. Il fallait qu'elle s'éloigne de Pete, de la maison.

— Je vais prendre l'air.

— C'est donc ça, la solution ? dit Pete en passant la main dans ses cheveux. Tu t'en vas quand les choses se corsent ?

Alison le fusilla du regard.

— Oh ! si seulement c'était vrai, Pete, dit-elle, consternée par le mal qu'ils se faisaient mutuellement. Tu sais parfaitement que ce n'est pas vrai. Ça fait des mois que je ne dis rien, que j'essaie de gagner de l'argent pour que nous puissions nous en sortir.

Pete s'assit sur un fauteuil en bois près de la porte et prit sa tête entre ses mains.

— Alison, répondit-il calmement. Contrairement à ce que tu crois, je ne suis pas fainéant.

Alison entendit le désespoir et la tristesse dans sa voix.

— J'ai regardé, j'ai cherché, mais tu sais comment fonctionnent les organismes comme la Sécurité sociale. Certains des postes qu'ils proposaient autrefois n'existent même plus.

— Je sais, Pete, dit Alison, mais sa patience l'avait abandonnée. Et je comprends que c'est difficile. Mais alors, qu'est-ce que tu vas faire ? Baisser les bras ?

Pete la fixa d'un air absent. Elle passa devant lui, le poussa au passage, traversa le couloir et fit claquer la porte d'entrée.

21

Jenny

Rien de tel pour oublier mes problèmes que de m'occuper de ceux de Chloé. Nous nous sommes réfugiées dans un bureau vide cet après-midi, avec deux tasses de thé bien chaud et quelques biscuits Bourbon que j'ai piqués dans le placard du bureau.

— C'est les soixante ans de mon père, Jen ! Ce n'est pas rien quand même, dit Chloé en retenant ses larmes.

— En effet.

Je la prends par le cou. Je déteste la voir dans cet état.

— Je viens de réaliser que Jon ne comprendra jamais ce que j'attends de lui, Jen. Il sait depuis des mois pour l'anniversaire de papa, et voilà qu'il me dit il y a quelques jours qu'il va à l'enterrement de vie de garçon de Ravi ce jour-là. C'est fini, complètement fini.

Chloé maîtrise mieux que quiconque le look « veuve éplorée avec mascara qui coule ». Ce n'est pas très élégant, mais, en plissant un peu les yeux, je trouve que ça fait plus look chic des années 1960 que gros chagrin au bureau.

Je lui tends un Bourbon.

— Pourquoi tu me regardes en plissant les yeux ? demande Chloé, perplexe. En tout cas, je suis encore jeune, dit-elle en fronçant les sourcils. Vingt-cinq ans, c'est encore jeune, pas vrai ?

Je hoche la tête.

— Bien sûr que oui, allons !

— Et je veux me concentrer sur ma carrière, dans l'immédiat du moins. Mais je n'ai pas envie de passer ma vie toute seule, Jen. Le problème, c'est que je suis restée tellement longtemps avec Jon, que je n'arrive pas à m'imaginer avec quelqu'un d'autre. Je ne sais même pas comment je pourrais trouver quelqu'un d'autre.

Chloé est musclée grâce à la pratique assidue du yoga. Elle est mignonne et d'un naturel chaleureux. Je ne lui donne pas plus de cinq minutes sur le marché des célibataires. Mais, pour cela, il faudrait qu'elle rompe avec Jon pour de bon cette fois. À travers le verre dépoli, je vois un groupe de journalistes s'approcher de la porte.

— Ah ! Chloé, dis-je en me tapant le front avec la main. J'ai oublié que j'avais changé de salle pour la réunion de la rédaction. Ils vont arriver d'une minute à l'autre ; il va falloir nous esquiver.

À l'aide de ma manche, j'enlève les marques les plus voyantes de mascara sur le haut de ses joues avant de me lever et de l'aider à se mettre debout. Quand nous sortons, les journalistes sont en train de discuter ensemble et ne semblent même pas nous remarquer. Mais Ben, un jeune reporter effronté, qui vient d'être engagé et qui rôde autour du bureau de Chloé depuis le jour de son embauche, nous repère – du moins Chloé – immédiatement. Voulant saisir sa chance, il interpelle Chloé.

— Fais pas cette tête, Chloé, ça va…

Mais il se tait immédiatement quand je lui lance un regard furieux. Le travail ne manque pas, et Zoé est toujours aussi désagréable, mais, pour une fois, c'est une distraction bienvenue. De retour à mon bureau, je poursuis la mise à jour d'un ensemble d'articles, de photos et de publicités, car le moment de l'impression approche. C'est la période la plus chargée du mois, mais je m'en réjouis. L'ambiance est plutôt tendue entre Dan et moi depuis notre dispute, et nous réagissons comme à notre habitude : en passant le plus de temps possible hors de la maison. Quant à mon livre pour enfants... Dès que je prends un crayon à papier ou un pinceau, je sèche complètement. Rien ne vient. Mon inspiration s'est tarie. Et quand je travaille sur des croquis existants, le résultat est maladroit. Je finis par feuilleter de vieux numéros de *Smash Hits* ou par regarder ce qui se passe dehors à travers la vitre. Ma conversation avec papa et Chris ne cesse de me hanter. Je commence à me demander pourquoi je passe tout ce temps à préparer notre mariage maintenant que maman a refait subitement surface et menace de tout faire capoter.

J'envoie le document terminé, puis je consulte mes messages : commandes d'articles de bureau, salles de réunion à réserver. Tout va bien. C'est alors que je vois un message personnel. De Susan Haybridge. Objet. Bonjour. *Haybridge*. Le nom de jeune fille de ma mère. Un frisson parcourt mon corps. Je ferme ma boîte de réception et regarde en direction de Chloé, assise à son bureau, l'air triste. J'articule en silence le mot « thé », mais elle secoue la tête tout en pointant le menton vers Gary pour me faire comprendre qu'elle croule sous le travail.

Après avoir vidé ma corbeille ARRIVÉES, traité toutes les factures, être allée deux fois au distributeur d'eau réfrigérée, avoir rangé mon bureau, mis de l'ordre dans les fichiers de Zoé, et commandé à Chloé ces trombones en forme de chat qu'elle adore, je consulte l'heure : onze heures et quart seulement. Je finis par ouvrir le message de ma mère. J'ai le tournis. Je pourrais tout simplement le supprimer. Je pourrais ignorer son message tout comme elle nous a ignorés pendant toutes ces années. Qu'est-ce que je lui dois après tout ? Rien. *Nada. Niente.* Pourtant, mes yeux se reposent sur l'écran.

Chère Jenny...
Quand ta cousine Angie m'a dit que tu allais te marier, je n'ai pas pu m'empêcher de penser que mon bébé avait grandi, que tu étais une adulte maintenant. C'est étonnant, vraiment.
J'aimerais être là pour te voir dans ta robe de mariée, Jenny. Tu n'imagines même pas à quel point je serais fière !
Nigel et moi vivons à Eastbourne. Tu le sais peut-être. En tout cas, ça ne ferait pas trop loin pour venir, le jour J.
J'espère que tu vas bien, ma chérie. Angie a dit que tu t'étais trouvé un bon mari.
Réponds-moi, s'il te plaît.
Ta maman qui t'aime.

Je ferme le mail avant d'être tentée de le relire. « *Ta maman qui t'aime.* » « *Tu n'imagines même pas à quel point je serais fière.* » Des mots creux et vides. Comment peut-elle prétendre m'aimer ? Comment peut-elle penser qu'elle a le droit d'être fière de moi ? Je suis furieuse. Sait-elle au moins ce que c'est que d'aimer quelqu'un ? Elle a rejeté Chris parce qu'il n'était pas parfait – Chris que tout le monde adore, à qui tout le monde tient, qui veille beaucoup plus sur ses proches que ses proches n'ont eu à veiller sur lui. Maintenant, cette étrangère, maman, *Susan*, avec sa jolie petite vie au bord de la mer, aux côtés de Nigel (que je ne connais ni d'Ève ni d'Adam), a décidé qu'il était temps de m'aimer de nouveau ? Ce n'est vraiment pas le bon moment. Ça ne le sera jamais. J'ouvre un nouveau message vide, puis le ferme. Comment peut-elle faire ça ? Qu'est-ce qui lui donne ce droit ?

Je prends une profonde inspiration, j'ouvre une nouvelle fenêtre et je commence à écrire :

Salut, Chloé,
Des trombones en forme de chat vont bientôt arriver à ton bureau – en bleu, rose et jaune. Je suis sûre qu'ils vont t'aider à devenir une super journaliste en un rien de temps. Ou au moins à te distraire un peu de Jon cette semaine.
Jen

J'appuie sur ENVOYER. Maman ne peut pas m'atteindre à moins que je ne la laisse faire. Il me suffit de la remettre dans sa boîte et de bien fermer le couvercle. C'est aussi simple que ça.

— Délicieux, dit Dan en avalant une bouchée de chili con carne à la table de notre cuisine, ce soir-là. Il vient de rompre le silence pesant. Je n'avais jamais réalisé à quel point le tic-tac de la pendule était fort jusqu'à ce soir.

— Il y en a pour un régiment ; alors, sers-toi bien, dis-je.

Il y a vraiment une tonne de nourriture, d'autant plus que je n'en ai presque pas mis dans mon assiette. Le choc provoqué par l'e-mail de maman est encore tout frais et me coupe l'appétit.

— Écoute, Jen, tu sais à quel point j'adore ton chili con carne, mais j'aimerais encore mieux savoir ce que tu as, dit Dan en me regardant d'un air hésitant.

Je baisse les yeux et fixe la table.

— Est-ce que tu vas enfin me le dire ? demande-t-il en

buvant une gorgée de bière. Ça fait presque une semaine que tu ne parles presque plus, et j'aimerais vraiment retrouver la Jenny que je connais.

Il pose sa main sur la mienne, et, l'espace d'un instant, je me sens calme et en sécurité. Je ne veux pas parler, pas analyser. Je veux juste que tout redevienne normal. J'ai fermé la boîte, n'est-ce pas ? Alors, rien ne devrait filtrer.

— Je vais bien, Dan. C'est juste les préparatifs du mariage. Tu sais ce que c'est… Il y a encore beaucoup à faire.

Dan secoue la tête.

— Je ne te crois pas, Jen. Tu aimes organiser des événements et en plus tu allais parfaitement bien au début de la semaine. Tu étais impatiente même. Mais, depuis le soir où Russ est passé à la maison, je ne te reconnais plus.

— C'est rien, dis-je en haussant les épaules. C'est la pression, c'est tout.

Je verse un peu de bière de sa canette dans mon verre.

— Jen.

La voix de Dan se fait plus insistante et trahit une certaine tension.

— Ne me mens pas, s'il te plaît. Écoute, je sais parfaitement ce qui se passe. Ne me laisse pas à l'écart de tout ça.

— Qu'est-ce que tu entends par là ? dis-je en me hérissant.

— Chris m'a tout raconté, avoue Dan. Ta mère a essayé de reprendre contact avec vous.

La muraille que j'avais construite avec tellement de soin pour protéger notre petite bulle, à Dan et moi, s'effondre immédiatement.

— Pourquoi ne m'en as-tu pas parlé, Jen ? Chris était vraiment inquiet pour toi. Il a dit que tu étais partie de chez ton père vendredi dernier sans même dire au revoir. Il voulait s'assurer que tu allais bien ; c'est pourquoi il m'a raconté ce qui s'était passé.

— Alors, comme ça, vous avez parlé de moi derrière mon dos ? dis-je d'un ton hargneux, les joues rouges de colère. Et pourquoi me poses-tu toutes ces questions si tu es déjà au courant ?

Dan reste silencieux quelques secondes, puis il s'explique :

— Je voulais que tu me parles, Jen. Je voulais que tu me le dises de toi-même.

— Ça n'a strictement rien à voir avec toi.

Je me lève tout en reculant ma chaise, dont les pieds crissent sur le sol. Dan serre instinctivement les mâchoires face à ma brusquerie.

— Absolument rien, dis-je encore, mais plus calmement cette fois.

Des larmes perlent dans mes yeux.

Mes questions restent en suspens, sans réponse. Dan touche mon bras. En regardant dans ses yeux marron si chaleureux, je réalise qu'aucune des réponses qu'il pourrait me donner ne pourrait soulager mon mal-être. Je ne peux pas laisser maman nous faire ça, je ne la laisserai pas. Je referme la boîte et je n'oublie pas de la verrouiller cette fois. Les larmes commencent à couler sur mes joues.

Dan se lève et me prend par la main. Il me conduit doucement vers le canapé. Il me tient contre lui, sans rien dire, se contentant simplement de caresser mes cheveux. Je touche son torse, me tourne pour l'embrasser ; je sens ses lèvres contre les miennes, familières, réconfortantes. Je sais que je vais trouver un moyen de lui parler de ma mère, de ce que je ressens, de ce qu'elle a dit, et que ça m'aidera à décider ce que je dois faire. Pourtant, ce soir, je veux simplement me retrouver, me perdre dans la chaleur de Dan, sentir sa barbe de plusieurs jours contre mon visage, être proche de l'homme avec qui je veux passer ma vie. Il m'embrasse de nouveau.

22

Alison

Dès qu'elle eut claqué la porte après sa dispute avec Pete, Alison réalisa qu'elle n'avait pas pris ses clés. Elle avait marché pendant des heures, beaucoup trop fière pour revenir à la maison et l'affronter de nouveau. Pete et elle s'étaient toujours chamaillés.

Quel couple ne se dispute pas ? Pourtant, cette querelle était différente, plus sérieuse. Cette fois, elle avait permis à cette pensée de s'insinuer dans son esprit, celle qu'elle essayait en général d'ignorer. *Est-ce que ça serait plus facile ?* La question était implacable : *Est-ce que ça serait plus facile si on se séparait ?*

L'air frais l'aida à avoir les idées plus claires, même si elle ne se sentait toujours pas très bien. Elle monta au sommet de la colline à gauche de leur maison, puis traversa les champs de blé en suivant un sentier délimité par des coquelicots.

Elle enjamba des échaliers tandis que le vent ébouriffait ses cheveux. Elle se félicita d'avoir pris son gilet avant de sortir.

Tout en franchissant un petit mur en pierre pour rejoindre un cours d'eau, elle pensa au mariage.

Comment pouvait-on rester amoureux de son conjoint pendant des dizaines d'années alors que chacun changeait de son côté ? Et puis il y avait l'argent, les enfants, les parents qui vieillissent et tous les obstacles que la vie met en travers de notre chemin.

Même ses parents n'avaient pas réussi, et pourtant, tout le monde pensait qu'ils formaient le couple parfait. Elle avait vu ses amis mariés affronter ces obstacles avant elle, et plus d'un avait échoué. Pourquoi n'y avait-il pas de règles applicables à tous dans le mariage ?

Lorsqu'Alison rentra à la maison dans l'après-midi, Pete lui ouvrit la porte sans dire un mot, sans la regarder. À l'évidence, il n'était pas plus disposé à parler qu'elle. Elle lui dit salut, puis alla directement dans son atelier.

En franchissant la porte, une idée lui vint à l'esprit. C'était ridicule, vraiment, mais elle ne pouvait pas l'ignorer maintenant. Elle avait toujours cru que les choses arrivaient, que les gens entraient dans sa vie pour une raison bien précise.

Elle alluma son ordinateur portable et entra le nom « Derek Spencer » dans le moteur de recherche. Le nom qui figurait sur le papier enveloppant le service à thé. Elle ajouta la ville : Charlesworth. Elle envisagea toutes sortes de possibilités, puis appuya sur le bouton ENTRÉE et attendit de voir ce que le destin lui réservait.

Willow Tree Close. C'était un quartier de la ville qu'Alison connaissait bien, un endroit calme et tranquille, à l'opposé de la rue principale.

Elle regarda les maisons autour d'elle et pensa à la sienne. Pete et elle étaient devenus comme des étrangers l'un pour l'autre, et leur chambre à coucher semblait vide. Était-elle naïve au point de croire qu'elle trouverait ici les réponses à ses questions ?

Ces petites rues à l'écart de l'agitation du centre-ville firent remonter de vieux souvenirs à la surface. Elle avait l'impression d'avoir ouvert tout à coup une boîte secrète contenant des photos et des tickets de cinéma qu'elle avait enterrée enfant. Quand elle était petite, les jardins familiaux ombragés lui servaient de refuge.

En sortant de l'école, ses amis et elle poussaient les grilles et se glissaient dedans pour faire des colliers de pâquerettes. Adolescents, ils faisaient la courte échelle pour atterrir de l'autre côté, grisés qu'ils étaient par le même esprit d'aventure. Dans l'herbe folle sous le saule pleureur, ils avaient fumé leurs premières cigarettes, échangé leurs premiers baisers furtifs et de nombreux secrets chuchotés à l'oreille.

Les habitants des maisons environnantes devaient avoir les clés du portail, mais ils ne semblaient pas les utiliser, préférant discuter sur le pas de leur porte, ou pendant qu'ils étendaient le linge dans les arrière-cours. Chaque fois qu'Alison y était allée, les jardins étaient vides, prêts à les accueillir.

Aujourd'hui, ses yeux étaient fixés sur les maisons des années 1930. Dix-huit, vingt… Elle continua à avancer le long de la rangée, jusqu'à ce qu'elle atteignît le numéro vingt-deux. D'après les informations qu'elle avait obtenues en ligne, monsieur et madame Derek Spencer vivaient toujours ici. La maison n'était pas très différente de celles qui l'entouraient. Les fleurs de part et d'autre de la porte étaient un peu plus soignées, peut-être, la haie, un peu mieux taillée. Elle s'approcha de la porte et appuya sur la sonnette.

La femme qui lui ouvrit l'accueillit avec un sourire chaleureux.

— Bonjour, dit-elle presque comme si elle connaissait Alison.

Elle était élégamment vêtue, dans son twin-set jaune et sa jupe bleue assortie à ses yeux vifs. Alison ne remarqua pas tout de suite son dos voûté, les rides profondes sur son visage, les taches brunes sur ses mains qui s'agrippaient à une canne en bois.

— Bonjour, madame Spencer, dit Alison, heureuse d'avoir fait l'effort de mettre une jolie jupe et un chemisier pour l'occasion. Vous ne me connaissez pas, poursuivit-elle en cherchant comment expliquer la raison de sa visite. Mais j'ai acheté un service à thé et je crois qu'il vous appartenait autrefois.

Alison dansa d'un pied sur l'autre, un peu mal à l'aise.

Les yeux de madame Spencer fixèrent le sol comme si elle essayait de se souvenir. *Comme j'ai été bête de venir jusqu'ici*, pensa Alison. *Elle doit avoir au moins quatre-vingts ans. Bien sûr qu'elle ne se souvient pas.* Alison fit une dernière tentative.

— Les tasses étaient ornées de myosotis, dit-elle, et il y avait un sucrier avec une petite pince en argent.

Elle repensa tout à coup à la photo. Elle sortit le polaroïd du service à thé de la poche de sa veste et le montra à la vieille femme.

— C'est celui-ci.

Le visage de madame Spencer s'illumina aussitôt lorsqu'elle le reconnut.

— Ah ! bien sûr ! Oui ! Pardonnez-moi, ma chère, ma mémoire n'est plus ce qu'elle était. Nous l'avons donné à notre voisin Gareth pas plus tard que le mois dernier. Ce sont de vieilles babioles, vraiment, mais nous les avons toujours aimées. Nous étions sur le point de les jeter lorsque Gareth nous a dit qu'il pourrait peut-être en tirer quelque chose à la brocante.

— Je suis contente que vous l'ayez écouté. Je l'ai acheté avec deux amies, et nous l'aimons beaucoup.

— C'est merveilleux, dit la vieille femme, qui semblait sincèrement se réjouir.

— Je m'appelle Alison.

Alison tendit la main.

— Ruby, répondit la dame avec un grand sourire.

Sa poignée de main était beaucoup plus ferme qu'Alison ne l'aurait cru.

— Mais entrez donc que je vous offre une tasse de thé !

— Avec plaisir, répondit Alison.

Madame Spencer, Ruby, conduisit Alison dans un petit salon qui sentait légèrement le biscuit. Des photos encadrées d'enfants étaient alignées sur le manteau de la cheminée, et des napperons au crochet couvraient presque toutes les surfaces. Dans le fauteuil qui faisait face à la fenêtre, un homme aux cheveux gris vêtu d'un pantalon élégant, d'une chemise blanche et portant des lunettes aux verres épais et à la monture sombre lisait un livre.

— Derek, lui dit doucement Ruby. Nous avons de la visite. Cette dame s'appelle Alison.

Derek se leva de son fauteuil pour la saluer.

— Bonjour, ma chère, fit Derek avec un sourire. Bienvenue. Comme c'est agréable de voir un peu de jeunesse dans notre salon. Je vais mettre de l'eau à chauffer.

— Vas-y, dit Ruby avec chaleur. Il y a du damier à la confiture dans le placard. Tu pourrais en mettre sur une assiette ?

Avant d'arriver chez eux, Alison avait craint d'être importune, mais, en cet instant, elle avait l'impression d'être la reine en visite officielle. Ruby tapota les coussins sur un autre fauteuil plus près du canapé et invita Alison à s'asseoir dedans.

— Alors, ma chère, les tasses à thé, dit Ruby pendant qu'Alison s'asseyait. Je m'en souviens parfaitement.

Elle marqua une pause, et quelques larmes perlèrent dans ses yeux.

— Derek, dit-elle en parlant plus fort. Tu te souviens de notre vieux service à thé ?

Derek passa la tête à travers le rideau de perles qui marquait l'entrée de la cuisine.

— Qu'y a-t-il, ma chère ? Le thé est presque prêt, oui.

— Non, chéri. Pas ça. Cette jeune femme et ses amies ont acheté notre service à thé. Tu te souviens, celui que nous avons donné à Gareth avec les livres ?

— Oh oui, celui avec les fleurs ! Je m'en souviens.

Derek retourna dans la cuisine. Alison l'entendit verser l'eau bouillante dans une théière. Quelques instants plus tard, il réapparut portant un plateau avec du damier à la confiture coupé en tranches et trois tasses avec leurs soucoupes. Il le posa sur la table.

Alison admira les tasses : chacune était ornée d'un minuscule motif représentant une chaumière avec un jardin, et les soucoupes étaient assorties. Derek s'assit à côté de Ruby sur le canapé, et Alison les observa quelques secondes en silence : les cheveux de Ruby étaient parfaitement coiffés avec leurs boucles blanches, et un médaillon en or délicat pendait à son cou.

— Prenez du gâteau, dit Ruby en montrant l'assiette.

— Oui, intervint Derek, reprenant le fil de la conversation. Nous avions besoin de faire de la place. Le problème, c'est que nous ne pouvons plus monter les escaliers comme avant. L'année dernière, notre fils et sa femme nous ont aidés à aménager notre chambre au rez-de-chaussée. Et ça nous convient très bien, n'est-ce pas, Rube ?

Ruby hocha la tête et, habituée aux longues histoires de son mari, fit un petit clin d'œil à Alison.

— Nous ne voulions pas d'un de ces monte-escaliers, dit Derek en secouant la tête pour rejeter l'idée. Andrew et

Julie nous ont demandé récemment si nous accepterions qu'ils transforment l'étage en studio pour notre petite-fille Suzie. Elle est étudiante, vous voyez, et ainsi elle pourrait quitter la maison de ses parents sans que son installation coûte une fortune.

Alison hocha la tête en souriant.

— L'idée nous a plu, poursuivit Derek. Suzie est adorable. Enfin, tout cela pour dire, désolé, ma chère, je ne m'arrêterais plus de parler parfois, qu'il y avait beaucoup trop de bric-à-brac là-haut. Il y en a encore ; nous venons tout juste de commencer. Nous aimions naturellement tous ces meubles et ces babioles, mais le temps passe, n'est-ce pas ? Et certaines choses commencent à perdre de leur importance.

Il se pencha en avant, versa du thé, puis du lait, et passa une tasse pleine à Alison.

— Mais ce service à thé nous a accompagnés pendant de longues années, reprit Derek, le regard lointain.

— Oh oui ! intervint Ruby. Nous le sortions quand nos amis passaient, et tous les dimanches après la messe.

Alison mordit dans sa tranche de gâteau tout en écoutant.

— Beaucoup de bons souvenirs, dit Ruby en souriant.

— J'imagine.

Il y avait quelque chose d'accueillant et d'apaisant dans la maison modeste mais douillette des Spencer, comme si les murs eux-mêmes portaient en eux les souvenirs d'éclats de rire et de musique.

— Depuis combien de temps habitez-vous ici ?

— Nous avons emménagé juste après la guerre, expliqua Ruby. Pendant la guerre, Derek était en Allemagne, et moi, je travaillais à l'usine. L'attente nous a paru interminable, nous qui venions tout juste de tomber amoureux l'un de l'autre.

En les regardant tous les deux, Alison se demanda comment ils avaient pu être séparés : même ici, assis dans leur salon, ils se tenaient la main quand ils parlaient.

— Ça n'a pas été facile, poursuivit Ruby, mais, pendant la période où nous avons été séparés, nous nous sommes fait tous deux beaucoup d'amis, des amis pour la vie.

Ruby montra une photo en couleurs sur le mur. On y voyait un groupe de femmes de son âge ; elle était au centre, et toutes souriaient.

— Et quand Derek est revenu…

Ruby regarda son mari, et Alison remarqua qu'elle serrait doucement sa main.

— Eh bien, nous n'avons pas voulu attendre plus longtemps, dit-elle en riant. Après toutes les lettres romantiques que nous avions échangées pendant la guerre, nous avons enfin pu nous marier et fonder une famille. Ce service à thé nous a été offert à l'occasion de notre mariage, n'est-ce pas, mon chéri ?

Derek hocha la tête.

— C'est exact. C'était un présent de ma tante Brenda.

— Un cadeau de mariage ? dit Alison, les mots se bousculant dans sa bouche. Alors, vous devriez le garder, je vais vous le rendre.

Ruby rit gentiment ; sa tasse trembla un peu dans sa main.

— Oh non, ma chère, ne vous inquiétez pas. C'étaient les années 1940. Il n'y avait pas de listes de mariage comme aujourd'hui. Et tout le monde vous achetait la même chose. Nous avons eu quatre services à thé en porcelaine pour notre mariage ! Qui a besoin d'autant de vaisselle ? Certainement pas nous. Je suis heureuse que celui-ci soit désormais en de bonnes mains. C'est amusant toutefois, n'est-ce pas ? Quatre services à thé pour nous deux, et puis trois jeunes dames qui doivent s'en partager un.

Alison remarqua que, sur la petite étagère au-dessus de leurs têtes, il y avait une photo de mariage en noir et blanc.

— C'est une photo de vous ? ne put-elle s'empêcher de demander.

— Oui, dit Derek. Passe-la à Alison, Ruby.

Ruby se retourna et tendit le bras pour attraper la photo dans un cadre d'argent qu'elle tendit à Alison. Ruby et Derek, plus jeunes, mais tout à fait reconnaissables, posaient sur les marches de l'église de Charlesworth.

— Magnifique, dit Alison.

Elle admira la jeune mariée élancée aux cheveux noirs, vêtue d'une robe en dentelle à manches longues, et l'homme à côté d'elle, élégant avec son costume sombre et ses lunettes à monture d'écaille.

Ils se tenaient aussi près l'un de l'autre qu'à présent, les deux moitiés d'un tout. C'était complètement différent des photos qu'Alison avait accrochées autour du miroir de sa coiffeuse : Ruby et Derek n'avaient pas du tout cet air emprunté que l'on voyait souvent chez les couples posant devant le photographe. Alison avait devant ses yeux un homme et une femme qui, aujourd'hui comme alors, étaient faits l'un pour l'autre. Sur la photo, la main fine de Ruby était entièrement couverte par celle de Derek. Ils fixaient tous deux l'objectif de l'appareil photo, mais on avait l'impression qu'ils avaient envie de tourner la tête pour se regarder l'un et l'autre.

— Vous semblez très heureux, fit remarquer Alison.

— Oui, dit Derek, nous le sommes toujours.

Il prit la pince à sucre pour en mettre deux morceaux dans son thé, puis il le remua avant de boire sa première gorgée.

— Je le laisse toujours refroidir un peu. Je n'aime pas le boire trop chaud, vous voyez.

— Derek a raison. Nous sommes heureux. Pourtant, même sur cette photo, nos sourires ne racontent qu'une moitié de l'histoire.

Ruby hésita quelques secondes avant de poursuivre.

— Si Derek est revenu de la guerre sain et sauf, mon frère David, lui, n'a pas eu cette chance. Il a été tué en Allemagne.

Il y avait une distance dans les yeux de Ruby pendant qu'elle parlait.

— Quand nous avons reçu le télégramme peu avant la fin de la guerre, j'ai cru que mon père et ma mère ne s'en relèveraient jamais. La disparition de David m'a certes fait prendre conscience qu'il ne fallait pas laisser filer notre bonheur, mais il me manquait terriblement. Et, durant les premiers mois de notre mariage, je n'étais pas tout à fait là, n'est-ce pas ?

— Non, tu n'étais plus la même, reconnut Derek. La fille que j'ai laissée quand je suis parti en uniforme aimait danser et s'amuser, mais tu as perdu ce goût de vivre pendant quelque temps.

Il posa la main sur le genou de Ruby.

— La guerre est cruelle, poursuivit-il. Nous le savons tous. C'était étrange pour moi aussi, de revenir à Charlesworth, la ville tranquille que j'avais toujours habitée, mais je n'étais plus le même, moi non plus, car j'avais vu beaucoup de choses que ceux qui étaient restés en Angleterre n'imaginaient même pas.

— Et puis Jimmy est arrivé, reprit Rudy. Et j'ai repris goût au bonheur. Il m'a fait penser à David dès l'instant où je l'ai vu et senti contre ma poitrine. Et j'ai encore le sentiment aujourd'hui qu'une part de mon frère m'a été rendue à travers lui. En tout cas, beaucoup de choses changent quand on devient parent, et nous nous sommes adaptés. Ainsi, nous avons connu des jours très heureux et traversé des périodes difficiles, comme tous les couples. Mais nous avons toujours essayé d'être là l'un pour l'autre. Aborder les épreuves et les obstacles ensemble, comme une équipe. Ne pas baisser les bras.

— Parfois, elle me fait enrager, dit Derek qui reçut immédiatement un petit coup dans les côtes de la part de sa femme. Mais je ne pourrais pas vivre sans elle, pas une minute, dit-il en souriant. C'est ma… Que disait mon collègue espagnol au travail déjà ? … moitié d'orange. C'est ça. C'est ma Ruby.

Alison finit le gâteau dans son assiette et but une gorgée de thé avant de reposer la tasse sur le plateau. Elle vit les yeux de Ruby se poser sur son alliance.

— Vous êtes mariée, vous aussi, Alison. Les hauts et les bas de la vie de couple n'ont donc pas de secrets pour vous.

Alison opina en souriant.

— Vous avez des enfants ? demanda Derek.

— Oui, deux filles adorables de douze et quinze ans, dit Alison.

Puis, elle rectifia avec un sourire ironique :

— Enfin, adorables si on veut…

Ruby rit.

— Je vois ce que vous voulez dire. Nos fils étaient plutôt turbulents à cet âge. Mais ce n'est pas pour ça qu'on les aime moins…

— En effet, admit Alison, réalisant à quel point c'était vrai. Bon, il faut que je file, poursuivit-elle. J'ai été ravie de faire votre connaissance.

Elle se pencha en avant et sourit.

— Très bien, ma chère, dit Ruby. Je suis certaine que vous avez beaucoup à faire aujourd'hui. Mais nous avons été très heureux de vous accueillir.

Alison se leva pour dire au revoir. Derek tint sa main

entre les deux siennes et la serra affectueusement pendant quelques secondes. Puis, Ruby la raccompagna jusqu'à la porte.

— Vous êtes la bienvenue. N'hésitez pas à passer si vous vous trouvez par là, dit Ruby.

— Merci.

Alison se retourna pour partir, puis s'arrêta et fit volte-face, car une idée venait de lui traverser l'esprit.

— Vous avez bien dit que vous n'aviez pas fini de débarrasser votre grenier ? demanda-t-elle.

— Oh oui ! Il reste beaucoup de vieux meubles et de bric-à-brac. Tout ça ne nous est plus d'aucune utilité, et Gareth dit que c'est trop gros pour son étal. Ce sont des objets plutôt lourds, vous voyez.

— Je crois que je connais quelqu'un qui pourrait vous aider, dit Alison en souriant.

Elle sortit un morceau de papier de son sac et griffonna quelque chose dessus.

— Voici mon numéro de téléphone. Vous pourriez peut-être m'appeler pour que nous fixions un rendez-vous ?

Ruby prit le papier avec un sourire reconnaissant.

Alison se retourna et partit en direction de sa maison.

23

Maggie

Maggie se cala contre le dossier du canapé et regarda son salon. Un exemplaire de *Dazed and Confused* trônait à côté d'un magazine *House & Garden* sur la table basse, une veste en cuir était jetée sur son tabouret de piano, et le comptoir du petit-déjeuner était jonché de bouts de papier avec des notes griffonnées dessus.

L'un des plus gros changements depuis l'emménagement de Dylan, c'était le retour de sa musique. Elle avait encore un peu de mal à s'habituer au son des riffs de guitare quand elle rentrait à la maison après sa journée de travail et que Dylan avait eu un après-midi de repos. Ce dimanche pourtant, il avait cédé, et c'est un album de Nina Simone qu'ils écoutaient tout en lisant les journaux. Comme prévu, ils avaient toute la journée pour eux. Déterminés à laisser le travail attendre le lundi pour une fois, ils avaient même éteint leurs téléphones et leurs ordinateurs. Dylan avait préparé des œufs pochés sur des toasts avec du jambon et de la sauce, et ils avaient mangé sur la terrasse en sirotant leur jus d'orange et leur café fraîchement moulu, tandis que le soleil brillait sur la pelouse et réchauffait le patio. Après le petit-déjeuner, Dylan était allé chercher les journaux, et ils avaient passé une bonne partie de la matinée sur le canapé à les lire. Maggie regarda le désordre rassurant du salon et surprit le regard de Dylan. Il donna une petite tape sur son pied et posa le journal ouvert à la rubrique Culture qu'il était en train de lire. Un large sourire illuminait son visage.

— Maggie, j'ai une surprise pour toi.

Lorsqu'il se leva, elle resserra sa robe de chambre en satin crème autour de sa taille et se redressa.

— Une surprise ? demanda-t-elle. Comment ça se fait ?

— C'est un présent pour fêter mon emménagement, en quelque sorte. Attends une minute. Dylan quitta la pièce et sortit. Quelques minutes plus tard, Maggie entendit la portière de sa voiture claquer. Il revint avec deux gros paquets plats enveloppés dans du papier marron.

— Tiens, dit-il en les posant délicatement contre les coussins du canapé sur lequel elle était assise.

— Vas-y, ouvre-les, ajouta-t-il en souriant.

Maggie ouvrit d'abord le plus petit des deux, déchirant le papier avec précaution. Elle aperçut un cadre argenté, puis enleva le reste du papier pour découvrir la photo à l'intérieur : une scène de rue à New York. C'était un vide-grenier devant un immense immeuble en grès brun. Une jeune famille vendait des lampes, des gravures et d'autres bibelots sur un étal de fortune. Le petit garçon était assis sur les marches de l'entrée tandis que sa sœur jouait à la marelle dans la rue devant. Les couleurs étaient très vives, et les enfants semblaient sur le point de surgir du cadre.

— C'est une des tiennes, n'est-ce pas ? dit Maggie en se tournant vers Dylan.

— Oui. Je l'ai prise l'année dernière, et j'ai pensé qu'elle te plairait peut-être. Pas de tasses à thé ici, je sais, mais c'est sans doute le genre d'endroits où tu aimerais flâner et pourquoi pas faire des achats pendant un week-end dans la Grosse Pomme.

Maggie se pencha et l'embrassa.

— Elle me plaît beaucoup.

Dylan était aux anges.

— Bien. Ouvre l'autre maintenant, dit-il, impatient.

Maggie ouvrit le deuxième paquet qui était légèrement plus grand. Elle mit un moment à comprendre qu'il s'agissait de la vue depuis la grande fenêtre d'un entrepôt. À travers la vitre, on voyait un parc à la végétation luxuriante, et, sur les bords de la photo, elle distingua l'intérieur de la pièce, un ordinateur portable et quelques livres sur un bureau, de grandes photos et un plan de la ville accrochés au mur. La verdure dehors était si vive que la pièce semblait fade à côté. Maggie s'attarda sur les détails, les photos dans la photo, des clichés de mannequins faisant tournoyer leurs jupes, des pubs, le portrait écorné d'une superbe blonde coiffée d'un chapeau à bords flottants des années 1970.

— C'est ton studio ? demanda Maggie en observant la photo dans son ensemble à présent.

Dylan sourit.

— Oui. Qu'est-ce que tu penses de la vue ?

Maggie hocha la tête, changea de position et regarda de nouveau.

— C'est beau, dit-elle.

C'était intéressant, d'une certaine façon. Mais c'était son monde à lui, pensa-t-elle, celui dont elle ne faisait pas partie.

— Je me suis dit qu'on pourrait les accrocher dans la chambre, suggéra Dylan. Comme ça, nous pourrons admirer chacun notre vue en nous réveillant le matin.

— D'accord. Bien sûr, comme tu voudras.

Dylan prit les deux photos.
— Tu as un marteau ?

Dylan n'avait pas emménagé depuis une semaine que le moindre recoin de la maison de Maggie était déjà imprégné de sa présence. Sa chambre et sa salle de bains portaient les traces colorées de son passage : des t-shirts jetés en vrac, des boxers, un après-rasage, un gel douche dans une bouteille noire qui parfumait la salle de bains d'une odeur masculine, et un rasoir.

Parfois, au milieu de la nuit, Maggie se sentait perturbée. Le changement avait été si soudain qu'elle avait encore un peu de mal à s'habituer. Puis, elle sentait la peau chaude de Dylan contre la sienne, se serrait encore un peu plus contre lui, passait ses bras autour de sa taille, et les doutes s'envolaient aussitôt.

Un mercredi soir, alors que Dylan était en déplacement à Amsterdam, Maggie sortit son alliance de sa boîte sur l'étagère et la regarda. La première fois qu'elle l'avait passée, durant la petite cérémonie de mariage à l'hôtel de ville d'Islington, elle avait eu le sentiment d'être la femme la plus heureuse du monde. Elle referma doucement la boîte et la posa sur sa coiffeuse.

Tandis qu'elle négociait un virage, Maggie jeta un coup d'œil dans le rétroviseur et vit de la fumée blanche s'échapper du moteur de sa Coccinelle. Elle appuya sur la pédale de frein et ralentit, mais le moteur se mit à tousser, et la voiture s'immobilisa complètement.

Après avoir fermé sa boutique, ce jeudi-là, Maggie s'était rendue à l'église d'Easton. Un jeune couple, Hannah et Ian, l'avait contactée pour qu'elle s'occupe des fleurs à l'occasion du baptême de leur petite fille Anya. Ils avaient décidé de se retrouver à l'église et de visiter le lieu ensemble pour parler des compositions florales qui conviendraient le mieux. L'église du village était magnifique ; la lumière du soir filtrait à travers les vitraux colorés et parait le sol carrelé et les bancs en bois de reflets colorés faisant penser à des pierres précieuses. Devant les sièges, il y avait des coussins de prière brodés à la main.

Les jeunes gens débordaient d'enthousiasme et de fierté pour leur petite Anya, et se réjouissaient de partager cette journée avec leur famille et leurs amis.

Après les exigences de Lucy, et le mariage compliqué qu'elle préparait à Hove, c'était vraiment reposant pour Maggie. En descendant la nef avec eux, suggérant des tons jaunes et rouges pour rappeler les couleurs des vitraux, Maggie s'était rappelé ce qui l'avait poussée à se lancer dans le commerce des fleurs. Quand Anya, confortablement installée dans l'écharpe de portage de sa mère, avait commencé à s'agiter, ils étaient repartis chacun de leur côté et avaient prévu de se recontacter bientôt.

Il faisait presque nuit lorsque Maggie s'était engagée sur la route nationale pour rejoindre Charlesworth et que son moteur avait commencé à protester. Lorsqu'il avait fini par caler complètement, elle était parvenue à se garer sur une petite aire de stationnement afin de ne pas bloquer la route au tracteur qui la suivait.

Elle se dirigea vers l'arrière de la voiture, ouvrit le capot et aussitôt elle fut entourée d'un nuage de vapeur. C'était trop brûlant pour qu'elle puisse s'approcher davantage et voir ce qui n'allait pas.

Typique. Elle n'avait pas eu le moindre problème avec sa Coccinelle, puisqu'elle l'avait achetée neuve. Alors, oui, il était peut-être temps… Mais pourquoi maintenant juste à l'endroit où elle n'avait pas de réseau pour appeler un dépanneur ? Elle sortit son téléphone portable de sa poche, histoire de vérifier une dernière fois. Pas une seule barre sur le témoin de réception. Elle rangea l'appareil dans son sac.

Elle imagina Dylan en train de descendre une Amstel bien fraîche au bord des canaux hollandais, le soleil scintillant sur l'eau, et repensa à quel point il avait insisté pour qu'elle ferme sa boutique et vienne le rejoindre.

Si seulement elle avait accepté ! Elle se retint de donner un coup de pied dans sa voiture et essaya de penser rationnellement. Elle regarda le ciel qui s'assombrissait rapidement. Il n'y avait pas d'éclairage public sur des kilomètres, et elle savait d'expérience que bientôt elle ne distinguerait plus ses propres mains devant son visage.

Cette route lui était familière. Il fallait une bonne heure et demie de marche pour rejoindre Easton et encore plus longtemps pour arriver jusqu'à Charlesworth dans l'autre sens. Il n'y avait que des champs autour d'elle, mais elle distingua une ou deux fermes sur la route en direction d'Easton, où elle pourrait peut-être s'arrêter et demander à passer un coup de téléphone. Elle se félicita d'avoir mis des chaussures sans talons. Elle prit un pull-over crème sur la banquette arrière et ferma la voiture à clé.

Elle marchait depuis environ une demi-heure sur la route quasi vide lorsqu'une voiture klaxonna derrière elle. Elle avançait déjà vraiment au bord de la route ; les écorchures de ronces sur ses jambes en témoignaient. Sans doute le conducteur voulait-il simplement signifier qu'il appréciait ses fesses, et elle n'allait certainement pas lui faire le plaisir de se retourner.

Lorsqu'elle arriva à sa hauteur, la voiture ralentit carrément et roula au rythme des pas de Maggie qui garda les yeux rivés sur la route devant elle. Le ciel était encore plus sombre, et sa colère était teintée d'une légère anxiété. Elle marchait seule en rase campagne avec un téléphone portable qui ne lui servait à rien. Elle était forte, oui, mais pas invincible. Le véhicule continuait à rouler au pas à côté d'elle. Son cœur battait la chamade, les pensées se bousculaient dans sa tête. Au bout de quelques secondes qui lui parurent interminables, elle leva les yeux et constata que ce n'était pas une voiture, mais un pick-up, et que le conducteur large d'épaules se penchait dans la cabine pour descendre la vitre.

— Maggie ? cria le conducteur.

Elle reconnut immédiatement la voix : Owen. Il ne manquait plus que lui ! Bien sûr. Maggie reconnut à contrecœur qu'en cet instant précis, elle était plutôt contente de le voir. Il arrêta son pick-up.

— Je ne voulais pas vous faire peur, dit-il d'une voix plus douce. Mais que faites-vous là ?

— Je suis tombée en panne, expliqua-t-elle en tendant le bras vers l'endroit où elle avait laissé sa Coccinelle, mais elle réalisa qu'elle avait tellement marché que sa voiture n'était déjà plus visible. Un peu plus loin dans cette direction, dit-elle en regardant ses ballerines autrefois beiges, mais plutôt marron à présent qu'elles étaient recouvertes de boue.

— Ah ! j'ai dû passer devant sans la voir. Montez, dit Owen d'un ton neutre en ouvrant la portière et en lui faisant signe de s'installer sur le siège à côté de lui.

— D'accord. Merci, fit Maggie, soulagée, en montant dans la cabine.

— Où avez-vous laissé la voiture ? demanda-t-il en remettant le moteur en marche avant même qu'elle n'ait fermé la portière.

— À environ trois kilomètres dans la direction d'où vous venez. Mais écoutez, Owen, si je pouvais juste utiliser votre téléphone pour…

Owen enleva une main du volant, sortit son portable de sa poche et le lui tendit tout en continuant à fixer la route.

— Vous pouvez vérifier, dit-il gentiment, mais je suis pratiquement sûr que je n'ai pas de réseau sur la route d'Easton.

— Ah ! vous non plus, confirma-t-elle après avoir regardé l'écran.

— Et si je vous reconduisais jusqu'à votre voiture ? proposa-t-il en se tournant pour la regarder.

Il y avait une douceur dans ses yeux qu'elle n'avait jamais décelée auparavant.

— Il se trouve que j'avais une Coccinelle autrefois. Je connais plutôt bien le moteur de cette voiture. Je peux jeter un œil et voir si je peux la réparer.

— Non, je ne veux pas vous déranger…, commença Maggie, mais elle se dit qu'elle pourrait de cette façon arriver beaucoup plus tôt chez elle.

Dylan essayait peut-être de la joindre, et elle ne voulait pas manquer son appel.

— En fait, ça serait vraiment gentil de votre part.

Elle ne ferait que se mettre dans une situation plus délicate, encore, cn rcfusant.

— Pas de souci, répondit-il en ébauchant un sourire.

Tandis qu'Owen filait à toute allure sur la route de campagne, elle remarqua les brindilles et les pétales de fleurs accrochés à leurs sièges. Elle regarda son visage à la dérobée pendant qu'il se concentrait sur la route. Il n'avait pas dû se raser depuis plusieurs jours. Lorsqu'il surprit son regard, il demanda :

— Un peu de musique ?

Et il alluma la radio sans lui laisser le temps de répondre.

Maggie se pencha pour poser le téléphone dans le petit creux à côté du levier de vitesse. C'est alors qu'elle le vit, enroulé dans ce petit espace. Un bijou. Une fine chaîne en argent avec un pendentif en émeraude. Elle en eut le souffle coupé.

Le collier de Lucy.

À vingt-deux heures passées, Maggie arriva enfin chez elle. Elle avait dit à Owen qu'elle avait changé d'avis, que ce n'était pas la peine qu'il essaie de réparer sa voiture et qu'elle allait plutôt appeler un dépanneur.

Quelque peu déconcerté, il l'avait déposée au premier pub qu'ils avaient trouvé sur la route, comme elle l'avait demandé. Là-bas, elle avait pu utiliser leur téléphone fixe. Owen avait proposé d'attendre, mais elle lui avait dit de partir. Elle avait commandé un verre de vin rouge en attendant que les dépanneurs arrivent.

Elle était un peu perturbée. Avec les douzaines de mariage qui figuraient sur son CV, Maggie pensait vraiment avoir tout vu. Pourtant, après ce qu'elle avait découvert dans le pick-up d'Owen, elle n'en était plus si sûre.

Lucy Mackintosh, pensa-t-elle, *qu'est-ce que vous fabriquez ?*

24

Jenny

— Honnêtement, ils étaient vraiment mignons tous les deux. Ils se sont tenu la main tout le temps que je suis restée. Incroyable à quatre-vingts ans.

Alison est assise dans le fauteuil visqueux de mon salon, une grande tasse de thé à la main.

— Quand je pense que certains jours je m'estime heureuse parce que je n'ai pas étranglé Pete avant d'aller me coucher.

Maggie et moi rions. Alison a beau dire, elle et Pete forment un couple solide.

— Ils ont l'air extraordinaires, dit Maggie, et je hoche la tête pour montrer que je suis d'accord. Je suppose que, quand on traverse des épreuves comme celles qu'ils ont connues, on a moins tendance à considérer que son partenaire fait partie du décor.

Maggie est blottie sur mon canapé à carreaux, tandis que je me suis installée dans le fauteuil en osier à côté.

— Dès que Derek est revenu de la guerre, ils ont fondé une famille, poursuit Alison, et ils ont toujours tenu bon ensemble contre vents et marées. Certaines choses qu'ils ont racontées m'ont fait prendre conscience à quel point il est important d'affronter les obstacles, de surmonter les périodes difficiles, à deux, l'un avec l'autre, plutôt que l'un contre l'autre.

— C'est dingue comme on l'oublie facilement, dis-je.

Ce matin, j'ai parlé à Maggie et Alison de la réapparition de ma mère ; je leur ai raconté brièvement comment elle était partie et j'ai conclu que c'était vraiment un soulagement d'avoir pu faire part de mes sentiments à Dan, finalement.

— Je trouve que c'est bien que nous connaissions un peu l'histoire de ce service à thé, dis-je. Du coup, je l'aime encore plus.

Dan passe la tête par la porte.

— Mesdames, je vous laisse entre filles. Je vais au pub avec Russ. À tout à l'heure, Jen.

Il s'approche pour m'embrasser, et je sens ses lèvres chaudes contre les miennes, et mes deux amies se mettent à pousser des soupirs exagérés.

— Ah, l'amour, l'amour et la jeunesse ! dit Alison.

Dan lui fait un petit clin d'œil.

— C'est vraiment un beau gosse, fait remarquer Maggie dès qu'il est sorti. Ne le laisse pas filer, Jen.

— Eh bien, merci, dis-je en riant. Pour être honnête, je l'aime vraiment.

— En parlant de passer la bague au doigt... Contrairement à ma mère, il y a vraiment deux femmes que j'aimerais avoir à mes côtés, le jour J. Et j'espère qu'elles ne m'en voudront pas d'avoir économisé les timbres.

Je me lève et sors deux faire-part du tiroir de notre bureau en bois.

— Ta-da ! dis-je en les donnant à Alison et Maggie.

Ils rendent plutôt bien en fin de compte. Le papier est de première qualité. Chloé a usé de son charme féminin auprès des imprimeurs du magazine et a obtenu une réduction. J'ai ajouté un dessin au trait représentant une fête dans l'ambiance des années 1940 avec une table recouverte d'une grosse pile de gâteaux et de pâtés. Dan et moi figurons aussi sur le dessin.

On nous voit en train de regarder la table avec gourmandise. Chris a choisi une police de caractères de la même époque, qui est en parfaite harmonie avec le dessin. On dirait presque une illustration sortie tout droit de mes vieux livres préférés.

— J'espère que vous pourrez venir et assister aux débuts de notre service à thé, dis-je avec enthousiasme.

Le simple fait de distribuer les faire-part rend le mariage beaucoup plus réel tout à coup.

— Ils sont magnifiques, dit Alison, examinant le carton d'invitation dans sa main. Originaux et ils correspondent parfaitement à ton style.

— Splendides, ajoute Maggie. Qui a fait les dessins pour toi ?

— C'est moi, en fait, dis-je d'un ton faussement assuré.

C'est la première fois, depuis le lycée, que je montre mes dessins à quelqu'un.

— J'ai toujours aimé les dessins en noir et blanc, alors, je me suis dit que j'allais essayer.

— Ils sont parfaits, commente Alison en hochant la tête. Et tu as su, en quelques traits, faire des portraits tout à fait reconnaissables de Dan et toi. C'est vous, sans l'ombre d'un doute.

— Oh ! dis-je en écartant d'un geste le compliment et en sentant le rouge me monter aux joues. Merci. Mais revenons-en à nos moutons : vous pensez pouvoir venir ?

— Le deux août ? Oui, bien sûr, dit Alison. Pete et moi avons renoncé aux vacances cette année… Une longue histoire…, mais la bonne nouvelle, du coup, c'est qu'on sera libres.

— Super, dis-je en me penchant pour regarder le faire-part. Le nom devrait figurer dessus. J'ai chargé Dan d'écrire le nom des invités et, même si je suis convaincue à cent pour cent de ses capacités…

— Oui, il y est. Il sera ravi. Ça fait un bon bout de temps que nous ne sommes pas allés à un mariage. Tous nos amis se sont mariés, il y a des années, ou ont décidé de ne pas le faire et… depuis quelque temps on nous invite même à des « fêtes de rupture », fait remarquer Alison en riant, mais, lorsqu'elle croise le regard de Maggie, elle se rend compte de sa gaffe. Désolée, Maggie, c'était vraiment bête de ma part. Je ne pensais pas…

— Non, non, ne t'inquiète pas, la rassure Maggie sur le ton de la plaisanterie. C'est plutôt particulier comme situation, entamer une relation avec un homme dont on a divorcé il y a quelques années, mais en fait les choses se passent plutôt bien avec Dylan.

— Tu peux me rendre le faire-part alors, dis-je en lui prenant le carton des mains.

— Quoi ? proteste-t-elle.

Je sors mon stylo à plume et inscris le nom de Dylan à côté du sien. J'essaie de m'appliquer, mais ma petite esperluette entre les deux noms est un peu bancale.

— Et voilà.

Je lui redonne le faire-part, et elle ne peut s'empêcher de sourire en voyant le nom de Dylan.

— C'est chouette de voir un nom à côté du sien.

Elle prend un cupcake à la pistache, que j'ai mis dans un plat commémoratif du jubilée de la reine, et, d'un air absent, commence à enlever le papier qui l'entoure.

— Et vous arrivez à trouver du temps pour vous voir ? Entre ta boutique et sa photo, vous êtes plutôt occupés, tous les deux.

— Je sais, c'est vrai, mais, au train où vont les choses, je ne pense pas que ça soit un gros problème.

— Ah non ? dis-je, curieuse. Pourquoi ?

— Il vient d'emménager chez moi.

Alison lève les yeux de son agenda, où elle était en train de griffonner autour de la date du mariage qu'elle a entourée... Le mois d'août ne paraît pas très chargé pour elle.

— Vraiment ? demande-t-elle.

Elle en reste bouche bée.

— Oui, répond Maggie, dont le visage ne trahit aucune émotion.

— Mais ça ne fait qu'une ou deux semaines ! s'exclame Alison.

Maggie hausse les épaules.

— Nous nous connaissons déjà, et nous ne voyons pas l'intérêt d'attendre plus longtemps. Un peu comme tes amis Ruby et Derek, je pense.

— Ça doit vraiment être un bon coup, fait remarquer Alison cn souriant à Maggie.

— En tout cas, tu as l'air heureuse, dis-je en voyant ses yeux brillants qui s'illuminent un peu plus dès qu'elle parle de Dylan. Tu en as déjà parlé à ta mère et à ta sœur ?

— Je l'ai dit à maman, oui, et elle est aux anges. C'est bizarre, vraiment. Elle m'a aidé dans les moments difficiles, pendant le divorce. Elle m'a vue pleurer des journées entières, passer des nuits blanches, elle a assisté aux drames sans fin. Pourtant, elle n'a jamais fait une croix sur lui. Elle n'a jamais été en colère contre lui, même quand moi je l'étais. Elle l'a aimé dès le premier jour et elle souhaitait plus que tout au monde que nous nous raccommodions. Je pense que ma mère a raison depuis le début.

Une demi-heure plus tard, Maggie nous quitte pour retourner à la boutique, et je cherche sur mon iPod un nouvel album à écouter.

— Ça ne te dérange pas si je reste un peu, Jen ? demande Alison qui se prélasse sur le canapé.

— Bien sûr que non, dis-je. C'est un plaisir d'être en ta compagnie.

En plus, c'est une parfaite excuse pour ne pas m'occuper tout de suite de la pile de linge qui menace d'envahir notre chambre.

Alison reprend son faire-part et passe distraitement son doigt sur le texte en relief.

— Je suis impatiente de danser un boogie avec toi pour le mariage, Jen, dit-elle. Prions pour que Pete ne fasse pas une exception et ne vienne sur la piste lui aussi.

— Vraiment ? dis-je.

Dan a deux pieds gauches, mais j'ai toujours cru que Pete était un bon danseur, sans doute parce que je sais qu'il a l'oreille musicale.

— Oh oui ! confirme Alison. C'est une vraie catastrophe sur la piste de danse. Ce n'est pas pour rien que j'ai un meilleur ami gay : c'était ma seule chance de pouvoir continuer à danser les danses swing.

Le doigt d'Alison s'attarde sur l'image du faire-part.

— J'aime vraiment ton dessin, dit-elle. Tu as fait autre chose que je pourrais voir ?

Je la regarde de l'endroit où je me tiens.

— Eh bien, dis-je, un peu embarrassée. À quoi penses-tu exactement ?

— C'est ce nouveau café que Jamie va ouvrir. Il va réserver un espace sur les murs pour de miniexpositions et il souhaite que les artistes locaux viennent exposer chez lui. Et puis, je suis tout simplement curieuse.

Un dessin de mon livre pour enfants me vient à l'esprit. Je n'ai montré mon petit projet à personne pour l'instant.

— J'ai peut-être quelque chose à te montrer, dis-je au bout de quelques secondes, de plus en plus enthousiaste. En fait, ça ne convient pas pour le café, mais, si ça t'intéresse vraiment, je peux te faire voir.

Alison se redresse en affichant un grand sourire.

— Bien sûr ! Va vite le chercher, dit-elle en tapant deux fois dans ses mains pour m'encourager.

Je vais dans ma chambre et reviens une ou deux minutes plus tard avec la boîte en carton qui contient *Charlie, Carlitos et Moi*. Depuis que j'ai parlé avec Dan l'autre jour, j'ai les idées plus claires et j'ai recommencé à travailler sur le livre. J'ai fini quelques illustrations et j'ai trouvé une fin qui me convient. Quand j'ai rapporté la boîte à la maison, Dan s'est montré très curieux, mais je lui ai dit que c'était une surprise pour le mariage et qu'il n'avait pas intérêt à fureter partout. Depuis, il n'a pas cherché à en savoir davantage. Je pose la boîte sur la table basse, puis, après m'être assise par terre, je l'ouvre et sors les pages pour les montrer à Alison.

— Ça fait un petit moment que je travaille dessus maintenant. C'est un livre pour enfants.

Le visage d'Alison s'illumine, et elle prend la première page avec précaution comme s'il s'agissait d'un objet précieux.

— Je l'ai commencé il y a quelques années, puis je l'ai laissé en suspens. Quand je l'ai retrouvé chez mon père, il y a plusieurs semaines, j'ai décidé de refaire les illustrations correctement. C'est presque fini, maintenant.

Alison regarde les pages une par une, lit l'histoire et laisse échapper de temps à autre un rire franc.

— Holly aurait adoré quand elle était petite, dit-elle en levant les yeux et en souriant.

C'est étrange de dévoiler quelque chose que j'ai gardé pour moi pendant si longtemps, et j'ai l'estomac un peu noué. Quand elle a terminé la dernière page, elle repose le tout en poussant un soupir satisfait.

— Je savais que Carlitos parviendrait à faire venir toute la famille Peludos au bout du compte, dit Alison comme si elle était déjà dans les Andes elle-même. Jen, c'est fantastique, ajoute-t-elle sans hésiter. J'adore l'histoire, et les illustrations sont superbes. D'abord, le faire-part, maintenant ça ! Pourquoi nous as-tu caché ton talent pendant tout ce temps ?

Je laisse échapper un soupir de soulagement. Toutes les heures que j'ai consacrées à ce projet n'ont donc pas été vaines.

— J'espère que je ne suis pas la seule personne à qui tu comptes le montrer, dit Alison.

En fait, je n'ai pas du tout pensé à ce que je ferais une fois l'histoire terminée.

— Je pense que je pourrais le montrer à Dan quand il rentrera, dis-je tout en réfléchissant. Et peut-être à papa… Il a toujours aimé mes dessins.

Alison secoue la tête.

— Je ne pense pas à ça, Jenny. Bien sûr que tu peux leur montrer, que tu dois leur montrer ce que tu as fait, mais je pense que tu devrais aussi présenter ton projet à des éditeurs de livres pour enfants.

— Tu es sérieuse ? dis-je.

— Oui, Jen. Je suis parfaitement sérieuse.

Les yeux d'Alison se mettent à briller comme si elle venait de penser à quelque chose.

— Une de mes vieilles amies, JoJo, travaille pour une petite maison d'édition à Londres. En fait, ça fait des années que je ne l'ai pas vue, mais la dernière fois que nous nous sommes parlé au téléphone, elle a dit qu'ils cherchaient de nouveaux auteurs et illustrateurs pour élargir leur catalogue. Je voulais prendre de ses nouvelles de toute façon. Je vais lui proposer qu'on se voie un jour pour déjeuner et je prendrai ton œuvre avec moi. Qu'est-ce que tu en penses ?

— Ali, c'est vraiment gentil de ta part, dis-je en reposant le couvercle sur la boîte. Mais je ne suis pas certaine de pouvoir le montrer à quelqu'un d'autre pour le moment.

Le choc de la réapparition de ma mère, qui menace de tout remettre en question, a ébranlé ma confiance. En plus, j'ai vraiment fait ça pour m'amuser.

— Je ne suis pas gentille, objecte Alison en partant d'un grand rire. Et il se trouve que je n'accepterai aucun refus.

25

Alison

— Quatre-vingt-dix livres ! annonce fièrement Holly en brandissant son carnet rose. Plus les trois semaines d'argent de poche que je vous ai rendues. J'ai bientôt fini ?

Holly faisait de gros efforts pour rembourser ses parents qui l'avaient tirée d'affaire en avançant la somme qu'elle devait à la mère de Chrissy après avoir utilisé sa carte bancaire pour faire du shopping avec sa meilleure amie. Quelques jours auparavant, Alison avait réuni toute la famille afin que chacun réfléchisse à une façon de mieux contrôler ses dépenses et, à sa grande surprise, ses deux filles étaient tout à fait prêtes à relever le défi.

Chez Jenny, l'autre jour, après avoir regardé les dessins de la jeune femme, Alison et son amie avaient ouvert une bouteille de vin. Au bout d'un ou deux verres, Jenny avait finalement réussi à faire parler Alison de sa situation financière critique.

— Je ne sais pas où commencer, avait avoué Alison en posant son verre de malbec sur la table basse. Je rejette la responsabilité sur Pete, mais en réalité je ne sais pas quoi faire pour réparer les dégâts.

Jenny n'avait pas perdu de temps : le soir même, elle lui avait envoyé par mail des conseils pratiques pour reprendre le contrôle de la situation et une grille budgétaire qu'elle avait utilisée par le passé pour aider son père à gérer son argent. Alison cessa de paniquer et finit par accepter qu'il allait falloir modifier certaines habitudes et pratiques.

— Même des choses à première vue insignifiantes peuvent vraiment faire la différence, avait dit Jenny pour la rassurer.

— C'est fantastique, Holly ! s'exclama Alison en regardant sa fille. Comment est-ce que tu as réussi à faire ça ?

— J'ai envoyé un message sur Facebook à mes amis en leur demandant s'ils voulaient acheter à moitié prix les habits que j'avais choisis avec Chrissy. Il y en a plein qui ont répondu. C'étaient des vêtements de marques tout neufs, il y avait vraiment des beaux trucs.

Visiblement impressionné, Pete regarda sa femme avec de grands yeux.

Alison ne savait pas exactement quand ni comment ça s'était passé, mais, au fil des jours, Pete et elle avaient fini par se rapprocher l'un de l'autre. Sa rencontre avec les Spencer lui avait rappelé quelque chose de fondamental : pour qu'un mariage marche, il faut avoir la volonté de le faire marcher. Pete et elle avaient fait un pas hésitant l'un vers l'autre, une caresse par-ci, une tasse de thé par-là, ils avaient progressivement recommencé à communiquer. Tous les deux avaient fini par accepter qu'ils ne pourraient pas minimiser plus longtemps leurs difficultés. Ils avaient conclu à contrecœur qu'ils n'avaient pas d'autre choix à court terme que de demander l'aide du frère d'Alison. Clive s'était fait un plaisir de leur accorder un prêt.

— Bien joué, ma chérie, dit Alison à sa plus jeune fille. Ça va vraiment nous aider. Regarde, Pete, nous allons pouvoir régler notre facture de téléphone, et nous avons déjà un peu d'argent pour celle du gaz.

Pete hocha la tête.

— Beau travail, miss, dit-il à Holly en souriant fièrement.

— Alors ? J'ai bientôt fini de vous rembourser ? demanda Holly.

— On a dit qu'on en paierait la moitié ; donc, il te reste cinquante-cinq livres. Il faudra encore renoncer pendant quelque temps à ton argent de poche.

— Tu pourrais laver des voitures, sinon, Hol, intervint Sophie. C'est ce que j'ai fait l'été dernier ; demande aux voisins. Je prenais sept livres par lavage.

— Bonne idée, Soph, approuva Alison en la notant dans son nouveau carnet rouge.

— Sally vient de réaménager dans le coin, annonça Pete. Tu pourrais le lui demander.

— Vraiment ? dit Alison, ravie d'apprendre la nouvelle. Elle a trouvé une maison ?

— Oui, répondit Pete, une plus petite…

— Tu devrais vraiment vendre la Clio et acheter un vélo, les interrompit Sophie.

Alison nota l'idée sur son carnet, sachant que, cette fois, sa fille avait raison.

Sophie posa la tranche de cake aux carottes qu'elle était en train de manger et dit :

— J'ai changé de forfait sur mon portable : tous mes appels sont inclus désormais. Je n'utiliserai plus le téléphone fixe.

Elle hésita un instant, comme si elle essayait de se souvenir d'autre chose.

— Oh ! et Matt dit que, si tu changeais d'imprimante dans ton atelier, tu utiliserais beaucoup moins de cartouches.

Très bien, songea Alison. Ce Matt n'était peut-être pas si mal après tout.

— D'accord, je vais étudier la question. Pete, qu'en est-il de ton côté ? demanda-t-elle à son mari.

— J'ai essayé un nouveau supermarché la semaine dernière. Et je n'ai acheté que des produits de la marque économique. Je n'ai remarqué aucune différence au niveau du goût. Et vous ?

Les filles secouèrent la tête.

— Et écoutez-moi ça : notre petit jardin produit ses premiers légumes !

Les yeux de Pete se mirent à briller, illuminant complètement son visage.

— Nous allons manger de la roquette et des courgettes, tout ce que j'ai planté là-bas et dont je ne me souviens plus, dit-il en fronçant les sourcils. C'était très vert en tout cas la dernière fois que j'ai regardé.

Alison sourit à son mari. Une courgette en moins sur la note des courses ne ferait peut-être pas une grosse différence, mais le gros changement, c'était cette lueur joyeuse qui venait de réapparaître dans les yeux de Pete.

— Parfait, les amis, bien joué, dit Alison. L'un de vous a-t-il quelque chose à ajouter ?

— Oui, affirma fièrement Holly. J'ai quelque chose.

Alison et Pete échangèrent un regard. Voilà qui était nouveau pour tous les deux.

— Je vais devenir une artiste et un écrivain. Comme Jenny. Elle m'aide avec mes dessins.

Alison et Pete sourirent. Alison s'était demandé de quoi ces deux-là pouvaient bien parler la dernière fois que Jenny était passée.

— Super, Hol ! s'exclama Sophie. Tu pourras t'occuper de papa et maman quand ils seront vieux.

— On n'en est encore pas là ! protesta Alison. En attendant, j'ai moi aussi quelque chose à ajouter.

Instant rare et savoureux, tous les yeux se tournèrent vers elle.

— Ça n'a rien à voir avec l'argent, mais, puisque vous êtes là tous les trois, je voulais vous annoncer quelque chose.

— Qu'est-ce que c'est, maman ? demanda Sophie avec de grands yeux.

— Vous vous souvenez quand notre voisine Janet a piqué une crise à cause de George qui était allé faire des trous dans son jardin ?

— Oh ! mon Dieu, oui, dit Pete en cachant sa tête dans ses mains.

— Quand je pense que tu m'as laissée me débrouiller toute seule avec elle ! Cette femme est un vrai cauchemar, fit remarquer Holly en ricanant.

— Il se trouve, poursuivit Alison, qu'elle n'avait pas entièrement tort.

Elle fit un signe de tête en direction de George, et Holly fronça les sourcils sans comprendre.

— Leur épagneul, Cassie, attend des petits. Et, comme ils ne la laissent jamais sortir quand elle a ses chaleurs, Janet est pratiquement sûre qu'elle attend des croisés épagneul/chien-loup.

— Waouh ! dit Holly en bondissant de son siège. Des chiots ! Cool. On peut les garder ?

— Oh ! ma chérie, je suis désolée. Je sais que ça serait marrant, mais nous ne pouvons vraiment pas garder les chiots chez nous. Les chiens, ça revient cher, alors, ça n'est pas le moment. La bonne nouvelle, c'est que Jamie en veut un et que Janet va en garder un pour tenir compagnie à Cassie. Jenny et Dan y réfléchissent également. Jenny pense que son père s'occupera volontiers d'un chiot jusqu'à ce qu'ils trouvent une maison avec un jardin, dit Alison. Ils seront donc tout près, et on pourra les voir grandir.

— Ils vont être trop mignons ! s'exclama Sophie, et Alison revit soudain l'enfant que son adolescente de fille était autrefois. Aussi grands que George avec des oreilles pendantes d'épagneul.

Elle sourit tout en caressant le chien.

— Bon, conclut Alison. Je pense que c'est tout. Vous pouvez filer, mais on organisera une autre réunion dans une ou deux semaines pour voir où on en est.

— D'accord, super, approuva Holly.

Les deux filles se levèrent de table précipitamment en faisant grincer leurs chaises et montèrent l'escalier quatre à quatre.

— Alison, dit Pete en touchant doucement l'épaule de sa femme une fois que les filles eurent quitté la pièce. On peut discuter une minute ?

— Bien sûr, répondit-elle en prenant les tasses dans lesquelles ils avaient bu et en les emportant dans l'évier.

— Il y a un peu de vaisselle à faire, mais tu n'as qu'à venir avec moi. Comme ça, on pourra parler en même temps.

— En fait, j'espérais qu'on pourrait parler tranquillement. En privé, je veux dire.

— Oh ! bien sûr. Oui, tu as raison.

Alison enleva le tablier qu'elle portait encore et le posa sur le dossier de l'un des fauteuils.

— Tu veux qu'on aille dans notre tanière ?

Pete hocha la tête, et ils y allèrent ensemble. Une fois à l'intérieur, Alison ferma la porte, et ils s'assirent sur le canapé rouge qu'ils adoraient.

— Alors, de quoi voulais-tu me parler, Pete ?

— Je sais que toute la famille fait des efforts,

commença Pete en passant la main dans ses cheveux. Et les filles font vraiment un bon travail, tu ne trouves pas ?

Alison hocha la tête et vit Pete prendre une profonde inspiration avant de reprendre.

— Mais je sais que ce dont nous avons réellement besoin, c'est que je retrouve un travail. C'est la seule solution pour que notre foyer soit à l'abri du besoin à long terme et pour que tu puisses étendre ton activité.

— Oh ! Pete…

Alison s'approcha de lui et posa sa main sur sa jambe.

— Je ne veux pas que tu te sentes sous pression. Tu sais que je suis désolée pour tout ce que je t'ai dit l'autre jour. Les changements que nous avons décidés sont censés nous faciliter la vie.

— Ce n'est pas à cause de toi, Ali, objecta Pete. Je suis tout à fait capable de me rendre compte par moi-même de ce qu'il nous faut.

Il caressa les cheveux d'Alison, passant une mèche rebelle derrière son oreille.

— Je t'aime. J'aime les filles. Notre famille, c'est ce qui compte le plus à mes yeux. On sait tous les deux qu'on a besoin d'argent. Je veux travailler, mais à vrai dire je me sens complètement coincé. Tu sais ce que c'est : la plupart des offres d'emploi ne correspondent pas à mon niveau d'expérience, expliqua Pete, et les entretiens auxquels j'ai été convoqué ne se sont pas franchement bien passés. Mais Harry – tu sais, mon collègue, nous avons été licenciés en même temps –, il a trouvé un travail cette semaine. Et c'est un poste à la hauteur de ses compétences. Il avait des problèmes, lui aussi, et il a fini par aller voir une consultante en gestion de carrière.

Pete regarda Alison dans l'espoir de la voir réagir favorablement.

— Elle l'a aidé à rédiger son CV, lui a appris les bonnes

techniques pour passer un entretien, ce genre de choses. Je n'aurais jamais pensé en arriver là, mais, pour être honnête, je me sens un peu rouillé et je me demande si ce n'est pas ça qui m'empêche d'avancer. Ce n'est pas donné, mais je pense que ça vaudrait la peine que je tente le coup.

— Pourquoi pas ? dit Alison tout en réfléchissant. Essaie.

Pete parut franchement soulagé.

— L'argent que Clive nous a prêté va nous permettre de payer les factures et le remboursement de l'emprunt pendant deux mois, et je devrais être payée la semaine prochaine. Comme ça on sera un peu plus larges. Dès que je touche l'argent que mes clients me doivent, tu pourras en utiliser une partie pour ton projet. Je pense que c'est une bonne idée.

— D'accord, acquiesça Pete. Je vais fixer un rendez-vous.

Il hésita quelques instants.

— Ali.

Elle le regarda, et il prit sa main dans la sienne. Elle se rappela cette nuit brumeuse de décembre, il y avait bien longtemps, lorsqu'ils s'étaient blottis sous les couvertures dans leur minuscule appartement, avec une bouteille de vin et des tartelettes de Noël aux fruits secs, et qu'il lui avait demandé sa main. Elle repensa à toutes les aventures et les rires qu'ils avaient partagés depuis.

— Ali, répéta Pete. Je vais tout faire pour que ça marche. Je veux que notre famille soit forte, comme avant.

Alison sentit sa gorge se serrer. Elle voulait plus que tout au monde retrouver l'homme qu'elle avait épousé : énergique, confiant et incroyablement drôle.

— Ça va marcher, Pete, dit Alison en touchant sa joue et en commençant à y croire. Ça va marcher.

26

Maggie

— Tu veux du café, Dylan ? demanda Maggie en attachant son soutien-gorge en dentelle.

Encore à moitié endormi, Dylan remua dans le lit et tenta d'attirer Maggie sous les draps.

— Je ne peux pas, dit-elle en riant et en donnant une tape sur sa main pour qu'il la lâche. La boutique ne va pas s'ouvrir toute seule.

Il lui avait certes beaucoup manqué quand il était parti à Amsterdam, mais elle avait eu passablement moins de difficultés à arriver au travail à l'heure.

— Et tu n'as pas une séance photo aujourd'hui par hasard ?

Elle était assise au bord du lit et caressait doucement ses cheveux.

— Si.

Il avait la voix rauque ce matin. Il était rentré tard la nuit dernière. Il l'avait appelée pour lui dire qu'il allait boire un ou deux verres avec le directeur artistique, Sam, dont il avait fait la connaissance à New York.

— Nous avons décidé hier soir de repousser la séance à dix heures.

Maggie haussa les sourcils.

— C'est dans l'intérêt de tout le monde, expliqua-t-il en souriant.

Il se redressa légèrement pour pouvoir regarder par la fenêtre et, en voyant son torse nu, Maggie fut vraiment tentée de retourner illico sous les couvertures.

— Et en plus, Maggie, regarde le temps qu'il fait dehors. Le ciel est tout gris ce matin.

Il avait accroché la photographie encadrée de son studio juste à côté de la fenêtre de la chambre ; le soleil à Brooklyn brillait comme d'habitude.

— Très bien, chéri, fit Maggie en mettant son chemisier à fleurs gris et mauve. Je te retrouve ce soir, mais un peu plus tard que d'habitude. J'ai un endroit où aller après la fermeture de la boutique. C'est encore pour ce mariage à Darlington Hall. Où est-ce que tu fais des photos, aujourd'hui, au fait ?

— Dans les champs de blé, répondit Dylan.

Il n'était pas encore tout à fait guilleret, mais il avait retrouvé un peu d'entrain.

— Alors, on a vraiment besoin de soleil. Ah ! le temps anglais ! Parfois, on passe la moitié de la journée à attendre. Tout ça pour une ou deux heures de travail dans des conditions décentes.

Il enfonça son visage dans l'oreiller, mais était encore suffisamment alerte pour lui donner une tape sur le derrière lorsqu'elle se pencha pour ramasser ses chaussures.

— Eh ! protesta-t-elle, puis elle l'embrassa une dernière fois pour lui dire au revoir avant de descendre au rez-de-chaussée et de sortir.

Il y avait fort à faire à la boutique ce jour-là. Anna s'occupait d'organiser les livraisons pendant que Maggie accueillait les clients qui entraient dans le magasin. Le ciel était toujours aussi gris, et une bruine maussade s'était mise à tomber quand son portable sonna : LUCY M apparut sur l'écran. Maggie croisa le regard d'Anna, montra le téléphone et alla se réfugier dans l'arrière-boutique pour répondre à l'appel.

— Bonjour, Lucy, dit-elle d'un ton calme et sérieux.

Elle avait déjà décidé de ne plus penser au collier qu'elle avait vu dans la cabine du pick-up d'Owen. Elle avait un travail à effectuer, c'est pour cela qu'on la payait, et ce qu'Owen et Lucy faisaient ne la regardait vraiment pas.

— Maggie ! s'exclama Lucy qui en faisait toujours une tonne. J'adore les croquis pour le jardin. Jack m'a montré ce qu'Owen et vous avez réalisé, et le concept est fantastique.

Maggie n'aurait jamais espéré un tel enthousiasme. Quand elle avait vu le nom sur l'écran, elle avait immédiatement pensé qu'elle avait fait quelque chose de travers, qu'elle n'avait pas été à la hauteur des attentes démesurées de sa cliente. L'entrain de Lucy fut une agréable surprise.

— Papa aime vos idées aussi, et nous voulons tous les deux que vous vous mettiez au travail immédiatement.

— Lucy, c'est formidable ! s'exclama Maggie. Je suis vraiment contente.

Maggie passa la tête par la porte pour s'assurer qu'Anna n'était pas trop débordée dans la boutique. Son assistante était en train de servir le jeune homme le plus séduisant de Charlesworth, un type qui travaillait dans le magasin d'à côté, et elle semblait parfaitement heureuse de s'occuper de lui.

— Oui, Lucy, désolée, vous disiez ?

— Papa est super content. Il pense que ses amis vont trouver ça tordant. Mais il y a encore mieux, Maggie.

Maggie attendit.

— J'ai appelé le magazine *It Girl* et je leur ai fait part

de notre projet. Ils ont adoré l'idée ; ils veulent l'exclusivité, en fait ! Ils sont emballés par le tunnel pour symboliser le terrier du lapin. Maggie, c'est *exactement* ce que j'espérais. Ça pourrait vraiment m'aider à trouver de nouveaux débouchés pour le mannequinat. Et ça serait très positif pour Bluebelle aussi.

Le cœur de Maggie bondit dans sa poitrine. C'était vraiment une bonne nouvelle en effet. En cet instant, il lui sembla que tout s'emboîtait parfaitement dans sa vie.

— Lucy, c'est magnifique. Merci de m'avoir tenue au courant. Je vais immédiatement appeler Owen pour que nous finalisions les plans le plus rapidement possible. Ensuite, nous pourrons demander les devis. Ainsi, nous aurons largement le temps de donner toutes les infos à *It Girl*.

— Bravo, Maggie ! s'exclama Lucy. Je n'en attendais pas moins de vous. Je savais que je pouvais compter sur vous.

Le reste de la matinée s'écoula rapidement entre les commandes par téléphone, la confection de bouquets et les paiements à effectuer, et, même avec l'aide d'Anna, Maggie ne trouva pas cinq minutes pour appeler Owen avant midi. Elle alla dans l'arrière-boutique et fit défiler les numéros de ses contacts jusqu'à ce qu'elle tombe sur celui d'Owen.

— Bonjour, Owen, dit-elle quand il décrocha.

— Maggie, salut. Qu'est-ce qui se passe ? Vous êtes encore tombée en rade ?

— Pas cette fois, non. La voiture avait besoin d'une nouvelle courroie de ventilateur, mais elle est comme neuve à présent. Si j'appelle, c'est que je viens d'avoir d'excellentes nouvelles de Lucy. Comme convenu, je vais passer à votre atelier aujourd'hui, mais du coup nous aurons un peu plus de choses à discuter pendant que je serai là.

— De quoi s'agit-il ? On dirait que vous venez de gagner au Loto.

Owen, fidèle à lui-même, restait de marbre. *Mais c'est parce qu'il ne sait pas encore*, pensa Maggie. *Une fois qu'il aura réalisé ce que ce reportage pourra lui apporter, il sera tout aussi enthousiaste que moi*, se dit-elle tout en espérant que cette bonne nouvelle faciliterait leurs relations.

— Je vous expliquerai sur place, dit Maggie en regardant son agenda. Mais je pense que nous aurons besoin d'un peu plus de temps. Ça ne vous dérange pas si je viens plus tôt, disons à quatorze heures ?

— Je suis à Grayville aujourd'hui et je ne serai pas de retour avant quatorze heures trente. Ça vous va ?

— Super. À tout à l'heure.

Maggie raccrocha et retourna dans la boutique en esquissant un pas de danse.

— Tu as l'air contente, fit remarquer Anna. Qu'est-ce qui se passe ?

Maggie mourait d'envie de le lui dire, de le dire à quelqu'un, mais elle ne voulait pas mettre la charrue avant les bœufs. Elle aurait largement l'occasion d'en parler avec Owen et, ensuite, une fois qu'ils auraient la confirmation du magazine, elle pourrait annoncer la nouvelle à tout le monde.

— Anna, tu es toujours d'accord pour t'occuper de la boutique cet après-midi ? Je sais qu'il y a beaucoup de choses à faire, mais tu t'en sors très bien.

— Pas de problème, Maggie, répondit Anna, toujours aussi optimiste. Tu sais quoi ? C'est plus facile, maintenant, avec la pratique, je veux dire.

— Parfait. Les clients m'ont fait plein de compliments sur toi. Je crois que tu mérites une petite prime pour tout ce que tu as fait ce mois-ci. Que dirais-tu d'une contribution pour le financement de ta voiture ?

— Ouais ! s'exclama Anna, rayonnante.

Elle économisait pour s'acheter une voiture d'occasion depuis qu'elle avait passé le permis au début de l'année. Puis elle plissa les yeux.

— À moins que tu n'aies quelques arrière-pensées ? Aurais-tu l'intention de faire de moi la nouvelle livreuse de Bluebelle ?

— Aha ! pas du tout, mais c'est une idée, répondit Maggie en riant.

Pour se rendre chez Owen, Maggie emprunta une route qui la conduisit hors de la ville et qui était bordée d'arbres chargés de feuilles formant une voûte verte au-dessus d'elle. Elle avait enlevé la capote de sa Coccinelle et avait mis un foulard à pois bleus et blancs pour éviter que ses cheveux ne volent dans tous les sens. Le soleil avait fini par percer, et ses rayons filtraient à travers le feuillage épais. Maggie se demanda comment se passait la séance photo de Dylan. Les conditions devaient être parfaites pour travailler à présent.

Au bout de vingt minutes, elle arriva à l'adresse indiquée par Owen et s'arrêta dans une grande cour pavée, entourée d'écuries reconverties en ateliers.

Maggie se gara à côté du pick-up d'Owen, prit ses affaires et se dirigea vers le numéro trois dans le coin le plus éloigné de la cour. En passant, elle jeta un coup d'œil à travers les fenêtres des ateliers voisins : un menuisier était en plein travail dans l'un d'eux, et les autres ressemblaient à des ateliers d'artistes. Juste à côté de celui d'Owen, il y avait une pièce remplie d'objets en métal qui scintillaient au soleil. Quand Maggie s'approcha, elle vit des bijoux artisanaux exposés à l'intérieur.

Un ou deux mètres plus loin, la porte en bois de l'atelier d'Owen était entrouverte. En arrivant, elle la poussa un peu et entra.

— Bonjour ! cria-t-elle.

Owen était près du lavabo en train d'empiler des outils. Lorsqu'il entendit sa voix, il se retourna.

— Salut, Maggie, dit-il presque comme s'ils étaient amis.

Il était différent dans un environnement qui lui était familier. Ses vêtements allaient parfaitement avec le cadre et ne semblaient pas aussi déplacés et miteux que dans la maison de Lucy. Il paraissait plus détendu.

La moitié de l'espace de l'atelier était remplie d'outils et de plantes ; l'autre moitié était un bureau de fortune, avec un ordinateur et un panneau d'affichage recouvert de plans et d'images. Owen s'approcha pour la saluer et lui serra la main. Une poignée de main maladroite, formelle, mais il faudrait s'en contenter.

— Désolé, s'excusa-t-il en baissant les yeux comme s'il venait de remarquer que ses mains étaient couvertes de terre en lâchant celle de Maggie. Je n'ai pas encore eu le temps de les laver. Vous pouvez sortir par la porte de derrière, je vais préparer un thé.

Il la précéda dans l'atelier et ouvrit la porte en bois à panneaux vitrés au fond de la pièce. Maggie vit alors un magnifique jardin clos. Des rameaux de glycine grimpaient le long du mur du fond, avec à leur gauche du jasmin et du chèvrefeuille. Des oiseaux étaient attroupés autour d'une mangeoire près de la porte. Il y avait un banc en bois flotté, et Owen lui fit signe de s'asseoir dessus.

Elle s'assit et s'imprégna de la vue et des odeurs de son jardin. Le jasmin qui courait le long des briques pâles dégageait un parfum qui fit remonter à la surface des souvenirs d'été de son enfance. Une sculpture se dressait dans le coin, posée sur un socle : simple, mais belle, lisse et blanche avec un trou au milieu. Maggie posa son cartable à côté d'elle et sortit son classeur, prête à prendre des notes. Elle entendit l'eau couler à l'intérieur pendant qu'Owen se lavait les mains et mettait la bouilloire en route. Il réapparut quelques minutes plus tard avec un plateau sur lequel il avait disposé deux tasses de thé et une assiette avec des biscuits. Il le posa sur la table en bois flotté.

— C'est une véritable oasis, ici, fit remarquer Maggie.

— Merci. Ça me plaît, c'est tranquille.

Maggie hocha la tête en souriant. Depuis qu'elle avait décidé d'oublier le collier de Lucy, il lui était plus facile de se montrer aimable.

— D'où vient votre sculpture ? On dirait une Barbara Hepworth, dit Maggie.

La sculptrice cornouaillaise avait toujours été l'une de ses artistes préférées. Maggie se tourna vers Owen et constata qu'il avait les yeux posés sur elle et non sur la sculpture.

— C'est une copie, expliqua-t-il en souriant. Mon grand-père vivait à Carbis Bay, dans les Cornouailles, juste à côté d'elle pendant la guerre. Il admirait ses sculptures et en a reproduit quelques-unes. À sa mort, il m'a laissé celle-ci.

— Copie ou pas, elle est magnifique. Quand mon grand-père est mort, j'ai hérité d'un écureuil en peluche et d'une pendulette, dit Maggie en riant.

Owen la fixait toujours, et elle réalisa que son rire était un peu nerveux.

— Alors, qu'est-ce qui vous a fait venir si précipitamment aujourd'hui ? demanda Owen. Je sais que vous vouliez voir la maquette du tunnel, et on pourra y aller dans une minute, mais, au téléphone, il m'a semblé que vous vouliez parler d'autre chose.

Owen prit une chaise en bois pour s'asseoir en face d'elle.

— Oui, ce sont de bonnes nouvelles, commença Maggie en se redressant. Lucy m'a appelée ce matin et m'a dit que le magazine *It Girl* aimait vraiment le thème, en particulier l'idée du terrier de lapin, et ils veulent avoir l'exclusivité. Vous savez que c'est exactement ce qu'espérait Lucy, et ce sera à l'évidence une bonne publicité et pour vous et pour moi.

Owen parut complètement indifférent. Maggie crut même voir son visage s'assombrir.

— Une bonne publicité ? répéta-t-il en haussant les sourcils.

— Oui, dit Maggie. Ça fait une éternité que j'attends qu'on parle de mon activité dans un magazine en vue, et c'est sans doute la même chose pour vous. Je ne veux pas mettre la charrue avant les bœufs, mais, si tout se passe bien, ça pourrait changer nos vies.

— Eh bien, je me réjouis pour vous, marmonna Owen d'un ton morne. Mais tout le monde ne veut pas changer de vie.

Il avait le regard froid.

— J'aime ma vie, poursuivit-il.

L'arrogance qui avait tant agacé Maggie la première fois qu'ils s'étaient vus venait de refaire son apparition.

— Et mon activité me plaît telle qu'elle est. Vous savez, les mariages, ce n'est vraiment pas mon truc. Je n'ai pas besoin d'un contrat exclusif avec un magazine pour promouvoir ma petite entreprise, en particulier pour quelque chose que je ne fais jamais d'habitude. En général, c'est par le bouche-à-oreille que j'obtiens de nouveaux contrats, et ça me convient parfaitement ainsi.

Il secoua la tête comme s'il ne comprenait pas bien d'où elle venait.

— Nous allons peut-être créer des arceaux de croquet ornés de fleurs pour cet événement, mais mon travail de tous les jours n'a rien à voir avec ça : je ne fais pas dans les fioritures et les chichis. Je travaille dans le souci du respect de l'environnement. Un travail dur, honnête. Pas d'autopromotion frivole. Je doute fort que les pseudo-stars qui lisent *It Girl* s'intéressent à ce que je fais. Même si c'était le cas, je ne crois pas que ça serait le genre de personnes avec qui j'aimerais travailler.

Maggie réalisa qu'elle avait retenu son souffle pendant qu'il parlait. Elle expira doucement et prit un moment avant de répondre.

— Owen, je comprends votre point de vue, hasarda-t-elle en faisant de son mieux pour rester diplomate. Mais je pense malgré tout que ça pourrait être une super opportunité pour chacun de nous. Comment pouvez-vous rejeter tous les lecteurs du magazine ? Songez qu'ils ont certainement de l'argent à dépenser.

— Maggie, pour moi, ce qui compte avant tout, c'est la façon dont une entreprise se développe et non son chiffre d'affaires. J'ai toujours souhaité étendre mon activité petit à petit, en restant fidèle aux valeurs qui m'ont poussé à me lancer.

— Je travaille exactement de la même façon, répliqua Maggie, soudain sur la défensive.

Il haussa les sourcils.

— Vraiment ? dit-il. Maggie, vos fleurs sont donc issues du commerce équitable ?

— Oui, répondit Maggie d'un ton hésitant. Je pense, en tout cas. Sinon, elles sont sans doute…, poursuivit-elle d'une voix trébuchante avant de s'interrompre.

Anna en avait parlé récemment et elle était certaine de l'avoir noté quelque part pour vérifier. Owen poursuivit.

— Jack m'a dit que vous faites venir des roses d'Amérique du Sud. Est-ce que vous avez songé une seconde à l'empreinte carbone que va avoir ce mariage ?

— Non…, franchement… Lucy m'a fait part de ses idées et c'est sur cette base que…

Maggie marqua une pause pour se ressaisir et prit une profonde inspiration.

— Owen, je sais parfaitement m'occuper des fleurs pour un mariage. C'est ce que je fais depuis des années. Et ni Lucy ni Jack ne se sont plaints de mes idées jusqu'à présent.

— Je n'en doute pas une seconde, lâcha Owen qui fixait le sol. Mais, plus j'y réfléchis, plus je me demande si ce mariage est le bon projet pour moi. Nos priorités ne sont pas les mêmes.

Indignée, Maggie sentit ses joues s'empourprer.

— Qu'est-ce qui vous fait dire ça ? lança-t-elle, furieuse. Je veux bien que vous soyez concentré sur votre travail, mais vous pourriez au moins faire l'effort de connaître les autres avant de porter des jugements hâtifs.

— Pour moi, nous avons tous une responsabilité, Maggie… Mais si vous rêvez de figurer dans un magazine…, dit Owen en haussant les épaules.

— Qu'est-ce que vous savez de mes rêves ? cria Maggie en se levant et en prenant son cartable. Strictement rien, Owen.

Elle le fusilla du regard.

— Vous êtes suffisant et snob, et…

Les mots qu'elle voulait dire disparurent soudain quand l'image du pendentif en émeraude de Lucy lui traversa l'esprit. Elle tenta de la repousser et de rester professionnelle.

— Et quoi, Maggie ? lança Owen d'un ton de défi. Qu'est-ce que je suis d'autre, puisque vous me connaissez si bien ?

— C'est juste… Comment osez-vous me donner des leçons de morale ? Vous voulez peut-être vous retirer de ce projet, mais je suis certaine que vos raisons n'ont rien à voir avec vos préoccupations éthiques.

— Ah ! vraiment ? fit Owen en haussant de nouveau les sourcils.

— Oui, vraiment, insista Maggie. J'ai vu le collier de Lucy dans votre pick-up, Owen.

Il resta silencieux quelques secondes, les yeux rivés au sol, puis il secoua la tête.

— Écoutez, Maggie, je ne vous retiens pas ici, dit-il en se levant. C'est vous qui êtes arrivée en courant, trop pressée que vous étiez d'attirer de nouveaux clients choisis parmi les rebuts de *Big Brother* et les femmes de footballeurs en vue.

Il n'y allait vraiment pas avec le dos de la cuillère.

— Faites ce que vous voulez ! Mais dites-vous bien que vous ne pourrez pas utiliser mes idées sans moi, en aucun cas !

Maggie lui tourna le dos et entra dans l'atelier. Tous ses espoirs concernant le mariage de Darlington Hall venaient de s'envoler. En partant, elle regarda par-dessus son épaule et cria :

— Je vous laisse le soin de dire à Lucy que son mariage de conte de fées, si c'en est un, est sérieusement compromis.

Maggie appuya sur l'accélérateur pendant tout le trajet du retour. D'après ce que Lucy lui avait dit, c'était surtout l'idée du terrier de lapin qui avait intéressé *It Girl*, et, sans ce projet, le contrat pouvait très bien tomber à l'eau. Elle se dit qu'Owen allait immédiatement appeler Lucy pour lui dire qu'il avait changé d'avis ou que Maggie était vraiment impossible, et qu'ils allaient devoir trouver au plus vite un jardinier paysagiste hautement qualifié pour le remplacer. Elle vit son rêve de boutique à Londres s'éloigner à grands pas. Elle ne voulait même plus y penser. Elle avait besoin d'un bon gin-tonic dans son salon douillet et du réconfort de Dylan qui lui dirait sans doute que tout finirait par s'arranger.

Elle se gara dans l'allée et entra dans la maison. Elle entendit de la musique. Dylan avait dû laisser par erreur le système d'alarme sur minuterie. Les lumières automatiques et la musique étaient censées dissuader les cambrioleurs potentiels quand il n'y avait personne à la maison. Pourtant, quand elle posa son sac au salon, son cœur cessa de battre. Il y avait de la terre sur sa belle moquette crème et, en suivant la traînée, elle vit que sa cage d'oiseau dorée était tombée et que l'orchidée rose à l'intérieur était couchée sur le sol, la tige cassée. Il ne restait presque plus de terre dans le pot, et les pétales étaient abîmés.

Son premier réflexe fut d'appeler la police, mais quelque chose la retint. Qu'allait-elle leur dire à part qu'elle avait une plante renversée sur la moquette de son salon ? Elle avait eu une journée particulièrement pénible, et il fallait à tout prix qu'elle reste rationnelle. C'était peut-être tout simplement un accident. Le crochet qu'elle avait fixé au mur n'était sans doute pas assez résistant pour supporter le poids de la cage après tout.

Elle remit la plante abîmée dans son pot qu'elle posa sur le plan de travail à côté de l'évier. C'est alors qu'elle entendit du bruit à l'étage, comme si quelqu'un avait fait tomber quelque chose. Elle s'approcha de l'escalier sur la pointe des pieds, puis gravit les marches à pas de loup. Le bruit venait-il de son bureau ? C'était là qu'elle gardait la plupart de ses objets de valeur, dont les bijoux qu'elle avait hérités de sa grand-mère. Au moment où elle arriva sur le palier, elle entendit un rire de femme. La porte de sa chambre était ouverte et, lorsqu'elle arriva sur le seuil, Maggie découvrit une scène qui la laissa sans voix. Dylan était allongé sur le lit, nu, les cheveux ébouriffés, exactement comme elle l'avait laissé le matin même. Dans une parodie cruelle du moment où elle était partie, une femme blonde se tenait au bord du lit, enveloppée dans une serviette bleu pâle que Dylan tentait de lui arracher.

— Maggie, oh merde, Maggie ! s'écria Dylan en enfilant à la hâte son boxer.

La femme parut quelque peu embarrassée et resserra la serviette – qui venait de la salle de bains de Maggie – autour d'elle.

Maggie resta figée.

— C'est donc vous…, dit-elle.

Elle venait de comprendre. Elle s'adressa à la femme.

— Vous devez être Sam.

La blonde hocha la tête.

— Oui, dit-elle avec un léger accent américain.

Les yeux de Maggie se posèrent une seconde sur la photo accrochée au mur de la chambre, celle que Dylan avait prise de son studio, et ce qu'elle vit confirma ses soupçons. Là, au premier plan, il y avait la même femme, avec ses cheveux blonds brillants, le visage à moitié caché sous un chapeau à bords flottants des années 1970 ; une image dans l'image, sa photo accrochée au mur du studio de Dylan. Cette femme était dans la chambre de Maggie depuis le début.

— Je vais prendre mes affaires, annonça Sam en baissant la tête et en ramassant précipitamment ses vêtements éparpillés dans la pièce avant d'aller se réfugier sur le palier pour les enfiler.

Maggie l'ignora complètement. Ses yeux étaient toujours fixés sur ceux de Dylan. Ils restèrent tous deux silencieux jusqu'à ce que Maggie entendît enfin la porte d'entrée claquer.

— Maggie, commença-t-il, la tête entre les mains. Je suis tellement désolé, dit-il en levant les yeux vers elle d'un air implorant, les sourcils froncés. C'était…

— Oh non, s'il te plaît ! l'interrompit Maggie d'une voix parfaitement calme malgré l'adrénaline qui irriguait ses veines. Ne me traite pas avec condescendance, Dylan.

— Je ne savais pas qu'elle allait se pointer, je te jure, se justifia-t-il en se levant et en faisant un pas vers Maggie.

— Et alors ? demanda Maggie en reculant, la voix tremblante de colère. Tu aurais dû attendre de retourner aux États-Unis pour coucher avec elle ? Ou attendre que quelqu'un d'autre se présente ?

— Ce n'est pas ce que tu crois, dit Dylan qui avança encore d'un pas tout en la regardant avec des yeux de chien battu.

— Tu me dégoûtes, répliqua Maggie en secouant la tête, les joues écarlates. Après tout ce que tu m'as dit. Tu as tout fait pour que je te pardonne, tu m'as fait croire que tu avais changé, Dylan, pour encore plus me ridiculiser cette fois.

Elle s'approcha de la fenêtre, en poussant Dylan au passage, et l'ouvrit toute grande. Sur sa coiffeuse, dans une petite boîte, il y avait son alliance, qu'elle avait envisagé de remettre quelques jours auparavant seulement. Elle voulut la prendre, puis se ravisa : l'or étant très demandé en ce moment, elle pourrait la revendre facilement. Elle préféra s'en prendre à la photo de Dylan qu'elle décrocha. Elle lut une expression de panique sur son visage pendant qu'elle prenait le cadre. Il tendit le bras, mais il n'eut pas le temps de l'arrêter. Elle lança de toutes ses forces la photo par la fenêtre, et ils regardèrent tous deux le verre se briser en mille morceaux sur le trottoir devant la maison.

— Je pense que tu ferais mieux de prendre tes affaires et de partir, Dylan, suggéra Maggie d'une voix plus calme. Tu n'es pas de cet avis ?

Blitz Spirit
(juillet-août)

27

Alison

Alison caressa le bras de Pete.

— Il est sept heures, chéri, murmura-t-elle doucement à son oreille.

Il remua, puis sursauta légèrement.

— Quoi ? demanda-t-il, encore un peu dans les vapes.

— Il est sept heures, mon chéri, répéta Alison.

— Oh ! merci, Ali.

Pete se leva, encore tout engourdi de sommeil, et alla dans la douche. C'était son troisième jour de travail, et il n'avait pas tout à fait retrouvé le rythme, mais Alison se faisait un plaisir de se réveiller un peu plus tôt pour lui donner un petit coup de coude et aller préparer le café.

Les filles devaient être en bas en train de déjeuner, mais, ces derniers jours, Ali les avait laissées se débrouiller et était retournée en haut pour que Pete et elle puissent encore profiter de quelques minutes au lit ensemble.

Elle empilait ensuite les oreillers et se rallongeait pour lui parler pendant qu'il passait son costume. Il avait rasé sa barbe de plusieurs jours, mais ses boucles rebelles étaient toujours là. Elle savait qu'il voulait garder le look d'un type qui avait joué dans un groupe autrefois. Ça ne faisait que quinze jours que Pete avait vu la consultante en évolution de carrière. Elle avait donné un véritable coup de fouet à ses recherches. Il était rentré à la maison débordant d'une énergie qu'Ali n'avait pas vue depuis bien longtemps chez lui.

— On est repartis de zéro. On a regardé mes compétences, mon expérience et ce que je pourrais faire. J'ai réalisé que je me limitais au même intitulé de poste, au même secteur.

Les choses étaient allées si vite ensuite qu'ils en avaient été tous deux très surpris. Pete avait vu une annonce pour un poste dans la communication dans une association qui s'occupait des toxicomanes. Il avait été engagé la même semaine.

— Tu sais que tu es vraiment sexy dans ce costume, dit Alison, et Pete se pencha pour l'embrasser.

Elle avait mis son kimono en soie, et ses cheveux étaient détachés.

— Tu es plutôt jolie toi aussi ce matin.

— Je dois veiller à ce que mon mari parte au travail avec le sourire, dit-elle en l'attirant contre elle pour lui donner un baiser passionné.

— À part ça, qu'est-ce que tu vas faire aujourd'hui ? demanda Pete en reculant à contrecœur et en faisant le nœud de sa cravate.

— J'ai rendez-vous avec Jamie. Il va me montrer son nouveau café, répondit Alison en tentant de ne pas laisser transparaître ses regrets. Il a signé le bail la semaine dernière.

Le visage de Pete s'assombrit, et ils pensèrent tous les deux au rêve auquel Alison avait dû renoncer.

— Ali, je suis désolé que tu n'aies pas pu…

— Chut, l'interrompit Alison.

Elle le fit taire en l'embrassant de nouveau.
— C'est rien, Pete. Vraiment rien.

Quand Alison et Pete descendirent au rez-de-chaussée, leurs deux filles étaient assises à table. Le pain grillé refroidissait sur les assiettes qu'elles avaient poussées de côté, et George était sur le banc, la tête inclinée vers la table, tentant d'en piquer une tranche. Sophie était penchée en avant et appliquait de l'eye-liner sur les paupières de sa petite sœur.

Les deux filles levèrent la tête, surprises, lorsque leurs parents entrèrent dans la pièce.

— Holly, tu remontes tout de suite, intima Pete, et tu m'enlèves ce maquillage. Allons, je suis sûr que madame Brannigan en a plus qu'assez de nous appeler tous les deux jours.

Holly fila en passant sous le bras de son père, l'air penaud, et elle monta les marches quatre à quatre, la tête baissée.

— Sophie, qu'est-ce qui t'a pris ? dit Alison en secouant la tête. Holly aurait pu être renvoyée à la maison à cause de tes bêtises.

Sophie soupira, referma son eye-liner qu'elle rangea dans son sac.

— Reconnais au moins qu'elle était beaucoup plus jolie comme ça.

Elle esquissa un sourire.

— Qui veut donc d'une petite sœur qui a l'air débile ?

— C'est toujours mieux qu'une petite sœur exclue provisoirement de l'école, si tu veux mon avis, dit Pete en l'envoyant à l'étage pour qu'elle finisse de se préparer.

Alison se tourna vers lui et, lorsque leurs regards se croisèrent, elle vit le partenaire qu'elle aimait.

Alison promena ses doigts sur le manteau de cheminée dans le nouveau café de Jamie et elle envoya une couche de poussière dans les airs.

— Cette vieille cheminée va faire un super effet une fois qu'on l'aura nettoyée, fit-elle remarquer en inspectant les tuiles d'origine et en balayant du regard le reste de la pièce.

Le local que Jamie louait était situé en face du magasin de Maggie et à côté des boutiques où se rendaient si volontiers les habitants de Charlesworth. Les fenêtres étaient suffisamment grandes pour attirer les clients de passage, et le soleil entrait à flots, projetant de grands rectangles de lumière sur le plancher en bois.

— Et l'arrière-cour, dit Alison. Tu pourrais l'astiquer bien comme il faut, installer quelques chaises de jardin et profiter de la deuxième partie de l'été ?

Jamie sourit et hocha la tête.

— Je suis entièrement d'accord avec toi. En fait, j'espérais pouvoir profiter un peu de ta gentillesse, d'ailleurs.

Alison se mit à rire.

— Quant aux murs, dit Jamie en montrant la brique blanchie à la chaux, j'ai trouvé quelques artistes du coin qui aimeraient exposer leurs œuvres ici. L'un d'eux fait des tableaux à l'aide de vieilles illustrations qu'on trouvait sur les boîtes de conserve ou les emballages dans les années quarante. Un autre, un étudiant, réalise de magnifiques patchworks. Tu vas adorer.

Alison regarda le mur en tentant de les imaginer.

— Et puis, il y a Adam. Il vient de Brighton, poursuivit Jamie. Il prend des photos de danseuses de revues, des gros plans de bijoux, de seins, de bas…

Alison haussa les sourcils, et Jamie lui fit un clin d'œil. Ils savaient tous deux que Charlesworth n'était pas tout à fait prête pour ce genre d'art.

— Viens dans mon bureau, Ali.

Il prit deux chaises longues qu'il appuya contre le mur du fond pour qu'ils puissent voir tout le « café » de l'endroit où ils étaient assis.

— C'est bien, non ?

— Ça va être génial, répondit-elle. Et devine quoi ? Je viens de te trouver un endroit où tu pourras te procurer des meubles d'époque.

— Vraiment ? J'ai suivi assidûment les ventes aux enchères de la région, mais tous les meubles qui me plaisaient n'étaient pas du tout dans mes prix.

— Et que dirais-tu si tu pouvais les prendre gratuitement ?

— Tu es sérieuse ? demanda Jamie en lui décochant un grand sourire.

— Tout à fait sérieuse. En plus, ce n'est pas loin. J'ai rencontré un vieux couple adorable à Willow Tree Close. Ils veulent vider leur grenier et, d'après ce qu'ils m'ont dit, ils ont des tonnes de vieux meubles. Je les ai eus au téléphone hier, et ils ont dit que, si tu étais d'accord pour emporter le tout et pour organiser le déménagement, ils seraient ravis de te donner le contenu de leur grenier.

Les yeux de Jamie se mirent à briller.

— C'est parfait. Ça va être un peu rustique ici, avec des fauteuils pas assortis et tout le reste ; alors, je suis sûr que je vais pouvoir utiliser la plupart des meubles de leur grenier. Tu es un amour, Ali, merci.

— De rien.

— Mais écoute, dit Jamie. En fait, je voulais te parler d'autre chose.

Sa voix était plus sérieuse à présent.

— J'ai réfléchi à la manière dont je pourrais ouvrir le café en frappant un grand coup. On va faire une grande fête ici, une fois que les travaux seront terminés, et je veux enchaîner immédiatement en lançant une série d'activités de début de soirée. Des séances de tricot branché, des ateliers de crochet, des cours pour apprendre à confectionner des banderoles et peut-être même du point de croix gothique, tu vois ce que je veux dire…, des têtes de mort, ce genre de choses… Je pense que Sophie pourra t'initier, dit Jamie en faisant de grands gestes. En tout cas, poursuivit-il, je crois que je connais la femme parfaite pour animer ce genre d'ateliers.

Il pinça gentiment le bras d'Alison.

— Imagine, tu n'auras pas à te soucier des coûts et tu gagneras de l'argent dès que tu auras quelques clientes. Je parie qu'avec le bouche-à-oreille, tu ne tarderas pas à avoir de bons groupes. C'est vrai, il n'y a pas grand-chose à faire sinon, ici, dit Jamie en souriant.

Oui, la tranquillité et le calme faisaient partie du charme de Charlesworth, mais cela signifiait aussi que la plupart des habitants avaient pas mal de temps à tuer.

— Alors, Ali, qu'est-ce que tu en penses ? Dis-moi que tu es d'accord.

Alison sourit, prit sa main et la serra avec détermination.

— Marché conclu. Et aucun directeur de banque ne pourra m'en empêcher cette fois, dit-elle en souriant.

Jamie exultait. Alison réfléchit à de potentielles participantes : sa belle-sœur essayait désespérément d'apprendre à tricoter, et Anna, qui travaillait dans la boutique de Maggie, serait certainement emballée par le point de croix gothique. Megan, de son cours de Pilates, n'avait-elle pas manifesté le souhait d'apprendre à confectionner des banderoles et des fanions ? Avec un peu de chance, elle aurait plein de monde en un rien de temps.

— Je suis impatiente de commencer, dit-elle, tout excitée.

Elle marqua une pause, puis ajouta.

— Tu sais, Jamie, j'espère que dans quelques mois, quand Pete aura gagné un peu d'argent et que nous aurons fini de rembourser nos dettes, on pourra envisager de louer cet endroit ensemble.

Elle regarda le café autour d'elle.

Jamie sourit.

— Bien sûr, ma chérie. Cette porte sera toujours ouverte.

— Bon, je suis contente, dit-elle.

Alison regarda son ami à la dérobée pendant qu'il inspectait la pièce.

— Tu sais quoi, Jamie ? Tu as l'air vraiment heureux, fit-elle remarquer.

— Ah bon ?

— Absolument, confirma-t-elle en hochant la tête.

— Je pense que je le suis, admit Jamie en se calant contre le dossier de sa chaise à rayures bleues et blanches. Ou, du moins, que je réapprends à l'être. Ce n'est pas uniquement à cause du café, ajouta-t-il d'un ton évasif.

— Ah non ?

— Non, répondit-il en esquissant un sourire. Tu sais, Adam, le photographe de danseuses de revues dont je viens de te parler ? De temps à autre, il photographie aussi des gens tout habillés.

Alison haussa les sourcils et sourit.

— Ali, tu te souviens du jour où j'ai emmené George à la plage pour le faire courir un peu ? Adam nous a vus.

— Ah ! et alors ? Il adore les chiens-loups ? demanda Alison. George, ce vieux coquin. Ton type ne voudrait pas un chiot par hasard ? Ils vont bientôt naître.

— Adam adore George, mais on dirait qu'il m'aime bien aussi.

Alison posa la main sur celle de Jamie. Elle aurait pu crier de joie, mais elle se retint : il était encore un peu tôt.

— Il a bon goût, fit-elle remarquer. Et je suis contente pour toi, Jamie.

Ils se turent quelques instants et regardèrent les gens passer devant la devanture. Les hommes et les femmes lorgnaient par la fenêtre, même si les vitres étaient encore crasseuses et couvertes de poussière de plâtre. Ils essayaient sans doute de deviner ce qui allait advenir de ce local une fois qu'il serait entièrement rénové. Une petite fille appuya la tête contre la vitre, mais son souffle l'embua encore plus, et elle ne vit plus rien du tout.

Des adolescents en pause de midi détalaient sur le trottoir en balançant leurs sacs et en jacassant. S'ils s'étaient attardés suffisamment longtemps, ils auraient vu un couple d'une quarantaine d'années assis sur des chaises longues. Leur visage portait déjà les marques du temps qui passe, mais ils étaient tous deux habillés dans un goût parfait et en savaient beaucoup plus sur l'amour que ces gosses qui pensaient déjà tout connaître alors qu'ils n'en étaient qu'au tout début de leur vie sentimentale.

28

Jenny

— Bon, qu'est-ce qui se passe ici ?

Je pose les tasses de thé chaudes sur la table et regarde les hommes de ma vie.

— Vous feriez mieux de me le dire tout de suite. Je vois bien que vous êtes en train de manigancer quelque chose, tous les trois. Ne croyez pas que vous allez vous en tirer comme ça.

Papa, Chris et Dan sont en train de regarder un DVD de *L'Hôtel en folie*, mais, quand je suis revenue au salon, j'ai tout de suite compris que je les avais interrompus en plein milieu d'une conversation qui n'avait strictement rien à voir avec les foirades de Manuel. Dan se pousse pour me faire un peu de place, et je lui passe une tasse de thé que je viens de préparer. Dan et Chris échangent des regards entendus pendant que papa fait semblant de se concentrer sur un article du *Mirror*.

— Vous êtes en train de préparer l'enterrement de vie de garçon de Dan. Vous êtes vraiment pas discrets, les gars.

Je lance un regard noir à Chris, qui lève les mains en signe de reddition.

— D'accord, d'accord, dit-il.

Chris est chargé d'organiser la dernière soirée de célibataire de Dan.

— On était effectivement en train d'organiser un ou deux trucs.

— J'aimerais bien que vous m'en disiez un peu plus sur ce que vous allez faire à mon pauvre mari.

— Rien de bien méchant, Jen, je te le promets, assure Chris d'un ton qui ne me convainc pas du tout.

— En tout cas, je croyais que le futur marié ne devait être au courant de rien ?

Dan boit une gorgée de thé en se trémoussant à côté de moi, un peu mal à l'aise.

— On lui donne quelques pistes, Jen, juste assez pour qu'il ait vraiment envie de fêter ça avec nous, explique Chris.

— Mouais, dis-je en regardant mon frère et mon père avec suspicion. Tant que je ne le ramasse pas à la petite cuillère sur le sol de la salle de bains aux premières heures du matin, c'est tout ce que je demande.

— T'inquiète pas, dit Chris pour me rassurer. Tu peux nous faire confiance. Et avoue, Jen, qu'avec les amies que tu as, c'est plutôt toi que Dan risque de ramasser à la petite cuillère.

J'imagine Chloé, les autres filles du travail, mes copines d'école ; et je suis effectivement obligée d'admettre qu'il a peut-être raison sur ce point.

Mon enterrement de vie de jeune fille est dans une semaine, et, même si je suis un peu nerveuse en pensant à ce qu'elles me réservent, je suis heureuse de passer du temps avec les filles.

Chloé n'a pas laissé filtrer grand-chose, mais je sais qu'elle va inviter de vieilles amies à moi que je n'ai pas vues depuis des lustres, et je suis impatiente d'échanger des nouvelles avec elles tout en buvant des cocktails. Les cocktails sont de rigueur, n'est-ce pas ?

Mon téléphone sonne dans ma poche, et je vois le nom de Maggie apparaître sur l'écran. Je montre mon portable et leur fais signe que je dois m'absenter quelques secondes. Tandis que je me lève et que je m'apprête à quitter la pièce, j'entends les hommes reprendre leur conversation en aparté.

— Maggie ! dis-je, heureuse d'avoir l'occasion de discuter un peu avec une femme. Comment vas-tu ?

— Jen ? me répond une petite voix.

On ne dirait vraiment pas Maggie.

— Oui, c'est moi. Qu'est-ce qui se passe ?

— Qu'est-ce que j'ai été bête ! répond-elle.

— Tu es sûre que ça va ?

Maggie est d'ordinaire si calme et si posée au téléphone.

— Oui, ça va. Enfin, non. Je ne sais plus quoi faire, en fait, Jenny ! Je suis au travail, mais je n'arrive absolument pas à me concentrer. Disons que les derniers jours ne se sont pas vraiment passés comme je l'avais espéré. Tu ne pourrais pas faire un saut à la boutique, par hasard ? demande-t-elle.

— Bien sûr, dis-je. Je suis chez mon père, mais je vais passer. Donne-moi dix minutes.

— Merci, Jen, dit Maggie. J'apprécie vraiment.

Je passe la tête par la porte et regarde ce qui se passe dans le salon. Dan a l'air bien installé sur le canapé, et Chris est en train d'ouvrir une bière à papa. Ils ont monté le volume de la télé, et les commentaires de l'avant-match retentissent dans la pièce.

— Dan, dis-je, et son regard croise immédiatement le mien. Tu es bien là, n'est-ce pas ? Je vais passer voir Maggie à la boutique.

Il sourit et hoche la tête. Je m'approche et l'embrasse avant de prendre mon sac.

— Bon, les amis, amusez-vous bien.

Je fais signe à Chris et papa, puis me tourne une dernière fois vers Dan.

— On se voit tout à l'heure à la maison.

La boutique de Maggie n'est pas trop loin de chez papa. Je ne mets que quelques minutes en vélo. Je passe devant des enfants en train de jouer dehors.

Les trottoirs sont jonchés de cerceaux et de skateboards, les mamans les surveillent depuis le pas de leur porte. Je revois soudain le visage de maman et j'entends sa voix m'appeler pour le goûter. Mais cette vision disparaît aussi vite qu'elle n'est apparue.

Quand j'arrive dans la rue principale, j'attache mon vélo à un réverbère devant Bluebelle du Jour et j'ouvre la porte vitrée. Le carillon retentit. Anna, l'assistante de Maggie, est derrière le comptoir en train de préparer un bouquet de bleuets et de pois de senteur.

— Salut, Jenny ! crie-t-elle. Qu'est-ce que tu en penses ? demande-t-elle en soulevant le bouquet pour que je puisse mieux voir.

— Magnifique ! dis-je.

Anna a vraiment le coup d'œil. Et chaque fois que je passe à la boutique, je remarque qu'elle apporte un peu de sa fantaisie dans chacun de ses bouquets, même les plus simples.

— Tant mieux, dit Anna en souriant. Alors, comment se passent les préparatifs du mariage ? demande-t-elle.

— Pour le moment, je suis surtout préoccupée par ma soirée d'enterrement de vie de jeune fille, dis-je en posant les mains sur ma tête pour feindre le désespoir. Qu'est-ce qu'elles vont me faire ?

Elle rit, pose le bouquet sur le comptoir pour l'envelopper et essuie ses mains mouillées sur son tablier.

— Je suis sûre qu'elles vont être gentilles.

Elle arrache une grande feuille de papier blanc pour mettre les tiges dedans.

— Maggie est dans l'arrière-boutique au fait, dit-elle en montrant le fond du magasin. Elle fait les comptes. Elle t'attend ; tu peux y aller.

Puis, dans un murmure, elle ajoute :

— Essaie de l'égayer un peu.

Maggie s'est réfugiée tout au fond de l'arrière-boutique mal éclairée. Je vois une feuille de calcul sur son écran d'ordinateur et un classeur rouge ouvert devant elle. Elle sursaute quand j'entre dans la pièce et porte une main à son cœur.

— Ah ! Jenny, salut.

Elle sourit, mais je sens au son de sa voix qu'elle ne va pas bien.

— Désolée, tu m'as fait sursauter.

— Maggie, qu'est-ce qu'il y a ? Qu'est-ce qui s'est passé ?

Elle pointe le doigt derrière moi.

— Tu peux fermer la porte, s'il te plaît ?

Je ferme la porte et me dirige vers le bureau. Elle tire une petite chaise pour que je puisse m'asseoir.

— Oh ! juste un truc que j'aurais dû voir venir si je n'avais pas été aussi bête, dit-elle.

Elle a les yeux rouges, et sa peau marbrée est visible même sous le fond de teint qu'elle a pourtant appliqué avec soin.

— Qu'est-ce que tu veux dire par là ?

— C'est Dylan, lâche Maggie. Je suis tellement furieuse ! Contre lui. Contre moi ! C'est une telle caricature, que c'est vraiment insupportable, Jen.

Elle ébouriffe ses cheveux et détourne le regard une seconde.

— Je l'ai surpris avec une autre femme. Dans mon lit.

— Oh ! Maggie, non ! dis-je en plaquant la main contre ma bouche, à court de paroles plus réconfortantes.

— Je sais. C'était une Américaine incroyablement séduisante, poursuit Maggie. J'aurais pu les tuer tous les deux.

— Mais il venait tout juste d'emménager, dis-je, toujours sous le choc. Il a abandonné New York pour toi, non ? Et tout ce qu'il t'a dit ?

J'ai le sentiment désagréable que je ne fais qu'empirer les choses en remuant le couteau dans la plaie.

— Exactement. Tu te rends compte ! s'exclame-t-elle en secouant la tête. Il n'a même pas été capable de rester fidèle plus de quelques semaines pour nous redonner une chance.

— Mais comment a-t-il pu être aussi stupide ? Non seulement il l'a fait, mais en plus dans ta propre maison ? Qu'est-ce qui lui est passé par la tête ?

— Je pense qu'il voulait inconsciemment que je le découvre, que je le prenne sur le fait. Pour que ça soit plus facile. Il a toujours été lâche comme ça, dit Maggie.

— Incroyable. Dire qu'il a…

Je m'interromps et pose la main sur son bras.

— Mon Dieu, je suis vraiment désolée, Maggie.

— Moi aussi.

Je vois les rides de son front se creuser un peu plus.

— Mais, quelque part, je préfère avoir découvert la vérité maintenant plutôt que dans quelques années. Le problème, c'est que, même si je m'en défendais, j'avais commencé à nourrir de sérieux espoirs.

Elle secoue la tête.

— C'est dur, Jen.

Les yeux de Maggie sont embués de larmes, mais je vois qu'elle ne va pas les laisser couler. Elle lit dans mes pensées.

— Je ne peux pas pleurer ! dit-elle en clignant des yeux pour les chasser. Je ne vais pas m'abaisser à pleurer à cause de lui.

Je passe mon bras autour de ses épaules, et son corps fin paraît particulièrement fragile tout à coup.

— Tant pis…

— … pour lui, finit Maggie en se redressant et en se forçant à sourire. Je sais, Jen. Et je suis bien mieux toute seule. Je le sais.

C'est un peu radical, mais quelque chose me dit que ce n'est pas le moment de discuter.

— En tout cas, pour combler le tout, le mariage de Darlington Hall s'annonce plutôt mal, lui aussi. Tout allait pour le mieux et puis… Le jardinier paysagiste est tout simplement insupportable. C'est impossible de travailler avec lui. Bref, tout ça n'est qu'un immense gâchis, Jenny.

Elle pose la tête sur mon épaule et se met à pleurer.

Maggie, d'ordinaire si sereine, si vive, qui a monté sa propre entreprise et qui a dix ans de plus que moi, est en train de s'effondrer sous mes yeux. Qu'est-ce que je pourrais bien dire pour qu'elle se sente mieux ?

— Tu sais que tu es plus forte que lui. Tu le sais au moins ? Tu es suffisamment forte pour te remettre de tout ça, dis-je.

Elle prend de profondes inspirations pour tenter de contrôler ses sanglots.

— Tu as peut-être raison, Jen.

Elle ne semble pas franchement convaincue. Puis elle lève la tête et me regarde droit dans les yeux. Ses yeux verts sont injectés de sang, mais déterminés.

— En fait, tu sais quoi ? Tu as vraiment raison.

— Ce qu'il te faut, c'est… Ne ris pas surtout. Je sais que c'est complètement inapproprié, mais c'est tout ce que j'ai à offrir pour le moment…

— Vas-y, dis-moi.

— Une bonne soirée entre filles.

Maggie me regarde, lève les yeux au ciel, puis laisse retomber sa tête sur mon épaule.

Je hausse les épaules pour la forcer à se redresser et secoue la tête.

— Non, non, non, tu ne t'en sortiras pas comme ça. Car, au cas où tu l'aurais oublié, c'est mon enterrement de vie de jeune fille, samedi soir, et tu n'y échapperas pas, que tu le veuilles ou non.

Maggie grogne, puis esquisse un sourire pour la première fois depuis que je suis arrivée.

— Écoute, dis-je en lui donnant un coup de coude. Je sais que tu attends cette soirée avec impatience. Et je te promets que pour une nuit au moins nous allons te faire oublier Dylan. Tu iras même jusqu'à oublier son existence.

Le sourire de Maggie s'agrandit.

— Et le stupide mariage de Lucy Mackintosh, tu peux le faire disparaître aussi ? demande-t-elle pleine d'espoir.

— Quel mariage ?

— Promis ?

— Promis, dis-je en l'attirant contre moi pour la serrer bien fort dans mes bras.

29

Maggie

Maggie ne parvenait pas à se calmer. Il était une heure et demie du matin, et elle ne dormait toujours pas.

Elle ne se sentait plus à l'aise dans son lit et, même si elle avait apporté les affaires de Dylan à la déchetterie du coin, il continuait à hanter sa maison. Le seul endroit au monde où elle se sentait vraiment à sa place autrefois. Le parfum de Sam semblait encore imprégner les murs deux jours après son départ.

Que les esprits railleurs de Sam et Dylan soient toujours là ou non, voilà qui ne changeait rien au fait que Maggie avait froid et que son lit lui paraissait vide. Elle tira une couverture verte et bien douce sur ses draps. Son portable, posé sur la table de nuit, vibra. Elle venait de recevoir un nouveau message de Dylan. Elle appuya sur le bouton pour le lire.

Maggie, laisse-moi au moins t'expliquer. Je sais que j'ai tout gâché, mais j'avais mes raisons. Tu me manques tellement. Appelle-moi. D

Des raisons ? Vraiment ? Elle supprima le message. Elle s'assura qu'elle avait bien effacé tous les textos qu'il lui avait envoyés et vit un message plus ancien qu'elle n'avait pas remarqué et donc jamais ouvert. C'était Owen qui l'avait envoyé.

Maggie, vous avez laissé votre classeur avec les dessins ici. Je suis à l'atelier tout le week-end si vous voulez les récupérer. Owen

Oh ! super, pensa-t-elle. *Il ne manquait plus que ça.*

En route pour l'atelier d'Owen, Maggie écouta Ella Fitzgerald dans sa voiture pour calmer ses nerfs. Au moment du petit-déjeuner – elle avait mangé un muesli et un fruit –, elle lui avait envoyé un message pour le prévenir qu'elle passerait à treize heures. Il avait répondu fort brièvement que c'était d'accord. Elle était franchement contrariée d'avoir à retourner chez lui, mais, si elle voulait continuer à travailler sur le mariage de Lucy, elle avait besoin de ses croquis. C'était aussi simple que ça.

Elle avait toujours agi avec professionnalisme, et elle était tout à fait capable de séparer ses émotions et son travail. Il lui suffirait de ravaler sa fierté et de quitter l'atelier dès qu'elle aurait récupéré ses affaires.

Elle ne prêta aucune attention cette fois aux paysages que traversait la route nationale et se remit à penser à la nuit précédente. Elle avait fini par s'endormir vers deux heures du matin, mais, quand elle s'était réveillée, après quelques minutes d'amnésie bienvenue, les souvenirs avaient refait surface, et l'angoisse s'était emparée d'elle. Pourquoi Dylan avait-il fait autant d'efforts pour la reconquérir si c'était pour tout gâcher quelques semaines plus tard ? Dire qu'elle avait été sur le point de le présenter à ses amis, qu'elle avait déjà annoncé à sa mère et à sa sœur qu'ils étaient de nouveau ensemble… Tout ça était si, si… *embarrassant.* Plus encore que le chagrin, c'était un sentiment d'humiliation qui dominait en cet instant.

Elle arriva chez Owen à une heure moins dix et réalisa qu'elle avait dû dépasser involontairement la limite de vitesse pendant une bonne partie du trajet. Elle se dirigea vers les vieilles écuries et constata que la porte de l'atelier d'Owen était fermée cette fois, mais elle frappa bien fort, et, moins d'une minute plus tard, il apparut.

Il semblait différent aujourd'hui : ses boucles sombres étaient encore plus ébouriffées que d'habitude, et son t-shirt kaki était si froissé qu'on aurait dit qu'il l'avait pris dans la pile de linge sale.

Il avait des poches sous les yeux. Maggie ne l'avait jamais vu aussi fatigué, mais elle réalisa que les cernes sombres sous les siens devaient faire exactement le même effet. Même Touche Éclat ne pouvait pas faire de miracle.

— Entrez, dit Owen d'un ton calme en reculant et en lui faisant signe de le suivre. Comme je suis en train de rempoter des plantes, c'est un peu le désordre, mais…

Pour entendre un nouveau sermon sur l'argent et les biens que je vole aux pauvres afin de livrer de belles fleurs aux riches ? Non, merci, pensa-t-elle.

— J'aimerais mieux pas si ça ne vous dérange pas, dit Maggie avec fermeté. Merci de m'avoir prévenue pour les croquis. J'en ai besoin pour le mariage, comme vous le savez.

Elle resta plantée sur le paillasson.

— Bien sûr.

Owen retourna à l'intérieur et disparut quelques secondes, puis revint avec le classeur qu'il lui tendit.

— Vous êtes sûre que vous ne voulez pas entrer une minute ?

Maggie secoua la tête et s'appliqua à ranger son classeur dans son cartable.

— Écoutez, Maggie, dit Owen sans détours. Je ne voudrais pas que nous nous quittions en si mauvais termes. Nous étions vraiment fâchés l'autre jour.

— Quoi ? Vous vous sentez coupable maintenant ? fit-elle en fermant son cartable et en levant les yeux vers lui. Vous avez raison. Votre réaction a été complètement disproportionnée, l'autre jour. Mais si vous voulez vous retirer du mariage, cette décision vous appartient.

Maggie se redressa.

— Comment a réagi Lucy quand vous le lui avez annoncé ? À moins que vous n'ayez eu des choses plus importantes à vous dire, tous les deux.

— À vrai dire, je ne lui ai pas encore parlé, répondit Owen d'une voix calme. Et de grâce, Maggie, arrêtez avec cette théorie du complot complètement ridicule. Il n'y a absolument rien entre Lucy et moi, et c'est incroyable que vous vous soyez mis une idée aussi stupide en tête.

Maggie eut un mouvement de recul. *Oh !* pensa-t-elle, se sentant rougir. *Oh ! mon Dieu !*

— Jack est mon meilleur ami, Lucy est sa fiancée, fin de l'histoire.

Owen semblait parfaitement sûr de lui.

— Mais, mais… le collier ? demanda Maggie.

Les pensées se bousculaient dans sa tête, et elle sentit le peu de sang-froid qui lui restait l'abandonner.

— Ah ! le collier, dit Owen. Ou devrais-je dire la preuve, comme vous le pensez ? Oui, il appartient bien à Lucy. Elle me l'a donné parce qu'elle voulait faire sertir la pierre, et mon voisin est justement bijoutier. Si vous frappez à côté, je suis sûr qu'il sera ravi de vous montrer la nouvelle monture.

Maggie sentit ses joues s'empourprer un peu plus. Elle savait qu'elle avait eu tort, mais elle ne voulait pas céder maintenant.

— Maggie, écoutez, dit-il. Entrez. L'eau du thé vient de bouillir.

Au moins, Owen n'avait-il pas encore averti Lucy. S'il y avait un moyen de sauver encore le mariage, il lui fallait le trouver, pour Lucy et pour son commerce. Elle entra et s'assit sur un canapé en velours côtelé usé appuyé contre le mur.

De là, elle pouvait voir le jardin par la grande fenêtre, avec son jasmin et son chèvrefeuille et quelques oiseaux sur la mangeoire. Owen lui tendit une tasse ébréchée contenant un thé au lait archi-sucré qu'elle n'avait pas réclamé. Elle prit le mug dans ses deux mains pendant qu'il s'asseyait à côté d'elle.

— Je suis désolée, parvint-elle enfin à dire. Je n'aurais pas dû tirer des conclusions hâtives.

— Ce n'est rien. C'était une erreur commise en toute bonne foi, même si la preuve était plutôt mince. En tout cas, vous ne me connaissez pas, mais, si c'était le cas, j'espère que vous sauriez que je ne ferais jamais une chose pareille.

Le visage de Maggie se détendit un peu.

— Au fait, poursuivit-il. Je pensais presque tout ce que j'ai dit l'autre jour.

Elle haussa les sourcils et fut tentée de repartir immédiatement.

— Mais ça n'empêche pas que je suis désolé.

Il baissa les yeux et passa la main dans ses cheveux.

— Pour la façon dont je l'ai dit. Je n'avais vraiment pas l'intention de vous blesser. Je sais que j'ai été dur. C'est une mauvaise habitude que j'ai. Vous n'êtes pas la première personne que j'ai offensée ainsi. Jack pourrait vous en parler. Mais… je me demandais si nous ne pouvions pas trouver malgré tout un terrain d'entente.

Maggie le regarda avec incrédulité.

— Vous en êtes sûr ? La dernière fois que nous avons parlé, vous m'avez pourtant bien fait comprendre que la façon dont je gérais mon entreprise ne vous inspirait que du dégoût.

— Ce n'est pas du tout ce que je pensais, objecta Owen. Je respecte votre commerce et la façon dont vous le gérez.

— Vraiment ? dit-elle.

— Oui, répondit-il en détournant les yeux.

Ce t-shirt aurait bien besoin de passer à la machine, pensa-t-elle, *et son jean est vraiment usé à certains endroits*. Mais alors qu'elle était assise tout près de lui, elle ne put s'empêcher de remarquer qu'il sentait bon. Ses bras et son cou étaient recouverts d'une fine pellicule de sueur fraîche qu'elle huma en même temps que l'odeur de terre et de feuilles du dehors.

— Je sais que j'ai dû vous paraître suffisant, dit-il en se retournant pour la regarder.

— C'est le moins qu'on puisse dire, confirma Maggie d'une voix calme.

Il l'ignora et poursuivit :

— Et donneur de leçons. Et j'ai vraiment très mal géré la situation. Mais vous avez plus d'expérience que moi avec ce genre d'événements, et peut-être que je me suis senti un peu petit.

Tiens ? pensa Maggie, surprise. *Je pourrais peut-être accepter son explication.*

Owen poursuivit.

— Je devrais faire plus d'efforts pour comprendre les gens qui n'ont pas les mêmes valeurs que moi.

— Et voilà, ça recommence ! s'exclama Maggie, de nouveau submergée par les émotions qui l'avaient poussée à partir l'autre jour. Ce n'est pas ça du tout. Mes valeurs ne sont pas si différentes des vôtres. Contrairement à ce que vous croyez, je ne suis pas obsédée par la célébrité et, croyez-moi si vous voulez, je ne déteste pas les ours blancs.

Maggie s'interrompit lorsqu'elle réalisa qu'elle était en train de perdre le fil.

— En tout cas, je ne sais vraiment pas pourquoi vous tenez absolument à me cataloguer comme ça.

Maggie commençait à avoir sérieusement mal à la tête. Les conflits, les affrontements des jours passés avaient mis ses nerfs à rude épreuve. Elle avait envie que tout cela cesse.

— C'est vrai que je n'avais pas pensé aux choix éthiques, reconnut-elle, sur le point de céder par pur épuisement, mais ce n'est pas parce que je m'en fiche. C'est juste que, la plupart du temps, je me démène pour respecter les délais et ne pas dépasser le budget.

— Mais vous ne voyez donc pas que, pendant que vous respectez vos délais, vos choix auront déjà des conséquences irréversibles sur l'environnement ? dit Owen avec force.

— Ça suffit, répliqua Maggie en se levant. Je ne suis pas venue ici pour me faire sermonner, Owen. Je ne peux vraiment pas supporter une dispute de plus.

Owen leva les yeux vers elle, surpris.

— Votre vie est si simple, n'est-ce pas ? poursuivit-elle. Alors, la mienne n'est peut-être pas toujours parfaite, mais vous n'avez aucune idée de ce qu'ont été les dernières semaines pour moi, dit-elle d'une voix tendue tandis qu'elle tentait de contrôler ses émotions.

— Non. En effet. Mais votre commerce a l'air de très bien se porter, et vous êtes propriétaire de votre maison, n'est-ce pas ? Je pensais juste que tout était rose pour vous…

— Rose ! Ah !

Maggie laissa échapper un rire ironique.

— Non, Owen, tout n'est pas si rose.

— Asseyez-vous, dit Owen.

Maggie se rassit à côté de lui, à contrecœur.

— Qu'est-ce qui se passe ? demanda-t-il gentiment.

— Rien, dit-elle. Enfin tout et rien. Ma vie a été un peu chamboulée ces derniers temps, mais tout va rentrer dans l'ordre.

— Vraiment ? dit-il.

Son regard s'adoucit un peu.

— Je suis désolé de l'apprendre. Vous êtes sûre que ça va ?

— Non, répondit Maggie, les larmes lui montant aux yeux. En fait, je n'en suis pas sûre du tout.

Owen posa sa main sur celle de Maggie, et elles restèrent toutes deux ainsi sur le tissu fleuri de sa robe à côté de sa cuisse. Elle ne songea pas à retirer sa main.

— Je veux que vous alliez bien, dit-il d'un ton hésitant. Vous méritez d'être heureuse. Et si vous voulez mon avis, je sais que vous n'êtes pas aussi mauvaise que j'ai bien voulu le croire. Je ne pense pas du tout que vous détestez les ours blancs, ajouta-t-il en souriant. J'aurais peut-être préféré, pour être tout à fait honnête.

Leurs regards se croisèrent. Le cœur de Maggie battait fort dans sa poitrine.

— Comme ça, il y aurait eu des raisons concrètes pour que j'arrête de m'intéresser à vous.

Il était tout près d'elle à présent. Vraiment très près, à la réflexion. Sa bouche avait-elle déjà été aussi tentante ? Il tendit la main pour caresser ses cheveux, et Maggie sentit son cœur s'affoler. Elle leva la main pour stopper la sienne.

— Owen, arrêtez, dit-elle d'une voix douce, tentant

de contrer la montée d'adrénaline qu'elle sentait sous la surface.

Il laissa retomber sa main et baissa les yeux. Elle vit que l'homme qui l'avait rendue tellement furieuse était désormais fragile en sa présence.

Elle se redressa et regarda son sac et sa veste. Elle allait se lever et partir. Elle allait prendre ses affaires et partir. Dans cinq minutes, elle serait sortie d'ici et prendrait la route. Mais elle devrait vraiment dire quelque chose d'abord. Elle se tourna vers lui.

— Owen, je suis désolée, je ferais mieux de…

Il hocha la tête, silencieusement. Elle leva la main pour toucher le côté de son visage. Sa peau était chaude. Et en quelques secondes sa main recouvrit la sienne. Son contact était familier.

Sa bouche rencontra ses lèvres charnues et sentit la chaleur de son baiser, goûta le parfum de terre et de feuille qui l'avait attirée tout à l'heure. Owen la serra un peu plus contre lui, il passa les mains dans ses cheveux roux comme s'il n'en aurait plus jamais l'occasion ensuite. Puis, il recula un peu, pour regarder son visage, pour le graver dans sa mémoire. Il ne dit pas un mot.

Maggie l'embrassa de nouveau et laissa ses émotions prendre le pas sur ses pensées confuses.

30

Jenny

Alison est en train de dessiner une cuisse au fusain, Maggie se concentre sur une partie située un peu plus haut, et moi je sirote mon champagne tout en réprimant mon envie de rire. Je suppose que c'est Alison qui a eu l'idée d'intégrer une activité créative à ma fête d'enterrement de vie de jeune fille.

Et nous voilà toutes réunies dans un des ateliers d'artistes de Charlesworth, avec un modèle masculin nu, plutôt bien de sa personne, qui pose pour nous au milieu de la salle.

— Laisse-moi te dire qu'à force de regarder une telle beauté, je vais peut-être revenir sur ma décision de renoncer définitivement aux hommes, chuchote Chloé tout en prenant un morceau de fusain pour ajouter quelques ombres sur le corps du modèle.

Je dois reconnaître qu'elle joue vraiment le jeu et qu'elle s'en sort avec brio.

Maggie, qui nous a entendues, croise le regard de Chloé et lui fait un clin d'œil. On dirait que ma collègue de travail préférée a tourné le dos à Jon une fois pour toutes, et elle prend de l'assurance de jour en jour. Je suis heureuse de voir aussi que Maggie semble plutôt bien se remettre de la trahison de Dylan.

— Je comprends tout à fait ton point de vue. C'est franchement difficile de résister à la tentation, dis-je en regardant de nouveau le modèle et en souriant. Et dire que j'étais sur le point de signer pour la monogamie à perpétuité !

Si, au départ, j'étais quelque peu embarrassée devant ce modèle nu, ne sachant trop où regarder, j'ai fini par dessiner le contour du corps de l'homme, ses muscles, puis j'ai ajouté les ombres et les taches de lumière, ainsi que les détails. Les bulles de champagne me donnent l'impression d'être légère et, tout en dessinant, j'écoute les voix des filles autour de moi.

Elles rient, plaisantent, se resservent du champagne, et, de temps à autre, j'entends des bribes de conversation et je me joins à la discussion.

Quand nous regardons la pendule, il est près de dix-huit heures. Il est temps pour nous de laisser nos chevalets et de continuer notre route.

— Recule un peu Jen, que je puisse admirer ton œuvre, dit Chloé en repoussant une mèche rebelle qui tombe sur son front et en s'approchant de moi pour voir ce que j'ai dessiné.

— C'est bien, dis donc ! Alison ! crie Chloé. Tu as une âme d'artiste. Viens voir ce que Jen a dessiné. Ça me paraît très bien.

Alison se dirige vers nous, examine mon dessin et prend son temps pour répondre.

— Pas mal du tout, Jenny, reconnaît-elle.

Je pique un fard, peu habituée à me trouver au centre de toute cette attention. Puis je pense au paquet que j'ai donné à Alison pour qu'elle le transmette à son amie : le livre que j'ai enfin terminé. Je sais que les éditeurs reçoivent des tonnes de manuscrits, mais j'ai peut-être une chance après tout ?

— Bon, mesdames…

La femme qui anime l'atelier vient vers nous.

— C'est beau ! s'exclame-t-elle en regardant mon dessin. J'ai peur qu'il soit temps pour nous de laisser Marcus se rhabiller.

Les filles se mettent à protester en chœur.

Alison intervient.

— Bon, nous avons fini les hors-d'œuvre. Passons au plat principal. À nous la bonne chère et le bon vin !

— Nous avons demandé à Dan : « Quelle est la partie du corps de Jen que tu préfères ? » Qu'est-ce qu'il a répondu à ton avis ? demande Chloé.

— Euh… Je n'en ai pas la moindre idée… Mes fesses ?

— Non, répond Chloé en jubilant. Tes yeux ! Quel charmeur, celui-là ! Allez, bois, dit-elle en me tendant un verre à liqueur.

Je descends ma Sambuca. Il y a deux heures encore, nous étions parfaitement sages et civilisées. Nous avons quitté l'atelier et nous sommes rendues Chez Jasmine, un restaurant chinois de la rue principale, pour boire quelques verres et dîner. Nous nous sommes installées à une table dans un coin, et cinq ou six de mes amies sont venues se joindre à nous. Des filles de l'université et de l'école que je n'avais pas vues depuis une éternité. Je suis vraiment touchée qu'elles aient fait l'effort de venir. Dès que nous nous sommes embrassées pour nous saluer, nous avons eu l'impression de ne jamais nous être quittées. Elles n'ont pas pris une ride finalement. Annie, la fille avec qui je jouais devant la maison de mes parents, m'a montré des photos de son bébé, une fille, sur son iPhone.

— Elle est magnifique, lui ai-je dit.

Il est clair qu'elle est fière de sa petite merveille.

— Je l'adore, dit-elle, mais tu sais quoi ? Ça fait des mois que je ne suis pas sortie. Alors, je suis vraiment impatiente de boire quelques verres avec toi.

Elle me flanque un coup de coude dans les côtes.

La sœur de Dan, Emma, est là aussi. Je l'ai vue rire et se boucher les oreilles quand les questions du quiz « Monsieur et Madame » auxquelles m'ont soumise mes copines devenaient un peu trop osées. Il y en a eu quelques-unes, et je suis contente de m'être débarrassée à présent de cette « formalité » obligatoire et parfois embarrassante. Mais je suis heureuse d'avoir toutes mes plus proches amies autour de moi. Des femmes que j'ai rencontrées à différentes périodes de ma vie et dans différents endroits, mais avec qui je partage certains de mes plus beaux souvenirs. Et, ce soir, elles veillent toutes à ce que je passe une soirée mémorable en leur compagnie.

Maggie et Chloé sont blotties l'une contre l'autre et sont en train de parler en aparté quand je les interromps.

— Qu'est-ce que vous manigancez ?

Elles ne se connaissent que depuis ce matin, mais le courant est tout de suite passé entre elles.

— Rien, dit Maggie.

Chloé prend un air penaud.

— Rien ?

Je ne suis pas franchement convaincue.

— Bon, d'accord, il y a quelque chose, admet Maggie, et Chloé la pousse du coude. Chloé a quelqu'un dans le collimateur, et on réfléchit juste à un plan d'action.

— Vraiment ? dis-je, me sentant à la fois excitée, mais aussi un peu exclue. Et qui est l'heureux élu ?

Chloé pique un fard, ce qui lui arrive plutôt rarement.

— Oh non ! dis-je. Ce n'est quand même pas…

Maggie essaie de réprimer son envie de rire.

— Marcus ? je demande en repensant au modèle à poil que nous avons dessiné tout à l'heure.

Chloé semble soulagée et échange un regard avec Maggie.

— Si, c'est lui, avoue-t-elle en riant.

Mais quelque chose dans ses yeux me dit que ce n'est pas lui du tout.

Ça faisait un bail que je n'avais pas autant ri ! Parfois, quand je sors avec des copines, je ne peux pas m'empêcher de penser à Dan ou au travail, mais ce soir je me laisse porter par la chaleur de toutes ces amitiés. Je regarde Alison et Maggie en face de moi, en train de se disputer des beignets de crevettes, et je suis sûre que nous ne sommes pas près de nous perdre de vue.

— Tu ne sais pas encore ce qui t'attend, Jen ! s'exclame Alison.

— Quoi ? Il y a encore des surprises ?

Je croyais vraiment qu'après le modèle nu, je n'avais plus rien à craindre.

— Tu pensais vraiment que tu allais t'en tirer aussi facilement ? Tu connais mal Chloé ! répond-elle.

— Dis-moi, s'il te plaît, dis-je en me penchant vers elle et en regardant du coin de l'œil Chloé en grande conversation avec une de nos collègues de travail à l'autre bout de la table. Je suis sérieuse, tu sais très bien que je déteste les surprises !

— Impossible, répond Alison d'un ton taquin.

Annie, qui n'est plus très fraîche, vient à la rescousse. Elle se penche vers moi et remue les lèvres pour dire « K-A-R-A-O-K-É ».

— Génial !

Je m'approche à mon tour et leur murmure à toutes les deux :

— Excellent !

Chloé a vraiment mis dans le mille. J'ai toujours adoré le karaoké, et il y a une pièce réservée à cet effet au-dessus du pub Fox and Pheasant, où nous nous retrouvons parfois après le travail. Chloé qui fait sa Tina Turner sur *Nutbush City Limits*, c'est vraiment un grand moment, croyez-moi ! J'ai une voix atroce, mais ça ne fait rien, nous finissons toujours par nous tenir les côtes.

Je suis en train de mordre dans un won ton aux crevettes quand j'entends la porte du restaurant s'ouvrir derrière moi et que je sens un courant d'air frais sur ma nuque.

— Attends voir que…, commence Alison, mais elle s'interrompt au milieu de sa phrase, et son visage devient sérieux tout à coup.

— Qu'est-ce qui se passe ? dis-je en suivant son regard par-dessus mon épaule.

Là, à côté de toutes les femmes sur qui j'ai toujours pu compter, se tient la femme qui m'a abandonnée quand j'étais enfant.

Rien n'aurait pu me préparer à voir mon reflet dans le visage de ma mère. Je n'avais jamais réalisé à quel point nous nous ressemblions jusqu'à ce qu'elle fasse irruption dans le restaurant chinois, où elle se dresse devant moi et attend que je la salue. Vu sa réaction, il est clair que la ressemblance n'a pas échappé à Alison non plus. C'est bizarre. J'ai vu des tas de photos de ma mère, mais la similarité n'était pas aussi frappante sur les vieux clichés de papa qui datent des années 1970. Aucune photo n'était assez nette pour que je distingue suffisamment bien ses traits. Mais je le vois à présent.

J'ai pas mal bu ce soir, si bien que j'ai du mal à enregistrer tous les détails. Je finis par me concentrer sur un seul point : sa bouche qui ressemble exactement à la mienne, les mêmes lèvres pulpeuses, mais peintes en rouge. La pièce commence à tourner autour de moi.

— Jenny, dit-elle en tendant les bras, d'une voix légèrement chevrotante qui trahit sa nervosité malgré son attitude calme. Tu es superbe !

Je me détourne de ma mère pour regarder Alison, dont le visage inquiet me pousse à confirmer ses soupçons.

— Oui, c'est elle.

Ma voix est rauque.

— Je pense qu'il vaut mieux que je m'occupe de ça toute seule.

Quand je me retourne vers ma mère, j'entends Alison qui fait passer le message à mes amies tout en les conduisant doucement vers la sortie. J'ai vaguement conscience que les femmes avec qui je suis venue sont en train de partir ; je les suis du coin de l'œil. Elles chuchotent entre elles et rassemblent leurs affaires.

J'embrasse un visage familier, puis un autre, je sens des mains rassurantes sur mon bras et je les vois partir ensemble. J'entends Maggie me dire que je peux l'appeler plus tard, à n'importe quelle heure de la nuit, mais je ne réponds pas. Ma mère est toujours là et me regarde de la tête aux pieds.

— Tu es vraiment devenue une ravissante jeune femme, dit-elle en souriant.

Elle a le visage détendu, mais se tient un peu gauchement, ce qui me rappelle que nous devrions peut-être nous asseoir.

Quand je me tourne vers la table, elle est presque vide. Ma mère se glisse sur le fauteuil rembourré en face de moi, s'installe confortablement et prend mes mains dans les siennes. Elle a les yeux larmoyants.

— Tu es vraiment une adulte... dit-elle.

— Maman, dis-je d'une voix stridente qui ne ressemble pas du tout à celle que j'ai d'habitude.

Je sais instinctivement que c'est ma mère. Pourtant, je ne connais pas vraiment cette femme en face de moi. Elle a les cheveux clairs avec des mèches blondes presque blanches, ses lèvres sont maquillées, couvertes d'un rouge sombre, elle porte un pantalon en cuir, des bottes à talons et un chemisier bleu électrique froissé.

J'ai l'impression d'être invisible dans ma robe portefeuille gris anthracite, même avec mon gros collier vert et mes Jimmy Choo.

— Félicitations, Jenny.

Elle passe la main sous la table et me serre le genou. Elle sent le fond de teint séché et le parfum. Cette odeur ne fait remonter aucun souvenir d'enfance à la surface, comme je l'avais parfois vaguement imaginé.

— Tu t'es bien amusée ce soir ?

— Maman.

Je reprends peu à peu mes forces.

— Qu'est-ce que tu fais ici ?

Son visage s'assombrit un peu.

— Oh ! ma chérie !

Elle jette des coups d'œil autour d'elle et évite mon regard.

— Je sais que tu n'as pas répondu à mes mails, mais ce n'est peut-être pas la meilleure façon de communiquer. C'est tellement impersonnel, ce n'est pas du tout approprié pour reprendre contact, en fait.

Elle arrange quelques mèches de sa frange tout en parlant.

— Alors, quand j'ai appris qu'il y avait une petite fête en ton honneur, ici… En fait, Angie n'a pas voulu me dire où c'était, mais, quand elle a parlé d'un restaurant chinois, j'ai deviné que ça devait être ici… J'ai pensé qu'on pourrait se retrouver en tête-à-tête pour discuter, parler de tout comme il faut.

Elle fait signe au serveur de s'approcher.

— Une bouteille de rosé, monsieur, pour moi et la future mariée !

Honnêtement, j'ai beaucoup de mal à garder mon calme. Le serveur revient avec le vin et deux verres, et commence à nous servir.

— Tu vois, ma chérie, poursuit maman, quand tu auras mon âge, tu réaliseras que la vie est trop courte pour garder rancune. Il faut pardonner et oublier, avancer.

Elle lève son verre, et je lève automatiquement le mien pour trinquer avec elle.

— Ton père ne m'en veut pas… Pour Nigel, je veux dire.

Elle me regarde droit dans les yeux. Je reste bouche bée.

— Il me l'a dit au téléphone. Tout ça, c'est du passé, affirme-t-elle en haussant légèrement les épaules. On a toujours été très proches, toi et moi…, poursuit maman.

À ma grande surprise, je décèle sous son air assuré l'aveu d'un manque. Je viens de prendre une gorgée de vin doux et sucré et, quand je l'entends parler ainsi, je manque de m'étrangler.

— C'était il y a plus de vingt ans, maman, dis-je. On était peut-être très liées alors, mais je ne suis plus la même à présent.

J'ai l'impression d'avoir le cerveau complètement imbibé.

— Et, au fait, qu'en est-il de Chris ? Tu l'as complètement oublié ou quoi ?

— Oh ! chérie, dit-elle en tirant sur le jabot de son chemisier. Tu sais que ce n'est pas la même chose avec les garçons. Les filles et leurs mamans ont une relation spéciale, quoi qu'on en dise. C'est pour ça que c'est si particulier d'avoir une fille.

— Vraiment ? Papa semble penser que nous sommes tous les deux spéciaux. Et il sait de quoi il parle, étant donné que c'est lui qui nous a élevés.

Peu à peu, je reprends confiance et je soutiens son regard, même si je sens qu'elle a envie de détourner les yeux.

— Tu penses vraiment qu'il faut ressasser le passé, Jennifer ? dit-elle en se trémoussant sur son siège.

— Chris fait partie du présent, pas du passé, maman. Et on est inséparables, tous les deux. C'est ton départ qui en est la cause : il nous a encore plus rapprochés. Si tu veux redevenir une mère pour nous, ou jouer un rôle dans notre vie, il faudra nous prendre tous les deux. Ou pas du tout.

— Mais, chérie, je pensais que nous pourrions nous tourner vers l'avenir, comme tu le fais avec… David, c'est ça ?

— Dan, je rectifie.

— Oui, regarder vers l'avenir et tout ce que tu vas vivre. J'ai dit à Nige : « C'est maintenant ou jamais. Ma petite fille a grandi, c'est une femme à présent. »

Je me lève.

— Tu sais quoi ? Tu as raison, maman. Je n'ai pas l'intention de ressasser le passé, pas du tout. C'est pour ça que je n'ai pas répondu à tes messages. Et c'est aussi pour ça que je ne veux pas te voir à mon mariage.

Je reste debout, plantée devant la femme dont l'absence a tellement marqué ma vie.

— J'aurais peut-être dû préciser que je ne voulais pas que tu viennes gâcher ma soirée d'enterrement de vie de jeune fille, mais j'ai cru que tu serais capable de t'en rendre compte.

La femme, qui est ma mère, mais qui m'est complètement étrangère, ne trouve rien à dire cette fois. Je prends mon manteau, mon sac et quitte le restaurant.

Une fois dans le taxi, j'appelle Dan. Le restaurant n'est qu'à dix minutes à pied de la maison, mais il pleut des cordes et en plus j'ai mal aux pieds. Dan se remet à la maison de sa soirée d'enterrement de vie de garçon qui a eu lieu hier. Quand je sors du taxi, il m'attend sur le perron devant la porte d'entrée ouverte, le visage inquiet.

— Jen, ça va ?

Mon Dieu, qu'est-ce que ça m'énerve parfois quand les gens disent ça ! Quand il me prend dans ses bras, je me mets immédiatement à sangloter et j'y vais franchement. Il m'accompagne en haut et me fait asseoir sur notre canapé avant d'aller me chercher un de ses sweats à capuche pour me réchauffer.

Il me serre dans ses bras pendant que je pleure, puis me force à lever le menton pour me regarder. Il comprend immédiatement que ce n'est pas une tasse de chocolat chaud qui va me consoler.

— Elle n'a pas posé une seule question sur moi ou Chris, dis-je quand mes sanglots finissent par se calmer. Elle a parlé comme si nous devions reprendre les choses là où nous les avions laissées. Mais c'était il y a deux décennies, Dan. Vingt ans ! Qu'est-ce qu'elle s'imagine ?

Dan caresse mes cheveux et me tient tout contre lui.

— Bon sang ! dit-il. Je n'en reviens pas qu'elle soit venue à ton enterrement de vie de jeune fille.

— Je sais, dis-je en tentant de sourire. Je me suis vraiment éclatée ce soir. Les filles de l'école se sont déplacées exprès pour moi, certaines sont venues de Londres, d'autres de Bournemouth. Et le mieux, c'est qu'il n'y avait pas une seule paille en forme de zizi en vue ! On était sur le point d'aller faire du karaoké..., et voilà qu'elle se pointe et vient tout gâcher. Je ne sais même pas si je l'aime, Dan. C'est vraiment une étrangère pour moi. Je n'ai strictement rien à lui dire.

— Pourquoi ce soir ? dit Dan en secouant la tête. Désolé, chérie, je ne veux pas en rajouter une couche, mais je ne peux pas m'empêcher de lui en vouloir, même si je ne la connais pas. Je déteste te voir triste.

Il essuie une larme qui coule sur ma joue.

— Je ne comprends pas comment elle a fait pour croire que c'était une bonne idée de faire irruption au beau milieu de ta fête !

— Elle est comme ça, Dan. Papa nous a dit l'air de rien que, quand elle vivait encore avec nous, la vie était plutôt imprévisible. Il a dit qu'elle avait tendance à faire les choses quand ça l'arrangeait, plutôt que quand il fallait les faire. Je sais qu'il essaie de ne rien dire de négatif sur son compte, mais je suis sûre qu'il devait être pris dans un véritable tourbillon à l'époque. Peut-être que, quand l'ex de maman a repris contact avec elle, elle s'est laissé emporter par cette idylle. J'en sais rien. Et peut-être qu'elle est venue à mon enterrement de vie de jeune fille parce qu'elle aimait l'idée de grandes retrouvailles avec moi, devant un public.

— Elle a l'air complètement différente de Chris et toi, fait remarquer Dan. Ou de ton père, d'ailleurs. J'ai du mal à croire qu'ils aient pu vivre ensemble.

— Oui, même si je pense qu'ils se sont vraiment aimés. Il dit qu'elle arrivait à le faire sortir de sa coquille et qu'ils étaient comme l'eau et le feu, mais qu'il n'aurait pas aimé avoir une femme comme lui.

— Je le comprends. Il n'y aurait rien de pire à mes yeux que d'être marié avec une femme comme moi, dit Dan en marquant une pause pour y réfléchir. Non, je suis vraiment plus heureux avec la femme que je vais bientôt épouser.

Dan m'embrasse, me prend par la main et me conduit dans notre chambre. Il sort mon pyjama Gruffalo de l'armoire. C'est mon préféré. Pendant que je me change, il me parle de sa soirée, des DVD qu'il a regardés.

Il se met sous la couette, la soulève pour que je me glisse à côté de lui et me tient dans ses bras jusqu'à ce que je m'endorme. Je sais que maman doit être encore quelque part à Charlesworth, mais je sais aussi que, tant que je suis dans les bras de Dan, elle ne peut pas m'atteindre.

31

Alison

— Qui veut des viennoiseries ? demande Alison en passant la tête par la porte de la chambre de Jenny et en brandissant un sac en papier blanc.

Jenny était assise dans son lit, toujours en pyjama, bien au chaud sous la couette, un magazine appuyé sur ses genoux. Les stores étaient baissés, ne laissant filtrer que quelques rayons de lumière dans la pièce, et le radio-réveil diffusait de la musique en sourdinc. Les yeux de Jenny faisaient penser à ceux d'un panda. Ils étaient cernés de noir à cause du mascara qui avait coulé. Ses cheveux blonds étaient attachés, mais sa queue de cheval était un peu en bataille.

— Salut, Alison, dit-elle, l'air un peu surpris. Entre, assieds-toi.

Elle tapota sur la couette pour l'aplatir un peu.

— Désolée, c'est un peu le bazar ici.

Alison s'assit sur le lit en repliant les jambes sous ses fesses.

— J'espère que ça ne te dérange pas que je fasse irruption comme ça chez toi. Dan m'a laissée entrer. Il m'a dit qu'il allait faire des courses.

— Non, non, je suis contente de te voir. Attends, je vais chercher une assiette, dit Jenny en regardant le sachet en papier.

Elle se redressa pour se lever.

— Reste où tu es, ordonna Alison en levant la main pour lui faire signe de ne pas bouger. Je vais en chercher une, ajouta-t-elle en faisant un clin d'œil.

Alison revint quelques secondes plus tard avec une assiette et posa les viennoiseries dessus. Elle tendit à Jenny un croissant aux amandes et en prit un au beurre pour elle.

— Je n'avais pas envie de te laisser hier soir, dit Alison. Mais j'ai eu l'impression que tu avais besoin d'être seule avec ta mère.

— Ne t'en fais pas, tu as eu raison !

Jenny grignota un minuscule bout de croissant.

— On a beaucoup de choses à se dire.

La voix de Jenny se brisa, et Alison vit qu'elle était au bord des larmes.

— Mais, en fait, on ne s'est pratiquement rien dit. Je ne veux pas, pas tant que je ne saurai pas si elle regrette ce qu'elle a fait. Mais elle n'a pas l'air d'avoir le moindre remords, Ali. Elle n'a cessé de dire qu'il fallait regarder vers l'avenir et pas ressasser le passé. Et je n'ai pas l'impression que Chris fasse partie de sa vision de l'avenir, justement.

— Vraiment ? Ça paraît incroyable ! dit Alison en secouant doucement la tête. C'est le genre de fils dont n'importe quelle mère serait fière.

— Tu prêches une convertie, Ali, fit remarquer Jenny en ébauchant un sourire bien pâle à côté de celui qu'elle décochait habituellement. Chris est tout ça et bien plus encore. Si, de l'extérieur, on pourrait penser que c'est papa et moi qui l'assistons, c'est plus souvent l'inverse qui est vrai.

— Alors, qu'est-ce que tu lui as dit ? demanda Alison.

— Ce que je viens de te dire : que je n'étais pas prête pour lui parler et que je ne voulais pas d'elle à mon mariage. J'ai été plutôt claire. Ensuite, je suis partie.

— Tu as eu raison, approuva Alison. Si j'avais laissé les filles, si j'étais partie quand elles étaient petites… Je ne comprends pas comment elle a pu s'imaginer que tu allais l'accueillir à bras ouverts sans lui demander des comptes. Elle a renoncé à ton amour en quelque sorte pendant toutes ces années. Elle ne voit donc pas qu'elle doit d'abord le reconquérir ?

— Elle dit que papa lui a pardonné. Je pense qu'elle a cru qu'avec moi, ça serait pareil. Mais, si papa ne lui en veut pas, c'est parce qu'il n'a jamais cessé de l'aimer. Je parie qu'il nourrit encore quelques espoirs, même après toutes ces années. Il pense peut-être qu'ils vont trouver un moyen de se raccommoder.

— Sa décision lui appartient. Et la même chose vaut pour toi. Tu lui as fait comprendre ce que tu ressentais, et c'est important.

— Je sais, admit Jenny. Et c'est terminé maintenant.

Elle avait le regard vide.

— Pense à ton mariage qui approche. Plus que deux semaines maintenant. Et tu vas épouser un type formidable ! dit Alison avec un grand sourire. Si on se concentrait plutôt sur cet heureux événement ?

Jenny hocha la tête sans dire un mot, puis couvrit ses yeux avec sa main, comme pour s'empêcher de pleurer. Alison s'approcha et la prit par le cou.

— On dirait qu'il y a autre chose, Jen ? Tu ne m'as pas tout dit !

— C'est juste que je ne suis plus du tout impatiente de me marier, Ali. Tout mon enthousiasme a disparu. Je me sens vide, c'est tout.

Alison caressa les cheveux de son amie.

— Il y a une question qui me hante, poursuivit Jenny en prenant une profonde inspiration. Et si Dan et moi avons des enfants et que je fais la même chose ?

Elle parla lentement en pesant chaque mot.

— Et si je n'arrive pas à me poser, moi non plus. Et si, malgré tout l'amour que je ressens pour lui aujourd'hui, j'arrête d'aimer Dan un jour, tout comme elle a cessé d'aimer papa ?

Jenny se tourna vers Alison pour la regarder droit dans les yeux.

— Elle nous a quittés, et j'ai hérité pour moitié de ses gènes.

— Peu importe d'où viennent tes gènes, Jenny. Tu es une personne unique. Et tu te connais mieux que quiconque. C'est tout à fait normal d'avoir ce genre de doutes avant de s'engager pour toute une vie.

Alison donna une petite tape sur le bras de Jenny. Quelques instants plus tard, Alison se leva, s'approcha de la fenêtre et ouvrit les stores d'un coup. Le soleil entra à flots dans la pièce. Jenny se mit à gémir, aveuglée par la lumière.

— Allons, Jenny, tu n'es pas un vampire, que je sache ! Il est plus de midi. Même Holly et Sophie ne traînent plus en pyjama à cette heure.

Jenny baissa les yeux et regarda son haut de pyjama. Pour combler le tout, il y avait désormais un petit morceau de pâte d'amandes collé dessus.

— Allez, va faire un petit séjour sous la douche, dit Alison en montrant la porte et en ignorant le regard implorant de Jenny. Pendant ce temps, je vais ranger un peu et, après, j'aimerais te présenter quelqu'un.

— Et voilà à quoi ressemblait l'école à l'époque, dit Ruby en montrant à Jenny la photo en noir et blanc d'une classe. Jenny posa les yeux sur la photo de l'endroit où allait se dérouler son mariage, et Alison regarda pardessus son épaule. De petits garçons en short et de petites filles coiffées de nattes étaient alignés devant un grand tableau noir pour la photo de classe.

— Et voilà notre Jimmy, dit Ruby en remontant ses lunettes de lecture sur son nez et en montrant un garçon avec des taches de rousseur au premier rang. Il venait tout juste d'entrer à l'école et ça se voit, vous ne trouvez pas ? Il était un peu nerveux, le pauvre trésor.

Jenny, Alison, Jamie et les Spencer étaient assis à une table dans le café de Jamie – ou plutôt le chantier qui allait devenir le café de Jamie.

Il y avait encore beaucoup de travaux en cours : des caisses et des échelles étaient appuyées contre les murs, le sol était recouvert de poussière de plâtre, mais l'endroit commençait à prendre forme. Il y avait des tables et des chaises disparates vers les fenêtres, un tableau noir pour inscrire le plat du jour sur le comptoir et une caisse enregistreuse qu'il ne restait plus qu'à brancher. Pendant qu'elles se rendaient au café à pied, Alison avait parlé à Jenny de ses activités du matin : elle avait aidé Jamie à débarrasser le grenier de Ruby et Derek et avait transporté les meubles jusqu'ici à l'arrière de sa voiture.

Jamie avait insisté pour que Ruby et Derek viennent voir où leurs affaires allaient atterrir. Ruby avait accepté avec enthousiasme et elle avait pris quelques vieux albums photo avec elle.

— Il y a de tout là-dedans, avait-elle dit. Ça vous donnera peut-être des idées pour décorer votre intérieur.

Pendant qu'Alison était allée chercher Jenny, Jamie s'était assis pour regarder les albums avec eux.

— Vous allez vous marier dans l'ancienne école, n'est-ce pas ? demanda Derek en levant les yeux vers Jenny et en montrant la photo des premiers jours à l'école du petit Jimmy.

— Oui, répondit Jenny.

Alison entendit à sa voix que les larmes n'étaient pas loin, mais elle avait déjà bien meilleure mine que ce matin. Elle avait mis un jean moulant gris et un t-shirt blanc avec un gilet violet. Elle s'était fait un brushing, et Alison avait fini par hocher la tête, estimant qu'elle pouvait désormais se montrer en public.

— Et regardez celle de l'hôtel de ville, dit Ruby en faisant passer une photo de l'endroit où Dan et Jenny allaient se marier civilement. La photo était prise de loin, mais le bâtiment n'avait pas l'air d'avoir beaucoup changé depuis.

Ruby sourit.

— Regardez bien, dit-elle.

Alison et Jenny plissèrent les yeux pour mieux distinguer les silhouettes sur les marches. C'étaient des enfants, mais il ne s'agissait pas d'une photo de classe officielle. Ils portaient des cartables et autre chose qu'elles n'arrivaient pas vraiment à distinguer.

— Vous voyez les masques à gaz ? dit Ruby. C'est là qu'arrivaient les évacués de Londres. Ceux-là venaient tout juste de descendre du train.

— Je n'étais pas là, à l'époque, bien sûr, intervint Derek, mais Charlesworth en a accueilli pas mal, n'est-ce pas, Ruby ?

— Oui, confirma Ruby. Ils venaient de Londres, et les familles d'ici les ont accueillis dans leur foyer. C'était un sacré changement pour notre petite ville. Mais beaucoup de familles se sont réjouies de prendre ces enfants. J'ai entendu qu'il y avait même eu des idylles : une fille de Londres a épousé un garçon d'ici.

— Comme c'est mignon ! dit Alison avant de prendre

un des albums photo et de tourner les pages. Ces pubs sur le mur sont super ! s'exclama-t-elle en sortant une photo d'enfants qui jouaient près de la rue principale.

Des publicités pour des produits de nettoyage et des tampons Jex étaient peintes sur le mur en briques.

— On pourrait peut-être faire quelque chose dans le genre ici, dit-elle en regardant l'arrière-cour vide.

Derek et Jamie s'étaient mis à parler de l'installation électrique et ils se levèrent, laissant les femmes entre elles autour de la table. Ils se dirigèrent vers les douilles d'où pendaient encore des fils et, quand Derek se pencha pour regarder de plus près, Alison l'entendit donner quelques conseils à Jamie.

Ruby se tourna alors vers Jenny.

— Je suppose que vous êtes heureuse de vous marier et impatiente aussi.

Jenny hocha la tête, mais des larmes perlèrent à ses yeux.

— C'est normal que vous soyez un peu nerveuse, dit-elle gentiment. C'est une étape très importante. Alison le sait aussi bien que moi, n'est-ce pas ?

Alison sourit et ajouta.

— Oui, et, les bons jours, on a l'impression que c'est la meilleure décision qu'on ait jamais prise.

— Je sais que Dan est l'homme de ma vie, dit Jenny. Mais je ne peux m'empêcher de me demander si je vais être à la hauteur. Si je vais être assez forte pour préserver mon mariage.

Elle regarda Ruby. Entre elles, il y avait les photos rappelant les décennies que Ruby et son mari Derek avaient passées ensemble, des visages d'enfants souriants, des bougies sur des gâteaux d'anniversaire, des châteaux de sable au bord de la mer.

— Eh bien, moi j'étais vraiment heureuse d'épouser

Derek, mais ça ne m'a pas empêchée d'avoir des doutes, dit Ruby. Vous savez ce qui nous a toujours fait tenir ? poursuivit-elle.

Alison et Jenny écoutaient attentivement.

— Le hachis Parmentier du mardi.

Jenny inclina la tête, pas certaine d'avoir bien compris.

— Et je lui apporte ses journaux tous les matins. Vous voyez ? Ce n'est pas la peine de vous demander comment ça va être, parce que ce n'est pas comme ça que ça marche. Mais Derek me prépare un thé tous les après-midi, et j'attends cet instant tous les jours. Et, depuis que les enfants ont quitté la maison, nous faisons de la danse de salon tous les samedis, nous jouons au scrabble avec des amis le lundi soir et nous regardons notre feuilleton ensemble le dimanche après-midi. Depuis le premier jour de notre mariage, nous avons nos habitudes, nous prenons un moment çà et là pour faire quelque chose l'un pour l'autre.

Jenny et Alison écoutaient Ruby avec attention.

— Quand on vieillit, on s'aperçoit que ce qu'on prenait pour des détails, des choses insignifiantes, s'avère être ce qui compte le plus.

32

Jenny

— Et voilà ! dit Maggie en posant nos cafés et du cake au citron sur la table en plastique.

Nous sommes de retour à la buvette de la brocante, assises sur des chaises de jardin et entourées de femmes d'un certain âge vêtues de robes colorées qui discutent ensemble. Nous avons décidé de remettre à un peu plus tard dans la journée notre chasse aux bonnes affaires.

— Ali m'a dit que tu te sentais un peu mieux ? demande Maggie en s'asseyant et en me regardant gentiment. Je n'en reviens toujours pas que ta mère ait fait irruption en plein milieu de ta soirée d'enterrement de vie de jeune fille ! Du coup, la fin était un peu dramatique.

— Elle a l'air d'affectionner les situations dramatiques, dis-je. Mais je pense qu'elle a fini par comprendre le message maintenant. Et tu sais quoi ? Avant son apparition, j'ai apprécié chaque instant de cette soirée, et c'est de ça que je me souviendrai au bout du compte. Alors, merci d'être venues, toutes les deux.

— On a bien rigolé, fait remarquer Maggie.

Elle prend une pleine fourchette de cake, et un sourire malicieux apparaît sur son visage.

— Au fait, il m'est arrivé quelque chose de très particulier la semaine dernière.

— Il a appelé ?

Je suis presque un peu déçue. Je n'ai pas envie de voir Maggie vivre une rupture interminable avec des va-et-vient incessants comme ce que Jon a fait subir à Chloé.

Maggie sourit sans en dire davantage.

— J'espère qu'il a l'intention de faire amende honorable, intervient Alison. Qu'est-ce qu'il a dit ? Il a dû sacrément s'excuser.

— Dylan ?...

Maggie se met à rire et secoue la tête.

— Oui, bien sûr, il a appelé, plein de fois, même. Mais je n'ai jamais décroché, et maintenant j'ai bloqué son numéro. Il est certainement de retour aux États-Unis, et, franchement, bon débarras !

Quel soulagement ! Je constate qu'Alison a le visage beaucoup moins tendu, elle aussi.

— Alors quoi ?

J'ai tellement envie de savoir, que j'avance jusqu'au bord de la chaise.

— Quelqu'un d'autre, annonce Maggie en laissant les mots faire leur effet.

— Qui ? demandons-nous en chœur.

Malgré notre différence d'âge de près de vingt ans, Alison et moi sommes aussi impatientes l'une que l'autre.

— Eh bien, commence Maggie. C'est ridicule ! Complètement inconscient ! Et beaucoup, beaucoup trop tôt. Ça ne nous mènera nulle part.

— Qui ? répète Alison.

— Mais je m'amuse bien, poursuit Maggie, et je n'ai aucune intention de me brûler les ailes cette fois. Je saurai me protéger pour ne plus souffrir. Alors, si au départ j'ai un peu paniqué, je me dis maintenant que je n'ai rien à perdre au fond.

Elle surprend le regard inquisiteur d'Alison et finit par céder.

— Il est beau, créatif, la plupart du temps terreux, et plus jeune que moi, avoue-t-elle, les joues écarlates.

Je me creuse la tête. Qui peut bien intéresser Maggie ? Elle était tellement absorbée par Dylan jusqu'à présent que je ne me souviens pas de l'avoir entendue mentionner un autre homme.

— Vous vous souvenez d'Owen ? Je vous ai parlé de lui, je crois, dit Maggie au bout de quelques secondes qui m'ont semblé interminables. Le jardinier paysagiste, celui du mariage de Darlington Hall ?

— Oui, dis-je, un peu déconcertée. L'arrogant, celui que tu méprises et qui transforme ta vie professionnelle en enfer ?

— Oui, lui, répond-elle. En fait, il se trouve qu'on ne se déteste pas tant que ça, finalement. On a d'ailleurs failli se faire surprendre dans les bois derrière Darlington Hall en train de ne pas se détester tant que ça, la semaine dernière.

Elle sourit en rougissant.

— On s'est…, euh…, un peu laissé emporter pendant qu'on réfléchissait au tracé d'un chemin balisé avec des guirlandes électriques pour les invités de Jack et Lucy…, quand le jardinier est passé par là…

— Maggie, mais c'est un vrai scandale ! s'exclame Alison en tapant dans ses mains. Bravo !

— Je suis contente pour toi, tu le mérites, dis-je. Alors, il a quel âge ?

— Il a trente et un ans. Mais je trouve qu'il est beaucoup plus mûr que moi. J'ai réalisé que je ne suis pas si adulte que ça après tout.

Maggie a bel et bien l'air beaucoup plus jeune tout à coup.

— Il assume parfaitement ce qu'il est et ne cherche pas à tricher. Du coup, moi aussi, j'ai l'impression que je peux être vraiment moi-même quand je suis avec lui, dit-elle.

Maggie boit une gorgée de café et repose sa tasse.

— Certes, c'était vraiment romantique d'être de nouveau avec Dylan et de rêver que nous pourrions effacer tout ce qui n'allait pas entre nous. Pourtant, je n'ai pas pu m'empêcher d'avoir des doutes pendant cette période. Cette relation dépendait finalement trop de tout ce qu'il fallait améliorer. On savait qu'on ne pouvait plus fonctionner comme avant, mais on a fini par tout gâcher. J'ai réalisé que ça n'avait plus du tout d'importance, dit Maggie en souriant. Et je me fiche complètement de ce que pensent les autres, parce que c'est en faisant des erreurs qu'on apprend dans la vie, n'est-ce pas ? Je crois que j'avais un peu oublié tout ça. Et cette..., cette histoire avec Owen ne nous mènera nulle part. C'est juste pour nous amuser un peu. On le sait tous les deux. Mais *l'alchimie*, ça, c'est autre chose. Je me sens si jeune.

— Dis donc, ça fait rêver ! lance Alison en lui faisant un clin d'œil. Qu'est-ce que je ne ferais pas pour revivre ça, dit-elle avec mélancolie avant de se mettre à rire. Je suis contente pour toi, Maggie. Et en fait, tu sais quoi ? Je serais plus jalouse, mais, depuis que Pete a retrouvé du travail, j'ai presque l'impression qu'on vient d'entamer une nouvelle relation, tous les deux. Il y a des jours où je suis vraiment impatiente qu'il rentre à la maison pour pouvoir l'entraîner dans la chambre avant que les filles ne reviennent de leurs activités périscolaires.

— Ali, c'est génial, dis-je en me réjouissant sincèrement pour elle. Si j'avais su qu'une grille budgétaire aurait un tel effet sur ta vie sexuelle, je te l'aurais envoyée bien plus tôt.

Alison et Maggie rient. Mais voilà qu'une question me turlupine.

— Maggie, attends. Revenons-en à Owen. Je croyais qu'une partie de ton problème avec lui venait du fait qu'il refusait de coopérer pour l'article dans *It Girl.* Il a fallu que tu cèdes sur ce point ?

Maggie peut se montrer très obstinée quand il s'agit de Bluebelle, et j'ai du mal à croire qu'elle n'ait tout à coup plus du tout les mêmes priorités. Cet article, c'est vraiment une sacrée opportunité pour elle.

— On a trouvé un compromis, répond Maggie en faisant un clin d'œil. C'est dingue tout ce qu'on peut obtenir d'un homme quand on est dans le bain avec lui.

Alison feint d'être choquée, puis se met à rire.

— Mais sérieusement, poursuit Maggie, il tient beaucoup à son engagement pour l'environnement, et je le comprends mieux à présent. On est donc arrivés à un accord. Il veut bien continuer à préparer le mariage, même avec l'exclusivité pour le magazine, à condition qu'il ait un droit de regard sur la provenance des fleurs. Il aimerait qu'elles soient issues du commerce équitable et qu'elles viennent d'exploitations qui respectent l'environnement, de sorte que sa marque ne soit pas associée à des pratiques qu'il condamne.

— Ça me paraît tout à fait raisonnable, dit Alison. Et c'est certainement une bonne chose pour ton commerce aussi. Les gens se soucient de plus en plus de l'environnement aujourd'hui. Pete est complètement obsédé par son carré de jardin.

— Tu as raison, admet Maggie. D'ailleurs, Anna n'arrêtait pas de m'en parler, mais je n'ai jamais vraiment pris le temps de me pencher sérieusement sur la question et, pour être honnête, je ne savais pas vraiment comment m'y prendre. Mais si Owen se charge du travail sur le terrain, je ne vois pas pourquoi je m'y opposerais.

Elle hausse les épaules.

— J'ai aussi réussi à le convaincre qu'un peu de publicité visant le bon public pourrait lui ouvrir des portes et lui offrir des occasions intéressantes. Un ou deux projets bien lucratifs lui donneraient la possibilité de participer à des actions bénévoles pour la communauté ou des œuvres de charité. Il y a une initiative à laquelle il s'intéresse tout particulièrement : il aimerait travailler avec les chômeurs de longue durée pour les aider à développer leurs compétences et à reprendre confiance en eux grâce au jardinage. Je lui ai fait remarquer que, s'il s'occupait de l'aménagement du jardin d'une femme de footballeur ou de toute autre célébrité, il aurait suffisamment d'argent pour aider les chômeurs à retravailler, et il a fini par s'enthousiasmer pour mon idée.

— Oui, c'est une façon intéressante d'envisager les choses, approuve Alison.

— Tout à fait, dis-je. Bon, les filles, maintenant qu'on a bien papoté, je me sens prête pour la chasse aux bonnes affaires. Qu'est-ce que vous en dites ?

Les deux femmes hochent la tête, et Alison finit son café.

— On s'est bien débrouillées, les filles, dit Maggie. Mais il nous manque encore deux tasses pour avoir le compte.

Alison laisse échapper un petit rire.

— Je sais à quel point il est important pour Jenny et toi d'atteindre vos objectifs chiffrés. Loin de moi l'idée de vous en empêcher. Allons voir les stands, les filles.

Elle se lève, puis s'arrête quelques secondes, l'air pensif.

— Mais, sérieusement, quand on y pense, c'est incroyable. Il ne nous manque plus que deux tasses à deux semaines de la date fatidique.

— Tu as raison, fait Maggie.

Et nous levons nos tasses en carton pour trinquer en sachant que, dans deux semaines, je vais me marier, qu'il y aura plein de tasses à thé vintage et qu'on pourra trinquer à notre succès d'une façon beaucoup mieux appropriée.

Nous sortons du chapiteau, et je plisse les yeux en regardant le soleil. Ce matin, quand je suis partie, il pleuvassait. Mais maintenant, la pluie a cessé et tout – des perles de pluie sur l'herbe, aux feuilles vertes épaisses des platanes – scintille. Alison s'étire comme un chat à côté de moi et renoue le foulard rouge qu'elle a mis dans ses cheveux.

Nous entendons soudain une drôle de voix derrière nous.

— Aidez-moi ! Je suis coincée.

Alison et moi échangeons un regard, puis nous retournons. Maggie est toujours à l'entrée du chapiteau, et ses talons sont enfoncés dans le sol mouillé. Quel spectacle ! Une femme élégante, de la tête aux chevilles uniquement, vêtue d'une robe droite lilas et d'un foulard blanc, mais embourbée d'une façon pas très digne.

Ali et moi nous approchons de Maggie, prenons un côté chacune et la laissons s'appuyer sur nous pendant que nous nous attaquons aux racines du problème.

Nous en rions encore quand nous arrivons sur le parking. Nous nous sommes arrêtées près d'un stand, et j'ai tout de suite reconnu l'exposant : c'était l'homme qui nous a vendu le premier service à thé, le voisin de Ruby et de Derek. Je suis pratiquement sûre qu'il nous a reconnues quand il nous a vues toutes les trois. Alison et Maggie ne l'ont pas remarqué et sont allées au stand suivant où il y avait plein de vaisselle. J'ai traîné un peu et j'ai pris une broche incrustée de pierres vertes.

Ce n'est qu'un bijou fantaisie, mais il sera parfait pour Maggie. Je voulais lui offrir un petit quelque chose pour la remercier, car elle m'a vraiment fait une offre intéressante pour les fleurs du mariage.

— Ça vous fera sept livres cinquante, ma petite dame, me dit le vendeur.

Je lui tends un billet de dix, il me rend la monnaie et me donne un sac en papier avec la broche à l'intérieur.

— Merci, dis-je en lui souriant avant d'aller rejoindre mes amies.

Nous avons trouvé les deux dernières tasses pour notre collection au stand juste à côté de l'église. Il était tenu par une mère et sa fille. Quand elles nous ont parlé d'une voix pleine d'entrain du samedi tranquille où elles ont décidé qu'il était temps de faire un gros tri dans leurs affaires, j'ai eu un petit pincement au cœur.

J'ai imaginé des rires avec la radio en toile de fond pendant qu'on ouvrait des cartons, qu'on les vidait, qu'on redécouvrait les trésors de son enfance.

Pourtant, ce sentiment de manque est fugace. Après tout, je n'ai jamais connu cette complicité avec ma mère, ou uniquement pendant les premières années de ma vie ; alors, comment pourrais-je avoir la nostalgie de quelque chose que nous n'avons jamais eu, même si je l'ai laissée revenir dans ma vie. Et alors que cette mère semble affectueuse et tendre, la mienne a prouvé qu'elle ne se souciait que d'elle-même.

— Voilà qui ferait de magnifiques bougies, a dit Maggie en soulevant deux tasses avec un liseré argenté et ornées de lavande sur les côtés.

— Marché conclu. Nos deux dernières ! ai-je dit d'un ton triomphant pendant que la fille enveloppait nos nouvelles acquisitions dans de l'emballage à bulles qu'elle a scotché au sommet.

Maggie, Alison et moi n'avons pu résister à l'envie de faire « Tope là ».

C'est moi qui arrive à la maison la première, après avoir croisé en chemin les acheteurs du samedi, et j'attache mon vélo à la grille avant le retour de Dan qui, comme tous les samedis, est allé jouer au foot. Je m'installe devant la télé sur le canapé. Une demi-heure plus tard, j'entends un bruit sourd quand Dan ouvre la porte. Il est tout transpirant et boueux dans sa tenue de sport.

— Hé !

Je me lève d'un bond et me précipite vers lui pour glisser une feuille de papier journal sous ses baskets qu'il s'apprêtait à poser sur notre moquette crème.

— Ah ! ah ! dis-je, satisfaite de mon intervention.

— Tu vois, c'est en forgeant qu'on devient forgeron, dit-il en me faisant un clin d'œil.

Je lui fais ma plus belle grimace de poissonnière, et il m'embrasse comme ça.

— On ne mettra pas une moquette beige quand on déménagera. C'est incompatible avec toi et le chiot. Sinon, je vais passer mes journées à nettoyer.

— Quand est-ce qu'on pourra aller le récupérer chez Ali ? demande Dan.

— Pas avant trois semaines. Papa a pratiquement fini la niche.

Nous sommes allés voir la portée de Cassie et George la semaine dernière, et nous avons vu d'adorables petites boules de poils marron se tortiller et grimper sur leur mère dans la cuisine de la voisine d'Alison. Papa, Dan et moi sommes immédiatement tombés amoureux d'un chiot avec un museau rose. Il s'est tout de suite avancé vers nous en se dandinant, et c'est comme si c'était lui qui nous avait choisis plutôt que l'inverse. Papa est impatient de le ramener chez lui, et je commence à me demander si nous n'allons pas finir par nous battre pour la garde du chien le jour où nous emménagerons dans une maison avec jardin et où nous voudrons le récupérer.

— Comment c'était, le foot ?

Ma question rituelle du samedi.

— J'ai marqué, dit Dan en souriant. Et on les a battus trois à zéro.

— Bravo ! dis-je en l'embrassant de nouveau.

J'aperçois une enveloppe blanche dans ses mains.

— Qu'est-ce que c'est ?

Il me la tend, et je vois qu'elle m'est adressée.

— C'est Joe de l'étage au-dessous qui me l'a donnée. Il a dit qu'elle était arrivée chez eux par erreur.

— Ah bon, dis-je en la posant sur le buffet.

Quand je lève la main, j'aperçois l'écriture sur l'enveloppe. Mes jambes ne me soutiennent plus tout à coup.

— Je ne vais pas l'ouvrir, dis-je en secouant la tête pendant que Dan s'assoit à côté de moi sur le canapé. Il n'en est pas question.

— Très bien, dit Dan en haussant les épaules et en posant sa main sur mon épaule. Si tu ne veux pas, tu n'es pas obligée de le faire.

Je regarde l'enveloppe appuyée contre l'accoudoir du canapé. Le silence qui s'installe entre Dan et moi semble durer une éternité. Finalement, il lève les yeux vers moi, mais je continue à regarder droit devant moi. J'évite de croiser son regard. Puis il met ses pieds sur la table basse et prend la télécommande.

— Dan ! dis-je d'un ton sec.

— Quoi ? demande-t-il après avoir sursauté légèrement. Qu'est-ce que j'ai fait ?

— Tu ne peux pas… Écoute.

Je prends la lettre et la lui lance.

— Ouvre-la, lis-la-moi.

Il hausse les sourcils sans vraiment comprendre les émotions contradictoires qui me rendent agressive.

— S'il te plaît, dis-je en plissant le nez pour m'excuser. Si ça ne te dérange pas. Je ne pense pas pouvoir le faire moi-même.

— Bien sûr, dit Dan en prenant doucement l'enveloppe.

Je le vois ouvrir la lettre, je l'entends déchirer le papier de l'enveloppe et je sens les muscles entre mes épaules se contracter.

— Jen, essaie de te détendre, dit Dan en me voyant si tendue.

Il caresse ma jambe. Je réalise que je suis assise droite comme un I. Je remue les épaules pour enlever la tension et j'essaie de m'installer plus confortablement sur le canapé.

— Je suis bien, dis-je en sachant pertinemment que je ne suis pas franchement convaincante. Qu'est-ce qu'elle dit ?

— *Chère Jenny*, commence Dan tout en comptant les pages. Bon sang, elle a écrit un vrai roman ! s'exclame-t-il en ouvrant de grands yeux.

Je sens qu'il essaie de détendre l'atmosphère, mais je m'impatiente. Je lui lance un regard noir, et il reprend sa lecture.

— *Je suis vraiment désolée de t'avoir contrariée l'autre jour.*

Dan essaie de garder un ton neutre, même s'il est encore plus en colère contre ma mère que moi, si c'est possible.

— *J'ai parlé à Nige*… Qui est Nige ? demande-t-il.
— Son compagnon, je crois. Vas-y, continue.
Dan hausse les épaules et poursuit.
— *Il m'a fait comprendre que je m'y suis mal prise. Je n'aurais pas dû venir à ton enterrement de vie de jeune fille.*
Il hoche la tête.
— *Je n'aurais peut-être jamais dû reprendre contact. Mais je voulais tout simplement te reparler. Tu es toujours ma petite fille, même après tout ce temps.*
Dan doit voir que j'ai les yeux embués de larmes parce qu'il s'arrête.
— Tu veux lire le reste toute seule ?
Je hoche la tête et prends les pages. Je regarde alors l'écriture ronde qui m'est si familière. Ça fait peut-être plus de dix ans que je n'ai plus aucune nouvelle, mais j'ai relu les vieilles cartes et les lettres une centaine de fois depuis.

Je n'ai jamais vraiment été très douée pour les rendez-vous importants et les étapes cruciales. Je deviens nerveuse, et Nige sait que je me laisse emporter sans réfléchir aux conséquences de mes actes. Mais je voulais juste te revoir et essayer de retrouver la complicité qu'il y avait entre nous, même si beaucoup de temps s'est écoulé depuis mon départ.
« Respire bien fort », dit Nige. C'est difficile d'écrire tout ça, mais je sais que je dois le faire, car je ne veux pas que tu penses que je m'en fiche. Bien au contraire. Je ne me fiche ni de toi ni de ton frère.

Dan me fait signe qu'il va faire un thé. Il se lève et va dans la cuisine. Je continue à lire.

Tu voulais parler de Chris, et je sais que je devrais en être capable. Mais c'est dur parce que je sais que je n'ai pas été une bonne mère. Je sais que vous êtes inséparables, tous les deux, comme tu l'as dit, et je trouve que c'est formidable. Je suis contente que vous preniez soin l'un de l'autre. Mais, quand j'ai parlé avec toi, j'ai eu mal parce que ça m'a rappelé que j'ai abandonné ton petit frère encore plus que toi. Le mariage n'est pas facile.

J'interromps un instant ma lecture. Suis-je vraiment prête à écouter des conseils sur le mariage de la part de ma mère ? Mais la tentation est trop grande : je ne peux que continuer à lire. Ça fait dix ans que j'attends d'en savoir un peu plus sur ce qui a poussé ma mère à agir ainsi.

Ce n'est pas simple de vivre à deux, de s'engager pour toute une vie, mais tu m'as l'air d'une femme très raisonnable, Jenny, et sans doute beaucoup plus forte que je ne l'étais quand j'ai épousé ton père. Je te souhaite plein de bonnes choses pour ton mariage et, ne t'inquiète pas, je sais que ça ne serait pas bien que je sois là pour le grand jour.

Merci de l'avoir compris, me dis-je. Je sens la présence de Dan derrière moi. Il me touche les cheveux et sourit en posant la tasse de thé sur la table. Je prends sa main une seconde dans la mienne avant qu'il ne reparte.

En tout cas, je crois qu'il faut que je commence par le début. Quand tu es née, ils t'ont posée sur ma poitrine, Jenny, et je t'ai tenue. J'ai senti ton petit cœur battre contre ma peau et j'ai vu tes yeux. Tu étais si belle. Nous t'avons ramenée à la maison dès le lendemain, et j'étais avec toi tout le temps. Je te câlinais, je te tenais, puis, quand tu as grandi, nous avons joué ensemble. Mais, quand Chris est né, ils l'ont immédiatement emmené. Ils ont dit que quelque chose n'allait pas, mais qu'ils ne savaient pas encore si c'était très grave. Quand les docteurs sont revenus, ils m'ont dit qu'il ne marcherait jamais et qu'il pourrait avoir d'autres problèmes encore plus sérieux. Je ne cherche pas à me justifier, Jenny, mais j'ai cru que c'était à cause de moi qu'il était ainsi. C'était ton père et moi qui l'avions fait, c'était donc forcément notre faute. C'est ainsi que je le voyais. J'ai cru que c'était peut-être à cause du vin que j'avais bu avant de réaliser que j'étais enceinte ou à cause du jour où j'avais glissé et que j'étais tombée dans la cuisine. Voilà ce que j'ai pensé à l'époque. Ils devaient faire subir des tests à Chris et ne l'ont donc jamais posé sur ma poitrine.

Je lis le reste de la lettre en silence pendant que Dan s'occupe dans l'autre pièce. Maman explique qu'à son retour à la maison avec Chris, elle a trouvé la vie de plus en plus difficile.

J'ai réalisé que je ne pouvais pas apporter la joie, la bonté, les choses positives dans votre vie, si je ne me sentais pas bien dans ma tête. Si je ne ressentais que de la tristesse, même quand je regardais vos petits visages. Vous n'étiez que des enfants, et je savais que vous absorbiez tout comme des éponges, le bon et le mauvais, les disputes, mes humeurs, mes émotions et celles de votre père quand nous avons commencé à nous éloigner l'un de l'autre. Je t'aimais et j'aimais Chris. Mais je ne pouvais m'empêcher de me dire que j'avais tout raté parce que je ne savais pas comment aider Chris ; je me sentais incapable de m'occuper de lui correctement. J'ai fini par me dire que vous seriez mieux sans moi. Je suppose que j'ai fini par m'en prendre un peu à votre père. Je l'ai peut-être rendu responsable. Mais je ne savais tout simplement pas comment faire. J'aimais ton frère et je l'aime toujours. Je lui ai écrit à lui aussi. S'il lit cette lettre, j'espère qu'il comprendra un peu mieux ce que j'ai fait. Mais encore une fois : je l'aime tout comme je t'aime, toi.

Je lis les dernières lignes de la lettre de maman.

Je comprendrais, Jenny, que tu ne veuilles plus jamais entendre parler de moi. Mais si Chris et toi êtes prêts à me donner une chance, j'aimerais vraiment apprendre à vous connaître, comme les adultes que vous êtes désormais, et j'aimerais que vous entriez de nouveau dans ma vie.

Des larmes coulent sur mes joues. Je les essuie d'un revers de la main.

33

Maggie

Non, c'était impossible. Maggie était dans l'arrière-boutique du magasin, son agenda à la main. Et elle avait le tournis.

Après la brocante, elle était retournée à la boutique. Anna était devant en train de préparer les compositions florales pour une messe du souvenir qui aurait lieu plus tard dans la semaine. Maggie constata qu'elle exécutait des tâches plutôt complexes avec aisance et qu'elle aimait vraiment s'occuper seule d'un projet. Maggie se souvint de son enthousiasme quand elle avait appris elle aussi le métier de fleuriste.

— Tu fais un travail remarquable, dit-elle pendant qu'Anna terminait une des couronnes.

Elle se dit soudain que les gens lui avaient toujours donné une chance à l'époque.

— Anna, ça te dirait de t'occuper de la boutique toute seule quand je partirai en vacances au mois de septembre ? Avec une grosse augmentation de salaire, naturellement !

Les yeux d'Anna se mirent à briller.

— Oh oui ! Ça me plairait beaucoup.

— Parfait, dit Maggie. Donne-moi une minute, je vais chercher les informations.

Une fois dans l'arrière-boutique, Maggie trouva le calendrier des événements et sortit son agenda.

Kesha avait appelé la semaine précédente et demandé à Maggie si elle était libre pour venir passer des vacances avec sa petite famille en Italie. C'était certes un peu à la dernière minute, mais la sœur de Kesha s'était désistée et il y avait une place de libre dans la villa toscane qu'ils avaient louée.

Le premier réflexe de Maggie avait été de rejeter l'idée, mais, en fait, comme Anna avait pris beaucoup d'assurance ces derniers temps et qu'elle était devenue très compétente, elle se dit, pour la première fois depuis des années, qu'il lui serait peut-être possible de partir en vacances. L'idée de retrouver sa vieille amie d'école autour d'un plat de pâtes près de la piscine lui avait semblé irrésistible.

Les enfants seraient en train de s'éclabousser autour d'elles, certes. Ça n'aurait donc rien à voir avec les vacances insouciantes et bien arrosées (de gin-tonic) de leur jeunesse. Mais Oscar et Evie étaient si mignons, et Dave, plutôt du genre décontracté. Ça serait vraiment agréable de passer un peu de temps avec eux.

Elle ouvrit son agenda et vérifia. Du 10 au 18 septembre, avait dit Kesha. Ça lui laissait suffisamment de temps pour former Anna. Elle revint au début de son agenda où figurait un calendrier et elle compta : six, sept… Un peu plus de sept semaines, et à elle les olives, les pizzas, le bon vin et les journées de farniente. Divin ! Il lui faudrait rafraîchir un peu ses notions d'italien, mais elle pourrait louer des CD à la bibliothèque et les écouter tout en cuisinant. Oui, elle s'amusait beaucoup avec Owen, mais Kesha était une amie de longue date, et elle voulait préserver cette amitié, lui donner un second souffle.

C'est alors qu'elle remarqua les jours entourés sur le calendrier de son agenda. Des groupes nets et réguliers de cinq petits cercles bleus tout au long de l'année, jusqu'au mois de… juin.

Elle eut soudain la chair de poule et un drôle de sentiment au creux de l'estomac. Il n'y avait pas de cercles au mois de juillet, et il touchait presque à sa fin.

Elle n'avait pas eu ses règles ce mois-ci !

34

Jenny

Ça semblait presque irréel jusqu'à ce que je me retrouve dans le jardin à côté de l'atelier de papa et que je lui raconte tout.

— Tu es sûre, ma chérie ? C'est confirmé ? demande-t-il.

— Sûre et certaine, oui, dis-je avec un grand sourire.

— Ma petite fille, murmure-t-il en me serrant dans ses bras.

On dirait presque qu'il va se mettre à faire des bonds.

— J'ai toujours su que tu étais une star. Je peux regarder ? Tu as une copie ?

— En fait, j'ai l'original ici. Tu veux jeter un œil ?

— Et comment, Jen ! Ce genre de choses n'arrive pas tous les jours.

Je vais dans la cuisine et sors les pages de mon livre pour enfants de mon sac, puis je les emporte dans la cour.

Papa sourit en voyant la première page qu'il tourne avec précaution. Je n'arrive toujours pas à croire ce qui s'est passé. Depuis que j'ai reçu l'e-mail de JoJo, l'amie éditrice d'Alison, j'ai l'impression que ma vie avance en accéléré. Le message de JoJo était bref, mais très positif.

Elle dit qu'elle a vraiment aimé le livre et me demande de la rappeler pour que nous puissions en discuter.

Papa laisse échapper un petit rire en regardant une de mes illustrations, puis continue à lire.

Dès que j'ai eu fini de lire le message de JoJo, je suis sortie furtivement du bureau pour la rappeler. J'ai résisté à la tentation de l'annoncer à tout le monde avant d'avoir parlé directement avec elle, car je ne voulais sûrement pas me porter la guigne.

JoJo était pétillante et enthousiaste, et a dit que, chez Parakeet Press, ils cherchaient de nouveaux titres pour la tranche d'âge quatre-six ans et qu'ils pensaient que *Charlie, Carlitos et Moi* ferait un tabac.

— J'aimerais vous suggérer quelques petites modifications, a dit JoJo en prenant un ton plus professionnel. Et il faudrait arranger certaines illustrations.

Elle a entièrement raison, ai-je pensé, un peu honteuse. J'espère qu'Alison lui a bien expliqué que ce n'était pas une version définitive.

— Mais si vous êtes prête à retravailler un peu dessus, nous aimerions vous faire une offre. Nous serions très fiers de faire figurer l'histoire du petit garçon et du chinchilla dans notre catalogue.

Quand j'ai raccroché, j'étais tellement contente que j'en avais le tournis et que je n'ai pas su quoi faire. Mon rêve s'était vraiment réalisé. Il fallait que je fasse part de la bonne nouvelle à quelqu'un, et c'est à papa que j'ai pensé en premier.

Papa montre l'image de Jake qui tient Carlitos et qui chante une chanson en espagnol avec lui.

— Ça me fait penser à Chris et aux cochons d'Inde. Tu te souviens qu'il leur chantait tout le temps des chansons. C'était horriblement faux, mais ils semblaient apprécier.

Je ris.

— Bien sûr, papa. Comment pourrais-je oublier Chris et ses fans de Queen à poil ? Qu'est-ce qui m'a donné l'idée à ton avis ?

— *Galileo, Galileo,* commence papa tout en faisant comme s'il tenait deux cochons d'Inde imaginaires.

— *Figaro, Magnifico !* dis-je en riant.

Il pose les deux bêtes invisibles.

— J'espère que ce n'est pas moi qui ai inspiré les parents de Jake, fait papa d'un ton plus sérieux. Pauvre petit gars… Il porte le fardeau de son secret et a sans cesse le sentiment de s'adresser à un mur. Quant à sa mère…

Papa ne termine pas sa phrase et semble un peu gêné soudain.

— Oui, dis-je en posant la main sur la jambe de papa. Inutile de dire qu'elle sort tout droit de mon imagination.

Les muscles du visage de papa semblent se détendre.

— Tu as eu des nouvelles de ta mère depuis l'autre soir ? demande-t-il d'un ton hésitant.

— Oui, dis-je en repensant à ce qu'elle m'a écrit. Elle m'a envoyé une lettre.

Papa me regarde en essayant de lire dans mes pensées.

— Je n'ai pas répondu, dis-je en haussant les épaules, la gorge serrée. Je ne sais pas vraiment quoi en penser, papa.

— Elle avait l'air vraiment désolée quand elle a appelé, fait remarquer papa. C'est ta décision en tout cas. Je me demande juste si elle ne commence pas à comprendre ce qu'elle a fait.

Je hausse les sourcils pour bien montrer que je suis très sceptique. Mais peut-être qu'elle pensait sincèrement ce qu'elle a écrit ou du moins une partie…

— Je ne dis pas que tu devrais lui laisser une autre chance, explique papa. Mais je ne veux pas que tu refuses de la voir à cause de moi, de peur que je ne me sente trahi. J'aimerais que vous compreniez ça, Chris et toi.

En voyant les rides se creuser sur son front, je me rends compte que papa a porté un immense fardeau, et ça me fait de la peine.

— Je sais, papa, dis-je. Mais merci.

Je lui fais un câlin.

— En tout cas, ça sera toujours toi le premier dans mon cœur. C'est à toi que j'achèterai un manoir quand *Charlie* se sera vendu à un million d'exemplaires.

— On ne sait jamais, Jenny, fait papa, sérieux comme un pape. Ce n'est pas impossible. J'ai toujours su que tu savais bien dessiner.

Je repense aux caricatures un peu maladroites dans la cuisine, aux empreintes de doigts à la peinture que Chris et moi avons faites et qui sont toujours fixées au mur de la salle à manger avec de la pâte adhésive. Ce n'est à l'évidence pas un juge très objectif.

— Et tu sais, cette femme, elle s'en est plutôt bien tirée avec ses livres pour enfants. Comment elle s'appelle déjà ? Tu sais, celle qui a raconté l'histoire du garçon magicien.

— Oh ! papa, je t'aime ! Ne te berce pas trop d'illusions quand même.

Il me lance un regard interrogateur alors que je l'embrasse sur la joue.

— Au fait, tu es prêt à me montrer ton œuvre ?

Je lui donne un petit coup de coude.

Papa travaille dur depuis des semaines à la conception d'un bar pour que nous puissions servir des boissons le soir du mariage. Il n'a cependant pas laissé filtrer grand-chose jusqu'à présent. Il voulait nous faire la surprise, mais, connaissant ma fâcheuse tendance à tout vouloir régenter, il a fini par céder à mes demandes insistantes. Il a donc accepté de me laisser jeter un rapide coup d'œil avant le mariage. Il me fait traverser l'atelier où il fait ses travaux de menuiserie, et nous marchons sur des morceaux de bois d'œuvre, des chutes en fait, de la niche qu'il a fabriquée pour le chiot. Contre le mur, je vois un grand bar convexe, avec des barres de part et d'autre soutenant un écriteau en bois fin au-dessus, sur lequel on peut lire À LA SANTÉ DES JEUNES MARIÉS. Il a peint le bar en jaune vif pour respecter les couleurs que nous avons choisies pour la réception.

Je tape des mains, puis les plaque contre mes joues.

— C'est magnifique, papa !

Il avance et se penche, me montrant un des joints en bois.

— C'est là que se trouve la partie vraiment ingénieuse, dit-il avec entrain. On peut le démonter, tu vois ? Comme ça, ça sera plus facile de le transporter jusqu'à l'école. Ensuite, on pourra tout remonter une fois à l'intérieur.

Il tire ensuite sur la barre qui soutient l'écriteau pour bien me montrer et me regarde, les yeux brillants.

Je tends les bras pour l'étreindre.

— Merci, papa.

Il me serre à son tour dans ses bras, puis se recule.

— Je voulais…, je voulais vraiment tout faire pour toi, Jen.

Je réalise, quand il détourne le regard, qu'il doit avoir les larmes aux yeux et, en voyant tout le mal qu'il s'est donné, je ne peux refouler les miennes plus longtemps.

— Tu as toujours tout fait pour moi, papa, dis-je.

35

Maggie

Maggie devait être allongée là depuis une demi-heure quand la sonnerie de la porte d'entrée retentit et la fit sursauter. Elle se leva, se regarda rapidement dans le miroir, arrangea ses cheveux, puis descendit au rez-de-chaussée pour ouvrir.

Alison était sur le perron. Elle affichait un grand sourire et portait la même salopette en jean et le même foulard rouge que le matin même.

— Rebonjour, dit-elle. Désolée de passer à l'improviste, mais ta maison est sur mon chemin. Je t'ai parlé de l'inauguration du Blitz Spirit demain, le nouveau café de Jamie dans la rue principale ?

Maggie hocha la tête.

— Il m'a demandé il y a des semaines de vous faire passer ces invitations, à Jenny et à toi, et j'ai complètement oublié.

Alison lui tendit une carte carrée élégante avec des caractères qui semblaient avoir été imprimés avec de vieux blocs d'impression typographique.

Maggie hocha la tête et la prit.

— Magnifique, dit-elle en l'admirant.

— Cocktails gratuits, annonça Alison en souriant et en inclinant la tête.

Elle scruta le visage de Maggie, tentant de deviner ce qu'elle pensait.

— Ça va, Maggie ? Tu es toute pâle !

— Je ne me sens pas très bien, à vrai dire. Tu ne veux pas entrer une minute ?

— Si, bien sûr, dit Alison en suivant Maggie dans le salon.

Mork, jusque-là allongé sur le canapé blanc, se mit à miauler et sauta sur la moquette en faisant le gros dos. Les deux femmes s'assirent, et Alison attendit que Maggie rompe le silence. Mais Maggie ne dit rien.

— Qu'est-ce qui se passe, Maggie ? l'encouragea-t-elle. Tout allait bien tout à l'heure. C'est quelque chose que tu as mangé à la brocante, peut-être ?

— Non, répondit Maggie en secouant la tête. Ça n'a strictement rien à voir avec ce que j'ai mangé.

— Alors, quoi ? Tu es pâle comme un linge, dit Alison en posant la main sur le front de Maggie.

— Je n'ai pas de fièvre, Ali. Je pense que je suis enceinte.

— Quoi ? s'exclama Alison en ouvrant de grands yeux.

— Je sais.

Maggie fronça les sourcils.

— Je n'ai pas eu mes règles ce mois-ci. D'habitude, je n'ai jamais de retard.

— Et alors, tu as l'intention de rester assise là à ne rien faire ? Tu ne voudrais pas plutôt en avoir le cœur net ?

Maggie et Alison arrivèrent à la pharmacie juste avant la fermeture. Elles y achetèrent un pack contenant trois tests de grossesse.

— Tu veux bien attendre avec moi ? demanda Maggie

de retour chez elle, d'une voix mal assurée. J'ai peur de m'évanouir.

— Bien sûr, répondit Alison en lui passant la boîte.

Maggie sortit un test, enleva l'emballage, et elles entrèrent toutes les deux dans la salle de bains. Alison s'installa sur le rebord de la baignoire.

Une fois que Maggie eut fait pipi sur la tige absorbante, elle remit le capuchon et posa le test sur le lavabo.

— Tu peux regarder ? demanda-t-elle. Je n'ai pas le courage.

Elles attendirent un peu, puis Alison dit :

— C'est oui, Maggie.

Maggie prit le test et vit qu'un trait bleu était apparu dans la fenêtre de lecture. Elle eut soudain la nausée.

Elle était censée être adulte. Comment avait-elle pu être aussi négligente ?

Dix minutes plus tard, Alison et Maggie étaient sur le canapé, une tasse de thé sucré dans les mains.

— Oh ! mon Dieu, fit Maggie en se laissant retomber sur les coussins. À mon âge, j'aurais quand même dû prendre mes précautions. Je ne suis plus une adolescente quand même !

— Eh bien, dis-toi que tu n'es pas la seule. Sophie était prévue, mais, pour Holly, c'était un accident, même si sa naissance fut un grand moment de bonheur. Elle a été conçue lors d'une petite escapade sur l'île de Wight… et j'avais oublié ma pilule à la maison.

Elle sourit.

— Mais au moins, tu étais mariée, dit Maggie. J'aurais vraiment dû être plus prudente.

— Ce qui est arrivé est arrivé, fit remarquer Alison. Ce n'est pas la peine de s'attarder là-dessus. Et, que je sache, il faut être deux pour faire un enfant. Tu n'es donc pas la seule responsable dans cette histoire.

— Merci. Tu as raison, admit Maggie.

— Tu penses qu'il est de Dylan ? demanda doucement Alison.

— Non, répondit Maggie. C'est impossible. On a toujours fait très attention. Avec le recul, je me dis qu'il était certainement terrifié à l'idée qu'un accident puisse arriver. Mais Owen et moi, on s'est un peu laissé emporter par l'instant présent, plus d'une fois. De plus, je pense que c'est vraiment tout récent, une ou deux semaines tout au plus. Donc, ça colle.

Maggie leva les pieds et enlaça ses genoux.

— Mon Dieu, Ali ! Je connais à peine Owen… Et il est…, tu sais…, complètement libre.

— Bon, fit Alison. Oublie Owen une minute. Qu'est-ce que ça te fait, à toi ? Tu te sens comment ?

Maggie hésita.

— Mal.

Alison haussa les sourcils.

— D'accord, poursuivit Maggie. Quand Dylan et moi avons divorcé, j'ai en quelque sorte renoncé à la maternité. Et ça ne me pose pas de problèmes. Du moins, ça ne me posait pas de problèmes. Je ne sais pas, Ali.

Elle montra son salon immaculé, la moquette blanc cassé, les orchidées, les bibelots en verre partout.

— Ma vie n'est pas compatible avec un bébé.

— N'est-ce pas le cas de tout le monde au départ ? dit Alison en haussant les épaules.

— Peut-être, concéda Maggie.

Ses émotions cherchaient à se frayer un chemin parmi les détails pratiques.

— Mais ma boutique… J'ai des projets… Je veux

ouvrir une filiale à Londres… Je ne peux quand même pas renoncer à tout ce que j'ai accompli pour avoir un enfant.

— Mais l'un n'empêche pas l'autre, Maggie. Il y a beaucoup de mères qui travaillent.

— Mais je vais…, je vais être une mère célibataire, n'est-ce pas ?

Elle se mit à ronger un ongle manucuré.

— Tu n'en sais rien, objecta Alison d'une voix rassurante.

— Si, dit Maggie. Je vais être toute seule à me débattre avec les couches, à essayer de retrouver les paroles des berceuses, à décider de ce qu'il faut faire quand le bébé tombera malade… Mon Dieu, Ali, je ne sais pas si j'en suis capable.

Elle sentit une décharge d'adrénaline. Seule. Avec un *bébé*.

— Je ne connais pas Owen depuis longtemps, Ali. Il ne va pas s'engager comme ça, à l'aveuglette, et, à vrai dire, je ne peux pas lui en vouloir.

— Mais revenons-en à ce que je t'ai dit, insista Alison en prenant la main de Maggie. Est-ce que toi, tu es prête à te lancer dans cette aventure ?

La réponse s'imposa à Maggie beaucoup plus vite qu'elle ne l'aurait cru. Elle arrêta de se ronger les ongles et leva les yeux vers Alison.

— C'est vraiment terrifiant.

Elle prit une profonde inspiration.

— Mais oui, je pense que oui.

— Tu vois, dit Alison en souriant. C'est un début.

Elle passa son bras autour des épaules de Maggie.

— Mais, avant de prendre ta décision, tu dois parler à Owen. Appelle-le. Il faut qu'il sache.

Maggie avait mal au cœur. Elle avait retrouvé Owen pour déjeuner au Queen's Head, un pub confortable et calme, caché derrière la gare de Charlesworth.

Cela aurait dû être une escapade bienvenue, l'occasion rêvée de décompresser avant de retourner à la boutique, mais pas aujourd'hui. Comment allait-elle aborder le sujet ? Owen se montrerait-il raisonnable ou se sauverait-il à toutes jambes ?

Quand ils s'étaient embrassés pour se dire bonjour, Maggie avait été envahie par un sentiment de bonheur. Elle se sentait bien dans les bras d'Owen et, l'espace d'un instant, elle oublia presque la raison de sa présence ici. Pourtant, lorsqu'il la lâcha, elle fut immédiatement rattrapée par la réalité. Si elle gardait le bébé, elle allait perdre l'homme génial qu'elle avait trouvé.

Le pub était pratiquement vide. Il n'y avait qu'un autre couple dans le coin opposé : une belle femme aux cheveux roux de l'âge de Maggie environ, et un homme en costume sombre qui leur tournait le dos. Maggie et Owen commandèrent leurs plats et s'installèrent dans un box près de la fenêtre.

— Comment ça se passe avec ton jardin japonais ? demanda Maggie d'une voix faussement calme.

— Bien, répondit Owen. Mais j'étais tellement impatient de te voir, que j'ai eu du mal à me concentrer sur les bonsaïs.

Il se pencha et l'embrassa.

— Au fait, ajouta-t-il. J'ai appelé Lucy pour la rassurer. Je lui ai dit que les préparatifs du mariage se passaient bien. Elle était un peu inquiète, parce que ça faisait un moment qu'elle n'avait pas eu de nos nouvelles.

— Ah oui, merci.

Le mariage approchait, mais ils avaient quelque peu omis ces derniers temps de tenir la future mariée informée de l'avancement du projet. Ça ne faisait plus vraiment partie de leurs priorités.

— Je suis content de te voir, dit Owen.

Les premiers boutons de sa chemise étaient ouverts, et Maggie ne put s'empêcher d'admirer son torse.

— Et je ne m'en plains pas du tout, poursuivit-il, mais je croyais que tu n'avais pas le temps de déjeuner à midi.

— Je me suis débrouillée.

Maggie marqua une pause.

— C'est important.

— D'accord.

Un sourire curieux apparut sur les lèvres d'Owen.

— Écoute, Owen, dit Maggie en se redressant. Je vais aller droit au but. Je n'ai rien vu venir et toi non plus certainement.

Elle se mordit les lèvres.

— Je suis enceinte.

— Waouh ! s'exclama Owen en se calant dans son fauteuil, l'air choqué.

— Oui, je sais.

Maggie expira.

— J'ai eu la même réaction.

— En fait, j'ai pensé que tu prenais la pilule, dit-il après un long silence.

— Non, je ne la prenais pas et j'aurais dû te le dire, reconnut Maggie d'une voix un peu plus tendue que d'habitude.

— Ça ne fait que quelques semaines…

— Je sais, je sais. Nous nous connaissons à peine.

Maggie se sentit seule tout à coup.

— Et je ne saurais dire ce que je ressens exactement. Mais j'ai trente-six ans et, même si je ne m'y attendais pas, je pense que je ne pourrais pas… Mais je ne te demande pas…

Maggie s'interrompit, car leurs plats arrivaient.

— Pommes de terre en robe de chambre au piment et au fromage, et une salade César au poulet, dit le barman trapu en présentant les assiettes.

— La salade, c'est pour moi, fit Maggie en la prenant rapidement et en la posant devant elle.

Lorsqu'elle leva la tête, elle vit le couple au fond du pub se lever pour partir et réalisa que l'homme n'était autre que Pete, le mari d'Alison. Il croisa le regard de Maggie et parut très surpris, tétanisé même. Maggie sourit pour le saluer, un peu distraite, tandis qu'il conduisait sa jolie compagne vers la porte.

Owen attendit le départ du barman, puis repoussa son assiette et reprit la main de Maggie dans la sienne.

— Timing impeccable, fit-il remarquer en montrant le barman et en souriant. En tout cas, ce que je voulais dire, Maggie, c'est que ça ne fait peut-être que quelques semaines, mais, aussi étrange que ça puisse paraître, je suis plutôt sûr de mes sentiments pour toi.

Maggie sentit sa gorge se serrer tandis qu'Owen continuait.

— Et je ne pense pas que ça va changer. Je suis peut-être plus jeune que toi, mais j'ai malgré tout une certaine expérience et je sais ce que je veux. Je veux être avec toi, Maggie. Et, même si je ne m'y attendais pas, je suis heureux d'avoir un bébé avec toi. Je pense qu'on devrait tenter l'aventure.

En regardant son visage, à la fois si ouvert et si sérieux, Maggie sentit les larmes lui monter aux yeux et s'empressa de les essuyer.

— Bon, dit-elle d'une voix un peu chevrotante. Tant mieux parce que je n'avais pas réalisé jusqu'à présent à quel point j'en avais envie moi aussi.

Owen sourit et se pencha par-dessus la table pour l'embrasser.

— Ne pleure pas, dit-il en rattrapant une larme qui coulait sur sa joue avec son doigt. C'est une bonne nouvelle, Maggie. Mais, sérieusement, ajouta-t-il en portant les deux mains à son front, sérieusement…

Il se mit à rire.

— C'est une sacrée nouvelle. Il va falloir se faire à cette idée.

— Oui, approuva Maggie. Et mieux vaut prendre des forces tout de suite.

Elle poussa l'assiette d'Owen vers lui et mordit dans un morceau de poulet de sa salade.

— Waouh ! s'exclama Owen en coupant un morceau de pomme de terre. Tu vas être *maman*, murmura-t-il comme s'il prononçait ce mot pour la première fois. Et je vais être *papa*. On va devoir faire comme si on savait ce qu'on fait.

— Sans doute, dit Maggie en haussant les épaules. Mais je pense qu'on va y arriver.

Owen était rayonnant.

— J'ai toujours voulu avoir des enfants. Bien sûr, je ne pensais pas que ça arriverait si vite, mais je me sens prêt. Pas toi ?

Maggie cala une mèche de cheveux derrière son oreille et réfléchit avant de répondre.

— Aussi prête que possible.

36

Alison

— À la tienne ! dit Alison en trinquant avec Jamie.

La fête battait son plein. Les invités à l'inauguration du café s'émerveillaient, discutaient, un verre à la main, tout en admirant l'intérieur et les meubles vintage.

— Au Blitz Spirit ! lança-t-elle.

Les yeux de Jamie étincelaient de fierté.

Il avait travaillé inlassablement à l'aménagement du café au cours des dernières semaines. Alison l'avait aidé chaque fois qu'elle avait un moment de libre, mais c'était surtout Adam qui avait été là pour le soutenir. Si Jamie avait un peu freiné au départ, les deux hommes étaient désormais pratiquement inséparables.

L'arrière-cour du café, qui n'était au départ qu'un simple carré de béton jonché de détritus, avait été complètement transformée. Adam avait apporté des traverses de chemin de fer et dessiné les contours d'un parterre de fleurs que Maggie avait rempli avec de la lavande et des fleurs sauvages. De minuscules ampoules nichées dans les trous du bois éclairaient le mur du fond, où Alison avait peint une publicité pour Bovril et lui avait donné un aspect vieilli, comme si elle avait toujours été là. Les lampes à frange, les vitrines, les canards volants fixés au mur que les Spencer avaient donnés conféraient à l'endroit un vrai look rétro et, grâce aux morceaux des années 1940 qui passaient sur le phonographe, le décor était parfaitement planté. Ce qu'Alison aimait par-dessus tout, c'était le mannequin, près de la fenêtre, revêtu d'un uniforme d'ouvreuse de cinéma et présidant la fête avec autorité. Il portait un plateau avec une sangle, sur lequel, pour un soir seulement, il y avait des verres remplis de cocktails Manhattan. Ce n'étaient certes pas des cocktails authentiques des années 1940, mais ils faisaient parfaitement leur travail : égayer la foule qui se pressait dans le café. Des bouquets de coquelicots, de bleuets, de pois de senteur, aux couleurs du drapeau britannique, ornaient les tables dans des vases en verre. C'était l'œuvre d'Anna.

Pete revint auprès d'Alison après avoir fumé une cigarette et, pendant qu'il engageait la conversation avec Jamie, Alison se pencha vers Adam.

— Alors, dit-elle sur le ton de la conspiration, on dirait que tu as déjà accompli des miracles.

Elle montra Jamie.

— Tu lui as fait retrouver le sourire.

Adam rit chaleureusement. Il était plus jeune que Jamie (il devait avoir dans les trente-cinq ans), et son visage, taillé à coups de serpe, avait un charme indéniable. Il avait un style très soigné et rétro, des cheveux coupés court sur les côtés avec une longue mèche devant. Ce soir-là, il portait une chemise à carreaux et un jean foncé.

— On ne rencontre pas un homme comme Jamie tous les jours, n'est-ce pas ? dit Adam en souriant. Je suis content qu'il m'ait finalement laissé l'approcher.

Alison vit Jamie regarder par-dessus l'épaule de Pete et croiser le regard d'Adam.

— On va donc te voir un peu plus souvent à Charlesworth ? demanda Alison.

— Peut-être, répondit Adam, l'air taquin. Même si je ne me vois pas emménager ici.

Il mima un bâillement exagéré.

— Un peu trop calme pour moi, et j'ai entendu que les danseuses de revues ne couraient pas les rues ici.

Il adressa un sourire impertinent à Alison.

— Brighton, c'est vraiment l'endroit pour moi, poursuivit-il. Mais, heureusement, ce n'est pas très loin, si bien que Jamie et moi pouvons nous voir aussi souvent que nous le souhaitons. Au début, le temps que le café démarre, nous passerons plus de temps ici, mais j'espère que, quand il aura engagé du personnel, nous serons plus souvent au bord de la mer.

Il but une gorgée de son cocktail.

— Super, dit Alison. Et, comme je l'ai dit, je suis vraiment contente de voir Jamie heureux.

Alison aperçut Jenny et Dan qui se frayaient un chemin à travers la foule pour la rejoindre. Jenny s'était fait de grosses boucles blondes et portait une robe marinière bleue et blanche, et des chaussures rouges à talons. D'habitude, son maquillage était plutôt discret, mais elle avait opté ce soir pour un rouge à lèvres vif et un trait d'eye-liner épais sur les paupières : ce look lui allait à ravir. Elle formait un couple parfait avec Dan, vêtu d'un jean et coiffé d'un calot kaki incliné sur le côté.

— Alison, dit Jenny, un peu hors d'haleine après s'être faufilée entre les gens.

Alison présenta Jenny et Dan à Adam, et ils se firent la bise.

— Beau chapeau, dit Adam à Dan.

Lorsqu'ils engagèrent la conversation, Jenny se glissa aux côtés d'Alison.

— Tu ne devineras jamais ce qui s'est passé, dit-elle avec un grand sourire.

— Non… Tu as eu des nouvelles ? commença Alison, qui n'osait pas y croire.

— Oui, ton amie JoJo m'a contactée à propos de *Charlie, Carlitos et Moi*, et ça lui a plu ! Ils veulent que je fasse quelques modifications, mais elle a pris les devants et m'a déjà fait une offre.

— C'est génial ! s'exclama Alison. Je savais qu'il y avait quelque chose… Je suis contente que JoJo l'ait vu aussi.

— Jenny !

Jamie se glissa entre les deux femmes. Il les prit toutes deux par le cou et les regarda de la tête aux pieds.

— Tu es sexy, ma fille. Mais où est ton cocktail ? Et Dan n'a rien à boire non plus ? Ah ! un nouveau tenancier de café n'a jamais fini !

Il prit deux verres sur le plateau de l'ouvreuse et les leur tendit.

— Félicitations, Jamie. C'est magnifique ici, dit Jenny.

— Une sacrée transformation, n'est-ce pas ? fit Jamie en montrant l'entrée et l'arrière-cour avec un grand geste. J'étais un peu triste de laisser la boutique de charité, mais il était temps de passer à autre chose. Et ces dames m'ont vraiment soutenu.

Il montra un groupe de dames un peu âgées à côté du phonographe.

— Je pense qu'elles sont ravies d'avoir un endroit autre que Chez Joey pour venir boire le thé.

— Comme tout le monde, fit remarquer Jenny en riant.

— C'est ce que j'espère, dit Jamie.

Il ajouta en aparté :

— Dis donc, tu as vu ces deux-là ?

Il montra le jardin où Maggie et Owen s'étaient éclipsés et où ils étaient en train de s'embrasser contre le mur.

— Il a presque fallu que je les sépare pour leur dire bonjour, dit-il en riant. Ils sont vraiment entichés l'un de l'autre.

— Oh oui ! Quelque chose me dit que cette histoire est partie pour durer, fit Alison en riant.

— Jamie, intervint Pete en se tournant vers eux. Dan vient de me demander…

Tandis que les hommes se mettaient à discuter, Jenny murmura à l'oreille d'Alison :

— Maggie m'a appris la nouvelle, c'est dingue, non ?

Alison hocha la tête.

— Mais elle a l'air heureuse.

— Je pense qu'elle l'est vraiment, murmura Alison à son tour.

Ils levèrent tous leur verre pour fêter le succès de Jenny, puis Alison alla saluer les Spencer, qui se tenaient près de la porte.

— Vous avez pu venir, dit-elle, ravie de les voir.

— Oh ! nous n'aurions manqué cette inauguration pour rien au monde, répondit Derek en balayant la pièce du regard. Nos affaires rendent plutôt bien dans ce cadre.

— Elles ont beaucoup plus d'espace ici, fit remarquer Ruby. J'ai apporté un peu de cire à la lavande que nous utilisions pour la vitrine. Je me suis dit que votre ami Jamie en aurait peut-être besoin.

Elle donna une petite tape sur son sac.

— J'en suis certaine ! dit Alison. Je peux vous apporter quelque chose à boire ? Un cocktail ? Sinon, il y a du sirop d'orgeat et de l'orangeade. Il y a aussi quelques feuilletés à la saucisse et d'autres amuse-gueule sur le comptoir. Allez vous servir.

— Deux orangeades, s'il vous plaît, répondit Derek. Nous ne buvons pas beaucoup d'alcool. Nous laissons ça aux jeunes, ajouta-t-il en souriant et en regardant la salle où des couples commençaient à se trémousser sur des musiques des années 1940.

— Venez avec moi, dit Alison en les prenant par le bras et en les conduisant à l'autre bout de la pièce. J'aimerais vous présenter ma mère et d'autres amis.

Lorsqu'elle apporta les verres d'orangeade aux Spencer, ils étaient en grande conversation avec Cecily, la mère d'Alison, sa voisine June et deux des dames qui travaillaient à la boutique solidaire, Muriel et Anne.

— Oh ! nous n'allons pas rester longtemps, annonça Cecily, même si en vérité elles étaient là depuis plus de deux heures et n'avaient pas manifesté la moindre intention de partir. June va certainement vouloir rentrer bientôt.

June souriait de toutes ses dents et commença à guincher lorsqu'elle entendit les premières notes d'un nouveau morceau.

— Mais c'est vraiment sympathique, dit Cecily.

— Voilà qui nous ramène des années en arrière, intervint Ruby. Quand on entend cette musique, c'est comme si c'était hier.

Elle sourit.

— Vous vous souvenez des évacués ? Je racontais justement leur arrivée à Alison l'autre jour. Ces petits visages effarouchés, plus habitués au smog qu'au bon air.

— Il y en a une juste en face de vous, dit Muriel en riant et en montrant son amie Anne.

— Vraiment ? demanda Ruby.

Alison ne dit rien. Elle aimait écouter ces vieilles dames et se réjouissait surtout de voir sa mère si enthousiaste. Elle paraissait beaucoup plus en forme que ces dernières semaines.

— Oui, confirma Anne. Je suis arrivée de Londres en 1943 et puis je suis revenue après la guerre.

Elle rit.

— La famille qui m'a accueillie a tout fait pour que je me sente bien. Je n'avais jamais quitté mes parents auparavant, mais ma famille d'accueil a vraiment veillé sur moi. En tout cas, nous sommes restés en contact, et je venais leur rendre visite de temps en temps avec mes parents. Andrew, leur fils, me taquinait beaucoup et me tirait les cheveux. Il avait le visage couvert de taches de rousseur et les genoux constamment écorchés. Il lui arrivait toujours des histoires pas possibles. Mais, un jour, quand je suis revenue, il s'était transformé en jeune homme, et plutôt charmant avec ça. Il m'a invitée au bal, et le reste appartient à l'histoire. Nous avons sept petits-enfants, dit Anne, les yeux pétillants.

— Oh ! mon Dieu ! s'exclama Ruby. J'ai entendu parler de vous deux. Vous êtes de véritables légendes locales. Comme je suis contente de faire enfin votre connaissance !

— Merveilleux, ajouta Cecily. C'était une époque complètement différente. Plus simple. Je me souviens quand j'ai rencontré le père d'Alison, Gerry…

— C'était vraiment sympa, tu trouves pas, chérie ? dit Pete tout en passant la marche arrière et en manœuvrant la voiture pour sortir du parking.

— Oui, super ! répondit Alison. C'est bien de voir le café enfin ouvert, et maman était en pleine forme, tu as remarqué ?

Pete hocha la tête.

— En plus, il faut bien reconnaître que ça fait du bien de sortir sans les filles de temps en temps, rien que nous deux.

Pete détourna les yeux de la route sombre quelques secondes pour la regarder.

— Oui, c'est vrai.

Alison mit un CD, *Les Plus Grands Succès de Fleetwood Mac*, et ils se mirent à fredonner tous les deux *Everywhere* pendant qu'ils roulaient sur la route de campagne qui les ramenait à la maison.

Quand ils arrivèrent chez eux, Alison continua à chanter tout en se dirigeant vers la maison en titubant légèrement. Elle trébucha et s'appuya sur Pete pour ne pas perdre complètement l'équilibre. Il rit de la voir chanceler ainsi, puis la prit dans ses bras.

— Je t'aime tellement, Pete, dit-elle en l'embrassant. Il l'embrassa à son tour en guise de réponse.

Quand ils entrèrent dans la maison, il était près de minuit, et c'était le silence complet.

— Pete, j'aimerais te montrer quelque chose avant que nous allions nous coucher.

— D'accord ! Je suis curieux de voir ce que c'est…, répondit Pete, tandis que sa femme l'entraînait vers l'atelier.

Elle ouvrit doucement la porte, et la première chose qu'ils virent tous les deux, ce furent les rayons de lune, légèrement tachetés par l'ombre des feuilles, qui traversaient la pièce et donnaient un éclat argenté aux objets.

— Ça, par exemple ! dit Pete lorsqu'il découvrit ce qu'Alison était venue lui montrer.

Toutes les étagères de l'atelier étaient recouvertes de tasses à thé : des bleues, des roses, des jaunes, des dorées, décorées de fleurs de toutes formes et de toutes tailles.

— C'est une collection impressionnante, tu ne trouves pas ?

— En effet, admit Pete. Je savais que vous étiez très occupées, toutes les trois, mais je ne m'attendais pas à voir un tel stock. Vous en avez combien en tout ? demanda-t-il en se dirigeant vers l'étagère et en prenant une tasse bleue et blanche qui faisait partie du service à thé préféré d'Alison.

— Cent tasses avec leurs soucoupes, dit Alison en tendant la main pour les montrer. Douze pots à lait et douze sucriers. Dix théières et quatre assiettes à pied plus une ou deux choses qui nous ont plu pendant que nous arpentions les brocantes. Elles devraient toutes être dans des cartons, mais je n'ai pas pu m'empêcher de les sortir pour les regarder ensemble.

— C'est magnifique. C'est presque dommage de les voir partir, vraiment, mais elles feront peut-être notre fortune plus tard !

Alison sourit.

— Mais certainement.

Elle passa ses bras autour de la taille de Pete.

— La première étape pour elles, c'est le mariage de Jenny et Dan la semaine prochaine.

— Ah oui, dit Pete.

Alison le regarda en plissant les yeux.

— Ne me dis pas que tu as oublié le mariage de Jenny la semaine prochaine !

— Non, non, bien sûr que non.

— En tout cas, regarde-les bien maintenant, parce que je vais les remettre dans leurs cartons dès demain et les emporter à la vieille école. Comme ça, elles seront fin prêtes pour le grand jour.

Pete serra Alison dans ses bras. Ils sortirent de l'atelier et, quand Alison ferma la porte derrière eux, elle embrassa Pete de nouveau, avec plus de fougue encore.

— Il est temps qu'on aille se coucher, tu ne crois pas ?

— Pete, quelle heure est-il ?

Alison se tourna, puis, voyant la lumière du jour par la fenêtre, grogna et couvrit son visage avec un oreiller.

— Il est six heures et demie, chérie. Désolé, je commence plus tôt aujourd'hui. Je t'ai fait une tasse de thé et je l'ai posée à côté. Je ne voulais pas te réveiller.

— Beurk, Pete, je ne me sens pas bien du tout.

Il s'assit à côté d'elle sur le lit et déposa un baiser sur sa tête.

— Tu t'en remettras. Bon, il faut que je file, mais on pourra se parler pendant la pause déjeuner. Je vais rentrer tard ce soir. C'est la folie au bureau en ce moment ; alors, ne m'attends pas pour le dîner.

— Très bien, chéri. Bonne journée au travail.

Quelques minutes plus tard, quand Alison entendit Pete démarrer la voiture, elle passa son kimono, enfila des mules en soie, remonta ses cheveux et descendit la tasse de thé que Pete avait préparée dans son atelier. Sa boîte de réception était pleine d'e-mails auxquels elle devait répondre, et personne n'avait jamais dit qu'il fallait être habillée comme une secrétaire pour le faire. George la coinça dans la cuisine, gémissant pour qu'elle l'emmène en promenade, mais elle se contenta de le faire sortir dans le jardin pour gagner un peu de temps.

Elle le regarda foncer sur un écureuil par la fenêtre. Elle repensa au jour où ils l'avaient ramené à la maison. C'était comme si c'était hier. Ce n'était encore qu'un chiot alors, et les filles se disputaient pour savoir avec qui il jouerait en premier. Et voilà qu'il était papa à présent.

Comme elle venait d'entendre du bruit dans le couloir, Alison se retourna et aperçut Sophie qui descendait l'escalier. Une autre silhouette marchait sur la pointe des pieds derrière elle.

— Bonjour ! cria-t-elle. Vous êtes bien matinales, les filles !

— Euh… oui, maman, dit Sophie.

Elle ajouta plus doucement :

— J'arrivais plus à dormir.

Alison tendit le cou pour mieux voir et réalisa immédiatement que la personne derrière Sophie n'était pas Holly.

— Sophie, dit Alison en élevant la voix. Viens ici tout de suite.

Alison aperçut un adolescent en veste militaire tandis que sa fille s'empressait de le faire sortir. Une fois la porte fermée sur lui, elle se dirigea vers l'atelier de sa mère en traînant les pieds, la tête légèrement baissée.

— Tu peux m'expliquer ce qui s'est passé ? dit Alison en se levant et en dévisageant sa fille avec un regard sévère. Je t'ai bien vue faire sortir un garçon par la porte d'entrée ?

— Oui, c'est Matt, répondit Sophie en levant les yeux vers le plafond.

— Sophie, regarde-moi.

Alison prit le menton de sa fille dans sa main, et Sophie baissa les yeux pour regarder sa mère.

— Ça veut dire que Matt a passé la nuit ici ?

— Oui, répondit Sophie.

La trahison de sa fille lui fit un choc.

— Ton père et moi sortons un soir, un soir dans l'année, Sophie, et nous avons pensé que Holly et toi étiez capables de vous débrouiller toutes seules. Nous te faisons confiance, et c'est tout ce que tu trouves à faire ? Tu invites ton petit ami en douce – et sans nous l'avoir présenté au préalable, soit dit en passant – à passer la nuit ici !

Sophie laissa échapper un soupir bruyant.

— On n'a rien fait, maman, si c'est ce qui t'inquiète.

Alison prit une profonde inspiration.

— Eh bien, je ne vais pas faire comme si ça ne me soulageait pas de l'apprendre. Mais il ne s'agit pas uniquement de sexe, Sophie, et tu le sais pertinemment.

Sophie eut un mouvement de recul en entendant ce mot.

— Tu as trahi notre confiance, poursuivit Alison. Nous avons pensé que tu étais assez grande pour rester seule à la maison, que tu étais suffisamment mûre pour t'occuper de toi et montrer l'exemple à Holly, mais on dirait que nous nous sommes complètement trompés.

— Qu'est-ce que tu crois, maman ? dit Sophie, le visage de marbre. Tu dis que c'est la première fois que tu nous laisses toutes seules, mais en réalité, Hol et moi, on est tout le temps toutes seules. Depuis que papa a retrouvé du travail, on ne le voit plus. Il passe son temps à travailler, et toi, tu n'es jamais là non plus, entre tes rendez-vous professionnels et ta stupide obsession pour les tasses à thé.

Sophie agita la main en direction des étagères derrière sa mère.

— On dirait que papa et toi n'en avez plus rien à faire de nous.

— Sophie, tu es injuste et tu le sais. Nous vous avons expliqué que les choses changeraient un peu quand votre père retrouverait du travail, et Holly et toi n'avez rien trouvé à redire, à l'époque. Vous étiez d'accord.

— Tu sais quoi, maman, on l'est plus ! Tu nous as complètement négligées. Et ça a commencé quand tu as rencontré tes nouvelles amies.

Sophie lui lança un regard méchant.

— Tu ne penses plus qu'à traîner avec elles, tu te prends pour une jeune ! On dirait que tu ne veux même plus être notre mère.

Alison resta bouche bée.

— Comment oses-tu dire une chose pareille ? Je travaille dur pour notre famille.

Alison repensa aux longues soirées qu'elle avait passées sur sa machine à coudre, au cours des derniers mois, juste pour faire entrer un peu plus d'argent. Combien de fois avait-elle tout laissé tomber pour Sophie ? Et elle voyait ses enfants beaucoup plus souvent que d'autres mères actives de sa connaissance.

— Je ne vois pas pourquoi j'écouterais de telles sornettes. Ça n'excuse en rien ce que tu as fait, et tu le sais. Tu es privée de sortie pendant un mois.

— Tu peux pas faire ça, dit Sophie, les yeux écarquillés.

Sa lèvre inférieure frémissait.

— Et Matt, alors ?

— Mais bien sûr que je peux. Et je m'en fiche, Sophie. Tu as compromis ta liberté hier soir en agissant ainsi dans notre dos.

— Tu es ignoble, maman, dit Sophie en secouant la tête, outrée par ce qu'elle considérait comme une injustice. Tu es vraiment une GARCE.

Sur ce, Sophie tourna les talons… de ses Dr. Martens. En sortant, elle saisit la porte de l'atelier et la claqua avec une telle force derrière elle que les fenêtres de la pièce en tremblèrent. George, toujours dans le jardin, posa ses deux pattes avant sur le rebord de la fenêtre et se mit à aboyer bruyamment. Alison regarda vers la fenêtre et se figea. Ensuite, elle eut l'impression d'assister, impuissante, à une scène tournée au ralenti.

La tasse bleue et blanche que Pete avait tenue dans sa main la nuit dernière alla se fracasser sur le plancher dans un grand bruit de verre brisé. L'une des tasses du superbe service à thé avec les myosotis suivit, entraînant dans sa chute un pot à lait qui se trouvait à côté d'elle. L'équerre qui soutenait l'étagère du milieu ploya et finit par se casser, si bien que l'étagère se mit à pencher dangereusement vers la droite. Les tasses, tels de petits moutons de Panurge en porcelaine, tombèrent et se brisèrent une à une. Alison plaqua la main contre sa bouche. Elle se précipita vers les étagères et tenta de sauver les tasses, en rattrapa deux, mais en vit d'autres dégringoler par terre et se casser les unes après les autres. Une fois que la dernière de l'étagère du milieu fut tombée, un silence sinistre régna dans l'atelier.

La porte s'ouvrit de nouveau, et le visage de Sophie apparut. Elle inspecta la pièce, prenant conscience des dégâts qu'elle avait causés, et les larmes lui montèrent aux yeux.

— Oh ! mon Dieu, maman ! Tout est ma faute. Je suis vraiment, vraiment désolée.

37

Jenny

Je suis assise sur un banc près de la fontaine, où deux bambins trempent les pieds dans l'eau miroitante et rigolent. J'ouvre mon nouveau guide Rough sur l'Irlande et je souligne l'adresse de quelques pubs sur la côte est, où, d'après les auteurs du guide, il y a de la bonne musique live.

Certes, ce ne sont pas les Maldives, mais, plus notre voyage de noces approche, plus je suis contente de le passer là-bas. Je nous vois déjà aller de B&B en B&B, tous plus douillets et accueillants les uns que les autres, et faire de longues promenades dans la campagne. Je prends un California Roll sur mon plateau de sushis et je le guide vers ma bouche tout en tournant la page.

Chloé est malade aujourd'hui, et tout est calme au bureau, si bien que j'ai pu accomplir rapidement la plupart de mes tâches du jour avant la pause déjeuner. Il ne me reste plus qu'une semaine de travail, et je ne m'en fais pas trop pour mon avenir, surtout parce que je garde précieusement mon nouveau secret. Hier, JoJo m'a envoyé par e-mail quelques idées pour la couverture du livre. Ils ont choisi un de mes dessins représentant Jake, et le graphiste a utilisé différentes polices de caractère qui collent toutes avec le côté espiègle de l'histoire. Tous les projets de couverture rendaient super bien, et je commence peu à peu à réaliser ce qui m'arrive. Pour la première fois, j'ai pu me représenter mon livre dans les rayons d'une librairie.

Alors que je suis en train de tremper un sushi au thon et à l'avocat dans ma sauce de soja, j'entends mon portable vibrer. Je viens de recevoir un texto. Je pose mon sushi et sors mon téléphone : Maggie.

Jen, Ali m'a téléphoné ce matin. C'est urgent. Appelle l'une de nous dès que tu as une minute. Bises.

Je sélectionne le numéro de Maggie et l'appelle sur-le-champ.

— Salut, Jen, dit-elle, et je l'entends disparaître dans l'arrière-boutique, à l'abri des bruits du magasin. Merci d'avoir rappelé, poursuit Maggie d'une voix neutre. Malheureusement, je n'ai pas de très bonnes nouvelles à t'annoncer. Il y a eu un accident ce matin dans l'atelier d'Alison.

— Que s'est-il passé ? dis-je en manquant de m'étrangler avec un sushi à l'avocat. Ali va bien au moins ?

— Oui, elle va bien, ce n'est pas ça, répond Maggie, et je pousse un soupir de soulagement. En fait, poursuit-elle, Alison avait mis toutes les tasses sur ses étagères. Elle voulait les regarder et tout vérifier avant de les ranger dans des cartons. Mais elle s'est disputée avec Sophie, et Sophie est sortie en claquant la porte très fort derrière elle.

— Non, dis-je.

Mon cœur se met à battre la chamade. Nos tasses, tous nos efforts. Mon mariage. Oh ! mon Dieu. *Mon mariage.* Je me force à lui demander :

— Que… Je veux dire combien ?… Enfin, c'est vraiment grave ?

Maggie marque une pause avant de poursuivre, et je me mords les lèvres. J'imagine les tasses en porcelaine en train de se briser sur le sol.

— Pratiquement la moitié des tasses, Jenny.

— C'est impossible, dis-je.

La panique accélère encore un peu plus mon rythme cardiaque.

— S'il te plaît, dis-moi que tu me fais marcher.

— Malheureusement, non. Je suis vraiment désolée, dit Maggie en essayant de me consoler.

Il ne reste plus qu'une semaine avant mon mariage.

Ali est encore plus contrariée que moi, si c'est possible. Ce n'est pas sa faute. J'essaie de la rassurer. Après tout, nous avons décidé d'un commun accord d'entreposer les tasses chez elle, et personne n'aurait pu prévoir ce qui allait se passer. Sophie a fait une carte pour nous trois et l'a laissée dans l'atelier. Devant, il y a trois femmes, un collage réalisé à partir de photos trouvées dans des magazines : une grande femme avec des yeux verts et des cheveux roux, une petite avec des cheveux blonds et un vélo, et une au milieu avec des boucles brunes, du rouge à lèvres rouge et un tablier à fanfreluches des années 1950. À l'intérieur, elle a écrit un message au stylo violet :

Au Tea-Club : je suis vraiment navrée d'avoir tout gâché. Je n'ai pas fait exprès. Je trouvais les tasses vraiment sympas et je n'ai jamais eu l'intention de les casser. Désolée. Sophie

Au Tea-Club, je ne peux m'empêcher de sourire malgré le désastre. L'expression me plaît.

— J'ai passé la matinée à ranger et nettoyer, dit Alison.

Nous sommes installées autour de la table de sa cuisine, et Alison verse du thé earl grey dans nos tasses.

— Il y avait quelques gros morceaux, mais je ne vois pas comment on aurait pu recoller les tasses. J'ai gardé les morceaux dans une boîte. J'ai pensé qu'on pourrait peut-être les réutiliser. Maggie, tu pourras peut-être t'en servir pour décorer un parterre de fleurs ? J'en sais rien. Je n'ai pas eu le cœur à les jeter en tout cas.

Alison a vraiment l'air découragée. Je n'ose même pas penser à tous ces morceaux cassés de nos précieux services à thé. Il reste quarante et quelques tasses sur l'étagère, ainsi que toutes les soucoupes, mais on est loin du compte. Il nous en faudrait beaucoup plus pour les deux mariages.

— Tout ce temps…, commence Alison.

Maggie et moi la prenons par l'épaule quand sa voix se brise.

— Tout ça pour rien.

Je lâche Alison. Oui, c'est un désastre. Mais quand Alison a prononcé ces mots, j'ai réalisé que ça n'était pas vrai du tout.

Je la regarde.

— Tout ça pour rien, tu es sûre ?

Je ne peux m'empêcher de sourire.

— Bon, d'accord, si on voit les choses sous cet angle…, dit Alison en essuyant ses larmes et en laissant échapper un petit rire.

— Tu as raison, Jen, fait Maggie. Nous sommes des femmes de caractère. Et nous n'allons pas nous laisser abattre par quelques tasses cassées.

— Écoute, dit Alison, dont la voix a retrouvé ce timbre si familier et si pragmatique. Je sais que ce n'est absolument pas la même chose, mais j'ai d'autres tasses en réserve qui pourront peut-être faire l'affaire pour ton mariage, Jen. Je les ai achetées il y a quelque temps pour faire des bougies, mais finalement j'ai trouvé que ça n'allait pas. Elles sont bien, ce n'est pas la question ; elles ont juste l'air de sortir tout droit de chez Ikea.

— D'accord, super !

Je tente d'ignorer la boule qui se forme dans ma gorge. Des tasses ne sont rien d'autre que des tasses après tout. N'est-ce pas ?

— Et, Maggie, tu as un peu plus de temps jusqu'au mariage de Darlington Hall. D'ici là, nous aurons certainement trouvé d'autres tasses, suggère Alison.

— Ne vous inquiétez pas pour moi, la rassure Maggie. Je suis sûre que je vais en trouver. En plus, grâce aux recherches d'Owen, les fleurs vont coûter moins cher que prévu, ce qui me laisse un peu de marge pour le reste.

Maggie ne semble plus du tout stressée par son travail !

— Je vais dire à Jamie et à Adam d'ouvrir l'œil. Et il reste encore un samedi avant le mariage ? Qu'est-ce que vous diriez d'un dernier tour dans les brocantes locales ? propose Alison. Avec un peu de chance, on trouvera quelque chose.

— Oui, tu as raison, c'est ce qu'on va faire, dis-je en faisant de mon mieux pour rester positive. Et, au fait, comment ça se passe avec Sophie maintenant ? D'après la carte, elle a l'air sincèrement désolée.

— Je pense qu'elle l'est, reconnaît Alison. Enfin, du moins, elle est désolée d'avoir cassé les tasses. Mais je ne suis pas certaine qu'elle regrette ce qu'elle a fait avant. Vous vous rendez compte ? Introduire un garçon dans notre maison pour la nuit ! Je n'aurais jamais fait ça à son âge.

— Sans commentaires, dit Maggie en faisant un clin d'œil.

— Tu en as parlé avec Pete ?

— Non, je n'en ai pas encore eu l'occasion. Je n'ai pas voulu l'appeler au travail. Ils sont tellement occupés en ce moment. Et ils l'ont tout de suite mis dans le bain. Le travail lui plaît, mais il dit qu'il n'a jamais le temps de prendre sa pause déjeuner et il finit plutôt tard le soir.

— Je vois, dis-je.

Je rêve ou jc viens de voir une drôle d'expression sur le visage de Maggie ?

— Alors, on se retrouve samedi matin ? propose Maggie, s'empressant de changer de sujet. Et si tu disais à Sophie de venir avec nous ?

— Qu'est-ce que c'était que ça ? dis-je à Maggie à voix basse dès que la porte de la maison d'Alison s'est refermée derrière nous.

— De quoi tu parles ? demande-t-elle en boutonnant sa veste et sans ralentir le pas.

— De la tête que tu as faite quand Alison a dit que Pete finissait tard, dis-je en lui prenant le coude au moment où nous atteignons le portail. Pourquoi étais-tu si bizarre tout à coup ?

— Il n'y a pas de raison particulière, réplique-t-elle en se dégageant.

Elle me décoche un sourire pour le moins tendu et se dirige vers sa voiture.

— Je n'étais pas bizarre.

— Tu…

— Veux-tu que je te ramène ? m'interrompt-elle, le visage blanc comme un linge. On pourra caser ton vélo à l'arrière.

— Bien sûr, dis-je en secouant un peu la tête.

Jc sais que je ne me trompe pas. Je peux lire en Maggie

comme dans un livre ouvert. Il y a quelque chose qui la tracasse, mais elle ne veut pas le dire.

En silence, nous fourguons mon vélo sur la banquette arrière, puis nous nous installons à l'avant et attachons notre ceinture de sécurité.

Maggie met le contact, et nous nous engageons sur la route de campagne.

— Écoute, dit-elle lorsque la tension entre nous devient insupportable. Je n'ai rien voulu dire parce que je me trompe sans doute complètement.

Bon, je ne suis pas folle, me voilà rassurée.

— Ce n'est pas la première fois que je me fais des idées et je suis sûre que c'est ma paranoïa qui me joue des tours.

— Qu'est-ce qui se passe ? Si tu me le dis, on pourra peut-être voir si oui ou non tu te fais des films.

Elle secoue la tête sans détourner les yeux de la route.

— Je suis sûre que je me trompe.

J'attends qu'elle se décide enfin à parler.

— C'est Alison. Elle a dit que Pete ne prenait jamais sa pause déjeuner, que, depuis qu'il avait commencé son nouveau travail, il était trop occupé. Tu l'as bien entendue dire ça, n'est-ce pas ?

Je hoche la tête. Puis, réalisant qu'elle ne peut pas me voir, puisqu'elle regarde la route, je dis :

— Désolée. Oui, j'ai entendu, et alors ?

— C'est juste que j'ai vu Pete, Jenny. L'autre jour, au Queen's Head. Je déjeunais avec Owen, et Pete était avec une autre femme. Il ne faisait rien de mal, ce n'est pas ça, mais il a bel et bien pris sa pause déjeuner avec quelqu'un d'autre.

Je hausse les épaules, soulagée que Maggie n'ait pas caché quelque chose de plus grave. Je suis sûre qu'Alison trouverait mignon que Maggie se fasse inutilement du souci pour elle.

— Pete adore Alison. Je suis certaine qu'il n'a pas voulu dire qu'il ne prenait *jamais* sa pause déjeuner. Il voulait sans doute expliquer qu'en général, tu sais…

C'est alors que quelque chose me revient en mémoire. Et je sens soudain mon estomac se nouer. La fenêtre dans le hall de la vente aux enchères. Le visage de Pete quand il est passé. Alison était tellement contrariée ce jour-là, qu'elle l'a à peine regardé. Mais j'ai vu à travers la vitre qu'il était avec une autre femme.

— Maggie, dis-je en restant calme, même si un frisson me parcourt le dos. Juste par curiosité, comment étaient les cheveux de la femme ?

— Roux, dit-elle sans en perdre une miette, mais plus détendue à présent. Mais pas comme les miens. Ce genre de roux sombre qui sort directement d'un flacon de shampoing colorant.

38

Maggie

Maggie dormait chez Owen presque toutes les nuits depuis qu'elle lui avait appris qu'elle était enceinte. Elle aimait se réveiller là-bas, dans sa mansarde calme, qui lui donnait l'impression d'être loin de tout. Certes, elle avait déjà un souci en moins maintenant que Jenny l'avait rassurée à propos de Pete.

Owen habitait un appartement aménagé à l'étage d'un cottage tout près des anciennes écuries où se trouvait son atelier. Il donnait sur la cour pavée, et c'est là qu'ils préparaient et prenaient leurs repas le soir.

L'appartement était un vrai refuge, bien loin de sa maison et des petites traces de Dylan qui persistaient. Elle n'était pas prête à ouvrir sa maison à quelqu'un d'autre pour le moment et elle décida qu'elle avait huit mois pour se faire à cette idée.

Mork commençait à se plaindre de la négligence de Maggie. Il miaulait sans relâche dès qu'elle passait chez elle, après la fermeture du magasin, pour lui donner à manger et récupérer des habits pour le lendemain. Mais après tout, il était temps d'inverser les rôles. Pendant des années, son volage de chat birman était sorti toutes les nuits pour tourmenter les femelles des environs quand Maggie aurait bien eu besoin d'un peu de compagnie sur le canapé. Elle se contentait donc de hausser les épaules et de ne pas se laisser envahir par un sentiment de culpabilité.

Il était encore tôt, et il faisait chaud en ce vendredi soir. Maggie et Owen étaient allongés, enchevêtrés dans les draps, tandis que des assiettes encore à moitié pleines trônaient toujours sur la table.

Owen posa sa main sur son ventre nu et se pencha pour l'embrasser. Maggie rit et caressa ses cheveux. Il se redressa, déposa un baiser sur sa bouche, puis posa sa tête à côté de la sienne sur l'oreiller.

— J'ai parlé à Anna cette semaine, dit-elle, rattrapée par son travail et la semaine qui venait de s'écouler.

— Mmm, fit Owen en caressant distraitement son épaule.

— Et elle veut bien prendre en charge la boutique pendant mes vacances en Italie, expliqua Maggie. Mais, puisque je la forme à tenir le magasin, je crois que je vais commencer à lui confier plus de responsabilités… Avant la naissance du bébé, je veux dire.

— Oh ! tu es prête à déléguer ? dit Owen en souriant. Est-ce bien toujours la Maggie dont je suis tombé amoureux ?

— Les choses ont peut-être un peu changé, admit Maggie en le regardant d'un air taquin. Tu sais, il est temps que je laisse quelqu'un tenir les rênes à ma place, provisoirement du moins. À long terme, j'aimerais me concentrer sur le côté événementiel, les mariages, les baptêmes, et confier le magasin à quelqu'un d'autre.

— Et qu'en est-il de ta filiale à Londres ? demanda Owen en s'appuyant sur l'oreiller avec ses coudes. Je croyais que c'était ton rêve ?

— Je le croyais aussi, reconnut Maggie. Mais, en fait, je voulais juste montrer à quelqu'un de quoi j'étais capable. Quelqu'un qui n'est même plus là pour le voir.

Owen fronça les sourcils, un peu perdu.

— Mon père, dit-elle. C'est une longue histoire, mais il pensait que je gâchais mon potentiel en me mettant à mon compte. Il m'aimait, mais nous n'avons jamais été d'accord sur ce point. Je voulais ouvrir cette filiale à Londres pour lui prouver que j'avais raison. En tout cas, j'ai fini par réaliser que je ne pourrai jamais le convaincre puisqu'il n'est plus de ce monde et je vais donc suivre ma propre voie à présent.

Owen passa son bras autour de ses épaules et l'attira contre lui.

— Tant mieux pour toi, dit-il. Et je serai toujours à tes côtés pour te soutenir.

Maggie avait fini par s'assoupir et, quand elle se réveilla, Owen était parti.

Fatiguée par sa grossesse et sa semaine de travail, elle s'était laissé bercer par la chaleur de ce soir d'été.

Une heure plus tard, elle ouvrit les yeux et trouva un oreiller vide à côté d'elle. Presque vide : là où la tête d'Owen reposait quand elle s'était endormie, il y avait une étiquette à bagages cartonnée de couleur marron. Elle se redressa, balaya la pièce du regard, jeta un œil dans la salle de bains et constata qu'elles étaient toutes les deux vides. L'appartement était silencieux. On n'entendait que le bourdonnement d'une abeille solitaire prise au piège.

Maggie prit l'étiquette et l'examina. Il y avait quelque chose d'écrit au stylo noir en bas :

Par mes oreilles et mes moustaches, lut-elle, *comme il se fait tard !* Un lapin blanc était représenté à côté du texte.

Maggie sortit du lit, se frotta les yeux et passa sa robe à fleurs XXL. Encore un peu dans les vapes, elle alla jusqu'à la cuisine pour prendre un verre d'eau qu'elle vida d'un trait. *Il se fait bel et bien tard*, pensa-t-elle en regardant le coucher de soleil par le velux. Comment avait-elle pu s'endormir ainsi ?

Elle remplit de nouveau son verre et regarda la pendule de la cuisine. Neuf heures et demie. C'est alors qu'elle l'aperçut. Là, attaché à une ficelle, un autre mot, écrit comme le précédent :

Qui a souillé
D'un rouge épais
Mes plus jolis rosiers ?

Cette fois-ci, elle reconnut immédiatement ces mots : bien sûr, la reine de cœur dans *Alice au pays des merveilles*. *Qu'on leur coupe la tête !* se souvint-elle. Maggie enfila ses sandales et, munie de ses indices, dévala l'escalier et sortit du cottage pour aller dans la cour.

En face, elle vit que la porte de l'atelier d'Owen était entrouverte. Elle sourit en réalisant qu'il devait l'attendre là-bas.

Elle ferma la porte du cottage derrière elle et aperçut à côté un bureau d'écolier en bois. Il y avait dessus un verre violet portant autour de sa base une étiquette. *Bois-moi*, lut-elle. Elle retourna l'étiquette et sourit en lisant le verso. *Je ne contiens pas d'alcool au fait.* Elle but une gorgée du breuvage, du sirop à la fleur de sureau, très rafraîchissant.

Maggie prit le verre et traversa la cour. En arrivant près de la porte de l'atelier d'Owen, elle repensa au jour où elle l'avait claquée de toutes ses forces, tant elle était furieuse, un jour qui lui semblait appartenir à un passé lointain désormais.

Cette fois-ci, elle l'ouvrit doucement et sentit quelque chose virevolter autour d'elle et effleurer son épaule, puis autre chose frôler sa tête, ses bras, de nouveau sa tête. Elle regarda le sol, où une pluie de carreaux, de trèfles, de piques et de cœurs s'était abattue autour d'elle. *Vous n'êtes qu'un jeu de cartes*, pensa-t-elle en ramassant un as.

L'atelier d'Owen était vide, mais la porte du fond était ouverte, et elle entendit un air de jazz apaisant venant du jardin. Maggie posa son verre vide et suivit la musique. Elle savait exactement où elle allait. Un grand rosier se dressait au fond du jardin clos.

Il était tout couvert de roses blanches. Elle se dirigea droit vers lui et faillit trébucher sur un pavé branlant. Elle regarda chacune des fleurs, puis s'accroupit pour inspecter celles qui se trouvaient près du sol.

C'est là qu'elle découvrit l'unique rose rouge cachée tout en bas. À côté, il y avait un petit pot de peinture rouge et un pinceau abandonné avec une autre étiquette autour. Sur le carton, on pouvait lire : *Qui ose peindre mes roses en rouge ?*

Maggie regarda de nouveau la rose rouge et constata que la peinture était fraîche. Là, suspendu à l'une des feuilles de la tige, quelque chose brillait.

En tendant la main pour l'attraper, elle vit que c'était un bracelet incrusté d'ambre. Il allait parfaitement avec le collier que sa grand-mère lui avait donné, celui qu'elle portait en ce moment même.

Elle se retourna et vit Owen, assis sur le banc en bois flotté.

Dans le salon de Darlington Hall, des photos de bouquets de fleurs étaient étalées sur la table entre Jack et Maggie. Lucy était allée chercher de l'eau, et Jack se pencha vers Maggie, une lueur malicieuse dans les yeux.

— Je sais que c'est encore tout récent, dit-il. Mais je trouve ça génial pour Owen et vous.

Il lui fit un clin d'œil.

— Merci, Jack, répondit Maggie qui se sentit rougir. Je dois avouer que j'ai l'impression d'être prise dans un véritable tourbillon.

— Je peux vous assurer, Maggie, que vous avez choisi le bon, affirma Jack d'un ton plus sérieux. Owen est un très bon ami, et c'est vraiment un type bien. Si j'avais une sœur, je la marierais avec lui.

— Eh bien, je suis heureuse que vous n'en ayez pas. Et c'est ce que je pensais, du moins espérais. Je n'ai pas eu beaucoup de chance cette année, mais il est différent et il n'a pas l'air de penser que je suis sur le retour !

Jack rit.

— Bien sûr que non ! Vous êtes même un excellent parti !

Il lui décocha un sourire insolent, et Maggie repensa à leur première entrevue. Elle l'avait tout de suite apprécié.

— En tout cas, Owen a toujours été très mûr, et je pense que le fait de travailler à son compte lui a très vite donné le sens des responsabilités.

— Est-ce que Lucy… ? demanda Maggie.

— Non, je ne lui ai encore rien dit, répondit Jack. Vous ne voudriez pas qu'elle vende la mèche à *It Girl*, n'est-ce pas ? Mon Dieu, vous imaginez une photo d'Owen et vous dans un encadré à côté de l'exclu du mariage ?

Jack traça un encadré imaginaire avec sa main.

— COMMENT NOUS AVONS TROUVÉ L'AMOUR AU MARIAGE DU PAYS DES MERVEILLES

Maggie rit.

— Nous ne tarderons pas trop à le lui dire, quand même, suggéra-t-elle. Histoire de la rassurer quant à notre entente.

— Oui, dit Jack, et je suis certain qu'elle va être ravie. Je parie qu'elle va s'attribuer le mérite de ce…, euh…, rapprochement. Je suis sûr qu'elle va dire que c'est elle qui a joué les entremetteuses !

Lucy revint dans la pièce avec une carafe d'eau.

— N'ai-je pas entendu quelqu'un parler de *It Girl* ?

— C'est rien, ma chérie, dit Jack. On faisait juste quelques commentaires à propos des articles que le magazine veut écrire.

Lucy s'installa sur le canapé à côté de Jack.

— Ils adorent l'idée du croquet, expliqua-t-elle. Même si je leur ai opposé un non catégorique quand ils ont voulu utiliser des hérissons vivants en guise de boules de croquet pour leurs clichés.

Maggie sourit.

— Franchement, poursuivit Lucy. Je sais qu'ils ont dit que nous ne ferions que poser, mais j'ai eu assez de problèmes après avoir porté un vison pour cette première, tu te souviens, Jack ? Je ne veux pas que ces défenseurs des animaux s'en prennent de nouveau à moi. Le pressing a mis une éternité à nettoyer le faux sang, et la fourrure est encore un peu rose.

Jack pinça doucement la jambe de Lucy.

— Alors, tout va bien, Maggie ? demanda Lucy. On dirait qu'Owen et vous avez l'air d'avoir la situation bien en main à présent.

Maggie essaya de ne pas se laisser distraire par Jack, qui, après s'être calé contre le dossier du canapé, mimait des bisous à Maggie alors que sa future femme, qui lui tournait le dos, ne se doutait de rien.

— Oui, tout va bien, Lucy. Votre mariage va être vraiment spectaculaire.

— Eh bien, tant mieux ! dit Lucy en joignant ses mains manucurées. Je suis vraiment impatiente, vous savez. Ce n'est pas facile de trouver l'homme de ses rêves, n'est-ce pas ? lança-t-elle en regardant Maggie avec pitié. Je vais vous dire une chose : je suis impatiente de passer la bague au doigt.

Sur ces mots, elle prit le visage de Jack entre ses mains et lui fit un gros bisou sur la joue.

39

Jenny

— Surprise !

Zoé, vêtue d'une robe bustier noire et argentée, paraissant encore plus redoutable que dans son tailleur-pantalon, me tend un verre de pétillant à l'instant même où je franchis le seuil du Fox and Pheasant.

Je regarde autour de moi, m'imprégnant de la scène. Aujourd'hui, c'était mon dernier jour au bureau, un jour presque comme les autres, sauf que j'ai eu un peu plus de travail pour tout laisser en ordre avant mon départ et mon voyage de noces. Je n'ai pas vu cette dernière semaine. Il faut dire que j'ai passé mon temps à penser au mariage. Dan n'arrête pas de me dire que tout va bien se passer.

Même s'il est vrai que nous avons surmonté des obstacles plus importants, un mariage sur le thème du thé avec des tasses bleues bon marché n'est pas vraiment l'image que je voulais encadrer sur le manteau de ma cheminée. Il ne reste plus que trois jours avant mon mariage, et j'ai du mal à renoncer à mon rêve.

Chloé m'a invitée à boire un coup après le travail et, quand je lui ai dit que je n'étais pas du tout d'humeur à sortir en société, elle a insisté en disant que ça me ferait du bien de ne plus penser au mariage. Je la fusille discrètement du regard quand je me rends compte que la moitié du bureau s'est pointée pour fêter l'événement. J'avance sous une pluie de serpentins.

Après mon deuxième verre de Cava, je commence à être dans le bain et je suis touchée par la carte géante qu'ils m'ont achetée et qu'ils ont remplie de signatures et de mots gentils pour me souhaiter bonne chance.

Il y a vraiment des gens adorables au bureau, et j'ai mauvaise conscience d'avoir manqué d'enthousiasme à l'idée de faire la fête avec eux. Zoé m'a même fait un présent : un bon pour un thé à deux, dans un hôtel de campagne quatre étoiles tout près d'ici. Elle me fixe intensément pendant que j'ouvre l'enveloppe tout en essayant de ne pas regarder son décolleté plongeant.

— J'ai pensé que Dan et toi pourriez y aller après le mariage, quand l'excitation sera un peu retombée. Et, tu sais quoi ? dit-elle en me faisant un clin d'œil. Ce n'était même pas gratuit !

Chloé et moi avons trouvé un coin, loin de la foule, pour discuter tranquillement.

— Ne t'inquiète pas, dit Chloé. Ce sont les proches et les amis qui font le charme d'un mariage, Jen, tout le monde le sait. On sera tous là, ta famille, tes amis, et on fera tout pour que cette journée reste gravée dans ta mémoire. Et n'oublie pas : tu as organisé un tas d'autres choses. Tu as réussi à engager cet orchestre de swing exclusivement féminin, n'est-ce pas ?

Je hoche la tête. Je les ai entendues aux estivales en plein air l'année dernière, et il y avait des couples qui twistaient et dansaient sur l'herbe. Alison et Jamie étaient sans doute de la partie, d'ailleurs.

— Je sais que tu as raison, Chlo. Bien sûr que ce sont les gens qui comptent, dis-je en me ressaisissant. Dis-moi, Chloé…

Je m'interromps et bois une gorgée de vin.

— Si tu pensais que quelque chose ne tournait pas rond entre Dan et moi, si tu le voyais avec quelqu'un d'autre…

— Quoi ? s'écria Chloé, recrachant le vin qu'elle avait dans la bouche d'une façon complètement indigne.

— Non, dis-je en lui passant un mouchoir pour qu'elle puisse essuyer les taches humides sur son top. Désolée, j'ai oublié de préciser que c'était une hypothèse. Si tu voyais Dan avec une autre femme, pas en train de l'embrasser, mais juste avec elle…, tu m'en parlerais ?

— Oh ! mon Dieu ! Tu m'as fait vraiment peur. Ne refais plus jamais ça, fait-elle en portant la main à son front. Enfin, bref, reprenons. Tu disais… Si je voyais Dan avec quelqu'un d'autre… Je penserais : Dan est un type génial qui t'a prouvé à maintes reprises à quel point il était loyal. Il est peu probable qu'il te trompe et, si jamais c'était le cas, espérons qu'il serait suffisamment intelligent pour ne pas le faire dans le coin où quelqu'un comme moi est susceptible de le voir. Et je penserais qu'il y a une explication rationnelle.

Elle incline légèrement la tête tout en réfléchissant.

— Et si ça se reproduisait, je lui en parlerais, je pense.

— D'accord, tu as raison.

— Vraiment ? Bon, j'ai droit à un autre verre alors ? Ou vas-tu me dire au moins à qui tu penses exactement ?

— Tu as bien mérité un autre verre, Chlo. Mais non, je n'en dirai pas plus, parce que je suis sûre à présent qu'il n'y a justement rien à dire.

J'ai mauvaise conscience d'avoir douté de la fidélité de Pete. Ça ne regarde ni Maggie ni moi. Il a le droit d'être ami avec qui il veut. Après notre conversation, Maggie a vite cessé de se poser des questions et a mis ses doutes sur le compte de sa paranoïa à cause de la trahison de Dylan.

— Au fait, en parlant de couples, ça ne te fait rien de venir au mariage toute seule ?

Je m'empresse de changer de sujet pour éviter que Chloé ne me pose d'autres questions. Tu veux inviter quelqu'un pour t'accompagner maintenant que Jon n'est plus d'actualité ?

— Non, ne t'inquiète pas, Jen, me rassure Chloé. Ça ira très bien comme ça.

Chloé attire plus que jamais les regards admiratifs ce soir. Alors, je sais qu'elle n'aura aucun mal à trouver quelqu'un d'autre. Elle est habillée décontractée.

Elle porte un pantalon noir ample et un chemisier corail, elle est coiffée d'un superbe chignon banane et est tout simplement rayonnante. Elle semble complètement remise de sa rupture définitive avec Jon et elle a réussi à rebondir après le choc initial de la séparation. Ben, le reporter fougueux, qui la poursuit de ses assiduités depuis des mois, plus flagorneur que charmeur à mon avis, ne la quitte pas des yeux ce soir.

— Bon, assez parlé du mariage. Je croyais que tu étais censée me faire penser à autre chose, dis-je pour la taquiner. Dis-moi plutôt comment ça se passe pour toi au travail.

— Gary semble enfin décidé à me donner ma chance, tu te rends compte ? dit Chloé, dont le visage s'illumine. Je lui ai soumis deux idées d'articles, l'un sur les boutiques-hôtels, l'autre sur la décoration d'intérieur bon marché, et il me laisse écrire les deux. Étant donné qu'Alan a démissionné pour voyager et qu'il y a toujours un gel des recrutements, il a fini par réaliser qu'il avait besoin de moi pour rédiger des articles ; c'est pourquoi il va aussi me payer des cours de journalisme.

— C'est génial !

Mais, alors que nous parlons, quelque chose attire mon regard. Une vision noire et argentée au bar. Qu'est-ce que… ?

— Oh ! mon Dieu ! Tu as vu ça ? dis-je à Chloé en montrant le bar et en m'imprégnant de la scène. Tu crois qu'il y a une autre raison pour expliquer la transformation de Gary ?

Chloé reste bouche bée, tandis que je laisse échapper un ricanement, et nous regardons toutes les deux Zoé plaquer ses mains sur les fesses de Gary tandis qu'il l'embrasse contre le comptoir.

40

Jenny

— Et nous voilà parties pour la dernière virée du Tea-Club, avec un membre honoraire aujourd'hui, dit Alison.

Nous nous sommes retrouvées juste devant le portail de la brocante locale, où Alison a garé la Volvo de Pete avec Sophie sur le siège passager.

— Je suis plutôt douée pour la chasse aux bonnes affaires, déclare Sophie dès qu'elle sort de la voiture. Elle regarde d'abord le sol en baissant ses manches jusqu'à ce qu'elles recouvrent ses mains, puis lève les yeux et esquisse un sourire hésitant.

Nous avons bien besoin de son aide. J'ai passé quelques heures à regarder sur Internet, jeudi. Il y avait certes plein de tasses à thé, mais soit elles étaient trop chères, soit les délais de livraison étaient trop longs : après le week-end (donc, après notre mariage).

Jamie en a trouvé une à la boutique solidaire, mais elle était usée et ébréchée.

— Bon, allons-y. Nous avons encore trois brocantes à voir avant treize heures ; alors, il va falloir faire vite.

— Des clous, dit Alison, déçue quand nous nous retrouvons toutes les cinq devant le portail vingt minutes plus tard. Gareth, le type qui nous a vendu le premier service à thé, a dit qu'il avait quelques tasses ce matin, mais qu'elles se sont vendues très tôt.

— Je n'ai rien trouvé non plus. Mais cet endroit est génial ! s'exclame Sophie en brandissant un poster encadré de Madonna quand elle avait vingt ans de moins. Je l'ai payé une livre cinquante. Et en plus, il m'a filé un CD avec.

Elle est rayonnante.

— Sophie, intervient Alison. On est censées chercher de la vaisselle, pas des CD.

Elle ouvre la portière arrière de la voiture.

— Je sais, dit Sophie qui plonge la main dans un sac en plastique suspendu à son bras. Je n'ai peut-être pas trouvé de tasses, mais j'ai acheté ça.

Elle appuie l'affiche contre la voiture et déballe le contenu d'un des paquets en papier journal qu'elle vient de sortir du sac. Un vieux flacon en verre couleur vert pâle apparaît. Il scintille au soleil.

— J'en ai douze, tous de tailles et de couleurs différentes. J'ai pensé qu'on pourrait les utiliser pour mettre des fleurs sur chacune des tables le jour de ton mariage, Jenny.

Elle attend notre réaction en nous regardant d'un air hésitant, puis s'empresse de déballer un autre flacon.

J'affiche un grand sourire. Le deuxième flacon est encore plus beau, d'un vert plus pâle avec des lettres en relief indiquant le nom du fabricant. Ils vont ajouter une belle touche vintage aux tables.

— Ils sont magnifiques, Sophie, dis-je en prenant l'un d'eux de ses mains pour le regarder de plus près.

Je lui donne une petite tape sur le bras pour la remercier.

— Bon, en avant, mesdames, dit Alison, qui, comme à son habitude, nous ramène vite à la réalité. Montez.

Nous nous entassons toutes dans la voiture. Sophie met son nouveau CD dans l'autoradio, et nous quittons la ville en chantant *Borderline.* Sophie se plaint qu'elle ne connaît pas les premières chansons de Madonna.

Mais nous couvrons sa voix avec les nôtres. Je dois avouer qu'Alison et moi chantons particulièrement faux, contrairement à Maggie qui ne déraille pas une fois ! Elle chante même étonnamment bien.

Pourtant, à midi, quand nous nous arrêtons pour manger un sandwich dans un salon de thé en périphérie de la ville, l'ambiance est un peu retombée. Nos acquisitions de la matinée se résument à un petit sucrier blanc avec des primevères dessus.

— Je crois qu'on aurait dû se lever plus tôt, fait remarquer Alison. Plusieurs exposants m'ont dit qu'ils avaient des tasses, mais qu'ils les avaient vendues bien avant notre arrivée.

— On a fait ce qu'on a pu, dis-je, le cœur un peu serré. Je refuse de me plaindre. Je me marie demain, les filles !

Je regarde ma montre.

— Et je ferais bien de me bouger. Chloé va passer chez moi dans une heure pour venir récupérer sa robe de fille d'honneur.

Une fois que Chloé a fini de boutonner ma robe de mariée, elle regarde par-dessus mon épaule pour me voir dans le miroir. Certes, il a fallu faire un gros effort financier, mais Dan et moi avons finalement gagné assez d'argent pour couvrir tous les frais, et la robe en valait vraiment la peine ! Chloé sourit, tandis que nous regardons toutes deux mon reflet dans le miroir, et je sais qu'elle pense exactement la même chose que moi. La robe me va parfaitement ; le corset au-dessous me fait une taille de guêpe et me donne la silhouette des femmes des années 1950. Quant à l'encolure en cœur, elle met en valeur le sautoir de perles qu'Alison m'a prêté. J'ai l'impression d'être une star de cinéma.

J'ai trouvé des chaussures en soie ivoire avec des boucles en perles pour assortir et je porte de longs gants vintage. Chloé s'est entraînée à coiffer mes cheveux, qui tombent en boucles souples sur mes épaules, exactement comme le coiffeur va le faire demain matin. Elle a ajouté une pince brillante de mamie Jilly pour tirer une mèche en arrière sur un côté.

Je fais une révérence devant Chloé, et mon jupon froufroute. Chloé laisse échapper un sifflement admirateur.

— Pas mal, dit-elle en se mordant les lèvres.

Les larmes lui montent aux yeux.

— Pas mal du tout, Jen.

Je me retourne pour regarder Chloé et je me demande une fois encore si j'ai bien fait de choisir une fille d'honneur aussi sexy. Je pense que ça doit me grandir quelque part. Nous avons choisi une robe rouge pour elle, coupée comme la mienne, avec la même jupe volumineuse et les mêmes manches courtes, mais sans la pièce en dentelle superposée. La couleur est magnifique et va parfaitement avec sa peau pâle, et puis il y a aussi ce décolleté plongeant qui ajoute une touche encore plus glamour à sa tenue.

J'ai essayé de coiffer ses cheveux, mais ses boucles se sont mises à frisotter. Au bout du compte, elle ressemblait plus à Kate Bush dans un de ses mauvais jours qu'à une élégante actrice du grand écran. Ensemble, nous avons reconnu qu'il valait mieux laisser des cheveux comme les siens entre les mains de professionnels.

— Où est Dan, ce soir ? demande Chloé en regardant autour d'elle comme s'il allait soudain surgir de la salle de bains alors que je lui ai déjà dit qu'il était sorti.

— Il est allé chez Chris. Chris voulait ajouter quelques morceaux à son DJ set, mais il voulait d'abord les lui faire écouter.

— D'accord, dit-elle en tripotant son bracelet en argent. C'est chouette de voir en avant-première ce à quoi tu vas ressembler demain.

— Merci, dis-je en prenant le jupon de ma robe et en m'asseyant sur le canapé. Grâce à toi, je vais beaucoup mieux.

Chloé s'assoit en face de moi. Elle fronce les sourcils, l'air soucieux.

Je sais que la déception se lit sur mon visage, que je n'ai pas l'air complètement épanouie comme une jeune femme qui va se marier le lendemain.

Le fait que nous n'ayons pas trouvé une seule tasse ce matin m'a vraiment fichu un coup, je ne peux pas le nier. Je commence tout doucement à accepter que mon mariage ne sera pas exactement comme je l'avais rêvé.

— Tout va bien se passer, n'est-ce pas, Chlo ? dis-je en espérant qu'elle va me rassurer.

— Bien sûr, répond-elle en prenant mes mains dans les siennes et en me souriant avec chaleur. Bon, et si on les enlevait, suggère-t-elle en montrant nos robes. Ali et Maggie vont arriver d'une minute à l'autre.

Elle se débat avec sa fermeture éclair, et je me lève pour l'aider.

— Je suis désolée de ne pas préparer la salle avec toi, mais j'ai promis à Chris de l'aider à imprimer le plan de table. Comme les fichiers qu'il a créés et qu'il m'a envoyés pour que je les imprime sont endommagés, j'ai dit que je regarderais, explique Chloé pendant que j'enfile mon jean et qu'elle tente de dompter ses cheveux en les attachant.

— Qu'est-ce qu'il a, mon frère ? dis-je en me demandant l'espace d'une seconde pourquoi elle semble de plus en plus paniquée à cause de ses cheveux qui refusent de se soumettre.

J'ai l'impression qu'il en fait encore plus que moi pour mon mariage.

— Et tu es toujours dans les parages, fais-je remarquer en riant.

— Il veut juste que vous passiez une journée mémorable tous les deux, c'est tout, dit-elle en boutonnant son gilet.

C'est moi qui me fais des idées ou elle est en train de rougir ?

Je n'ai pas le temps d'étudier plus longuement la question, car j'entends un bruit de klaxon dans la rue. Chloé et moi ouvrons la fenêtre du salon et nous penchons pour voir ce qui se passe dans la rue. Maggie et Alison ont enlevé la capote de la Coccinelle, qui est littéralement envahie par des banderoles et des fanions en tissu pastel. Nous crions par la fenêtre, et Maggie recommence à klaxonner.

— Allez ! crie-t-elle de sa voiture. Nous avons une salle de mariage à décorer.

J'essaie de me faire une place sur la banquette arrière, à côté des cartons.

— Ça va, là-bas derrière ? me demande Alison en se retournant tandis que nous quittons la ville.

— Très bien, dis-je en rangeant quelques banderoles dans lesquelles mes pieds se sont enchevêtrés.

Tout en m'appuyant contre le dossier de la banquette, je regarde Ali et Maggie qui discutent à l'avant. Elles parlent tellement fort que leurs voix couvrent la musique.

Elles ont toutes les deux les cheveux lâchés, et le vent les a tellement emmêlés qu'il y a plus de mèches rebelles que de mèches bien coiffées. J'ai remarqué, quand elles sont arrivées, que, tout comme moi, elles sont en jean et en baskets, prêtes à se mettre au travail. Alison porte un t-shirt de Pete, et Maggie, un t-shirt de Blondie décoloré. Elles rient, et je crois que je ne les ai jamais vues aussi détendues.

— Au fait, tu penses que Sophie aimerait acquérir un peu d'expérience en travaillant au magasin ? demande Maggie en se tournant vers Alison.

Alison sourit, mais fronce les sourcils et affiche un air interrogateur.

— Bien sûr qu'elle aimerait. Mais est-ce que tu sais vraiment dans quoi tu t'engages ?

Maggie rit.

— Oui, peut-être. Mais je pense qu'elle s'en sortira très bien. Elle a le coup d'œil, Ali. Anna va s'occuper de la boutique pendant que je serai en Italie, et je pense que l'aide de Sophie ne sera pas de trop. Et puis, comme ça, elle aura de quoi s'occuper pendant ses vacances.

— Je suis sûre qu'elle va être emballée, répond Alison. Je vais lui en parler.

En regardant Ali et Maggie bavarder, je repense au début de l'été, au jour où nous nous sommes rencontrées. Nous ne savions rien les unes des autres alors ! Puis, petit à petit, nous avons appris à nous connaître, et c'est presque comme si nous avions toujours été là les unes pour les autres. Ces femmes sont toutes les deux si fortes !

Elles ont su rebondir après des coups durs et sont sorties grandies de ces épreuves. Mais je pense que, grâce à leur aide, j'ai fait la même chose, moi aussi.

Le ciel, derrière l'ancienne école, est tout strié de rose. Tandis que nous nous approchons, nous nous taisons quelques instants. Le petit bâtiment victorien semble figé dans le temps. Le coucher du soleil le baigne d'une lumière rougeoyante et chaude, et la girouette tourne dans la brise. Les champs qui entourent l'école l'isolent encore plus de la ville et de la vie moderne.

Maggie se gare juste devant.

— Cet endroit est vraiment magnifique, dit-elle. Jen, tu as la clé, n'est-ce pas ?

Je tâte ma poche pour vérifier.

— Oui.

J'ai demandé au gardien si je pouvais l'emprunter pour que nous puissions commencer plus tôt.

— Bon, reprend Maggie. Si tu allais ouvrir pendant qu'Ali et moi vidons la voiture et apportons les affaires.

— Bien sûr, dis-je en ouvrant la portière. À tout de suite.

La serrure de la grosse porte en bois est un peu dure. Ce n'est pas surprenant étant donné que ça fait des années que le bâtiment n'est plus utilisé régulièrement. Une école primaire mieux équipée a ouvert à Easton, le village voisin, et les enfants, dont Holly, la fille d'Alison, vont là-bas désormais. Pourtant, la vieille école faisait tellement partie du paysage que les habitants de Charlesworth se sont mobilisés pour qu'elle ne soit pas vendue. Elle accueille désormais des pièces de théâtre, des concerts et des fêtes privées de temps à autre. Elle n'a jamais été utilisée pour un mariage toutefois, et il faut bien reconnaître que c'est un peu rustique. Il n'y a pas de comptoir pour servir à boire (d'où le bar fabriqué par papa) et, lors de notre première visite, nous avons même constaté qu'il restait quelques tableaux noirs. Quand Alison les a vus, elle a tout de suite été emballée. Nous avons prévu ce soir de faire de grands écriteaux où nous indiquerons les toilettes et les vestiaires en lettres colorées à la craie.

Quand j'entrouvre la lourde porte en bois, je vois de la lumière à l'intérieur. Alison et Maggie sont en train de rire près de la voiture tout en sortant les cartons, mais l'école est silencieuse. Pourquoi y a-t-il donc de la lumière ? Papa est-il venu plus tôt avec une autre clé ? Sûrement pas : il a promis qu'il attendrait que je l'appelle pour le prévenir qu'on était arrivées afin qu'on puisse tous se mettre au travail en même temps.

J'ouvre grand la porte et je regarde à l'intérieur. Mes yeux mettent un moment à s'habituer à la semi-obscurité, mais bientôt je distingue des bougies de chaque côté de la salle qui convergent vers une table en bois au centre. La première surprise, c'est de voir Dan. La deuxième, c'est d'identifier ce qu'il y a sur la table : des douzaines de tasses à thé délicates et colorées.

— Dan, qu'est-ce que… ? Comment ? dis-je en m'imprégnant de la scène, du visage rayonnant de Dan aux tasses et aux soucoupes qui l'entourent.

Un sourire se dessine sur mon visage.

— Jen, dit Dan en s'approchant de moi.

J'ai un véritable élan d'amour pour cet homme que je suis sur le point d'épouser.

— Tu t'es tellement donné de mal pour tout organiser. Et je sais que je n'en ai peut-être pas assez fait pour t'aider. Quand les tasses se sont cassées, j'ai vu à quel point tu étais déçue, même si, fidèle à toi-même, tu as essayé de dédramatiser. Je voulais faire ce geste pour que tout soit parfait, comme tu l'avais rêvé.

Il tend la main pour me caresser les cheveux.

J'entends les portes de l'école s'ouvrir derrière nous et les voix d'Ali et de Maggie qui entrent dans la salle. Quand je les regarde par-dessus mon épaule, elles se taisent et fixent bouche bée la table chargée de tasses.

— Au fait, je m'attribue tout le mérite alors qu'Owen et Pete ont largement contribué à cette collecte, dit Dan.

Il invite les deux hommes à sortir de l'ombre, et, dès qu'ils apparaissent à la lumière, ils s'inclinent de façon très théâtrale.

Maggie et Alison se sont déjà précipitées vers les tasses pour les regarder de plus près. Dan et moi allons les rejoindre.

— Mais où est-ce que vous les avez trouvées ?

Je prends une minuscule tasse dans mes mains comme pour m'assurer que je ne rêve pas. Dan est plus beau que jamais aujourd'hui avec son sourire modeste et ses yeux qui se plissent un peu.

— Dan nous a tous fait lever à cinq heures du matin, explique Owen en bâillant exagérément et en faisant un petit clin d'œil à Maggie. On a ratissé les brocantes, les boutiques de charité, tout. Pete a appelé Adam qui en a trouvé plusieurs à Brighton pour nous. Alors, on est allés les récupérer là-bas.

— C'était donc vous les lève-tôt ?

Ça fait tilt, tout à coup dans ma tête.

— Après la journée qu'on a passée, on a compris pourquoi vous étiez devenues si proches toutes les trois, explique Pete. Ça crée incontestablement des liens. Je pense que vous pouvez nous appeler les « maris délaissés des filles du Tea-Club ».

Je ris et j'enlace Dan.

Je murmure dans son oreille :

— Merci, Dan.

Il se penche pour m'embrasser.

Des sifflements admiratifs retentissent dans la salle quand il me soulève de terre.

Épilogue

Jenny

Chères Alison et Maggie,

Bonjour, mesdames,
Me voilà dans un B&B irlandais bien confortable, allongée sur un lit énorme et mou avec une vue magnifique sur un lac...

Je regarde par la fenêtre, l'eau scintille au soleil. Je m'imprègne de la beauté et du calme des collines verdoyantes derrière. Je mets un autre oreiller derrière mon dos pour être encore mieux installée. Dan ronfle doucement à côté de moi. Oui, c'est bien vrai. Je n'ai nullement besoin d'un hôtel cinq étoiles. Je suis au paradis. Je retourne à ma lettre et continue à écrire.

C'est un début plutôt parfait pour notre lune de miel, même si Dan est en train de ronfler à côté de moi, ce qui, je vous l'accorde, n'est pas très romantique. Après quelques verres de Guinness devant un groupe qui se produisait dans le pub du coin de la rue, le voilà qui roupille déjà. J'ai donc pensé que

j'allais en profiter pour vous écrire, à l'ancienne. Lorsque nous sommes partis, la fête battait son plein, et je n'ai pas pu vous dire au revoir comme il faut (vous savez que je déteste partir tôt quand il s'agit de faire la fête).
L'école était magnifiquement décorée, et c'est en grande partie grâce à vous deux. Ali, tout le monde a adoré tes banderoles et tes fanions, et les tasses à thé ont ajouté quelque chose de très spécial à la réception. Sophie et Holly ont été des serveuses exceptionnelles...
Mais revenons-en à la fête et plus particulièrement aux danses... Même si j'ai adoré ma première danse avec Dan, Ali, je dois dire que le véritable clou de la soirée a été l'arrivée de Pete sur la piste de danse quand l'orchestre de swing a commencé à jouer. Pete t'a invitée à danser, et je n'oublierai jamais l'expression stupéfaite de ton visage quand vous avez commencé à tourner tous les deux et que tu as compris qu'au lieu de te marcher sur les pieds, Pete maîtrisait parfaitement les pas et les figures, et qu'il n'avait rien à envier aux meilleurs danseurs du coin. C'est un excellent danseur, qui l'eût cru ? Tu étais superbe dans ta robe jaune et tes chaussures rouges pendant qu'il te faisait tourner dans ses bras.
Tandis que vous étiez sur la piste, Jamie m'a avoué qu'au cours des dernières semaines, il a donné des cours particuliers à Pete et à votre voisine Sally, en secret, pour que Pete puisse te faire la surprise. Jamie a dit que Pete s'était vraiment pris au jeu et que, dès qu'il avait un instant de libre, il prenait une heure de cours, ce qui n'était pas simple avec son nouveau travail. Il avait besoin d'une parte-

naire pour s'entraîner, et Sally avait apparemment toujours rêvé d'apprendre ; donc, ça tombait bien. J'espère que Pete et toi allez continuer. Vous étiez vraiment beaux tous les deux sur la piste.
Maggie, merci beaucoup pour ta chanson. Je n'en revenais pas quand tu es montée sur scène pour rejoindre l'orchestre. Comment se fait-il que tu ne nous aies rien dit à propos de ta superbe voix ? Tu n'aurais pas pu choisir une meilleure chanson que I Say a Little Prayer. *Je sais que tu as dit après que tu étais nerveuse, mais ça ne se voyait pas du tout. Tu es une vraie professionnelle. Owen avait l'air si fier de te voir sur scène. Il a dit que tu avais trouvé un groupe avec qui tu pourrais chanter régulièrement. C'est vrai ?*
C'était incroyable d'avoir toutes les personnes que nous aimons autour de nous dans cette salle.

Je pose mon stylo un instant et regarde la carte sur le rebord de la fenêtre. J'ai emporté l'enveloppe rose en Irlande, la seule lettre que je n'ai pas encore touchée. Je finis par l'ouvrir et trouve une carte avec un joli couple de bande dessinée sur une pièce montée. À l'intérieur, en grosses lettres rondes, le mot suivant : *Tous nos vœux de bonheur pour votre mariage*. Je souris malgré moi. *Avec toute notre affection, maman et Nigel*. Au début de l'été, je n'aurais jamais imaginé recevoir une telle carte, et encore moins ressentir ce que je ressens actuellement. Je ne suis plus en colère, plus triste. Je commence même peut-être à me faire à l'idée de sa réapparition. Je n'ai pas encore eu l'occasion de parler de maman avec Chris, mais je pense qu'il est grand temps que nous le fassions. Papa lui a pardonné, et, maintenant que Chris et moi sommes adultes, nous pourrions peut-être lui donner une chance de se racheter. Je reprends ma lettre et je me sens un peu plus légère. Maintenant que j'ai pensé à Chris, un souvenir me revient. Je continue à écrire.

Et vous avez vu ce qui se passait derrière la cabine de DJ ? Je me demande même comment Chris a pu faire son boulot de DJ avec Chloé qui n'arrêtait pas de le bécoter. Hilarant ! Comment ai-je fait pour ne rien voir venir ? J'ai failli en faire tomber mon verre de champagne. Mon père m'a donné un coup de coude. Il devait savoir depuis le début : c'est une fine mouche ! En tout cas, ils avaient l'air très amoureux, tous les deux, et, même si je me demande comment elle a fait pour s'enticher de mon petit frère, je dois reconnaître qu'ils vont plutôt bien ensemble, vous ne trouvez pas ?
Dan et moi avons deux merveilleuses semaines devant nous et nous avons l'intention... de ne rien faire du tout. Après toute..., euh..., l'excitation des dernières semaines, j'ai vraiment envie de me détendre. Mais tout ce stress n'a pas été vain : c'était de loin le plus beau jour de notre vie.
En tout cas, je suis impatiente de vous revoir toutes les deux à mon retour. Je me réjouis d'assister à ton premier cours de tricot branché dans le jardin du café, Ali. Maggie, j'envoie un bisou au petit secret que tu caches dans ton ventre.

Avec toute mon affection,
Votre amie, membre du Tea-Club
Jenny

Remerciements

Merci à Caroline Hogg, pour avoir rendu possible la parution de ce roman et pour son soutien créatif à chaque étape de sa conception.
Merci à l'équipe exceptionnelle de Sphere, en particulier à Manpreet Grewal et Rebecca Saunders pour leur dévouement, leurs compétences et leur enthousiasme depuis le premier jour, et à Andy Hine pour avoir cru au pouvoir des tasses à thé. Merci aussi à Andy Coles, Jen Wilson, Carleen Peters, Madeleine Feeny, Kate Hibbert et à Sian Wilson pour la couverture.
Je suis très reconnaissante à Emma Stonex et Sheelagh Alabaster, dont les commentaires sur les premiers jets ont été d'une valeur inestimable, et à Caroline Hardman de Hardman & Swainson pour ses conseils éclairés. Merci aussi à Kim Lines, Becky Bradley, Ellie Jacob et James Gill – et en particulier à ma nièce Eloïse – pour leur perspicacité et leur soutien.
Aux adorables jeunes mariées qui m'ont fait part des joies et des contretemps du jour de leur mariage, un grand merci !
Et enfin, merci à James, pour les rires, l'inspiration et le thé Yorkshire.

Chez le même éditeur

Kate Jacobs

Le Club des Tricoteuses du Vendredi Soir

Sept femmes de 18 à 78 ans vivent à New York. Le vendredi soir, elles se retrouvent ensemble pour tricoter… et pour discuter. Au fur et à mesure que ces femmes tricotent, elles dévoilent leurs joies, leurs bonheurs et leurs difficultés d'être tout à la fois femmes, mères, amantes, filles et amies.

Le Club des Tricoteuses d'une vie à l'autre

Alors que les vacances d'hiver approchent, les vies des membres du Club des Tricoteuses sont sur le point de changer. Anita renoue avec sa sœur et s'apprête à se marier malgré l'opposition de sa famille. Dakota se demande si elle doit suivre son compagnon à l'étranger. Et puis il y a Catherine : est-elle prête à s'engager dans une nouvelle voie ?

Le destin extraordinaire de femmes ordinaires :
des romans émouvants comme la vie.

ISBN : 978-2-35288-469-9 / 978-2-35288-784-3

Chez le même éditeur

Les Tricoteuses du Bord de Mer

Gil Mc Neil

Prendre enfin un nouveau départ : c'est le rêve de Jo McKenzie dont le mari vient de décéder. Seule avec deux jeunes enfants et des finances dans le rouge, elle doit changer de vie. Elle décide de s'installer dans la ville de son enfance, une petite station balnéaire Jo rénove la boutique de sa grand-mère, un magasin de tricot et de laine.

Elle crée aussi un club de tricoteuses et se fait de nouvelles amies, des personnages souvent hauts en couleur. Il y a notamment l'excentrique star de cinéma, l'italienne passionnée qui dirige le restaurant local ou la présentatrice télé…

Ces femmes de tous horizons parlent de leurs vies, de leurs enfants, échangent quelques ragots autour de la cheminée et, accessoirement, apprennent à tricoter. Et les choses changent encore pour Jo lorsqu'un homme entre dans sa vie…

Une comédie sur le pouvoir de l'amitié
et les nouvelles chances offertes par la vie.

ISBN : 978-2-8246-0169-4